浙江省民族宗教事務委員會民族研究成果後期資助項目
（項目號 2019MZYJHQ04）

三李詩鈔
三李詩話

〔清〕李懷民
李憲暠 著
李憲喬
趙寶靖 點校

齊魯書社

光緒本《三李詩鈔》書函

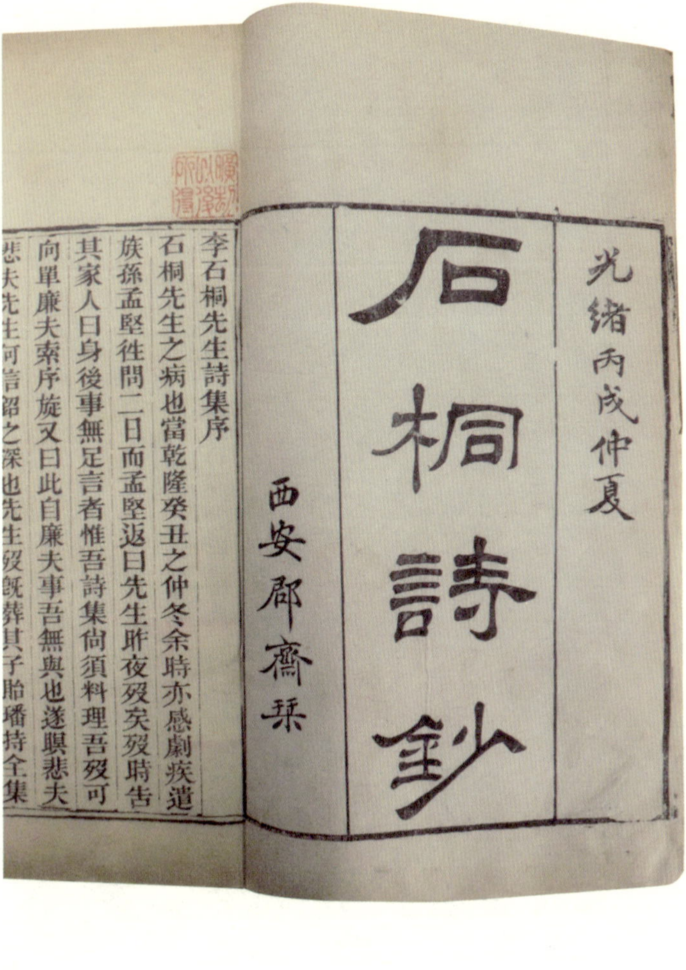
光緒丙戌仲夏
石桐詩鈔
西安郡齋栞
李石桐先生詩集序
石桐先生之病也當乾隆癸丑之仲冬余時亦感劇疾遣
族孫孟堅往問二日而孟堅返曰先生昨夜歿矣歿時告
其家人曰身後事無足言者惟吾詩集倘須料理吾歿可
向單廉夫索序旋又曰此自廉夫事吾無與也遂瞑悲夫
悲夫先生何言詔之深也先生歿既葬其子貽璠持全集

光緒本《石桐詩鈔》

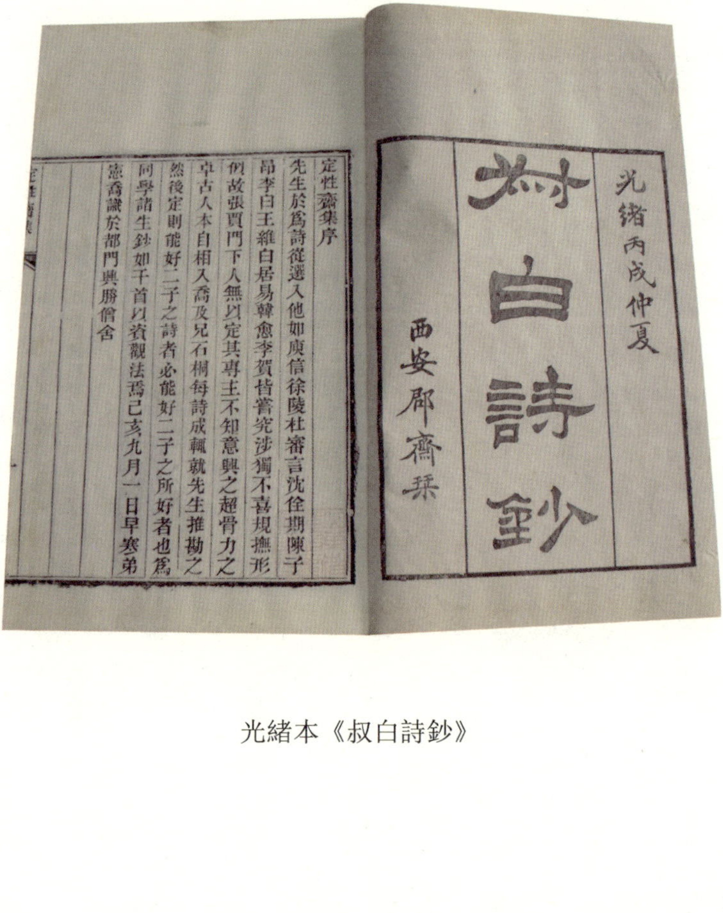

光緒丙戌仲夏

叔白詩鈔

西安郡齋栞

定性齋集序

先生於爲詩從選入他如庾信徐陵杜審言沈佺期陳子昂李白王維白居易韓愈李賀皆嘗究涉獨不喜規撫形似故張賈門下人無以定其專主不知意興之超骨力之卓古人本自相入喬及兄石桐每詩成輒就先生推勘之然後定則能好二子之詩者必能好二子之所好者也爲同學諸生鈔如干首以資觀法焉己亥九月一日早寒弟德喬謙於都門興勝僧舍

光緒本《叔白詩鈔》

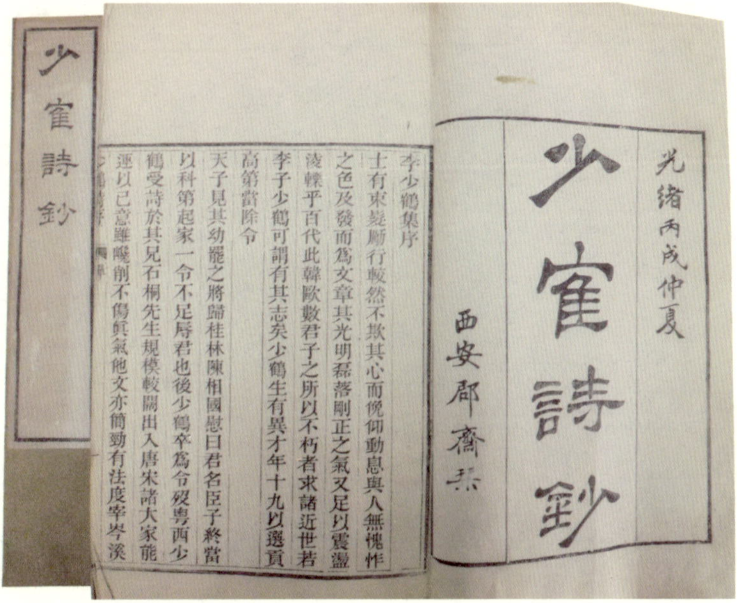
光緒丙戌仲夏
少隺詩鈔
李少鶴集序
士有束髮厲行皎然不欺其心而俛仰動息與人無愧怍
之色及發而爲文章其光明磊落剛正之氣又足以震盪
湊轢乎百代此韓歐數君子之所以不朽者求諸近世若
李子少鶴可謂有其志矣少鶴生有異才年十九以選貢
高第當除令
天子見其幼羸之將歸桂林陳相國慰曰君名臣子終當
以科第起家一令不足辱君也後少鶴卒爲令殁粤西少
鶴受詩於其兄石桐先生規模較闊出入唐宋諸大家能
運以己意雖嘅削不傷氣他文亦簡勁有法度宰岑溪
少隺詩鈔

光緒本《少鶴詩鈔》

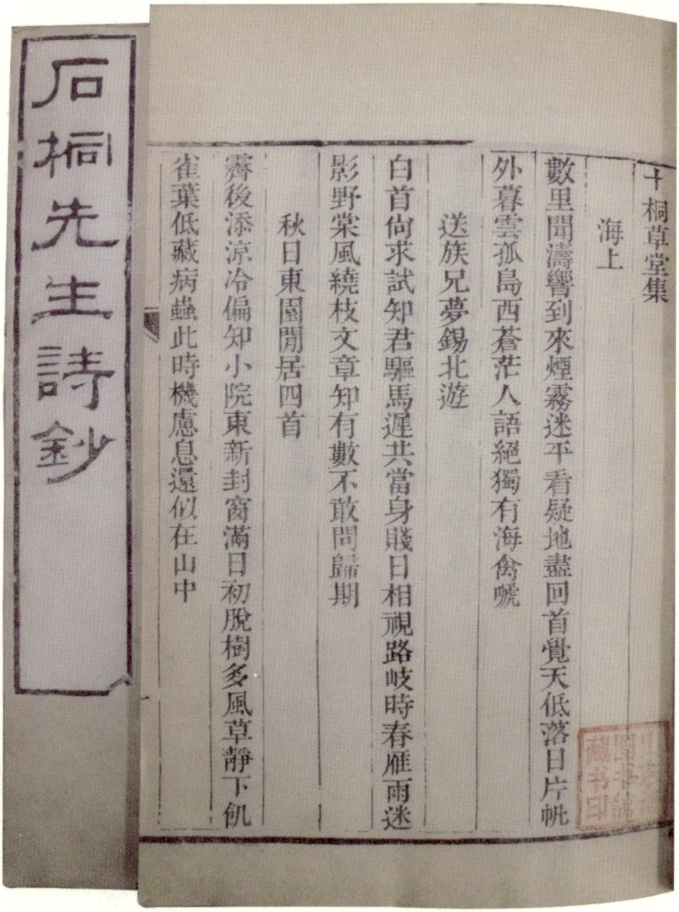
石桐先生詩鈔
十桐草堂集
海上
數里聞濤響到來煙霧迷平看疑地盡回首覺天低落日片帆外暮雲孤島西蒼茫人語絕獨有海禽啼
送族兄夢錫北遊
白首尚求試知君驅馬遲共當身賤日相視路岐時春雁雨迷影野棠風繞枝文章知有數不敢問歸期
秋日東園閒居四首
霽後添涼冷偏知小院東新封窗滿日初脫樹多風草靜下飢雀葉低藏病蟲此時機慮息還似在山中
嘉慶本《石桐先生詩鈔》

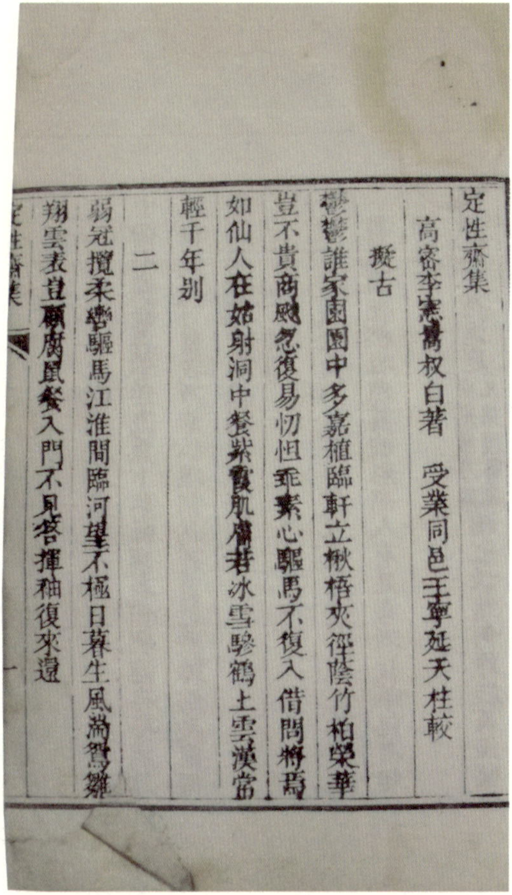
定性齋集
高密李憲暠叔白著　受業同邑王寧延天柱較
擬古
鬱鬱誰家園園中多嘉植臨軒立楸梧夾徑蔭竹柏榮華
豈不貴商飈忽復易忉怛乖素心驅馬不復入借問將焉
如仙人在姑射洞中餐紫霞肌膚若冰雪驂鶴上雲漢當
輕千年別
二
弱冠攬柔轡驅馬江淮間臨河望不極日暮生風湍鶯雛
翔雲表豈顧腐鼠餐入門不見客揮袖復來還
定性齋集　一

乾隆本《叔白先生詩鈔》（一）

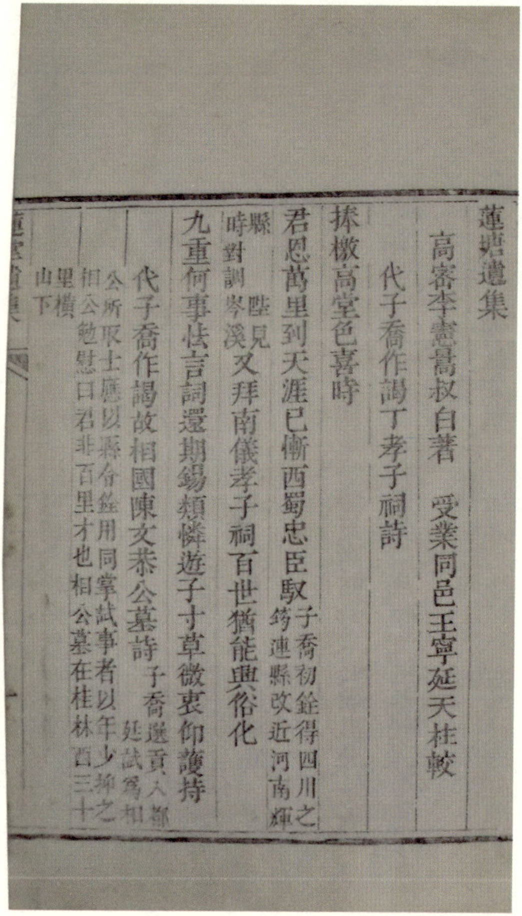
蓮塘遺集

高密李憲暠叔白著　受業同邑王寧延天柱較

代子喬作謁丁孝子祠詩

捧檄高堂色喜時

君恩萬里到天涯已慚西蜀忠臣馭（子喬初銓得四川之筠連縣改近河南輝縣　陛見時對調孝溪）又拜南儀孝子祠百世猶能興俗化

九重何事怯言詞還期錫類憐遊子寸草微衷仰護持

代子喬作謁故相國陳文恭公墓詩（子喬選貢入都　廷試爲相公所取士應以縣令銓用同掌試事者以年少抑之相公勉慰曰君非百里才也相公墓在桂林西三十里橫山下）

乾隆本《叔白先生詩鈔》（二）

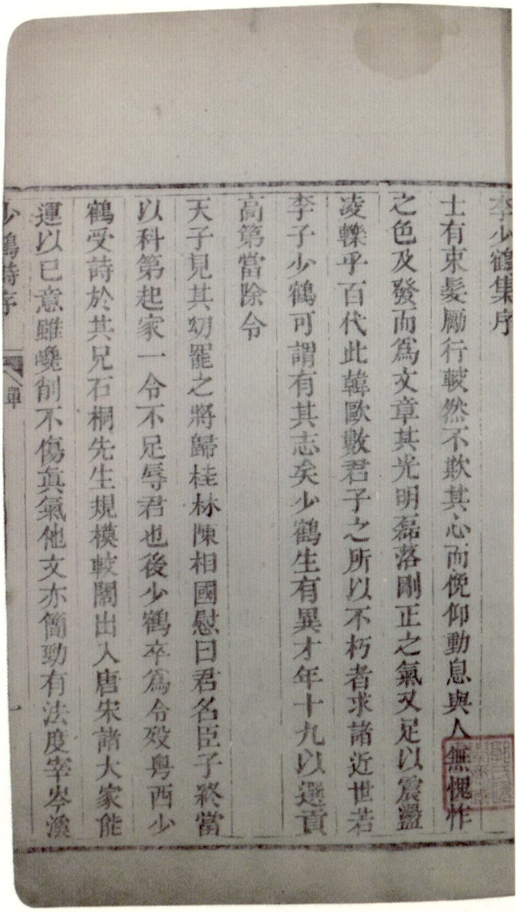
李少鶴集序

士有束髮勵行較然不欺其心而俛仰動息與人無愧怍之色及發而爲文章其光明磊落剛正之氣又足以震盪凌轢乎百代此韓歐數君子之所以不朽者求諸近世若李子少鶴可謂有其志矣少鶴生有異才年十九以選貢

高第當除令

天子見其切罷之將歸桂林陳相國慰曰君名臣子終當以科第起家一令不足辱君也後少鶴卒爲令歿粵西少鶴受詩於其兄石桐先生規模較闊出入唐宋諸大家能運以己意雖巉削不傷眞氣他文亦簡勁有法度李岑溪

少鶴詩序 一

嘉慶本《少鶴先生詩鈔》

李懷民《紫荆書屋詩話》（一）

論選唐詩

學詩者、要在有所宗主、故讀選本、不如專本也、 國初學者、率分兩派、一爲竟陵、一爲歷下、二家各有選本、同此一部唐詩、經各人一選、便自不同、今觀李滄溟選唐詩、仍是歷下氣格、觀鍾譚詩歸、仍是竟陵氣格、二子優劣、前人已定、要自各成一家、學者遵奉、未爲全非、最是坊間一種、没頭没腦選本、不論什么詩、任手取來、挨次累去、使讀者胡亂學去、鶻〻突〻、全没門戶、故有終身誦唐人詩、而不知唐人真面目者、皆此等誤之也、是以有志者不屑〻于坊本、秉便但須自己因性之所近、而專學之、或才分畧次、恐路頭難正、則莫若求之名家選集、如竟陵歷下、皆可入手、 本朝若王阮亭諸人、各有選本、隨其所好、而力求之、待功有所積、然後一變而自成一家、不幾乎學得其要者乎、十硐主人偶識

李憲暠《定性齋詩話》(一)

詩話

埤雅蜻蜓尾端亭午則停故名蜻一作蜓膠州李某詩得意直前追逝水尋思且住學停雲可謂善于用古矣齊人土語得登之類古今註呼蠅爲羊是已野人多呼蒼羊青蠅齊曰綠豆蠅蒼蠅大者曰麻蒼羊小曰蒼蠅

雨言六則云杜句風起春燈亂江鳴夜雨懸北人不習舟無從知其工也小杜咏雨句分明攪攪羽林槍則隨地皆然耳余兄嘗見晝雨中返照者白雨條條急注日旁晴霞渲渥輕罩山巔巧奪化工之妙真與詩有同工也　庚寅八月與子裔赴試稷下雨中買舟由嶆華橋詣試院曉色雨漢行船蓬荷葉蘆葦咸有聲子裔句樓臺波上曉腭睨雨中遥乃其時也　東坡句黑雲如墨未遮山白雨跳波亂入船寫六月急雨如在目前膠州李霞裳句方中二字欠理致日午風生暈極北二字欠理致雲濃雨蝕虹亦工　煎罷龍團鴨未收綠紋小簟石牀頭晚来忽過芭蕉雨一片斜陽滿院秋紹伯先生詩夢錫兄嘗口誦之蓋見于蕪園壁間也　雨後苔色極可愛高士如倪雲林

李憲喬《凝寒閣詩話》（一）

送熙甫之官吏部、　必是如此、他語都說不着、

孤山憶昔行、　正以淺而可感、

此卷擬寄示松圓、又恐不能盡領、須相見時一指喻之、乃得也、然松圓邇來、學術果進矣、

評兄蓮塘先生詩

兄於爲詩、從選入、他如庾信、徐陵、杜審言、沈佺期、陳子昂、李白、王維、白居易、韓愈、李賀、皆嘗究涉、獨不喜規撫形似、故張賈門下人、無以定其專主、不知意興之超骨力之卓、古人本自相入、脩及兄石桐每詩成、輒就兄推勘之、然後定、則能好二子之詩者、必能好二子之所好者也、

點校説明

一、『三李』詩鈔的版本問題

雍正時有虂直之臣曰李元直。元直生四子，長曰李高，字志山；次曰李憲噩，字懷民，以字行，號石桐、十桐；次曰李憲暠，字叔白，號蓮塘；次曰李憲喬，字子喬，號少鶴。懷民、叔白、少鶴即世所謂高密『三李』者也。汪辟疆先生《論高密詩派》（《中華文史論叢》第二輯，一九六二年版）謂：『語其開派，則石桐實爲首倡。故其詩，守律嚴，措意深，卓然中晚張賈矩矱。少鶴五言，近賈爲多，正與石桐驂靳，故有張賈門下二客之稱。惟五七言古體，則嘗出入韓蘇，氣體稍大，與石桐專事峭刻者不同，要皆不失爲高密派重鎮也。若叔白，則自負其經世之學，詩似爲其餘事。故體格孤峭，上不及乃兄；骨格開張，下不及阿弟。且涉獵較廣，獨不喜規撫形似，無以定其專主，然意興固自超也。以故二百年中，言高密詩派者，必首二李，而鮮及叔白焉。』

『三李』之詩鈔，版本系統并不複雜。

先説叔白。

叔白在『三李』中歿最早，乾隆四十七年（一七八二），以疾卒於其弟憲喬岑溪官署，其詩鈔祇兩卷，曰《定性齋集》，曰《蓮塘遺集》，從李憲喬所作序言可以推知，《定性齋集》刻於乾隆四十四年（一七七九）,《蓮塘遺集》於乾隆五十年（一七八五）刻於岑溪。二者雖非刻於同時，但流播時合爲一本，是爲乾隆本。

再説懷民、少鶴。

李懷民卒於乾隆五十八年（一七九三）,單紹《李石桐先生詩集序》稱：『先生歿，既葬，其子貽璠持全集來道先生遺言，一如孟堅語。余哭而受之，告貽璠曰：「余豈真能知此詩哉？少鶴在，余不得獨任，待其歸，與共論訂，庶無憾耳！」又五年，而少鶴歿嶺南，余於是無所復待矣。發其全集讀之，録詩如干首，爲之序，而并以原稿付貽璠，使藏於家。』據此，李懷民歿後又五年，李憲喬歿於嶺南，此時已是嘉慶年間。

又李秉禮《李子喬詩序》稱：『方其子之以喪歸也，嘗囑其編定先集，以待剞劂。逾二稔，王熙甫以書來，謀醵金刊其詩，予應之曰：「是予志也！是予志也！」亟慫惥之，且走書子喬之子，搜輯全稿，并其仲兄石桐先生集，刻於都門。襄其事者，邱縣劉君大觀也。』據此，李憲喬死後『逾二稔』，也就是又過了兩年，李秉禮等人纔謀定刊刻懷民、少鶴之詩於都門。

又王甯焯《刻桐鶴兩先生詩鈔跋》稱：『桐詩廉夫有選本，今從之。所與異同者，不能十首也。鶴詩廉夫選内集未竣事，今所鈔廉夫選及者，亦多從之，餘則以鄙意爲去取云。外集不録。此詩之刻，意起於崧嵐，謀定於松圃，梨棗剞劂之費，二君分出之，而甯焯任其校訂之役。』據此可知，懷民、少鶴之詩鈔，乃是由單紹廉夫選訂，劉大觀崧嵐、李秉禮松圃出資，王甯焯校訂，於嘉慶年間合刻於都門。是爲嘉慶本。

光緒十二年(一八八六),李高之曾孫,亦即『三李』之從曾孫李楹『大懼先人手澤久而就湮,百計搜羅,迄無所獲。邇日服官秦輔,從故鄉寄有完編,校其舛訛,再付剞劂』,此次『再付剞劂』的『三李』詩鈔,也就是『三李』詩鈔的重刻本,是爲光緒本。

既然李楹聲稱『校其舛訛,再付剞劂』,按照常理,應該是後出轉精纔對,但情況又并非那麽簡單,如下表所舉例。

石桐詩鈔		叔白詩鈔		少鶴詩鈔	
嘉慶本	光緒本	乾隆本	光緒本	嘉慶本	光緒本
風氣亦恬和	風氣亦清和	獨眺岑城當遠歸	獨坐岑城當遠歸	古結歡曲三首	吉結歡曲三首
道逢來往官艦,侍從煊赫	道逢來往官艦,侍從煊赫	寄示天涯各	寄示天涯客	何時望廷闕	何時望延闕
熙甫曉雨寄丹柱詩見示因感子喬南行即示二子	熙甫曉雨寄丹桂詩見示因感子喬南行即示二子	百花洲	白花洲		
喜五星步武丹柱過訪置酒因憶子喬南中	喜五星步武丹桂過訪置酒因憶子喬南中				

如上表所示，重刻本改正了初刻本的部分文字錯誤，如《石桐詩鈔》中的『待』刻爲『侍』，《叔白詩鈔》中的『各』刻爲『客』。有些則因字形相近而將初刻本中正確的字改錯，如《石桐詩鈔》中的『柱』刻爲『桂』，《叔白詩鈔》中的『百』刻爲『白』，《少鶴詩鈔》中的『古』刻爲『吉』、『廷』刻爲『延』。有些文字則重刻本、初刻本可以并存，如《石桐詩鈔》中的『恬』刻爲『清』，《叔白詩鈔》中的『眺』刻爲『坐』。因爲有這些事實存在的手民之誤，所以乾隆本、嘉慶本與後來重刻之光緒本很難説有明顯的版本優劣之分。但畢竟因李楹聲稱『校其舛訛，再付剞劂』，所以我們選定以光緒本爲底本，校以乾隆本《叔白詩鈔》、嘉慶本《石桐詩鈔》和《少鶴詩鈔》。

校勘异文出校記，并加簡單的按語，主要針對底本中明顯的文字錯誤；若校本誤而底本是，則不出校記。底本中的雙行小注，整理時亦隨文排列，一概改爲單行。底本中的序跋一并作为附録一的内容，置於書後。

需要特别指出的是，底本中多處出現『閒』字，有時作『閑』講，有時作『間』講，整理時未作區分，以俟讀者之高明。類似情况還有『向』字等。『己』『已』『巳』等字，底本概作『巳』，整理時已根據文意盡力对字形作了區分。另外，底本中還有幾處避諱『玄』字而寫成『元』字的地方，整理時也已經盡力改回『玄』字。

二、《山東文獻集成》所收《高密三李詩話三種》的倒册問題

鈔稿本《高密三李詩話》現藏於山東博物館，數年前點校者曾親至該館翻閲之，見該本行間舒

朗，字迹清晰，洵稱善本。《山東文獻集成》收録該鈔稿本，此次整理即以此爲底本。

《山東文獻集成》第三輯第四十七册所收《高密三李詩話三種》，按其所編頁碼，隸屬順序爲：

李懷民《紫荆書屋詩話》第三十九頁—一百九十六頁。

李憲暠《定性齋詩話》第一百九十七頁—二百一十九頁。

李憲喬《凝寒閣詩話》第二百二十頁—二百七十七頁。

然而仔細翻檢却發現，在第一百四十三頁有『唯從仲兄石桐、叔兄叔白學』字樣，第一百七十頁又有『評兄蓮塘先生詩』一則，品其語氣，當是李憲喬少鶴之言語，何以屬於懷民名下？因此知《山東文獻集成》所收『三李』之詩話有齟齬不諧之處，點校者就此情況向山東大學杜澤遜先生請益，亦獲先生首肯。

後來點校者想方設法、費盡曲折來到山東博物館翻閲該鈔稿本，終於查探清楚《山東文獻集成》中『三李』詩話齟齬不諧的原因：該鈔稿本本是一函三册，《山東文獻集成》收録時將第二册與第三册完全倒乙。正是由於這種整册倒乙的失誤，纔出現了李憲喬之詩話屬於李懷民名下的情況。因此，如果按照《山東文獻集成》的頁碼編排，其正確隸屬順序當爲：

李懷民《紫荆書屋詩話》第三十九頁—一百一十二頁。此即原函之第一册。

李憲喬《定性齋詩話》第一百九十七頁—二百一十九頁、李憲喬《凝寒閣詩話》第二百二十頁—二百七十七頁。此即原函之第二册。

李憲喬《凝寒閣詩話》第一百一十三頁—一百九十六頁。此即原函之第三册。

該鈔稿本有缺損處，又有火毁的痕迹，缺字處以□代之。整理時亦盡量保存文字原貌。底本偶有明顯錯誤之字，則隨文改正，加方括號以示區别。

三、《詩鈔》與《詩話》中反映的民族交往問題

李懷民《贈朝鮮詩人李炯菴記室》詩云：『見説長白外，雲山東去深。一方雖隔海，五字有同心。江浦晚收稻，石田秋種葠。未諳風土記，空讀竹枝吟。』這首詩不僅描寫了朝鮮民族的農業生産活動，如『江浦晚收稻，石田秋種葠』，更重要的是反映了當時清朝文人與朝鮮文人的交往，如『一方雖隔海，五字有同心』『未諳風土記，空讀竹枝吟』，是中朝文化交流及世界民族文化交往的一個明證。

又李憲喬《凝寒閣詩話》中説：『朝鮮人學詩，取經都在晚唐北宋以下，然確求其心得，非漫然而爲者。中國人開口便講漢魏盛唐，早知非真心有志之士。』以朝鮮文人與中國文人的學詩路徑相對比，『此即比較文學之嚆矢也』（蔣寅《清詩話考》，中華書局二〇〇五年版），亦是世界民族文學交流與比較的一個證明。

目録

觀海集上

觀海集中

東齋集

芸磵集

少鶴詩鈔

少鶴内集卷三

少鶴内集卷四焦尾集

少鶴内集卷八 縣居集

少鶴内集卷十凝寒閣續吟

賓山續集

三李詩話

紫荆書屋詩話

定性齋詩話

凝寒閣詩話

附録

附録一　三李詩鈔所載序跋等資料

附録二　三李傳記墓誌祭文

三李詩鈔

石桐詩鈔

李懷民

十桐草堂集

海上

數里聞濤響，到來煙霧迷。平看疑地盡，回首覺天低。落日片帆外，暮雲孤島西。蒼茫人語絕，獨有海禽嘑。

送族兄夢錫北遊

白首尚求試，知君驅馬遲。共當身賤日，相視路岐時。春雁雨迷影，野棠風繞枝。文章知有數，不敢問歸期。

秋日東園閒居四首

霽後添涼冷，偏知小院東。新封窗滿日，初脱樹多風。草静下飢雀，葉低藏病蟲。此時機慮息，還似在山中。

二

庭前槐葉落，不復聽鳴蟬。朝食嘗新穀，秋衣著舊緜。惜花愁雨夜，晒藥看晴天。漸次中秋近，樓頭月又圓。

三

荒齋人不到，當路長秋苔。澹日合雲上，涼風吹雨來。鳥喧園棗熟，蜨亂井葵開。復是去年候，草堂思幾回。

四

本無家計累，容易作閒身。買藥寄山客，寫詩呈故人。微霜竹籬浄，曉日石牀新。園裏菊花發，又堪招近鄰。

贈單紹伯先生

一家背谿水，郭外有柴關。野近每獨往，僧來相伴閒。病猶戀詩酒，老復愛雲山。願得捧琴杖，逐君泉石間。

夜坐聞遠水聲

孤邨羣動息，遠水夜聞聲。想得暗流處，無人空月明。遥應連石急，復似雜松清。獨聽渾無盡，機心自不生。

寄贈盧山人

高隱盧峯下，終朝理素琴。客畱春夜坐，詩對曉山吟。野墅養幽性，澗泉清道心。何時策藜杖，雲外遠相尋。

送趙玉文東歸

天邊候雁飛，白髮望荆扉。落葉滿山徑，秋風孤客歸。何時到鄉里，前路授寒衣。知是無人問，空洲理釣磯。

東谿送客

春雲亂遠空，送客小谿東。茅屋鞦韆雨，板橋楊柳風。路分高磧上，人去遠煙中。獨有雙白鷺，沙邊飛不窮。

遊道士谷二首

未至二三里，混茫全欲收。亂雲迷谷口，急雨下峯頭。隴麥山田錯，苔花石徑幽。何來風氣冷，蕭颯轉如秋。

二

鳥啼山客去，一徑下深松。薄霧散幽壑，夕陽生遠峯。出林初見月，離谷尚聞鐘。還望杖藜處，白雲依舊封。

遠歸

暝色動山郭，近鄉頻拂衣。田園新麥熟，風雨遠人歸。母念應扶杖，兒迎早候扉。從頭説風土，語笑滿庭闈。

古城晚眺兼送晛南表兄穎叔妹丈歸南山

一片丹霞飛，迴光照顔色。坐聞禾黍聲，索索遠秋急。迢遞何代城，危堞不復識。當時歌舞歡，但見荒草白。感兹一長歎，佳會安可失。南山鬱蒼翠，煙樹杳何極。故人竟不留，空磧摇松柏。

對月憶海東舊遊

荒郵一片月，曾照海東遊。樹暗山城路，花明水寺樓。春風幾回别，皓魄十年愁。欲溯當時樂，飛光不可留。

雨後入城晚復歸南郵道中

宿雨疎欲歇，四山滯朝霧。野風吹草衣，策蹇下寒渡。數峯入杳茫，微辨前溪樹。有人驅犢來，叱向遠煙去。

二

斜日斂郵口，餘輝帶林薄。天末燒歸雲，明晦變衆壑。阪犢歸且鳴，枝鳥起還落。蕭然禾黍風，無人煙漠漠。

歷下感秋

朝昏變氣候，秋思轉茫茫。旅病覺寒早，獨眠知夜長。湖風晴似雨，山月曉如霜。那更聞新雁，樓頭去數行。

覽鏡

獨坐覽清鏡，蕭然貧病兼。漫嗟人共棄，相對我猶嫌。骨相本來薄，身名合用潛。不須生妄想，頻復就爻占。

挽歌

郫邊高嶺嶺頭路，親戚送我遠郊去。四山風雨春冥冥，今夜斷魂宿何處。野棠花發柳含煙，又是清明寒食天。一閉元廬無曉日，墳頭新草自年年。

秋篓集

東原眺望書懷

黄鳥弄清響，交交高樹巔。出步原野曠，傾聆何悵然。落日下西崦，晚涼生麥田。倚杖試長嘯，屣履睇平川。閒愁動暇日，高懷屬遠天。衆山向夕昏，野人相與還。臨眺但無語，託值甚幽閒。豈無江海志，此樂不可捐。

園居三首鈔一、二

荒圃二三畝，種蔬兼種花。栽葵畱宿柢，分菊護新芽。野蔓架成壁，山條劚作笆。初泥茅屋浄，坐臥野情賒。

二

由來疎懶性，合得住荒村。佃客使栽柳，家僮教灌園。花求遠縣種，藥長舊年根。爲愛當風坐，茅亭不作門。

過無懷先生故居今爲單方伯第

舊是黔婁宅，今來崇構新。乍驚行處改，常憶住時貧。樓榭何曾識，鶯花別作春。獨憐庭際月，還照執經人。

題七舅新居

新向溪頭住，門前有水雲。遠山晴始見，高樹夜偏聞。帶露收園果，方春掇野芹。不才慚宅相，好共事耕耘。

四月八日憶少年城中舊遊

城外青青壟麥低，春衣初換怯涼飔。隔林簫鼓溪頭晚，始是先生放學時。

烟際鐘和韋蘇州同叔白子喬

沈沈遠鐘度，漠漠生烟合。日落山暫明，風定樹猶颯。不見暮僧歸，微茫辨孤塔。

瘦騾

羸騾筋力少，知是主家貧。稱作閒人騎，宜將病客身。尋詩同伫興，步月亦憐春。瘦骨高如許，無勞鞭策頻。

將作書與張嘯麻

陌上逢驛使，深心託毫素。欲寄千里書，故人在何處。前年滯河曲，去歲守京路。昨聞還濟陽，全家城南住。今來無信音，蹤跡杳烟霧。

贈夢錫移居

縣西門外宅，東野近移居。有客尋荒徑，無錢補草廬。谷風秋樹遠，城月夜鐘疎。時見攜童子，開窗教讀書。

送子喬赴都謁陳相公爲先侍御乞墓表

才華信不貴，崇尚在六經。愚生三代下，常懷大道明。湯公及李公，奕奕光彤廷。陳公繼其後，亦復相媲并。賢者在高位，草野皆爲榮。爾去識真儒，黽勉非私營。德容良可欽，金紫慎勿驚。爾懷有詩書，爾身有修名。常恐自掩没，不遊君子庭。攜手歲云暮，高樹起秋聲。升車始逶遲，曉風千里征。上以溯先德，下以砥高行。

子喬赴都後二日作

暝鳥棲初定，遥砧響欲闌。此時還不語，孤興正無端。牛女夜猶燦，風霜秋已寒。城西嶺下路，幼弟去長安。

秋日雜興五首鈔一、四、五

日入庭户暗，蟋蟀鳴前楹。初月含冷光，星漢皎互明。微風生樹閒，始覺單衣輕。沈沈萬籟静，忽忽念有生。弱冠耽書史，摧折期所成。壯歲不自立，日月忽已更。短韵何寂寥，聊以寄我情。當世不見知，安用身後名。

四

既云拙進取，復不事生産。厭厭在世中，歲月供偃蹇。親戚或相誚，妻孥亦憤懣。一編聊自娱，浩歌秋已晚。文字期永世，所託良非遠。新晴氣象分，天高片雲捲。流盼悦時景，沖襟得蕭散。如何倦遊子，勞勞不顧返。

五

清露被原隰，湛宇垂高秋。日夕陟南岡，平野壙悠悠。四顧但蕭條，慨然思遠遊。振衣眺極浦，逝當理輕舟。借問欲何之，酆鎬古雍州。峭陵峙其左，渭水西北流。自昔列聖宅，餘蹟今尚留。涉塗未及半，雨雪阻我求。還歸衡茅下，悵望懷隱憂。

中秋讌集示叔白子喬

華月升悠悠，寒空浩漫漫。復此家人歡，時就北堂讌。田秫自成酒，園果乍堆案。即今戀田廬，去歲悲鄉縣。無才甘沈淪，有道耻貧賤。笑樂復如何，彌用深嘆惋。

禱雨

道人伐鼓鐘，田父共瞻拜。里神殊非古，小民乃忻戴。蚩蚩竭愚誠，洋洋或如在。嗟余徇田廬，稼穡固攸賴。草枯豆苗稀，孰測青冥外。出門望平野，寥天動雲旆。

喜雨

沈雲滯輕雨，迍邅不肯下。倏爾飄菊叢，殷然響瓜架。稍繁獨起聽，纔密遽云罷。冥冥疑有憑，斟酌向中夜。田父攜斗酒，日入會茅舍。好雨雖不多，聊足潤穲稏。明朝好種麥，東田叱雙駕。

與穎叔登樓

登樓曠遐矚，峩峩見南山。村舍晝恒静，巒壑澄秋鮮。孤吟發高響，我思浩無邊。海波遠不興，雲氣但蒼然。時見海中嶼，浮出空濛間。君復耽幽賞，永日此留連。

送山人

山翁暫來訪，相送越邱樊。自識過橋路，遥歸背嶺村。新霜出高樹，寒日下平原。惆悵自臨水，倏然返蓽門。

冬居

自識福澤薄，甘分守頑愚。朝寒常晏起，初日照我廬。呼童埽庭户，盥漱臨前除。猗猗堂前梅，臨窗影扶疎。禽雀亦樂閒，下階自相呼。即此適情愫，聊復讀我書。開卷試長吟，不知歲月徂。

冬日溪上遲少荀

冬日照原陸，沙平水流折。木落嶺勢高，青松自重疊。牧犢過橋鳴，山翁負芻歇。佇立候所思，烟深鳥雀滅。

南山尋張道士晚宿柳家村

杖策尋道友，晨起登隴阪。海日曉蒼涼，雲山冬偃蹇。漸覺怪石多，時隨幽澗轉。隔溪問樵人，叩户驚仙犬。法侶喜逢迎，道言復開展。暫訪情已移，少别日又晚。烟際村落昏，谷口鐘磬遠。卻投山南峰，峰峰夕陽滿。

自題秋箋集

舊卷閒來讀，苦吟今幾春。尚多違古意，漸不悦時人。氣味全宜冷，平生合得貧。無須問千載，會取此中真。

種瓠集

早春病中

階前雪消盡，風氣亦清〔一〕和。心賞隨年薄，春懷因病多。聽鴻離野岸，看月上庭柯。明日東城會，何人醉復歌。

【校】

〔一〕清，嘉慶本作『恬』。

早春閒遊

村居人事少，懶性獨相宜。不爲看春景，盡成閒坐時。風光舒凍草，煖色上晴枝。偶值同溪客，還來步水陂。

春霽田原贈穎叔

林際春景霽，緑野涵清輝。罷耕牛自鳴，田父負耒歸。稍愛清流響，時見春禽飛。野吟自無慮，況君已息機。

與叔白子喬話上黨舊遊

遥遥西郭門，出宿三十里。禾稼盈秋隴，中田饒夏水。時驚野鳧飛，半夜相催起。朝辭重邱城，暮投邯鄲館。稍聽趙人謳，始覺海鄉遠。卻送先歸人，家言夜繾綣。矗矗神頭嶺，直上何崔嵬。曉度吾峪關，霜月正徘徊。長兄騎馬至，稚子亦先來。上下留山亭，望見五龍山。山中多松柏，鬱鬱浮雲端。自我居潞城，方暄已徂寒。擾擾牛車鳴，日暮濁漳曲。我行長子道，往事紛在目。昔人不可作，荒居白日速。

春日懷舊

去者已冥冥，來者復營營。鳥鳴春樹巔，端居忽復驚。歡娱尚不足，何況憂患并。新悲有餘念，往迹無留形。對此盈觴酒，當風聊自傾。所得保沖襟，了此今古情。

雨後東園藝菊寄紫卮

臥聞林雨喧，起視山雲蔚。已看小桃開，周覽新畦翠。倚門唤童僕，稍復親閒事。及兹芳春暉，植彼淩霜卉。遠松出深柳，春華獨不媚。殷念誰與同，聞君有此志。

溪上即事寄柳叟

偶上晴溪望，塵喧都不關。野桃經雨落，沙鳥與人閒。投杖臥春草，臨流看遠山。長隄一舒嘯，遥寄數峯閒。

溪上寄子受兄弟

一絶馳騁志，再經歲月周。時時出里門，閒閒俯清流。烟樹含遠翠，好鳥鳴春洲。歲初始耕作，雨餘變田疇。節易惻中念，景和感昔遊。况子隔城闕，何以慰遠愁。

古挽歌

高燕未云罷，談笑遽成昔。主人華堂居，日月來相偪。壽耋會有終，昧哲亦同寂。槁骸釋憂歡，幽室閉朝夕。神冥無遺響，形化存往迹。子孫篤虛儀，親故寄空惻。如何還相哭，共是遠行客。

約南溪看桃花未得往花事已闌寄諸弟城中

未及赴春約，桃花已先落。况兹風雨天，草堂陰漠漠。暮色悄已入，鳴鳩殊未歇。寥寥此時意，書之寄城闕。

對雨和韋蘇州

晨興方淒淒，永日遂淅淅。沾濡花上重，瀟洒樹間密。稍急始紛喧，漸繁轉寥寂。空宇難獨對，幽窗易成夕。端居復無聊，賴兹披往籍。

初夏城南道中即事

我行造城曲，攬轡眺晴空。雨足麥初秀，原野飄長風。茂樹擁深翠，落英綴殘紅。已盼時序改，稍忻懷抱通。行吟忽忘疲，周覽遂無窮。田夫隴頭飯，山翁林下逢。即復道里間，熙然儕庶農。所貴平生意，誰顧形迹同。

夏日園林端居即事

閒園一獨坐，忻忻衆鳥吟。重雲忽開朗，夏日照長林。新緑無遺壤，茂樹有餘陰。芳時良難得，胡爲抱疚心。

後軒集

傷逝

私心常惻惻，家人亦皇皇。臨晨慘將別，鐙燭儼華粧。斯須不可留，奄忽掩輝光。餘事勤槽櫝，僮御尚匆忙。獨無可究理，起坐但彷徨。午景照正中，始覺夏日長。恍恍疑有憑，驚風自飄揚。出入安所習，觸目成悲傷。洞房遽已静，素帷夕復張。幼子初學語，嘔啞在我旁。撫此平生歡，彌用摧中腸。

送終

淒淒感涼氣，微雨霽中宵。平明戒徒侶，送子歸東郊。淹留復何益，臨發轉摇摇。出門看遠道，荒草延中皋。昔歸從此路，與子渡河橋。念今不復返，迴視廬宇遥。收淚促前征，隔壠望松梢。左右循常儀，黽勉肆其勞。片時尚喧聒，終當永寂寥。臨穴撫長慟，決絶在今朝。黄土一收覆，白楊正蕭蕭。歸來視幼子，索哺方啁嘈。

夜經墓下

荒荒下殘日，漫漫入榛路。淒風吹野花，平岡生夕霧。故人竟何所，蕭條雜古墓。鬼火出陰埳，怪鳥宿深樹。夙昔方同室，素性況善懼。僕夫共慘顔，倉皇窘歸步。

感燕

堂中有雙燕，今朝成孤翼。日暮獨來歸，臨巢不復入。啾啾梁棟閒，細語人不識。宛轉墮牀第，奄爲侍兒得。毋乃中情乖，坐令虧爾術。此意實同傷，胡忍重相逼。開户自放之，達曉情未寂。

感秋六首鈔一、三、五、六

輾轉聊假夢，微涼夜中醒。驟雨忽驚飄，旋歇還寂静。暗蟲續幽響，孤竹摇虚影。獨寤念候改，長懷感宵永。單衾自無眠，荒雞何用警。

三

鬱鬱雨連日，荒村夜來晴。物情感氣候，各自爲秋聲。俯念人事乖，仰視天象明。晝景延餘熱，午風散微清。端居既寡趣，出門仍滯情。

五

端憂捐眾務，永日常獨閒。野侶共相招，薄暮遊前川。臨流一蕭散，落日滿秋田。林木多高風，漠漠望遠山。晴景良復佳，幽抱殊未寬。樵牧歸已盡，卻迴思悄然。

六

雲銷眾星出，始昏散疎朗。空院益淒清，中庭聊偃仰。淡漠轉無語，休暇自成想。夜久露初下，天高氣逾爽。始自念授衣，誰家砧杵響。

濰上阻雨

棲遲竟何事，客意坐相違。獨宿驚風雨，來朝又不歸。殘鐙欺病眼，溼氣薄秋衣。遥念東園樹，應多落葉飛。

端居感懷

動息遂成素，室家復其常。日遠情漸疎，時變迹彌亡。秋天易陰漫，薄寒中我裳。方如在遠道，寥落悲故鄉。杳杳懷往事，沈沈撫流光。倉猝結中念，安定集衆傷。閒齋延餘恨，浩思日飄揚。

落葉

落葉溪頭路，晝陰寒鳥喧。獨來亭上立，迢遞見東原。寂寂殘秋换，淒淒風景翻。應知壠頭樹，昨夜染霜痕。

除夕

悽悽改時節，不語獨沾巾。此夜還新歲，于今成故人。空堂設虛位，遺榻掩荒塵。嶺上東風早，惟應墓草春。

觀海集上

北宫邱長春道院

宫在縣樓北，石門題玉清。何時得仙處，盡日有松聲。斷碣埋秋草，殘鐘入暮城。青雲不可接，閒坐感浮生。

訪于君惠先生幽居

回鞭指西日，客心倦長途。嘉樹藹如薺，造此静者廬。主人常獨遊，日夕林野娱。下馬聊延佇，秋色照軒除。扃鎖室東户，窺見架上書。棲禽稍動竹，晚風始飄梧。山翁傍夜歸，霜雪生鬢鬚。再拜乞高言，誨我方徐徐。道深意彌歉，養至中乃虚。性情果堪挹，文章固其餘。歸擬守沖漠，躁念終當祛。

與友人登瑯邪臺

積水方沆漭，衆山復縈迴。連袂越危磴，杖策淩高臺。是時秋正深，向午雲盡開。迴步窮兩儀，流盼周九垓。片席指吴越，虚亭走風雷。長嘯荅吾侣，忻念同此杯。境曠意彌適，興極情轉哀。白日倏西匿，驚飆千里來。盛時若奔湍，壯心忽凋摧。懽樂慎勿違，慷慨沾襟懷。

夜登海山亭望月

天風吹不休，潮勢正鬱勃。峯頭夜尤静，一上睇寥闊。渾渾蒼霧中，厭厭生殘月。蜃氣相吞吐，水怪時出没。憑視但無際，高歌慘不發。蒼茫自冥懷，懔慄復驚骨。

十月一日夜宿單子迮宅

朔氣變商律，嚴城夜方肅。聊以初寒時，閒就故人宿。邃宇煖香茗，清鐙照華菊。展卷俯新文，探古啟陳牘。静業忽超逸，幽緒始開觸。形迹寄事外，性情免拘束。諒知非世資，此道幸相屬。

子喬自縣中來言書田單先生貧狀至食木葉並邀各賦一首爲贈

食盡門前樹，先生空忍飢。袛應到死日，始是不貧時。古性原無怨，高情獨有詩。即今三日雪，堅臥又誰知。

觀海集中

贈單書田先生

朝日照窮巷，寒雅叫枯桑。破宇斷烟火，唯見屋上霜。叩户似無人，剥啄驚空堂。古貌稍難近，初接方迴遑。室中無一物，四壁生清光。敗絮亂不整，點綴在衣裳。身窘道益泰，吐氣固能揚。時時金石句，縱横出飢腸。我對交敬愧，大論何堅强。側聞室人語，呢呢多怨傷。顧此男女憂，焉知狷與狂。丈夫率有志，良爲此輩戕。卓哉陶元亮，前修邈難量。

雨後與際上人步溪堧遂登南岡相地結亭

荒村邁時雨，微晴振條風。林表散遊矚，烟樹猶濛濛。始見水禽集，或鳴沙草中。已樂清波廣，遥愛南岡崇。雲氣連遠野，春華帶長松。攀躋乘餘興，覽眺方無窮。聊欲因結構，適與山僧同。

春郊燕集示子昇

忻念春候早，二月花盡開。熙熙晴晝煖，好風自東來。野客偶然聚，壺榼遊林隈。芳樹曖交蔭，鳴鳥時相偕。下瞰緑疇盡，一水淩空迴。世樂安可極，心賞幸無乖。適賴數斗酒，歌咏得吾懷。

飲酒示子喬

萬事皆心計，一身不可期。今夕共君酌，明日非所知。念彼百生聚，忽焉成死暌。試問未死人，豈嘗識此爲。蚩蚩抱質遊，何用相憫悲。兹辰復澂霽，山水交清輝。紅芳雖暫歇，緑樹延華滋。所貴身體適，樂讌及良時。

春晚與子喬閒步寄叔白城中

昧質得閒寂，荒居絶紛冗。復此同心儔，蕭散步阡隴。風歇林未静，月出水方動。始宜春服輕，稍披野烟重。蹤跡轉孤僻，神志益森竦。入時性已乖，力古氣猶勇。對語人不聞，嚴城片雲擁。

北城覽舊示叔白紫氾

野色北城北，遐覽逞高步。稍分原上村，自識郭門路。斷烟起平疇，遠思生春樹。偶步淡初忘，忽觸紛已寓。杳杳歲時歡，依依往來處。陳迹日縱横，流光不可駐。兹賞幸莫違，轉眼又成故。

單青佽太守見過即事酬短句

日落山水静，閒雲寄遥野。孤興一翛然，依依歸白社。豈謂安蓬蓽，復能來車馬。深林月欲生，空庭露初下。薄筵就荒儉，名彦接高雅。仰聆金玉垂，稍容懷抱寫。世路空悠悠，誰念苦吟者。

酬子氾夢予贈硯見寄

藴耀君自幽，安樸予無炫。負質固云殊，寓蹟稍難判。冷韵復相諧，短章賴歡眄。同心崇古華，努力懲時絢。臭味日冥寂，招攜追閒散。少嫌井廬異，尚覺形影閒。鬱鬱夏木深，漠漠春景换。孤興方觸筆，清夢遂投硯。廉正義不違，磨礲神所眷。此意永相期，薄言酬繾綣。

晨起西齋聞鶯

薄陰遲春曉，荒墅躭幽臥。理身已疎散，攬衣尚慵惰。微微雨意成，稍稍風光大。自愛南窗静，還向西齋坐。斂跡避衆喧，檢情就閒課。方此林際鶯，終朝獨相和。

石門寺西山讌集

屢爲石門遊，愛此西岩好。寺後一徑斜，山陰數峯小。列坐選石坡，野酌席芳草。薄陰散平楚，微風颯林杪。樂讌愜幽侶，緩歌應谷鳥。日落山氣寒，路暗松聲悄。海堧晚澄霽，客心曠虚渺。還當續此歡，方舟窮雲島。

贈别王蜀子

不謂能相賞，得君于衆稀。片言意初合，前日識猶非。每約入山宿，新同觀海歸。來朝隔林谷，空望白雲飛。

雨霽與近鄰小遊

屋角雌鳩鳴，山家知足雨。涼飈始振條，陰靄尚延圃。適野聊薄遊，遂及田閒侶。沙水渾亦潔，忻然過前浦。登高瞰原隰，新華滿禾黍。明麗出遠山，颯爽啟晴宇。嶺霽雲猶燒，林暝月已吐。乘興共還歸，分散松徑語。

寄子受三首

紛喧無定賞，寂寞有真性。好古延清芬，媢時得俗病。胡然性所樂，而求與衆競。試問千世文，得失孰爲政。歛情寄閒曠，逸韵發歌咏。所保在沖襟，餘事及酬贈。促迫斯不容，平生抱孤興。此道少榮辱，矯欲逃數命。願言結素心，永世仰冰鏡。

二

貴賤雖異等，名位本虚器。優伶蒙繡裳，乃與公侯類。内蘊苟不充，浮華焉足恃。昔聖屢此念，良用篤厥志。吾儕等斲輪，聊欲鳴一藝。疾徐難共喻，甘苦常獨嗜。羣歆久弗驚，衆恥勉無棄。薄長時自負，朗然增氣勢。持此較世榮，何由失吾意。

三

白楊西郭路，纍纍多邱墳。暄時來此遊，登高觀夏雲。披拂壠頭樹，感念墳中人。豈不同此歡，音響誰復聞。古昔豪傑士，身死言不泯。形質隨化往，文字傳其神。胡不少留意，逐俗但紜紜。朝遊酒肉場，暮追狎客羣。但務四時樂，坐亡千載文。一旦纊息定，滅如風中塵。寄言同學友，勉爲身後身。

積雨平度道中先寄鳴九

長途亘方倦，積雨綿未歇。滃然生溼雲，望山正愁絶。寂歷荒店宿，徘徊孤驛發。已攬曉衣重，未改午風熱。阻順稍不驚，微勞足怡悦。况與素心期，故人隔年别。

海南寺感舊

昔日海南寺，松杉蔭緑苔。小堂曾乞住，荒徑獨尋來。僧殁鶴猶在，客稀花自開。臨風竚遥念，欲去重徘徊。

山店

村店依谷口，樹邊聊小休。鷄鳴寂傍午，客思冷如秋。石徑早桃熟，山田新麥收。居人足閒樂，磵底濯清流。

歸南村

已知鄉路近，原上有新瓜。曠野風催雨，孤村客到家。山樓先樹出，松徑隔溪斜。料得閒園裏，應開梔子花。

謝潁叔贈茉莉小松

茉莉稀偏貴，山松小更佳。寄來從遠道，移植向高齋。當暑饒清馥，淩寒愜素懷。閒庭獨看好，時復與人偕。

荅客勸止吟詩

自於人事遠，僻性日深沈。豈敢厭時寵，其如乖衆心。瀹中成獨賞，壥外或知音。重感相期意，尊前勸止吟。

立秋前一夜感夢

別緒沈方弭，因閒忽暫投。中宵感微夢，明日又新秋。稍念音容闊，偏驚時序周。即今難自遣，況是去年愁。

子受求余盆桂意不可拂臨遣凝竚詩以送之

送花如嫁女，相看出門時。手爲拂朝露，心愁摇遠枝。因風歸別院，對月憶華姿。明日西園會，還容過習池。

逢潞安人實先荆南先生官其郡

早歲從西郡，茫茫二十春。偶逢洛陽賈，還是潞州民。音語聽偏識，山川憶不真。卻看頭白盡，猶説使君貧。

始晤永言招同雲圃周丈明湖泛舟

同舟愜夙好，復此秋雨霽。臨水始悠然，乘風忽無際。雲樹晝綿緲，湖山暮迢遞。感時緬舊遊，慕德屬新契。淺酌情已酣，畢景歡仍滯。不辭一言拙，仰祈高章麗。

咏下第寄王蜀子

理數全無據，文章自不關。頓令消意氣，偏解鬱襟顔。偃蹇仍非病，蕭條衹似閒。幽人豈知此，隨意看秋山。

山中與穎叔閒步

同心適攜手，逍遥步野田。落日照寒蕪，疎木參遠天。披彼海邊風，愛此門前山。舉頭看浮雲，聚散皆偶然。託處無紛擾，性情亦蕭閒。努力篤静業，豈結塵中緣。

山中尋王蜀子晚歸東村

心識幽棲處，閒尋未覺勞。山深落日近，秋盡暮天高。短彴通人跡，長松墜鶴毛。卻迴雲際宿，還聽海門濤。

題萊陽仲生所贈王石谷早春小雪畫卷

知是右丞筆，畫中詩思清。柔條著春淺，微雪比霜輕。無鳥竹閒響，有人橋上行。常憐遠投贈，閒對覺情生。

歲暮寄南山王蜀子城北單子㐰

莫謂衆所欲，當感始難袪。莫謂世所就，當務始不如。發蒙啟靈慧，正賴聖賢書。處紛或外輕，觀寂知内虛。嚴冬萬物藏，寢跡委荒閭。日短易昏夕，淩淩星宿疎。風林及暮静，寒鳥時夜呼。沖懷窅方深，耿念鬱未舒。良友不在兹，蕭條歲聿除。

酬子㐰長至日雪見寄

長至雪初下，當看未作詩。高情解相寄，静理獨能推。遥想捲簾處，共誰凭几時。即今消復盡，空見日痕移。

冬暮村居雜咏寄叔白七首

寂寞應甘分，清泠味若何。四時欲行盡，一歲又閒過。夜雪曉方覺，朔風晴更多。尋常閉門坐，抱膝自吟哦。

二

翳翳荒烟合，村家近晚餐。犬偎日陽短，鳥啄木聲乾。暗牖寂已暝，茅簷低正寒。閒愁方歲晏，觸次亦無端。

三

暄時此亦静，寒月更須閒。野客雪中去，村僮城裹還。新書借未讀，舊句定猶删。聊復倚藤杖，門前看暮山。

四

貧後依荒塢，憂來行近園。雀争牆外樹，牛入路旁村。日落晝風止，烟寒冬嶺昏。樵人歸又晚，深巷叩柴門。

五

盥漱臨堂户，清霜日氣澄。鑪灰留夜火，硯水結晨冰。事少常如客，情多始羡僧。疎慵生自慣，何處著人稱。

六

茅堂躭夜坐，布被戀朝眠。詩句還隨歷，身名不稱年。森沈殘臘日，錯莫早陰天。祇對陶公集，閒哦飲酒篇。

七

孤吟知興遠，閒坐亦深更。僮睡呼不醒，鐙昏挑暫明。夜寒如有悟，鐘盡即無聲。曉寄城中客，還能識此情。

送遠道人歸九仙山

西巖白雲裏，師去及春輝。日曉雙峯出，天晴一鶴歸。磵花粉棠豔，山菜刺楸肥。誰見孤吟罷，松間倚石扉。

題遠道人省故鄉詩後

道人家住大江南，雪滿穹窿有舊菴。化鶴歸來城郭是，幾人樓下看蘇躭。

送流人

説著路人感，況于心所知。輿圖到窮處，春夢是歸時。江樹瘴雲暗，山城蠻鳥悲。何因見邊使，卻寄望鄉詩。

觀海集下

酬王蜀子

雅道誰能好，希聲淡過琴。不逢千載士，空負一生心。古意常先得，閒情或對吟。從教塵世上，難更説知音。

和新亭蜀子訪遠道人時遊九仙山未歸之作并寄遠道人

仙家雲巘裏，松徑有柴扉。野客每相訪，山人還未歸。春風動遥念，詩律發清機。詎識同斯感，天寒早雁稀。

南山早行

杖策尋烟渡，前村尚曉鐘。山中過新雨，日氣滿春松。霧谷暗人響，水沙澄鳥蹤。卻迴看別處，猶見最高峯。

落花

恨紫與愁紅，飄零西復東。離枝猶帶雨，拂樹乍驚風。客去小齋静，鳥啼春榭空。物情有榮落，祇是與人同。

子喬招遊石溪與諸生會詩聽遠道人彈琴即事遣悶示子喬

豈不念佳賞，亦復愛羣英。滯曉洒輕雨，溶溶夕還晴。窈窅深谷中，雜然杯杓傾。仰盼雲木秀，俯聽石泉清。華章燦已陳，疎弦方屢鳴。顧此足云樂，悵復牽微情。一觴雖共酌，盡日神獨醒。方慚塵外侶，何以荅諸生。

雪後晚望寄子卭

風色向林際，冷吟還水邊。夕陽晴照雪，歸鳥暮沈烟。樹遠分高寺，山昏合凍天。仍懷北城下，鐙火獨蕭然。

哭紹伯先生二首鈔一

先生篤幽静，清苦本能詩。古性少相合，菲才時見推。每容榻前醉，常感病中思。今日捐儔侣，知音更有誰。

寄任大文温州

欲寄新詩句，憐君在永嘉。暮山蠻雨暗，春樹越江斜。異國初諳俗，前書已到家。相思謝樓上，空復海雲遮。

寄子喬容城

燕山獨遊客，幾日住容城。關馬雪中役，淀人冰上行。登樓望鄉國，書賦謁公卿。何處逢張籍，仍傳越女名。

春日寄王穎叔并序

余妹適王穎叔，家珠山北，近海。余常就穎叔讀書，妹亡不復往。春日感舊，悲悼寄此詩。

大化轉四時，律窮數還更。惻念春候至，暄景爲我明。蟄蟲各潛動，枯荄亦滋榮。惟人乘此氣，既死不復生。死恨安得知，生悲有餘情。端居懷所歷，遺感方迴縈。久諳山民俗，多識海魚名。往往夜風雨，猶似聽潮聲。存者既疎闊，逝者長杳冥。涕淚但滿眶，怨結誰能平。

酬李孟亭

若較最清浄，自知輸老僧。四民中有愧，五字外無能。看長砌旁草，聞開溪裏冰。非君頻見賞，淡泊有誰稱。

送單青佽之任銅仁

不惜炎州去，天南詩景饒。城開萬山小，路向百蠻遥。紅觜過江鳥，黄頭出洞苗。未諳遠人俗，何處復停軺。

子𢓀城下新齋

縣内最深處，竹齋新闢幽。閒來此坐卧，不異住林邱。野性多孤興，詩心善遠愁。時還因玩月，獨步上城樓。

酬新亭重經海曲見懷

海曲同經處，春風過幾時。每言成往事，獨坐亦常思。帶郭樓臨水，依山竹隔籬。聞君重歷此，懷舊意遲遲。

子喬東亭所栽竹已抽新筍因感去年予在海上今子喬遊津門成此詩

去年新竹移，海上報余詩。今日春苞解，燕南自不知。獨看過雨後，斜立帶烟時。徙倚東亭上，風吹向北枝。

送人往杭州

南屏山下去，復是晚春天。沽酒宿江驛，待關逢越船。長橋雨中没，架屋渡頭偏。見説西湖好，君應住幾年。

單使君説巴力風土

更向伊吾今哈密衛外，心知過紫臺。無時不有雪，經世未聞雷。路繞涼州出，山環熱海迴。使君頭已白，曾到此中來。

單菱浦寄示雨夜悼亡詩卻酬此篇

哀思無昵情，哀響無繁聲。從君泛古瑟，商弦亦和平。洞房興初集，獨夜雨易成。微微涼飆舉，稍稍木葉驚。自令寒韵遠，誰見孤影清。千里感幽怨，峽猿不復鳴。緬邈淡若遺，所貴麗以貞。昔賢垂章句，甯教伉儷輕。

贈新安令

高閈古時性，合與衆心違。束帶嫌猶重，看山説未歸。春陰縣齋冷，晝雨吏人稀。近邑多陂淀，時聞鸛鶴飛。

寄懷王蜀子病還故山

時節去悠悠，亭皋野水流。懷人雨侵曉，歸客病兼秋。閉户多黄葉，窮經易白頭。思君無限意，不獨感離愁。

送周松幹遊遼東

關外獨遊客，風沙幾日程。霜秋過燕市，邊路入遼城。荒驛逢人住，深山避虎行。平時無處士，誰重幼安名。

咏貧士贈林鳴九

落木深秋節，貧家雨又風。舊衣春典盡，新穀日支空。冷竈偎飢犬，晴階卧病僮。獨應書卷裏，時復見梁鴻。

送林二偕劉明府之任河南

落葉滿行路，送君秋已殘。長貧爲客慣，漸老別鄉難。雨氣嶽邊暝，霜天河外寒。甯知洛陽令，還解重袁安。

張陽扶自濟南過宿別

飄泊來何處，驚心鬢欲華。故鄉惟有墓，去日已無家。坐久孤鐙暗，夜涼春雨賒。來朝更分散，還是隔天涯。

石門寺曉起禮佛遂步至南磵

鳥鳴春山曙，升陽曖松間。禪扃晨未開，隨僧猶晏眠。從容始披衣，盥漱草堂前。仰見數峯峻，杳靄當晴天。步閣禮金像，默諷無生篇。耳目稍已净，鐘磬但悠然。緩步躡石磴，倚杖聽磵泉。時見山中人，動作亦蕭閒。豈無人事勞，幽興此中偏。安得遺世累，遂此山居便。

與穎叔宿山廟

空廊春草深，遊客到時心。日色衆山暝，樹聲高殿陰。迎門無道侶，共宿有棲禽。對此易成感，况君悲昔今。

遊麻衣洞將歸因雨復留贈王穎叔兄弟

偶來遂連夜，將別復悠悠。春雨應無限，歸心自可留。微風山葉動，孤燭草堂幽。轉眼又成故，還堪幾載愁。

訂中晚唐詩人主客圖既成悵然有感題卷末二首

古來耽此道，清味本酸寒。思入如中病，吟成勝拜官。物生皆不隱，情動即教看。未識成何用，憑將鬢髮殘。

二

前生應有罪，天譴作詩人。但見無雙士，常膺不次貧。青山窮道路，白首役精神。獨爲求知己，淹留萬古身。

題宋氏表兄村居

草屋依依八九間，豆棚瓜架映柴關。新除空地擬栽竹，別起高齋爲看山。樹裏折回溪水遠，窗前飛過野禽閒。村南柳市春醪熟，時約鄰翁與往還。

濼口山寺

鳥鳴石橋外，流水寺門關。秣馬客方倦，埽階僧自閒。烟松浮曉日，華殿倚秋山。聊可息塵念，胡爲岐路閒。

登華不住閣讀吕仙詩

凭檻曉風急，客行悲早秋。日邊海鄉遠，天末嶽雲流。故壘不可見，仙蹤何處求。無因卻情累，驅馬但悠悠。

登岱過靈岩寺雨後作

山雨曉未歇，整轡趨岩陬。颯然披晨風，蕭條川谷秋。晴靄乍明晦，巒壑互沈浮。鳥飛雲霧中，時一聞啁啾。崎嶇造禪宇，雜沓松柏稠。暫與山僧羣，忻從樵者遊。日氣表孤塔，天色分華樓。俯兹古磵樹，羨彼寒洞流。適將躡高崇，亦復愛深幽。

與叔白登太山絶頂懷子喬燕中

不信人能到，相看已是仙。雲中還有路，山上似無天。真覺吴門近，初驚海域偏。未知重嶺外，何處是幽燕。

贈蟠龍山洞道者

深洞幾年住，道成休誦經。共眠看虎跡，久静覺人腥。弟子頭還白，山雲色獨青。世中遥望此，空復嶂如屏。

濟南聞族兄夢錫没

氣高言語新，白首亦精神。乍聽悲難變，尋思恐不真。論交羣從晚，爲學一生貧。明日看闈卷，城中少此人。

送友人秋捷後復還濟南

稷下争名地，此遊生彩輝。聽鴻關月曉，駐馬岱雲飛。九族知同餞，雙親念早歸。唯余嗟病母，門户漸衰微。

阻雨地藏菴

臨海草菴小，雲中三兩間。偶來逢雨住，幾宿共僧閒。石氣冷侵閣，樹聲秋滿山。黄昏叩門者，知是採樵還。

甲午秋日同王新亭穎叔再遊大珠山

時憤偶不遺，跡寓情遂滯。岩穴求故心，悠然復忘世。理杖追前賞，握手仍夙契。入谷聞松聲，臨壑見崖勢。清泉穿石底，奇峯表天際。海堧自陰淡，霜野轉明麗。犬吠秋澗響，樵歸遠林霽。蕭條有餘歡，寵辱誰能計。

宿山家

谷口斂斜暉，樹中烟火微。鳥栖遊客倦，犬吠主人歸。夜飯燒山栗，荒眠藉草衣。自知無寇盜，不擬作荆扉。

冬日會西莊示弟

密雲結晝陰，迴風散夕雪。稍愛簷除静，還念川岩別。雖無車與馬，步尋聊可悦。暮色墟里昏，嶺勢寒松列。荒塍人去盡，凍烟鳥飛絶。茅棟遠林巔，荆扉盡日閉。已忻冷味合，復共清觴設。野會少拘忌，貧家足精潔。適兹樂蕭閒，尚不羞蹇劣。

寄新亭蜀子

五字誰能樂，栖遲鬢欲絲。名教身後出，心薄世間思。淡味疑無趣，寒吟似有悲。未忘將此志，報與故人知。

送張陽扶佐莊使君幕校士河南

富兒重安居，貧士輕遠遊。衣食苟不充，奔迸甯得休。前年遊稷下，將母住齊州。母卒始歸葬，暫一省林邱。本無置錐地，故鄉安可留。今當涉河洛，但爲妻子謀。出門瞰春光，碧草千里愁。故人重話別，清酒持滿甌。洛中何鬱鬱，龍門帶伊流。聖賢生其間，遺跡應獨求。行行躡中嶽，崇高物象收。素襟諒宏達，登覽曠悠悠。使君方愛才，重士千金酬。士聲嗟已靡，古道少復由。雖不當其位，可以佐旁搜。所貴在明義，坎壈豈足憂。

遊盧山西磵亭

攜琴向山舍，遥見盧敖峯。瀰迤平陸絶，屈曲幽壑通。瀑流故不長，春冰結深重。石房復精潔，遶屋聞松風。俯飲磵泉水，慨念塵世蹤。主人況能賢，招我棲此中。

東亭月夜讌集分韵得宵字

東亭竹間月，好是雪晴宵。有客共來集，吟詩孤興遥。夜華分遠甸，春靄冪寒條。更愛清徽冷，臨流一兩挑。

盆梅和叔白詩

梅本盆中植，輕寒始放時。漫疑春信早，不受曉霜欺。鐙下挂疎蕊，硯旁横短枝。移來傍粉壁，還似畫中窺。

東齋集

哭單子迟二首

憶從相識時，五字共牽思。有景皆同賞，無愁不並知。教看未成句，使定欲删詩。細數城中伴，此情還向誰。

二

新齋幾回宿，壁有去年詩。竹户無人閉，書童見我悲。秋霖初歇處，庭菊盡開時。從此一哭罷，出門何所之。

西石

愚性在林谷，所遇即佳賞。一石雖云孤，探索羅殊象。仙觀搆雲際，危級百層上。其後列重巒，排空竚高朗。崎嶇造絶頂，險盡得平壤。是時山雨過，羣壑競秋爽。覽眺無不及，稍稍襟懷敞。臨風忽慨然，吾友竟長往時友人子卂歿。

檢舊卷悲子卂

詩中見名姓，始覺往來頻。自此無知己，相看成古人。閒酬多爲雪，遠念每當春。知有平生句，裝留幾卷新。

冬晚自城還投宿東村即事示子和

欲訪幽人宿，嚴天掩暮城。朔雲凝不散，孤月迥初生。出樹野鐙影，隔溪寒犬聲。深齋擁鑪火，又共一宵清。

對雪寄子和

寂寞遂終夕，晶瑩忽通曙。垂幔若遺情，開軒始驚晤。騷屑方委棟，氛氳正飄樹。被物乍同收，因形乃分賦。積重或偏攲，乘弱亦輕附。燭幽時濬達，彌缺必豐注。野人悄將歸，棲鳥寒猶露。曉色已侵晝，澄輝更延暮。憬幽知悦性，念羣轉縈慮。欲出訪郊扉，扁舟尚迷渡。

雪夜憶子喬新亭潁叔九仙山中

知宿何峯頂，應憐此夜寒。未眠僧舍静，共坐佛鐙殘。隔牖松風急，上方鐘磬闌。幽情已堪憶，況是曉來看。

東齋雪曉寄近隣

昨暮東齋雪，清吟徹夜寒。頻聞洒窗急，獨起捲簾看。已合曉枝重，遠連平野寬。蕭條村徑漫，知訪蓽門難。

任二十六鵠其兄大文以事遣温州近以秋日感懷詩見寄酬此篇

閒貧閲時物，偏易感離愁。日苦雨連夕，朝來天已秋。荒鷄鳴屋後，野水漲原頭。況復故人遠，短吟誰與酬。

孤山伯夷廟碣誌待清處

甯識待清處，雲中孤廟寒。一峯臨海遠，千載此人難。寂歷曉風吹，霏微秋雨漫。山前名利客，日日往來看。

三友亭並序

歷下有三人友善，謀湖上結亭。方擬其名，一人者病卒。亭成，二人悲之，命其亭曰『三友』，三友皆能詩。

結搆湖亭意，秋風生水濱。甯知此情古，翻使得名新。檻外過寒鴈，風前憶故人。如何同畫壁，不及昔時春。

題子喬載鶴遊玉清宫圖

邱子煉丹處，石門松樹邊。獨來還對鶴，相視或疑仙。久立看殘碣，高鳴入遠天。何人惜孤興，復爲畫圖傳。

和子喬贈勞山僧有序

子喬北行，次滄州，有少年僧，察其音似故人張陽扶，叩之，果陽扶甥也。先是陽扶流寓濟南諸邑，皆攜姊甥往，後遠遊，姊老不能從。陽扶去久之，甥遂爲勞山僧。將入都受戒，子喬遇之，感而賦詩云。

知是儒家子，爲僧始幾春。持經非有願，離母衹緣貧。驛路看殘雪，鄉音識故人。長安見殷浩，應爲泣沾巾。

贈朝鮮詩人李烱菴記室

見説長白外，雲山東去深。一方雖隔海，五字有同心。江浦晚收稻，石田秋種葠。未諳風土記，空讀竹枝吟。

荅三詩客

年長寡嗜好，身賤得優游。徂夏方綿渺，奄忽又及秋。候蟲始當階，昏星亦復流。種豆在南野，秫稻盈西疇。雨暘賴天時，勤勞喜歲收。得爲太平民，樂兹農圃儔。黽勉二三子，章句時見投。空言非所取，古道阻且修。努力保沖襟，庶以名理求。匡居非碌碌，元亮何其憂。

遲子喬久不至感秋而作

棲遲野墅負聯珂，昨夜輕寒淩曙河。蔬圃雜花秋色滿，豆棚深葉雨聲多。高堂且喜年如許，四海休誇志若何。爲念征人早晚至，前書已報渡滹沱。

送邑宰張明府南歸

爲官幾載貧，因病憶江蓴。在縣常無事，還家祇有身。隨行一舟月，出送滿城人。去後野棠樹，年年花發春。

瘞騾

靈蠢雖異性，造化本同理。乘氣各有生，茫茫竟何恃。一朝生氣盡，形骸共當委。有騾在中廄，買自西山市。家貧不食粟，瘦骨峻嶒起。前月燕南行，病婭羈千里。雨雪載奔騁，早夜恣鞭捶。遊子竟不還，罷騾亦歸死。敝帷適相資，畚鍤勞省視。逮物豈能仁，中情自難已。念彼跋涉力，瘞之北園裏。園中鳥雀喧，寒林薄短晷。物生甯罔覺，嗟人乃如此。

贈張道士

學道去家遠，海邊來幾春。元蹤常不定，白髮恐非真。自未離詩酒，人傳使鬼神。終當入蓬島，鶴上試輕身。

九日與諸生暨桂齡歡齡喜齡南岡登高

暫罷清齋講，聊適蒼郊意。佳節依古名，心賞隨時寄。繞林曲徑轉，隔水寒岡巋。冠者方雍容，童子共嬉戲。卮酒得并攜，盤飧乏兼味。鮮肥甯不慕，淡泊亦云貴。雜坐禮自飭，小飲情已醉。秋陽布晴暄，松風激虛吹。凭高始周覽，望極集遥思。作詩命同心，庶各酬爾志。

芸磵集

族子詒經訪予芸磵置酒示諸生

濩落非世用，屏迹在田園。汲汲二三子，謬推爲時賢。館之清溪側，花發溪中妍。溪南多喬松，松下無雜喧。輒復摘章句，晨夕相窮研。孺子來何所，求我林水間。適有盈觴酒，更謀通夜歡。詩歌究夙好，探討發古編。嗟汝貧苦居，并日乃一餐。如何慕閒逸，甘以辭冕軒。及身感淪没，甯問千歲傳。尚務儲世資，勿效風露言。諸英幸努力，覆轍今在前。

再過南園感舊傷懷示高氏二妻叔

記得門開路向西，謝家梁燕滿春隄。堂前柳絮看如雪，七字吟成不可題。

二

落拓詞場老瘦生，羞將短髮對冰清。東牀信宿依稀是，二十年來負此情。

叔白遊㟁山九水寄示圖記報以詩兼寄同遊楊子西溟楊九水人

嗜好由來合，平生幾首詩。春山偶獨往，勝跡必同知。寺遠卻迴暮，水多因轉奇。他時剡溪櫂，此路不須疑。

贈趙郎

紙窗鐙火夜熒然，幾宿清齋對榻眠。他日懷人屋梁夢，半庭春樹月嬋娟。

喜王生見過贈以詩王生甯焯字熙甫

人生中壽今過半，髭髮未改筋骨變。況兼積鬱病肝膽，逆氣上衝下湧疝。以此傷和腸胃弱，人間珍腴無所羨。縱博狎妓皆不好，更薄裘馬屏諸玩。惟有文字心所躭，少小習之老不倦。學成欲求當路知，奔走荒山困鎖院。可憐偏僻不入時，以水潑石冰投炭。爾來二十有一載，名場大小三十戰。如今精氣漸消歇，委運浮沈絶忻嘆。授書村舍非謀食，聊借生徒近筆硯。時過神敝學不入，了無新得成懶漫。王生年少何爲者，稜稜氣骨跨霄漢。勵節定教追古賢，爲文誓使矯時彦。不忘訪我來荒塢，月明置酒臨松澗。今古究論無次第，詩書狼籍堆滿案。言言當心語語合，不覺意氣增百萬。燭盡壺空未肯眠，坐聽鷄鳴遂達旦。燕山勒石知不逢，南畝躬耕仍未慣。我今不死何所貪，獨此勃勃猶可戀。

遊王氏池亭題諸生詩後

看竹不知誰是主，野人有酒自相招。輕雷忽送海邊雨，無數鶴鳴翀遠霄。

青州道中

一雨曉風變，道旁蟬已愁。感多少年事，晴極遠天秋。識路不須問，隨緣非必求。人生異悲樂，共是雪盈頭。

濟南贈單公子鉊

好是西園貴公子，天生野性自蕭閒。爲尋貧士不騎馬，擬作吟僧常住山。半日究論惟古昔，幾年投贈隔河關。趵泉秋雨明湖月，喜得連朝與往還。

秋夜明湖讌集贈單公子鉊

愛此碧流水，值彼清秋晏。方舟載華觴，賓客輯名彦。星月挂城角，歌管起波面。杳靄烟樹幽，聳動樓臺現。興極夜方永，道合情彌戀。貧蹇負才豪，貴盛惟德眷。作詩記良會，洵美非荒讌。

傷籠雀

階前委毛羽，山雀了今生。滿牖空晴景，開簾失曉聲。栖邊籠自挂，啄處粒還盛。此恨誰當識，娃僮倍有情。

酬趙伯式

自識文心拙，何曾解稱時。雖蒙先達賞，未免寸衷疑。是試皆求入，無名不見遺。如何垂盼處，辛苦獨能知。

題芸磵圖留贈宋氏兄弟

好是清溪大樹莊，莊多松柏繞溪旁。雪中不厭立寒月，雨後每來看夕陽。此地幾人同嘯咏，他年有夢惜風光。漫留粉本何須重，一載相依未可忘。

東齋後集

郭里南太守見過即送往蘭州

憶我懸弧辰，祝念在四方。讀書緬往蹟，壯志常慨慷。無由致身遠，空負七尺長。里井閒歲月，奄忽四十霜。故人帝都來，輿馬驚村莊。昔爲同學友，今佩太守章。别離二十載，徧遊雍與梁。屢嗟蜀相功，幾回弔秦皇。朝當出玉門，熊首指敦煌。逝將從子去，行行至洛陽。逶迤過商山，遂經渭水旁。渭水繞長安，自昔争名場。所求如未遂，賢達亦感傷。感傷可柰何，絶塞觀大荒。單于遺壘在，瀚海何茫茫。遐覽一揮涕，沈抱庶可揚。負疴不獲俱，坐令悲窮鄉。

青州館對月憶叔白子喬南行

一片家山月，分程照遠遊。何時渡湘水，今夜宿青州。獨卧未安枕，對吟應在舟。那堪兩地恨，并入北堂愁。

宿小村懷叔白子喬南中

獨宿小村夜，乍無州郡譁。依偎侍僮小，離别故人賒。雨歇尚愁路，月圓應到家。遠人豈知此，舉酒向天涯。

道旁禮佛題山寺壁

道旁還禮拜，稽首淚先零。天定若無改，佛悲何有靈。祇教除妄想，應惜枉勞形。法力自深廣，歸家惟奉經。

死歸生

死歸生，捨生拚死來求名。炎天日午爍岡阪，里門未出何曾經。況兼徒步少車馬，中乾外强煩鬱并。竟死道旁鮮弟兄，中野暴骸行人驚。昨夜山雨秋風晴，喪車載歸牛鐸鳴。生時與我不相識，殁歸同宿曉同征。知君珠玉羅萬斛，積未得吐目豈瞑。道左弔君慰君靈，我亦求試來齊城，一言未獻返鄉程。

春陰

纔望春晴卻又陰，梅花畏冷不開心。北堂侍疾年垂暮，萬里南天無信音久不得子喬消息。

哭王東溪

貧賤仍無壽，賢人自昔悲。巷窮弔車絕，品重販夫知。農子自于野，病妻空守帷。堆牀破書裏，有我寄懷詩。

送三歲兒筠齡歸壙

正得還真自在休，百年託體亦山邱。畧嘗世味如斯足，底用勞生到白頭。

岑溪書來得悉子喬近事并言彼中十月桃放

季子鳴琴處，山桃幾樹新。霜村方愛日，花縣已逢春。自見棲南雀，還教詫北人。祇今寒食近，嫩蕊未全伸。

粤遊集

渡黄河

我行大梁道，日夕黄河渡。河水浩漫漫，故鄉在何處。風起廣沙岸，烟昏遠原樹。孤舟乘危波，惝怳不敢顧。遊子杳天末，誰識南荒路。

尉氏縣

朔氣乘風傍晚晴，啼雅流水夕陽明。樹邊寒色動鄉思，料峭歸人暮入城。

葉縣對月寄東齋生徒

東齋孤月冷淒淒，幾个寒雅樹上啼。寄語諸生休悵望，行人已過大梁西。

過古宛州感孟襄陽南歸阻雪篇

志伸盛意氣，攬轡輕四方。志屈頹意氣，泥情戀窮鄉。氣盛萬里近，氣頹百里長。不然宛與許，故自逼襄陽。胡爲孟夫子，到此多嘆傷。況我家東海，跋涉趨汴梁。汴渠達汝潁，遂以涉湖湘。湖湘何足道，行復極炎荒。

過天門縣留示縣尹匡淑辰

南遊浩蕩杳鄉關，尚有故人江漢閒。卧病孤舟不相遇，片帆竟過天門山。

孤舟

孤舟鄉夢覺，殘月空江落。到曉不聞聲，風動繫船索。

長沙感賈生

含愁渡湘水，況復負痾身。舟泊長沙郡，心憐失意人。寒城又斜日，舊宅衹荒榛。往事風烟杳，空餘志未伸。

湘口感柳子厚

素耽子厚詩，心馳永與柳。田居侍親老，遠役吾何有。驀來非驅迫，萬里西南走。洞庭幾驚魂，岳麓重回首。竟到遷客地，瀠洄古湘口。二水停風雷，澄浤無纖垢。南澗在何處，遺跡應不朽。西山望見之，披尋須我友。如何多嘆嗟，轉與昔人偶。名區不遑覽，憂心時抱疚。別離歲當金，迢遞月在丑。柳州行復經，吾將過南斗。

日落

日落谷風息，山高江月斜。孤舟少鄰舫，深樹是誰家。客路年還至，鄉園雪正賒。甯知小兒女，還解憶天涯。

全州登陸宿唐家司聞湘水聲

千里湘流送客程，灕江未入卻分行水行至分水嶺，始捨湘水入灕江，此因水淺，舟不可行，故登陸。多情山店復相值，夜半側聞離恨聲。

溶江道中

一自別湘水，大溶還小溶。有村皆隔竹，無徑不由松。雲積嶺頭潤，日沈山外峯。中華知已遠，時與峒苗逢。

平樂立春賦得江春入舊年

江春入舊年，北客趁蠻船。素業留齊域，晴光換粵天。無書家更遠，有志歲頻遷。不欲窺明鏡，恐絲生鬢邊。

岑江集上

岑溪悲叔白七首

岑城叔白少以蓮塘自號，蓋取周子愛蓮意耳。及來岑，有蓮塘山者，心惡之，竟卒於岑。

蠻州歷劫瘴烟清，獞峒猺山春色明。一自蓮塘留讖語，千秋遺恨在岑城。

灑然亭灑然亭，岑溪縣堂西亭也，子喬宰邑，憂旱，禱雨而應，故名。叔白爲之記，書亭壁上。

灑然亭子古榕閒，日見雲生大甕山。不忿雄文成絶筆，卻教粉壁淚痕斑。

鍾氏園當余在家，南雁至，寄詩詞，知有鍾氏園。及來岑訪前蹤，主人猶時道蓮塘先生結客縱酒之事。

鍾家池館好風光，萬里偏知結客場。獨自尋來還寂寞，竹閒蠻鳥斷人腸。

易使橋岑宰爲民造橋，名曰『易使』，橋上有亭，叔白招集邑人登而落之，時值上元，鼓吹鐙火，極一時之盛。

江上思歸折柳條，夕陽山畔雨瀟瀟。清歌進酒人何在，腸斷春城易使橋。

孝子祠丁孝子名密，漢人，土人立祠祀之。叔白代子喬作詩，禱於祠，爲母祈福。

日暮秋風孝子祠，當時拜禱有新詩。神光不照連枝樹，空使慈烏夜夜悲。

清風亭叔白最愛此亭，并悦其泉之清，嘗攜琴與子喬招集邑人作會亭上，習射彈琴，邑人樂之。

亭上山風清客心，瀑泉幽冷和鳴琴。可憐已作廣陵散，無復人間聽此音。

望岡樓望岡樓，岑邑北城樓也。叔白常醉樓上，其興往往悲故鄉云。

破除客悶此登樓，疊疊雲山無盡愁。逝者已含終古恨，病軀何事滯邊州。

七月七日與子喬會岑詩人於鍾氏園分韵得十蒸去年叔白有此會

新懽意方接，舊感慨已興。復此雙星節，秋雲靄然蒸。石徑聊獨遊，山亭亦共登。覽彼紅蕊異，俯兹碧池澄。吾弟幸休暇，政簡庶有徵。胡爲激長慟，往跡不可仍。

清風泉者岑溪葛仙岩瀑流也叔白苦愛之屬纊時命汲泉水濯體以殮復過其下悲題四語

苦愛仙岩片石青，寒泉濯罷目方瞑。瀑邊定有幽魂立，萬古千秋倚石聽。

西園對月

萬里西園月，還應照故鄉。殘烏啼落木，新鬼弔空堂。荆樹知猶在，松亭宜就荒。家書前日到，親友幾人亡。

西園示新亭

説罷離愁依舊閒，空園日暮鳥飛還，芭蕉過雨聲初歇，又見雲生疊疊山。

岑溪

更向蒼梧外，吾家北海濱。入城多怪鳥，編户半流人。那識蕉花發，初嘗荔子新。甯無廣聞見，不似故山春。

新理小園亭示子喬

獨無煩劇勞，小營劚蒿萊。園亭雖不廣，時有山風來。且喜栽竹活，昨夜蕉花開。縣僻官常閒，時復同一杯。吾母幸康悦，身世安足懷。獨爲罷彈琴，樂事中還乖。

哭林鳴九二首鈔一

識君方總角，春讌咏榆錢。一别七千里，相知三十年。寄書猶未達，此信豈應傳。哭罷仍疑在，清標尚儼然。

哭雨蒼舅

苦作臨岐約，相要勿久違。邊城猶未到，泉路卻先歸。去對庭花别，迴應墓草圍。更聞移甯宅，比舍鎖雙扉本與舅同里。

將去岑溪留別同鄉流人艾歸

知從北州遣，幾載作流人。鑾內語偏識，天涯情自親。離鄉無貴賤，共客識酸辛。莫羨揚飄去，依然粵水濱。

送子喬移官蒼梧至陸雲界去年偕叔白來迎處

記得經過處，風光少不違。來朝又梧郡，前歲別荊扉。往路雖云轉，此行猶未歸。所嗟去年雁，還是一行飛。

道旁山村

卻羨藤州道，閒閒置小村。疎林露茅屋，深竹隱柴門。鳥路山峰轉，漁梁磵水喧。甯知瘴烟地，風景逼鄉園。

石橋晚泊

繫纜石橋驛，江風生暮寒。故鄉杳何處，春水月漫漫。連岸竹交蔭，塞空峰亂攢。家人豈知此，祇是向南看。

龍岩洞

春晴小江岸，竹裹暫停舟。忽覩一峰異，下尋雙洞幽。龍藏雲不散，仙去竈還留。孤興無人識，匆匆感獨遊。

再泊戎墟

又向蠻墟泊，孤舟幾往還。誰知我名姓，空習此江山。鐙火海商集，櫂歌漁父閒。幽居歸未得，坐惜鬢毛斑。

送石白水歸湘潭

年少楚南客，雙親猶在堂。遠遊雖失計，難得是還鄉。過㪷山連嶽，分流水入湘。心知北歸路，相送意茫茫。

送子喬充粵西同考官入省

三十載辛苦，鎖闈求賞音。每當下筆夜，想得入簾心。玉石眼誰別，雪霜頭已侵。汝行休慢易，此恨古來深。

下第感汀鶴和黄生瓊

失意逢孤鶴，偏憐伫野汀。高標空自許，清唳有誰聽。遠樹雨中暗，暮山江上青。不須增悵悒，遼海幾人經。

叔白亡王蜀子致書相弔報以叔白所遺洋刀并刀賦兼寄此詩

人事自不齊，天道甯可問。逐逐千庸愚，落落數才儁。舉眼見成敗，誰能識利鈍。從古抱奇士，湮没齎此忿。所賴賢者知，猶有千秋論。慨爲當世惜，不獨一身困。夭壽數之常，得此可無恨。鑾刀不華飾，都市頑鐵溷。一朝遇有心，傾貲買不吝。取以試割切，無物可迎刃。遂作感刀賦，自有虹光噴。寓物本非留，聊託抒其悶。其人苟不朽，此刀何用殉。代爲知己酬，金錯尚無遜。

感叔白爲唐尉悲故鄉詩示閒雲并序

岑溪縣尉唐君，與叔白會飲鍾氏園，醉後懷鄉，不勝悽惋，同坐龔生亦共欷歔。龔自言去鄉爲三年之約，而尉宦遊且二十餘年，叔白爲之賦詩。其年秋，尉竟卒。不數月，叔白亦以病殂於岑溪。余與閒雲先生話舊及此，因爲詩示閒雲，并寄龔生。時共客粵中又三年矣。

人生無最苦，衰賤故鄉别。閒時夢已悽，醉後情更熱。縣尉何方人，羸瘁頭似雪。去家二十載，升斗甘腰折。謀歸身無貲，流轉江湖闊。並坐有龔生，曾爲三年約。期逝人不還，揮涕相向説。吾弟方縱酒，聞之肝腸絶。丈夫非際會，安用久漂泊。嘆息未及終，精英溘然没。其年尉亦亡，往事逐雲滅。故土良可念，人命等秋籜。龔生胡不歸，吾櫂行當發。與君趨海鄉，魚蝦味不惡。

送阮三老還越鄉

借問南遊客，鄉程路幾千。言歸感白首，憶别是青年。過嶺初見雪，轉江猶换船。春風到家日，知傍歲除前。

王熙甫見寄其師叔白哀詞單菱浦爲之序感酬短句即示菱浦及東齋諸同學

諧情自有偶，不屬釵與裙。繼志自有後，不必兒與孫。丈夫奮一世，要使百世聞。生或應其聲，死或傳其神。斯人誰不死，死身不死人。妻子相環哭，但思返其魂。魂返甯有術，道在靈不泯。孰能重斯道，千載生如新。煌煌古聖訓，朋友列五倫。

不寐

不寐聽芭蕉，多時未寂寥。夢迴何處夜，蠻雨正瀟瀟。弟病官方累，母衰家更遥。炎州霜雪少，應向鬢邊饒。

哀岑役陳輝有序

昔馬伏波以讒不得歸葬，千古冤之。此陳輝者，獨非没於王事哉。區區賤役，何敢論功名，然竟暴棄山隩，無收葬者，役之生亦慘矣。李子詩之，以抒其懷。

役爲縣官使，來往報晴雨。官清身無衣，妻亡室無侶。昨聞死山隩，懷藏書帶羽。道病不知時，暴骸委豺虎。在世急公役，鞭策亦良苦。甯誰録微勞，冥冥竟終古。

岑江集下

送錢少府罷官歸姑蘇

蠻雨粵江春，春愁有幾人。共嗟别鄉遠，偏感去官貧。楚澤波還小，吴洲花正新。自傷歸未得，空送北舟頻。

徐孝廉松園以豹皮贈子喬爲酬此篇

縣宰欽文蔚，山人贈豹皮。漫誇千腋集，常重一斑窺。品自金錢貴，情同縞紵遺。高標矜霧隱，合與素心期。

爲龔生作鄉墅小景各係韵語寓懷

待鴻莊

幾年歸夢滯天涯，故里風光記不差。千尺寒河烟樹擁，小樓一角是吾家。

東亭

是誰結搆傍秋溪，應有寒烏月上啼。好似吾鄉小亭夜，長松疎柳板橋西。

西林

夾徑山松皆十圍，碧雲香雨晝霏霏。村頭常是臨風醉，幾度斜陽送客歸。

十桐井

高敞園窗四面風，世間事不到心中。他年記取滄洲客，抱甕閒人號十桐。

待鄉信不至示閒雲

方春送歸使，目斷瘴江雲。計日人當返，經秋雁不聞。山城荒寂寂，蠻雨晝紛紛。此悶復誰共，短吟聊示君。

姪孫洵自故鄉至

萬里悲鄉夢，愁心不暫開。猺狼五嶺外，生死一身來。細問小兒女，頻嗟荒竹梅。視余顏未改，鬚鬢已先摧。

酬趙玉文秋試濟南阻雨長山客舍書亡弟叔白題壁句見寄

一從泛江櫂，不復問山程。埜店誰還宿，秋宵獨有情。雨聲疎未歇，筆蹟儼猶生。良友況如此，那堪爲弟兄。

南中食栗示子喬

新霽復當曉，已寒仍未霜。墮風隨落葉，晒日迸秋場。屋上壺猶緑，田中豆正黄。南來都不見，此果似吾鄉。

粤中秋興用放翁石鏡山前詩韵示子喬

榕樹風高歛夕輝，南遊浩淼此來依。漫離鄉井誰相迫，無與功名底不歸。江浦秋陰成雨易，山城日暮見人稀。田園久别應荒廢，手植丹楓皆十圍。

酬同鄉天河令喬令思移官崇山見寄

知宰極邊地，三年鬢已斑。對愁猶有子，屢轉不離蠻。瘴嶺天常晦，荒城晝亦關。相思情倍切，春夢共家山。

謀歸慰母喜而成句

故鄉歸路不須愁，北去長江皆順流。好挂雙帆渡湘浦，恰逢三月下揚州。草堂久别貧猶在，桐圃全荒閒更修。且喜慈親能强飯，海魚正賤麥初收。

嘗愛放翁示友詩近日閒雲先生讀劍南集即其意廣之示閒雲

詩以道性情，不能掩其惡。甯有市儈心，而慕高閒樂。高言不宜俗，閒情始有託。不高定不閒，有吟皆强作。試觀古吟者，縹緗滿東閣。掩卷論其人，桀桀盡鵰鶚。陸子勉氣骨，斯言真石藥。與君溯風騷，勿使昔人作。

九日望岡樓讌集憶故山同學

時節會賓客，凭高懷乍寬。雖同此樓醉，未若故鄉懽。江甸日將晚，炎州風亦寒。遥思古城上，新句又傳看。

南中氣候不齊雖寒月時復炎蒸獨今年秋令大似吾鄉因憶少時每語人不喜春夏性宜秋冬乃其年使然耳哀樂過多漸就衰頹暄時安其融和一感淒爽百端交集況復在遠道乎因作感秋詩

憶昔垂髪年，時令喜當秋。披爽身且健，淩高志方遒。覽此纖翳澄，快彼繁縟收。人事漠不與，焉知悲與愁。倏忽三十載，苦樂迴不猶。夙期時已過，妄想知難酬。親愛并凋喪，去者多於留。時一感憶之，方寸攢戈矛。蠻州苦炎熱，嚴冬蒸汗流。今歲氣候改，涼風應時投。熊羆撼大樹，中夜聞飂飂。天忽泬寥清，日轉晶明浮。峩峩繞城岫，歷歷艤江舟。遠慨生目中，舊懽觸心頭。死別已多感，生離那不憂。壯懷安在哉，日夜夢滄洲。寄語早年客，慎毋慕遠遊。

與閒雲散步登城樓遂訪學舍小飲示王秦二廣文

羈跡共蕭索，相攜爲近遊。閒行愛冬日，緩步上城樓。適意原無定，逢懽亦可留。喧然遂同醉，聊用遣鄉愁。

題自畫溪山秋居圖

男兒不封定遠侯，破滅鼅兹平尉頭。便當埽徑招羊裘，東山詩酒相優游。春花秋月吾自有，萬里抛作蠻荒投。蠻方瘴癘山水惡，出入但與猺獞儔。白日無聊坐空館，信筆揮灑模林邱。遠遠秋水疎疎樹，竹籬茅屋平沙洲。人生若不逞妄想，如此位置非難求。帶金奉節豈無慕，壯年已過川東流。一名尚艱榜首署，千古安望青史留。但願歸尋故山樂，故山佳似圖中幽。

橅雲林畫寄贈族姪處士五星

每學雲林畫，如哦平淡詩。山教臨遠水，樹不著多枝。要使無人愛，閒模衹自怡。聊封寄高士，堪對撚吟髭。

送龔生歸慈谿

慈谿水邊住，春岸越禽飛。十載夢中客，一帆天外歸。花憐木犀發，膾記石魚肥。自識還鄉樂，離筵淚莫揮。

寄贈刑部郎李松圃題詩卷後

生事在詩篇，清才更少年。拜官原應宿，探句自如仙。野興獨尋寺，秋吟多在船。無須見標格，一卷已翛然。

粵中送友人遊龍州

遠道更爲別，誰能不淚揮。依人無地善，久客幾時歸。柱見臨關立，鳶愁墮水飛。伏波千載後，遊到此間稀。

送張巡檢罷官歸吳兼示錢少府

詩人愛閒散，官罷亦無憂。釣渚夢前夜，山衙吟幾秋。臨江別鑾吏，過嶺問吳舟。相伴有錢起，歸同登虎邱。

聞王仲則歿

老去如秋樹，迎寒葉自飄。每逢鄉信至，便有故人凋。約幾同遊屐，懽猶夢昨宵。還家訪東海，誰共聽春潮。

登望岡樓

散步此樓望，慨然悲故鄉。涼風生木末，愁緒極天長。江岸秋田闊，山城落日荒。無人結高會，明日是重陽。

哀岑溪僕薛桂

生者竟何似，死亦徒然耳。死在故鄉宅，有父兄妻子。生悲無柰何，死事殊未已。死喪在他鄉，死日聲遂弭。嗟爾從官遊，不著真名氏。將爲報其孥，未識何鄉里。埋之北原上，纍纍鑾冢裏。春露與秋風，誰其分别此。

還故山留别岑溪諸文士

日日望鄉悲，將歸又感離。久住土音曉，漸親殊俗宜。入夢江山蹟，繫情文字知。此别隔雲海，再逢難可期。

迴帆集

自敘

懷民居岑五載，始得奉母北還。既喜還鄉，又幸吾母年八十，遊萬里炎荒，康强以歸。於是心懷頗廣，於路歷山川名勝，船窗開覽，興發慨然。懷民之南遊以奉母也，母志在南，故不可以遊而必遊。母未厭南中，故不可以久而必久。其在途亦然，凡吾母所過則過之，所止則止之，否則雖名山勝蹟，不問也。是以過桂林未觀棲霞洞，過永州未訪西山南澗，衡州不登祝融峯，洞庭不上岳陽樓，過黄州不遊赤壁，九江不尋匡廬。此數勝者，非不凝情遐注，吾母不樂留，則亦不往觀耳。然在舟侍母之暇，必設几硯，即目所寓，靡不有詩。余才鈍，詩必數改，每一詩起稿，經數州郡而後定。甫定前詩，而後復乘之，且多不及詩，故其詩甚勞而不多。在路凡五閲月，有詩如干首，同行閔雲先生時與倡和。顧先生愛我深，并忘其醜，不相爲助，是以别録成帙。待與雲老分路時，先寄故山同人，使更删削。前路金陵以下，如有題識，仍當續入。丙午春三月六日，懷民自識於皖江舟次。

粵中留別

居者泠悄悄，行者紛蹙蹙。生人有別離，誰禁拭雙目。懷歸豈不切，久客情已熟。寒暑易絺裘，忻戚换歌哭。花鳥日漸狎，江山亦相屬。舉栝再爲懽，斜日照林谷。艤舟慘不發，離言更重複。風波詎無期，茫茫未能卜。

過藤縣感秦少遊藤縣，古藤州

少遊竄嶺南，放還至藤州卒，吾弟叔白客死岑溪，皆負才望而不得還故鄉，感作是詩。

少遊既放還，返櫂喜洋洋。身委紫藤下，魂魄歸淮揚。我來藤江渡，落日照平岡。遺跡何處尋，烟水但杳茫。英奇多不偶，庸駑易福慶。遠遊底所成，寂寞今還鄉。

泊小村寄子喬岑溪

厓邊泊舟處，犬吠有人家。披徑芭蕉葉，繞村蕎麥花。夕陽依水盡，初月向山斜。遥寄空庭坐，纔應放晚衙。

贈舊榜人

一自秋風別故林，幾年客恨瘴雲深。榜人相見還相識，衹道星星鬢髮侵。

崇林峽

峽口迴風急，重雲復作陰。兩條青矗矗，一道碧沈沈。不見峒人出，稍聞蠻鳥吟。甯知歷此險，來日已驚心。

舟行感寓示閒雲

兩足日著土，閒居淡無味。登舟未半程，舉步思履地。繫纜爭上坡，如恐不容遂。乘風亦可悅，水懦固無畏。徒以人情乖，嗜樂輕其易。予者皆非美，奪者罔不貴。物理苟不推，耄老同兒戲。

龍磯晚泊

荒涼粵嶺瘴雲低，深谷無人草樹迷。日暮孤舟何處泊，冥冥江雨鷓鴣啼。

平樂遇同鄉劉明府松嵐即別

屢誤剡溪訪，乃有石邱遇。輟櫂一懽然，天涯感鄉故。雲山杳無際，江郭靄方暮。會合良難期，分舟復相顧。

山村

山村望處好，翳翳起炊烟。江繞清見石，山環高入天。人家寒樹裏，紅緑夕陽邊。隔水無由訪，題詩記泊船。

題泊處江山二首

碧峰列似屏，澄江渟如鏡。鏡心入屏影，華縟隱空净。當此繫我舟，自然愜幽性。散步聊俯仰，移情始謳咏。静夜已堪憐，圓輝矧方盛。

二

遠流極地盡，絶頂造天杳。寒月天中生，峰勢杳邊小。淩淩照浤澈，層層辨迴繞。孤舫悄無聲，時一喧水鳥。對此豈能卧，獨賞亦達曉。

畫山并序

昔米元章不信古畫，而輕棄之，及見此山乃驚不虚，誠不虚矣，要豈遂成畫乎？畫山不知其何以名，若以元章事成名，則元章之謬甚於古畫。此故雖小，亦人情之辟，故不可不辨。

畫山不似畫，亦並難名山。截然一壁立，錯雜黑白斑。松枏根莫附，猿狖愁攀緣。其餘盡粗莽，矗矗惟撐天。如斯觀已止，無複嶂疊巒。是誰摹其形，致令嗤米顛。當時强不信，親見始駭嘆。駭嘆詫怪變，猶難命荆關。我問山下人，奇麗方在前。我乃相其背，廬峯非真顏。便欲理輕策，阻我緣仍慳。坐惜畫山名，名畫終不傳。

入桂林界寄子喬

山偪江路狹，逆流舟上難。行穿巨峯盡，坐喜暮天寬。别浦黯然杳，故鄉何處看。桂林猶嶺外，風雨歲將殘。

登伏波巖

危岩耀城端，傑閣臨江湄。停橈一登覽，凭檻周四維。棟甍戢鱗次，帆櫓排雲差。南眺及百粤，北顧傾九疑。蕭條雨方收，激烈風猶吹。感嘆升沈跡，緬緲今昔悲。氣集形萬象，物化憑二儀。藐躬將安恃，名績庶可垂。五載遊嶺表，一櫂歸海涯。竭來閲江山，俯仰慚鬢眉。伏波去千歲，巍巍有新祠。

桂林會李松圃郎中冬齋集讌兼呈許明府巽行朱布衣小岑朱别駕心池

江山啟名都，人文萃一方。蕭閒歲陰節，蘭室生寒香。主人方好賢，高讌崇詞章。顯貴既滿座，幽隱亦以彰。賞韵屏絲竹，攄襟緩飛觴。性簡理自勤，趣深道乃光。積慕情故洽，始遘形已忘。惓言結新知，渺予悲故鄉。畢景懽未足，往路緬何長。詰朝但迴首，雲水空蒼茫。

酬朱小岑并序

小岑名依真，桂林人，早歲篤學，恥作應世文，遂絶意進取。予耳其名，過桂林相訪，以詩見贈，酬此篇。

幾載感姓字，一樽忻對傾。青年羡高節，白首誤時名。偏歷風塵苦，全輸石室清。漫勞誇冷句，潦倒負平生。

泊溶江

舟子争流罷，寒天日又昏。帆迴轉山堠，樹暝背江村。漸覺巒峯改，猶延瘴氣温。鄉關知尚遠，且喜近中原。

和閒雲湘南始見冰

幾載炎州住，何知朔氣寒。曉江鷩乍斂，歸客喜初看。稍聚流澌薄，終堅澤腹難。吾鄉春又至，柳岸到應殘。

貧官僕并序

余自岑溪北還，子喬使僕相送，道逢來往官艦，侍從煊赫，或争道淩逼，僕輒憨憤，歌以勸之，爲其可以風也，命曰《貧官僕》。

貧官僕，形躄躄，身上單寒無厚服。道逢舊伴狐裘鮮，隨侍官船官新遷，氣勢居然當我前。貧官僕，爾勿怨，爾擇主不善。爾何不從要錢官，使爾口肥身被煖。爾不見，官之子，猶著粗布衣，船中索餌常啼飢。

舟中除夕寄子喬

江頭啼暮雅，野泊數帆斜。歲夕憐殘夜，船房似小家。榜人勤水祭，兒女憶山衙。遥念起還早，獨聽晨鼓撾。

元日得桂林李郎中書並詩篇舟中即事酬寄

春烟改舊林，停櫂別離心。一紙桂山遠，故人湘水深。餘寒風尚烈，長晝日偏陰。賴對新詩好，閒酬消旅忱。

舟行入永州界

舟行入楚境，好是早春時。適性原宜曠，名山不必奇。經旬陡渠轉，幾載嶺雲思。寄語南遊客，無須過九疑。

題湘水

最是湘流放櫂輕，楚南千里碧波清。不分草色春初入，欲合天光雨乍晴。傍岸雲山原縹緲，臨江竹樹更鮮明。如何嗚咽灘頭石，帝子年年恨未平。

湘口古湘口館，瀟湘二水會處

猶見瀟湘水合流，館亭盡廢有空洲。柳公遺跡無尋處，一線朝烟是永州。

夜泊冷水灘叔白彈琴處示閒雲

歷歷灘邊石，何人石上琴。孤舟逝不返，流水有餘音。江黑月埋霧，夜寒星耿參。知君曾伴聽，繫纜共沾襟。

再過浯溪登峿臺示閒雲

披尋愛名蹟，登覽及春曉。拾級陟臺端，振衣出林杪。澄湘照初日，楚山正繚繞。已辭桂嶺深，還望洞庭渺。臨高一灑然，俯仰暢襟抱。前蹤何蹙蹙，漫遊但草草。方寸苟未廣，近視亦難了。俗儒登泰山，豈復中原小。從知古賢達，常令胸次浩。與君遊浯溪，慎莫羞元老。

題浯溪僧舍

爲訪名賢蹟，禪堂時一登。居知鄰漫叟，山定有高僧。對客竹疎静，繞門溪碧澄。不緣奉親老，常住此還能。

江雨

霏霏漫山雨，漠漠空江晝。雙櫓悽未停，孤篷寒欲透。天昏日易夕，谷轉風還驟。杳靄没烟帆，料峭出隈堠。客髮變何早，鄉心感多舊。前灘近衡陽，春雁仍未覯。

過衡山悲叔白二首有序

叔白慕鄴侯爲人，庚子歲，偕子喬先來至嶽下，乘月登覽，徧探七十二峯之勝。

半夜誰聽嶽頂鐘，幾年夢想祝融峯。望來雲樹雁行斷回雁峯，繫纜不堪尋舊蹤。

二

黃臺歌罷白衣去，郭李勳名自中興。千載何人解相似，無緣不遇懶殘僧。

舟行示閒雲

泛泛瀟湘渚，春洲柳已明。山遥知水闊，風正信舟行。竹寺幽堪畫，江村好是晴。同看足閒賞，不必問歸程。

過長沙

盤盂周秦遺，寶之萬鎰重。儒術法三代，迂闊乃無用。盛世不復古，何貴麟與鳳。舊宅湘水頭，聊過一帆送。太傅安在哉，城郭人民衆。嗟我非其才，歸園學抱甕。

洞庭始見雁

一住蠻城裏，候禽無復賓。自看楚山月，相遇洞庭春。乍恐依帆杳，初驚入耳新。轉憐行斷處，零落獨沾巾。

登洞庭湖洲

鼓枻洞庭水，水落春未達。高洲聊可登，騁目湖堧闊。迴擬馳平野，浩若遊大漠。草木曠不殖，人禽跡亦絶。疊石蛟龍宫，沈沙黿鼉殼。帝子幾時降，廣樂何處作。想當飛澇下，凹凸盡汩没。睇彼深廣中，誰信此堪託。巨浸適未覯，還泛瀟湘月。

過岳陽

烟羃江城列萬檣，洞庭春色曉蒼茫。榜人不解題名勝，雙槳匆匆過岳陽。

蒿洲聞驢鳴

知殊仲宣癖，豈解愛驢鳴。薄暮江頭聽，故鄉墟里情。立邊村徑遠，歸處柳烟横。自識中州近，嶺南無此聲。

與閒雲登黃鶴樓

夙慕司勳詩，常懷黃鶴樓。太白尚難企，我輩何須遊。客行楚越遥，樓下停歸舟。乘閒攜我友，登高豁遠眸。靄靄俯萬瓦，喧喧屬兩州。雲繞大別山，春生鸚鵡洲。喜見嶓漢導，來會岷江流。舳艫被波面，帆檣如林稠。慨彼名利奔，豈暇今古愁。危搆何代創，名跡幾回留。昔人焉知我，千載空悠悠。有句不必題，倚檻歌相酬。

黄州

曉起問赤壁，挂帆江氣涼。春條隔隄藹，危堞竟山長。雨裏過樊口，雲中别武昌。無由訪陳蹟，烟水但茫茫。

泊湓浦

白傅風情在，江皋楊柳斜。落帆逗湓浦，何處聽琵琶。日暮烟横郭，春深客憶家。欲尋添酒夜，波上雨聲賒。

望廬山

湓城西郭客停橈，望裏名山孤興遥。欲訪香鑪看瀑布，潯陽江上雨瀟瀟。

雪後過彭澤

雪後過彭澤，山城雪頂看。天臨大江曉，峯出小孤寒。迷漫纔分樹，荒涼尚有官。陶公賦歸去，此邑宰應難。

蕪湖月

一片江城月，天空霽色新。今宵待關舫，多少憶鄉人。楚雪消方盡，吴歌聽未真。曉風解相送，早及秣陵春。

過和州懷張水部

高矚博望孤，對峙梁山遒。行識烏江渡，斜入洪波流。感緬張水部，格韻千載幽。詩義齊孟韓，豈止翱湜儔。師之三十載，力罷道逾修。冷編藏懷袖，風塵誰見收。悵望古城在，遺蹤應尚留。依依夕陽樹，漠漠帶春洲。如此江山好，騷人何處求。

燕子磯

未訪秦淮榭，初看燕子磯。長隄繫舟晚，片石帶霞飛。幾處畫樓映，數行烟柳圍。還探六朝舊，江上又斜暉。

金山寺

迴舟泊江峴，江寺置波濤。水氣宮門静，星輝塔頂高。雲中落孤磬，窗外集千艘。欲訪老僧話，知嫌迎送勞。

登金山寺塔

曉乘山巔塔，塔俯但蒼霧。下界已茫然，應有造天路。人喧識京口，樹暗迷瓜步。呼吸浪吹覺，造次風引去。咫尺海潮聞，不辨導江處。

與閒雲嘗中泠泉水

誰品山泉味，還推第一名。由來中泠水，偏喜注甌清。寺頂吴僧汲，船頭越女烹。君家石門好，可憶碙南行閒雲家大珠山，嘗與品石門寺玉泉水。

叔白南遊有五和子喬新月别瓜州詩余北歸復泊瓜州感傷往跡寄子喬

揚子渡頭晚，落帆生客愁。月明應似昔，此宿又瓜州。舊句遠還憶，孤吟誰與酬。凋零無復道，那更滯邊州。

將至揚州

客路六千里，鄉音曾未逢。曉隄瓜步雨，春樹廣陵鐘。江水分初小，吴山别幾重。停舟暫尋問，或有故人蹤。

泊高郵州

朝與隋苑别，暮向秦郵泊。堰草暝淒淒，湖天迥漠漠。時愆晚春寒，歲歉繁城索。殘月尚淹滯，昏星乍昭灼。客宿未離舟，馬行始聞鐸。漸喜鄉路近，猶感異州託。獨夜警不眠，頻聽隔江柝。

淮上往清江浦

舍水尋鄉路，長隄放霽暉。海天淮上望，齊客嶺南歸。野店驢鳴過，烟村燕掠飛。故園知漸近，方語半依稀。

道旁兒并序

余行經淮上，有小兒哭行道旁，行人謂饑民之棄稚也。命僕將歸客舍，僕曰：『年饑將不勝收。』噫！盡收安能，此呱呱者，余實遇之，又安得不顧。因歌以喻僕夫。

道旁兒，哭聲悲，阿母餓死，阿爺負我逃淮乞。不得食，行抛兒，呼爺不應仰天啼。阿爺行疾，兒何能追一解。問兒誰家子，兒不識姓名，鄉里行人聚觀嘆息耳。父子不相顧，誰其收哺爾二解。晚風寒，大路昏，關閉人家門。依傍犬吠嗔，荒荒曠野多死人三解。

宿江店

孤館臨江口，門前船火明。乍忻離水宿，猶聽挽舟行。店小鐙常暗，年荒客易驚。頻探北來信，一倍惜歸情。

沭陽道中

歉歲厪行路，路旁榆柳疎。冷春過穀雨，荒店宿桑墟村名。村夜少鷄犬，客餐珍菜蔬。北來誰馬首，不敢問鄉閭。

還山集上

濰縣訪韓公復

陶令移居處，城南住幾家。荒村隔溪問，茅棟曉林遮。對酒心還壯，論詩日又斜。不愁回路晚，明月戍樓賒。

送王熙甫登科赴濟南

今日東門帳，親朋盡出城。獨惟從古學，人自重新名。淄水吟詩渡，長山看月行。早知薄意氣，不訪棄繻生。

題自畫林泉孤賞小景寄贈方比部

良朋不相見，動經三十年。視君如飛鳥，一去薄九天。我乃甘沈淪，獨效鱗潛淵。淵天勢雖隔，故舊不可捐。荒荒數椽屋，歷落秋水邊。中有孤吟士，白髮手一編。興來偶成畫，非迂亦非顛。寄彼臺省人，顧此幽林泉。

雪中溪望寄族姪五星

埽徑眺溪雪，雪中亭子孤。暝烟幾家静，高鳥一枝枯。水凍痕猶别，橋平跡尚無。由來冷味合，此興未能俱。

與單丈仲温話舊

春陰連曉冷淒其，荒墅偎鑪醉此卮。凋謝親朋還賸幾，飄零家室更依誰。壯心銷減渾相似，早歲嬉遊不可追。非是雨多留客住，舊情除卻莫能知。

哀隣叟

共是遠行客，先歸豈復驚。聊因屬隣近，未免感平生。幾醉寒暄節，如聞語笑聲。終知成寂寞，柰此昔今情。

過王希江故居

一從榻前别，不復過荒廬。當晝門還鎖，盈階草未除。蠹侵牆有畫，塵覆案無書。近日多疑義，何人更啟予。

重展始祖墓感舊示族衆

稚齒曾同展墓田，城西樹色憶當年。壠頭禮拜班常後，谷口忻奔歸獨先。分派弟兄多不識，歷朝翁仲尚依然。松楸凋落無須恨，緑髮童孫盡白顛。

單齊雲歿於秦中

久客意何如，别時春水初。猶聞離洛浦，未荅入關書。病榻留僧舍，歸魂到我廬。無墳生宿草，此恨恐難除。

萊州贈林郎故人林鳴九孫

倚杖臨風思渺然，柴公隄上月娟娟。鶯雛啼罷自飛去，城郭如斯悲昔年。

二

去日懷中呼幼字，今來海上震才名。與郎三世爲投贈，莫厭詞場老瘦生。

留別翟照四

故人十年別，鬢髮雪霜新。感慨多談往，流連遂匝旬。兒童還解戀，奴僕亦相親。明日青山隔，離思又幾春。

與子喬海明子千溪亭飲讌

閒登此亭望，適樂同心賞。快談積別多，長歌踞高朗。巒嶺自迢遞，松杉正蒼莽。始悦夏風清，更當霽月上。落落披襟袖，泠泠照宏敞。坐久夜無聲，但聞水流響。

復理東亭改歸雲爲感舊示子喬并序

東亭，余所居村東松閒亭也，吾弟叔白所構，名之曰『歸雲』，庚子歲偕子喬南遊，叔白歿於粤中。

既歸，亭遂荒蕪，十年不治，今春始稍修之，感傷賦此詩。

東皋結亭子，平遠眺南陌。映窗植修篁，四面繞松柏。陰晴作明晦，時有雲氣積。以此名歸雲，詩酒酬佳日。王子希江沈幽士，微吟好獨立。林君鳴九自瀟灑，徙倚多風格。任生子昇稱善書，揮馳滿東壁。張老遠暉方外人，叔白之琴客。無閒雪與月，亦復晝連夕。一去百越遊，十載遂絶迹。歸來尋舊歡，諸君皆安適。松竹盡翦伐，棟宇亦傾側。稍復理荒穢，漸次事修葺。佳木會重栽，斯人甯再集。更名爲感舊，與爾抱長感。

寄和子喬湖亭讌集遇雪兼問歷下諸老友

湖亭別幾秋，夢裏少年遊。遥想當筵雪，還勝載月舟。數行疎柳暮，一片遠山收。故舊誰同賞，知應共白頭。

東亭覽舊寄李五星王熙甫

修除事已新，風光喜無減。值此冬景和，頻上孤亭覽。寒雲遠汀散，斜照平岡斂。依然愛南山，吐嶺三兩點。觸物興自發，緬舊情方黯。何當攜手來，杯酒同一感。

送單子固遊蘇州

詩客躭遊賞，南州幾載還。占風出京口，停櫂問吴關。水宿春星闊，舟吟晝雨閒。知君選名勝，先上洞庭山。

冬夜酬單廉夫

對坐孤鐙下，深齋夜向殘。垂簾鑪火静，擁雪竹聲寒。勝事年今過，名場興已闌。惟應冷僻句，寂寞共君看。

高士裘并序

李五星苦寒堅卧，其友王熙甫、單子庸爲制羊裘，强起遊眺。余聞其事，作《高士裘》。

洛陽城中三日雪，袁生凍卧僵欲折。俗令不惜故人憐，囊底尚有傭書錢。持向東市得老羖，韋以大布寬於旃。由來朱紫輕毳褐，此裘著敝誓不脱。千金狐腋裹羶腥，羊若有知死勝活。從此柴門晝不關，城西積素輝連山。恥向澤中釣時譽，獨攬登高吟曉寒。幸語高士衛爾冰霜骨，慎莫負薪傲炎月。

東亭晚眺懷南中友人

空山風雨收，夕曜滿林谷。倚杖一舒嘯，蕭然寄高躅。杳杳春波廣，靄靄雲樹緑。故人不可期，寥天自窮目。

送子喬再官粤西兼寄岑溪諸文士

早年弄柔翰，騁懷在四方。名場不見收，散置淹窮鄉。近益衰且疾，盛志日頽唐。子今氣方壯，欲濟有舟梁。得位足明義，高卑豈復量。粤西我所遊，地遠而不荒。民情昔已諳，再歷形尤彰。所貴變其俗，莫矜折獄長。離隔雖萬里，同心猶一堂。庶酬平生志，勿結兒女腸。行行過岑溪，輟櫂少徜徉。士風近如何，吾道應更昌。爲我謝諸生，努力愛春光。讀書期致用，無取虚文章。

熙甫曉雨寄丹桂〔一〕詩見示因感子喬南行即示二子

昨日山村雨，幽眠未起時。侵帷寒乍覺，連夜曉還遲。少别猶相憶，遠愁甯得知。無因逢驛使，空與二難期。

【校】

〔一〕桂，嘉慶本作『柱』。按據《高密縣志》及李少鶴之詩鈔，『柱』是。

宿南山村贈新亭兄弟余不到南山又三年矣

還同此堂醉，幾載不相過。往跡親知少，荒村風雨多。宵深落鐙灺，秋早戰庭柯。莫惜弟兄好，共看鬚鬢皤。

過雨蒼宋氏舅故居

曉日蒼涼遠水濱，蕭蕭落木下秋昀。偶過舊宅頻嘶馬，直入空庭不見人。壓徑頹垣垂野蔓，隔窗破榻積幽塵。十年回首浮雲散，徙倚西風淚溼巾。

送王熙甫始舉進士之官吏部

十載苦吟身，榜頭名姓新。柴荆别山友，冠帶入朝人。雪積鶴廳曙，日長花院春。清曹咏詩好，莫厭寄予頻。

哭單子庸有序

子庸名可墉，邑諸生，侍病母以孝聞，讀書務實行，未見於世而卒，三十二，無子。

努力起周程，將觀聖道明。非年此人死，在世恥予生。積善仍無後，潛光未有名。安從叩冥漠，空復淚縱横。

孤山憶昔行

憶昔總角初成童，嚴親攜我遊晉中。同車兄弟婉孌笑，山頭指點名賢蹤。初謂一過行不再，辛苦求名三十載。山上朝風寒復暄，山下暮雲晴又晦。朝朝暮暮行此山，山青如故朱顏改。祇今十年不復經，蹤跡疎闊夢常在。偶然驅馬出此途，往事閒閒語僕夫。季去嶺南叔也死，斜陽猶照孤山孤。

馮相國故園

知是丞相宅，候門無使通。畫樓昏暮雨，高樹落秋風。池草連花徑，山禽散竹叢。盛衰有如此，嘆息古今同。

濰縣訪韓公復出飲櫻桃園追尋不遇作

公復先生城南住，驅馬東尋銕牛渡。剥啄空林門不開，牧童指與櫻桃樹。原頭一徑入烟微，每日先生扶醉歸。村村落照不知處，紅葉滿山秋雁飛。

雪中喜子喬書來并南行詩卷寄城中諸友

歲暮寒方盛，暝陰曉不開。愁中看雪下，嶺外有書來。乍覩平安字，頻教引滿杯。新詩更封裹，明日寄城隈。

臘月廿四日攜兒輩遊村市寄子喬

貧居遠郊外，村市小溪口。除寒物象新，豐年人氣厚。鷄犬擾衢巷，烟火暖榆柳。祀竈須白餳，餽歲貴黄韭。提攜前村稚，傴僂東家叟。煖帽寬布裘，跨驢越隴畝。長者引我前，少者逐我後。最幼不能行，佃客强之負。出門眺平野，殘雪耀林藪。相逢少衣冠，三五鄉鄰友。兒童得所欲，吾亦視寡有。未夕忻然歸，斜陽掛茅牖。託處既休暇，乘興皆其偶。念子在邊城，出入愼閑守。

得趙玉文書即寄玉文

一紙凭誰寄，離愁歲月多。清貧還似昔，衰老近如何。春草漫漫路，晴川杳杳波。無因重握手，盛事日消磨。

題畫扇贈單太守歸田

釣遊幾處尚依依，城郭斜陽春草菲。五馬歸來頭似雪，青山不改故人稀。

二

不須重枉使君車，記取東皋暮雨斜。扇底寫來風景似，小樓深處是吾家。

王熙甫考功自都門索畫爲模王司農筆并題此詩

麓臺於爲畫，力將時俗矯。當時虞山王，舉世競傳寶。先生下視之，值不一錢少。念子岩穴士，學詩用此道。常恐古人訶，不顧俗情惱。别我今一載，離夢山川繞。搦毫思其人，擬此婁東老。自然性情合，投贈愜素抱。獨行古不容，沖襟良難保。勉旃善所守，愼勿學爲好。

辛亥九日寄弟并序

前一日葬姪瓚，獨行田野，俯仰悲嘯，傷死别而感生離也。即有遠行人，書其意寄子喬。

早年逢時令，興趣偏豪狂。衰年逢時令，中情多感傷。當此摇落辰，慘淡白日光。仰聽哀鴻叫，俯視籬菊黄。欲命樽酒酬，親愛半凋亡。孤蹤臨曠野，徙倚眺崇岡。時自念往會，涕淚沾我裳。我裳不勝染，兩鬢盡成霜。翹首嗟予季，栖栖在何方。榮名良可慕，晚途恐不長。歸哉莫淹滯，且願守我旁。

題畫寄懷翟照四

蒼蒼山郭緑如烟，中有幽人埽葉眠。夢裏勝遊渾似舊，紙窗風雨又三年。

還山集下

雪後歸南村道中作

偶出耽清賞，巾車趁雪還。溪痕迷野渡，日色辨前山。斜徑孤樵晚，高枝並鳥閒。欲投烟際宿，荆户未昏關。

除前病中望嶺外消息

卧病離愁切，嚴風逼歲除。閒思一年事，衹見兩封書。著體肉原少，添齡髮益疎。不知猺嶺外，瘴癘復何如。

病起寄城中諸伴侶壬子上元

病起心情少，閒階移步難。乍忻晴日好，猶畏晚風寒。冬雪積還在，臘梅開已闌。城中鐙火盛，誰共到明看。

早春病後閒步至天風埠坐石橋上見南去諸山寄山中人

村邊一閒立，仰愛春日煖。信步過東溪，行行不覺遠。遂至南埠下，小憩石橋版。積幽雪尚明，解凍流乍欵。輕飔颯林杪，餘烈未全善。久坐不逢人，隔嶺稍聞犬。静中世味淡，病後衆情遣。獨復念舊遊，南山方在眼。

書五星詩卷後

不憂貧餓死，恐學古人難。但使得詩好，即來尋我看。座中鐙炧盡，窗外雨聲殘。名姓莫愁隱，千秋著簡端。

書宋生步武詩卷後

細數東齋伴，蕭條獨此生。眼中五字句，鐙下十年情。漠漠空山寂，瀟瀟夜雨聲。吾衰不堪問，珍重異時名。

送族弟茨亭之京訪王考功熙甫

山村夜來雨，草色陌頭新。相勸一樽酒，將爲千里人。鶯啼上林曉，花繞禁城春。爲語鶴廳客，清曹莫厭貧。

劉明府正孚都門寄書并新訂詩卷報以短韵

村外一鳩喚，小園花盡開。山人入城返，朝客寄書來。憶別粵江遠，閒居華髮催。新詩進高格，不復騁狂才。

題單太守嶗山緑石

誰鑿東嶗骨，巉岩一片分。寶光曾近海，山性欲生雲。壓徑迷莎影，臨階合蘚紋。怪來最清澈，相對有虞君用南齊晉平太守虞愿海邊越王石事。

宿潍水村店喜其泥壁新潔爲作畫并題此詩

背嶺荒村晚，長途倦馬塵。素心愛幽潔，野店喜初新。此地常爲客，拈毫贈主人。題詩示來者，泥壁莫嫌嗔。

哭猶子珩三首

死生有定數，夭壽亦同理。數盡壽而終，遠客達鄉里。夭逝非其年，如行半途止。半途可奈何，不復保桑梓。田州百粵地，孤廟臨瘴水。平生所嬌愛，乃忍棄置此。我夢無由見，啁啾雜蠻鬼。生人語不通，死悲向誰是。兒兮莫怨歸，渠爺在交趾。

二

精氣尚儼然，孰謂今已亡。遠書每難凭，所往何其荒。胡然數行字，一一報我詳。詳言已非誤，舉室皆皇皇。平時知去遠，音容忽復忘。既念殞爾生，時時在我旁。遂使平生事，推想及毫芒。文戰雖未勝，詩句已成章。不才尚足悲，况爲羣從良。

三

憶昔送爾行，灑淚不能去。期爾志四方，轉悲反成怒。甯知南浦别，竟無還鄉路。爾父何顛沛，奔命不遑顧。爾身不自保，豈能陰爲護。逝者長已矣，生者託何處。長號向南陲，魂夢日驚怖。

八月十一日渡濰水觀打魚有感留題店壁示東歸入闈客

問渡濰溪口，秋風水面生。半山斜日晚，一櫂小舟輕。駐馬臨淵立，何人舉網驚。閒觀惜衰老，無復羡魚情。

送南行人去後坐南陌上

天寒陰欲雨，木落峭含風。嶺外去何遠，原頭望不窮。閒思書未盡，轉恐力難通。寂寞更無語，唯聞叫渚鴻。

中秋夜寄子喬粵中時余與子喬各有喪子之痛

涼宵新雨後，久坐未能眠。佳節情偏惡，當空月正圓。獨看轉清漢，應去照炎天。那更傷心共，愁吟滯極邊。

石棗村感舊姨母適村王氏，年衰，夫亡子散，予來省視，題東堂壁

停車石棗村，村舍舊知門。零落幾家散，支離一老存。積陰荒徑溼，斜照古樓昏。往事自能憶，盛衰誰與論。

臨水

臨水閒獨立，水流静無聲。無復羨魚志，聊愛秋波清。泠泠白日照，皛皛天宇晴。林木動淒颯，涼風西北生。漸衰忽不禁，悄然肌骨驚。年華逝如此，壯懷吁已平。陳跡日積多，百感交中情。欲語誰能喻，偕俱唯孩嬰。念我同心言，有弟在邊城。

喜五星步武丹桂[一]過訪置酒因憶子喬南中

寂歷荒村暝，羣鷗喜並來。正當秋月滿，纔見桂花開。各出袖中句，共傾鐙下杯。因思宦遊客，孤櫂粵江隈。

【校】

〔一〕桂，嘉慶本作『柱』。按『柱』是。

叔白詩鈔

李憲暠

定性齋集

擬古

鬱鬱誰家園，園中多嘉植。臨軒立楸梧，夾徑蔭竹柏。榮華豈不貴，商飆忽復易。忉怛乖素心，驅馬不復入。借問將焉如，仙人在姑射。洞中餐紫霞，肌膚若冰雪。驂鶴上雲漢，常輕千年別。

二

弱冠攬柔轡，驅馬江淮閒。臨河望不極，日暮生風湍。鴛雛翔雲表，豈顧腐鼠餐。入門不見荅，揮袖復來還。

讀史

小人重安居，丈夫輕遠遊。斯言豈不諒，敗名心所憂。峩峩中衢宅，樓觀與雲浮。流覽下蔡舞，傾聆邯鄲謳。冉冉歲月逝，白日不可留。我乃非狐狸，胡爲死首邱。費褘爲吴使，獨登萬里舟。顧盼藐吴越，談笑輕王侯。

五色露并引

甲申之歲，伏後八日，齋中見五色露，遠若觀火，葢亦乘日氣而使然也，然其絢彩照人，有足喜者，援筆記之，如所賦云。

欒荆堂下花滿庭欒荆堂乃某兄弟讀書處，嫣紅妖紫何娉婷。萬緑蟠壁倍葱青，入夏交蔭如列屏。主人曉坐讀古經，曉涼入座神惺惺。東升紅鏡來滄溟，花氣相鮮無定形。恍惚有物光晶熒，南壁返射透疎欞。乍似耿耿夜流螢，欲度不度花蔭停。又如落落侵曉星，欲墮不墮臨遥坰。乍離乍合蚌腹珠，如斗如日江中萍。丹榴紫莧色如土，凫眠鶴夢驚來醒。立而望之疑有靈，眼光不定雙睛瞑。乃是天上五色露，聞之山經與洞冥。我欲取將釀醁醽，涓滴何能盈盆瓶。烹茗煮米俱不足，對此惆悵空清泠。不如留待金門東方朔，獻之天子銅盤和藥延修齡。

百忍歌爲呼魯埠李氏作

張公藝家百忍字，此語不聞於聖人。一忍再忍有積怒，三忍四忍消餘嗔。五忍六忍嗔怒絶，積忍至百相和親。呼魯埠前有三老，白髮俱可六七旬。二老無事對閒坐，一老拄杖當柴門。耕夫饁婦滿阡陌，俯聽指使何逡巡。機上有絲室有粟，一歲飽煖常欣欣。此老毋乃由忍字，風俗儼如三古民。學中弟子講經籍，尋常匕箸動顔色。

二犬

王氏有二犬，同類不同生。其一大且醜，毛色故可憎。仰受主人恩，報力恐不勝。逐兔必雙獲，守户常夜驚。其一不盈尺，嫩毛偄於繒。五色燦金紫，短尾何髗髾。主人遠方得，愛之比孩嬰。飼養魚肉饜，夜眠臥榻升。出入主人袖，哤哤作嬌聲。既得主人意，遂蔽主人明。逐殺主人雞，不聞五夜鳴。呃殺主人貓，羣鼠當晝行。乃引南山狼，深夜達中庭。妖狐伏梁上，一時黨翼成。既盜主人姓，復盜主人名。聚謀南山穴，指日主人傾。獨畏當門噬，來將大犬攖。大犬喝小畜，敢與前輩争！張吻逞巨齒，誓使君側清。小犬升榻避，狡捷故所能。追嚙僅及尾，惜不絶禍萌。小犬愬主人，尾上見血腥。主人顧悲痛，如傷肌膚情。回首訊大犬，吾前敢弄兵！跋扈能害國，速當即爾刑。大犬顧主人，依主十餘齡。得事主人久，主人恩非輕。微功何足論，老畜乃可矜。身死念主家，且有災孽興。主人顧小犬，小犬怒不應。烈焰具鼎鑊，宛轉竟就烹。李生吟二犬，愛惡何不平？豈獨爲家戒，將爲有國型。

大醉飲冰

三焦烈烈酒威猛，大嚼堅冰熄鉛鼎。玉屑輕研牙齒鳴，寒光入照肺肝影。驅逐熱惱三尸顫，洗伐毛髓萬竅净。由來不負腹便便，得似玉壺抱幽冷。

曉發

太白上東嶺，西望牽牛角。煌煌叢薄下，猶爛金盆月。林際春風生，衣上曉寒薄。羸馬戀豆味，背櫪不肯發。行行村舍遥，稍稍農樵作。天色變茫昧，清氣但寥廓。長空何處聲，早雁在雲末。

土地出婦并引

客有自稷下來者，言此事，爲仿昌黎《謝自然》之作，紀以詩。

濟水當孔衢，晏子故采地。甲申歲云暮，焕然起祟第。短衣象平仲，奠之兩楹位。大僚牒所屬，黽勉鳩厥事。曰以來歲首，行部且來憩。側舍祀無鹽，復此事塗墍。乃以待賓佐，風塵息勞勩。且晚期已迫，雕塑日不繼。郡縣煩令長，村舍走尉吏。或言土地妻，擬此像頗類。令曰舁之來，軒車突然至。泥神出就車，盈盈淚滿眥。夜半風鐙滅，縣尉自心悸。神怒髮衝冠，臨窗叱魑魅。鞭尉背流血，哀號聲如沸。悚慴伏神威，昧爽駕輕駟。敬送神妻還，村民乃詬誶。曰此已出婦，配神胡不愧！遐邇異事彰，笑語喧老稚。無乃語非實，神怪衆所嗜。嗟嗟爾土神，民社責攸寄。庇婦不庇民，民謗故可畏。

曉興

曉色何葱然，昨夜南窗雨。率爾乘吾興，出村躡芒屨。廣陌染微曦，遥山帶輕霧。恰恰園中禽，涓涓草際露。迴看屋上煙，晨炊急初曙。

曉起即事

東方晨氣清，蒼涼初出日。野煙何曖曖，遠鐘猶歷歷。烏鵲林際鳴，鷺鷥水中立。瓦瓶列井榦，家家競朝汲。愧彼遼東人，休風感鄉邑。

夢還故居

寂寞北樓下，家具半空虚。意知將南徙，留我守故廬。入室鐙明滅，弟姪相與俱。惆悵苦無樂，言訪西隣居。啟鑰出門去，未至轉猶與。西隣故我姊，姊亡八載餘。感傷不復夢，曉月滿窗隅。

揚州書懷

性拙成吾傲，誰知世路艱。候門三日久，入坐片言難。槐署風初落，花階露正溥。傷心懷刺處，忍淚幾回看。

冬日過山村

寂寂暮村側，勞勞行客過。山風歸犢早，簷日聚人多。野盡粟盈室，橋成冰在河。孤征慚未已，積雪滿前阿。

宿夏口寺有懷

舊寺荒涼在，寒宵獨寤歌。隔溪殘月落，到枕曉雞多。感慨別離久，低徊書信訛。迢遥浙江路，南望足風波。

聞雞

寒榻一聲春夢驚，無邊春思入殘更。柳煙漠漠繞村白，海月茫茫侵曉生。何處青鐙老文墨，幾人白首役功名。百年會有千秋事，拂拂今宵起舞情。

百三十歲婦人

坐見兒孫盡，頭邊白髮黄。甯因食松柏，猶是饜糟糠。戎馬忘年月，衣冠記杳茫。身非漢宫女，不解説先皇。

王庭實山莊

邱壑成高隱，無求度歲寒。大椿蠶作服，修竹籜爲冠。海上風煙別，山中禮數寬。田間白髮者，三十已休官。

夜坐聞遠水聲

寒溪咽石鳴，風送亂流聲。入夜感俱寂，爾時聞獨驚。五陰皆妄結，四大盡浮生。無石無風送，人心何不平。

海上呈郭泠亭先生

公子翩翩迴絶塵，三年作邑故能貧。此日初逢望標格，敝裘羸馬舊詩人。

二

謬從花萼得詩名，海上何人移我情？　萬里天風千尺浪，大嶗山下拜先生。

春郊

雨意霏微拂絮輕，春郊日日愛閒行。灘頭遠雁隨人落，原上羸牛帶犢耕。野服弟兄爲伴侣，飛花時節又清明。相將到處堪行樂，何事浮榮累此生？

卟壇呈張三丰

先生跨鶴成仙日，烽火中原靖難時。三遣胡公尋未得，茫茫前事到今疑。

贈鶴

滄海一舉橫天下，悠悠誰識道心者。無數青山何處歸，一片閒雲起遥野。

重過小張壩村

每愛膠西路，人家徧石泉。雲霞四山霽，楊柳一溪煙。危壁驅雞上，秋場迸栗圓。幾回吟不盡，駐策此流連。

病起有懷家兄歷下子喬都中

獨坐悲秋晚，槐花寂寞黄。攤書心故怯，對酒興難狂。易水晨催轡，明湖月照航。今秋北來雁，零亂不成行。

秋曉

風露澹將曉，亂星猶在天。居人懷客路，夜氣滿晴川。月色連雞唱，花枝引馬鞭。那堪秋簟上，永夜伴琴眠。

觀女巫來娘降神

姣衣停僊步，寶篆曖香臺。一室都無語，片雲猶未來。口銜青鳥信，身是玉京媒。莫作陳珠伎，驚張仲御迴。

覽家乘作述祖德詩六首

厥宋南渡時，緊我生民始。中原競龍戰，蓬梗歷兹止。遠想四代餘，日月安可紀。古墓柏森森，猶記隴西李。

二

太倉初教授文英府君爲太倉教授，前代昇平日。沈印棄弓刀自元時以武功起家，世有武弁，家藏鐵印，入明始除軍籍，沈印海中，學禮挨經籍始治《禮經》，今三百餘年，子孫猶習其業。伊始誕貞臣，初入承明直。兩世策邊勳，烈烈光史冊子守正公經署宣大，孫承裕公巡撫甘肅，皆有政績，載《明史》。

三

明季亂天常，下位輕蟬貂。微官未足繫守愚府君爲汲縣令，脱屣歸蓬蒿。東岡業猶在承裕公有東岡別墅在邑東，聯輝樓尚高在通德門内。一花開五葉，競發入新朝守愚府君爲汲縣令，生五子，今號五支。

四

兵燹閱人代，門閥亦中落。哲人覯憫凶，飢寒日相索。白首寢門歡，三十英才樂。輝輝德未光，循吏名猶薄端甫府君爲皐城令，皐人籲於朝，祀之學宫。

五

康熙有廉吏，雍正無清官時諺云云，謂非無清官，盡人而清官也。見修撰秦公大士殿試策。世廟方求治，冰操非獨難。陳謝各得罪，孫相登臺端。當時四君子，升沈良可歎侍御府君與太原孫公嘉淦、全州謝公濟世、貴州陳公法齊名海内，稱『四君子』，後孫公入相。

六

哲昆紹往訓，善政龔黄亞。緘默多沈思，高署坐深夜。身爲黎庶死，官非妻孥藉。嗷嗷諸孤姪，抛書問秋稼荆南先生歷官三晉，卒於官。

再至城北作

城邊荒草深没轍，城上浮雲晚明滅。廢寺無人獨自來，梁間猶署古年月。城中門第半非昔，地下知交不可作。十年近事不勝悲，可能遠問華表鶴。

田家作

天旱豆苗稀，一畝不盈斗。作腐欣一飽，晨炊誇始有。左家兩嬌女，披髮戲左右。有日約婚姻，入城市羊酒。園中剥新栗，兒啼刺傷手。農事亟宵征，初月隱深柳。隔溪辨言語，行坐歡童婦。歸來問夜舂，繞巷吠黄狗。

二

溪南築茅舍，家室太悤忙。入谷伐林木，借版興堵牆。數椽猶未就，禾黍紛滿場。高積風露多，颯然秋氣涼。感余念卒歲，木棉花正黄。待到乘屋日，隣里來登堂。置酒相勞苦，高坐眺平岡。但祝相友睦，居之欣樂康。

和家兄感舊

盧生入咸京，旅憩邯鄲館。得晤方外士，元言屢開展。冷語入熱腸，如聞古樂倦。授以如意枕，令君得安善。將相動神魂，妻孥借雞犬。已勒燕然碑，未熟黃粱飯。邯鄲古趙城，六國紛在眼。酒愛平原豪，説想魯連辯。曹劉富文士，鄴宮亦非遠。於今俱烏有，流光迅飛電。惟餘吕仙祠，遺像衣冠宛。昔來年共少，曹昧探古淺。不知夢幻情，匆匆車輪轉。

同家兄夜坐

青鐙結朱華，蒼松列粉壁。松壁影參差，鐙華光悦懌。兩人共無言，枯坐入深寂。

登何氏小樓見少時讀書堂古槐

深樹登高見，婆娑歲月更。嫩涼秋氣味，空闊别心情。小榻書常滿，西窗月最明。祇今凭眺裡，還送暮蟬聲。

聞歌

分明舊曲響檀槽，涼榻秋風河漢高。一自白家失樊素，不堪重唱鄭櫻桃。

捕魚

嘉魚滿東渚，野侶喜相過。緩步辭遥岸，鳴流入别河。長洲移白日，閒鳥弄晴波。自昔忘飢者，朝朝但詠歌。

二

舉網衆心疑，澄懷宛在斯。悵望潛去跡，驚愕遇來時。但悟忘機樂，無嫌撥櫂遲。即今多暇日，物理暫相推。

上陳榕門相公爲先子乞墓表

心持正學荅楓宸，出入三朝雨露新。篋裡書篇中令癖，表中家計武侯貧。執交願乞青雲附，世德曾經白簡陳。盛世鈞衡平似水，布袍羞作上書人。

二月十二夜月

眠凫隱曲池，花暗上牆枝。留得半階月，吟成五字詩。宵深連曉氣，春淺帶霜姿。誰念音塵闊，美人千里思。

公無渡河并引

十月之晨，有叟解衣將涉於水，其子宛轉勸諭之，乃止，蓋昏耄不知寒暑也。因有感於樂府《公無渡河》之事。夫生殺之機，如寒暑之辨；夫婦之好，猶父子之親。然而或從或不從，豈其昏憒之未極歟？抑亦所勸之未盡歟？

霜草白，霜水碧，今何時，寒以慄。公乎公乎不如歸，抱孫向簷前好負暄。

食核桃示子喬

核桃之爲果，隔多皮殼堅。食之費鑽剔，令人心意煩。但覺手指瘁，焉得恣饕餮。請君緩饞吻，從容於其閒。引椎破硬殼，剔肉始判然。嫩膚更審去，精玉遂盈盤。然後共君啖，亦已忘蹄筌。若使婢僕代，其趣亦不傳。

將至濟南寄張汝安

力耕須著地，讀書須識字。悠悠鹵莽者，不盡目學弊。憶昔庚辰秋，共待稷下試。咸懷宛水珍，各抱荆山器。狂瞽疵君文，所争在秉穗。欲爲秉加禾，相從并一類。君聞愈謙抑，從容析厥義。秉禾實中藏，穗禾乃旁侍。當時汗背交，愧折生敬畏。此語猶非遠，忽忽十年事。秋風感别離，書之寄相思。

中元夜同人泛舟大明湖

清夜湖上遊，佳客相追隨。願言躭幽賞，各有好容儀。昔人留勝蹟，宛在水中坻。浮雲自吐月，安用弦管吹。輸我藏鉤戲，飲君碧葉杯。英英白露下，天水交光輝。允矣平生親，樂此新相知。勿以新舊異，斯言庶無虧。

秋林落葉

秋風似軍令，暗傳不可測。到葉始有聲，舍生前赴敵。

短歌行

夢中得句魂來評，自謂記之以待醒。既寤求句不可得，亦如今世追前生。暮春久雨忽開霽，春苗喜悦花垂淚。今春人事正如此，有約看花空長喟。長喟短吟將奈何，繙閱舊籍心無那。上窮唐虞下周孔，分明有物非虛訛。黄河不滅秦火燒，紛紛玥迦争光耀。白蓮既是蒙叟賊，黄冠又學緇衣調。岱下蒿里蜀酆都，大惑不解人言殊。人命真如薤上露，聚斂魂魄無賢愚。兜率有天雖茫昧，阿鼻無閒猶可解。羊爲人食人爲羊，萬年不盡輪迴債。故老相繼作陳人，爾來三月哭弔頻。冥冥之中無從問，紙上陳跡安足陳。

觀畫

六松夾磵一松交，下有深徑通山椒，繽紛梅杏遮溪凹。板橋來過緑石墩，三松龍挂蟠虬根。兩仙仰送横山雲，雪山雪樹連雪村。閒以微緑松與筠，驢子過橋應有痕。初祖乘葦西渡江，手中隻履不成雙，虬鬚深目毒龍降。又有一仙不知名，提杖負藥逐鹿行。身衣木葉風聲生，面目獰劣神骨清。一片緑荷兩株柳，下有停舟垂釣叟。懸厓垂樹天欲雨，兩舟相並人交語。洞賓朝暮湖上遊，踏雲迴看岳陽樓，美髯風飄醉兩眸。背石坐石來調琴，椶櫚綠竹交清陰。白雲明月孤鶴臨，奚奴立到秋宵深。山前閒地平如墀，洞裡仙人出着棊，山左山右水漣漪。此是松鶴道人筆，朱印李字微可識，畫在勝國神宗日。

雪

薄醉衝寒跨驢出，霜木峥嶸村舍寂。野田無物飢鴟愁，溪路凍合鑿冰汲。新詩得意正森爽，朔雲壓腦轉昏黑。初向驢子前頭見，率然三點五點白。不翼而飛何處來？塞空已并此身入。北極應摇斗柄注，東宿自張箕舌吸。側聞元冥氣不交，此時天上亦寒慄。研珠屑玉勞精神，被山冒嶺費筋力。上帝豈不樂無爲，或言萬姓乞膏澤。下界小臣同井蛙，仰窺妄以私意測。道旁凍叟僵欲死，且願被褐負暄日。

贈賣花宋翁

抱甕於陵子，生涯郭槖駝。佳兒如樹植，遊客似蜂多。隴麥連村熟，園梅入望過。納涼僧舍近，池上有新荷。

賦得曉鐙暗離室

雞鳴孤驛發，魂黯曉鐙然。已送鳴珂去，猶堪解帶眠。昨宵明綺席，前路散青烟。錯莫征衣上，微微紅日鮮。

鵲華橋七夕

爲客憐佳節，新秋半月生。湖中分漢影，天上借橋名。楚楚當風柳，紛紛隔岸筝。微涼宵正好，杯酒莫辭傾。

避暑慧泉寺遇雨

舟入慧泉寺，荷深遊到稀。湖雲城裏起，山雨殿前飛。僧數殘棊著，魚跳上水磯。未諳慈氏教，耽静亦忘歸。

闈中見雁有序

戊子之秋，余以病不入闈，今來，家兄復以事阻，自家寄詩，各有雁行之句。闈中仰見，率然賦之。

八月乘秋雁，徘徊照鎖闈。栖鳴無定處，行列本齊飛。留爪東西别，來賓先後違。凝眸烟一綫，心入遠天微。

月夜田中遲客

去煙林際平，來徑月中合。馬蹄纔辨響，起問果來荅。

蓮塘遺集

代子喬作謁丁孝子祠詩

捧檄高堂色喜時，君恩萬里到天涯。已慚西蜀忠臣馭子喬初銓得四川之筠連縣，改近河南輝縣，陛見時對調岑溪，又拜南儀孝子祠。百世猶能興俗化，九重何事怯言詞。還期錫類憐遊子，寸草微衷仰護持。

代子喬作謁故相國陳文恭公墓詩子喬選貢入都，廷試爲相公所取士，應以縣令銓用，同掌試事者以年少抑之，相公勉慰曰：『君非百里才也。』相公墓在桂林西三十里横山下。

曾傍星垣接上臺，銓衡持重荷栽培。南來獨下西州淚，廿載今仍百里才。榕樹飄零門尚在，桂江嗚咽櫂空迴。匆匆釋奠蒼梧去，松滿横山起暮哀。

覽岑溪縣志粤撫彭公鵬薦高渭南先生熊徵疏喜與敝鄉郭華野先生琇遇湯公斌事同感賦

千年資格困銓衡，盛世雙雙彩鳳鳴。國士騰驤見高郭，封章焜燿出湯彭。興懷即墨鄉隣近，快覩南儀社祭榮。底事安溪報親友，薦賢寥落苦難行語見《榕村集》。

和子喬詠金龜

憐爾嫻詞賦，青蓮謬見推。無緣侍銅馬，有句詠金龜。飛集仙梟似，持看墨綬疑金龜朝臣所佩，縣令不宜有也。妖蠶同譎異妖蠶即金蠶，桂蠹並珍奇。宦拙頻驚候，鄉遥易感詩。不須將换酒，得共醉荒陲。

岑署夜琴寄懷舍弟梧州遠道人東海

日落山城暮靄青，遠泉何處韻泠泠。空堂橘柚香侵座，明月芭蕉蔭滿庭。于役雙梟飛乍泊，驚宵孤鶴夢初醒。曲成未免閒心憶，欲並因風寄爾聽。

讀柳子厚榕葉滿庭詩適閒雲持螢火見示因贈

柳州未遠似梧州，自古詩人善旅愁。手把流螢吟落葉，君看春半果如秋。

荅閒雲見和

秦漢以後諸作者，期留名姓何沾沾。古人不朽在功德，區區文字吁已纖。周時策士寖澆薄，猶匿姓氏甘淪淹。逆從生前計百世，無如樂天與子瞻。韓孟歐梅各未免，朋合樂比雙飛鶼。困頓流離境所歷，苦索形容歸筆尖。會時論説别時寄，言有至味非梅鹽。至今千載後讀者，開卷如睹掀髯談。讀者縱樂作者朽，豈知賞歎還憎嫌。我今與君遊萬里，鹿車遥遥辭里閻。臨河帆檣密如髮，旋看瓜步生新蟾。漁翁指示江犹上，沽酒來就罾中鮎。邘水吴山多瑰麗，收入吟詠盈緗縑。君苦思歸生涊灄，滕王閣下遂病痁。力疾猶强觀南嶽，扶笻汗喘衣濡霑。瀟水別時竹益密，湘流盡處山初嚴。稽遲桂州復梧郡，岑溪解榻猶暑炎。奇物已看帶箭豕，逢人仍訊藏膽蚺。偶然琢句邀君賞，摩挲謬比金玉兼。祇憐同病易慷慨，妄冀不朽舌可箝。古來愚賤坐自大，觸忌久怵龍門閹。作詩慎勿計身後，當前指趣同君拈。

南樓觀雨

獨坐〔一〕岑城當遠歸，蠻山烟雨正霏霏。程符負笈情空切，華不題詩願屢違。蛤蚧聲收龍眼熟，桄榔陰翳鷓鴣飛。蒼梧人去又千里，莫溼扁舟萊子衣程符，山名，北海韓公復先生授經處。

【校】

〔一〕『坐』，乾隆本作『眺』。

子喬自梧郡寄來温大夫園亭燕集觀雙鹿有感詩似以行者自況而以伏者屬余也未知是否和詩問之

朱欄掩映玉花明，霧雨開時得散行。緱嶺不忘思伴鶴，苹筵祇是怯吹笙。白雲顧影陰原潔，芳野和羣踏自平。遮莫同遊文囿者，心憐雌伏未能鳴。

七夕前夕對月遲子喬桂林書不至五吟子喬新月別瓜洲之句

按吟新月句，前有四首載全集

新月別瓜洲，經年又早秋。江山懷往事，時節動閒愁。客夜横銀漢，來書滯桂州。參辰分幾處，不獨隔牽牛。

和閒雲子喬夜發藤縣曉達梧郡

泛泛入江夜，悽悽夢故山。春星黯藤邑，曉色動梧關。要眇求珠客，啁啾下碇蠻。蕭然對酬唱，惟有北人閒。

和閒雲子喬題洲上石

石上留新墨，春洲共泊時。莫愁經浪蝕，應解佇詩思。脱帽風醒酒，歸舟月在帷。分明一雙鶴，立久此江湄。

次子喬贈閒雲韻并序

冬夜共談，子喬因贈詩，脱藁示予，予謂詩中之指，即前子喬和予《短歌行》之篇，雖興會不逮曩昔，而所見較切實矣。子喬請誌此語，因次其韻。

我昔唱歌行，紙團敗簏棄。予弟取和之，謂中有奇氣。此氣孟所養，二氏豈能契。二氏逃死生，胡亦遊朝市。斯人無不死，斯氣非所恃。要在盡人理，於物乃可貴。嗟予過嶺來，多病日憔悴。不克懋吾學，漸覺頹吾志。唯喜同心人，商論趣一致。舊時唱和篇，非嗟人命斃。新歌更有進，勉旃究厥事。

示弟

抱琴上城閣，置酒對猺山。莫以當前事，悽悽懷抱閒。

夜讀歐蘇梅月石屏詩

虢州深山中，紫巖蘊異石。天成如規圓，純白獨殊色。其中未瑩處，彷彿樹形質。何人劚屏供，磨礱生光澤。刺史遠投贈，遂爲歐公獲。歐公好奇甚，矜張用誇客。號之月石屏，直謂月精魄。稍疑無蟾兔，吟尋苦未釋。繪圖還寄蘇，抽思共探賾。蘇子益狂搜，復取髡輠炙。解以蟾兔逃，曾苦姮娥覓。取譬犀與蚌，氣孕形莫隔。宛陵評二詩，卑之就平實。左蘇而右歐，不如不解得。夜來夢三人，争論笑啞啞。其一眉鬚豐，其一權輔瘠。其一目稜稜，酩酊脱冠幘。掉背向瞿翁，前論君何執。蓋聞二氣流，賦物浩難測。於中閒氣者，出類乃翹特。在人英傑生，在物鳳麟出。惟石最先成，肇自洪濛闢。想當亭育時，靈秀含太一。遂於眾頑紫，挺焉發圓白。偶爾肖月形，非爲月所襲。岱壁人影雙，蘄頂蓮瓣赤。端石鸜鵒眼，湘石燕子翼。諸物未生世，何從取模則。此是月石詮，正論復誰易。瞿翁把前詩，反復毛疵摘。不獨石義誕，恐并月義惑。月中所照圖，乃是山河跡。或擬蟾蜍伏，或像桂樹植。或謂吴剛斫，或指顧兔立。月兔本非真，石兔缺何惜。髯者獨默静，喜聞妙義析。月誠非石倫，詩乃真月匹。三詩一鋪案，三月如挂壁。夢醒都不聞，牀前光景寂。

和子喬易使橋成上元前夜燕集

無尤緬昔人，行樂在政閒。勉勉此邦宰，三月席未安。幸兹休假日，弛令當上元。鐙火陟新橋，顧盼一欣顔。想像壓潁榭，諷詠環滁山。敻然俯千室，夾岸何喧闐。雖來衆賓譽，時畏斯民觀。勖哉布春政，荒遠勿嗟嘆。

清風亭燕集同舍弟作示邑中父老子弟

衣冠耀巖瀑，秩秩君子容。炎地小春候，山色何青葱。家弟慙菲薄，賓客盛遊從。文才八斗雋，武藝千夫雄。投筆或執射，授簡乃弛弓。子弟有兼長，所業欣交通。酌觴賀父老，斯樂陳荀同。鄙人生北海，遥遥牛馬風。胡乃萬里會，情志靡不融。旅語願有贈，尚友士所崇。其則不在遠，無忘渭南翁。

岑溪月夜寄子喬桂林

西園月盈庭，浩浩胸次闊。衆山戴晴昊，儼侍冠劍卓。王子與黄生，垂幔鐙猶灼。登城或疲晝，索句或勞昨。家家閉户眠，廣庭任蕭索。病姪猶困頓，初飲良醫藥。未免田倫私，問視喜甯貼。退寢僕僕倦，滅燭不待跋。更有盈窗光，朗然正無缺。寫作牀前影，低頭慘不樂。呼鐙起作詩，寄示天涯客。

觀黃生雨中送弟歸永州

遽釋連牀樂，感余心鬱陶。不辭零雨苦，爲念倚閭勞。繫舨瀟流近，攀欙賀嶺高。同遊嗟更遠，幾度送歸舠。

中秋後熱甚適子喬退衙聞余琴聲欣然命酌兼課吟詩作畫醉拈拗句示子喬

炎荒八月餘殘熱，暮鼓鼕鼕催晚衙。火帝驅回紫叱撥，玉妃喚出金蝦蟆。我亦漸瘳豐頰肉，子猶汗霑斑臂砂。何日北飛兩黃鵠，海天琴操呼鍾牙。

和子喬遊三界祠

我初挂帆渡湘水，榜人焚楮誇神功。湘南水道主者兩，其一伏波久赫隆。又有繼起曰三界，不數華光兼五通。神家非遠指貴縣，至今子孫猶姓馮。不信入廟瞻靈異，有龜爲蔡蛇如龍。遺廟布滿列郡國，人人乞與五兩風。左江右江二神治，宛如分陝周召公。余弟昨自蒼梧至，好奇果得眼底逢。政閒獨訪北城寺，僕從蕭颯如山翁。寺中土偶了不異，高殿陰翳荒竹叢。忽然神像動肹蠁，纏臂貫握頭昂雄。審諦始知是生物，馴久動静皆從容。飼養誰爲豢龍氏，須問坐下大靈蟲。我聞頓起貪嗔想，悔不從君灼殼刳膽投藥籠。

雞婆果薯名，岑溪人呼土瓜薯，蒼梧人呼雞婆果，性寒，可解酒

不見蛇蟲害，宜人草木多。枝頭生狗囝豆名，見縣誌，根下老雞婆。西蜀蕪菁産，紫陽蘆菔歌。吾今惟病酒，用汝解沈疴。

岑溪十八詠

白〔一〕花洲

江水夾晴洲，洲邊蓊篠簜。試問渭千畝，較此孰清曠？

【校】

〔一〕『白』，乾隆本作『百』。按《岑溪縣志》，『百』是。

葛仙洞

仙人本無形，活水自清透。當時葛仙翁，并未到句漏。

丁郎山

上山蓺華黍，山風鳴笙簧。二人蘭臭密，同去拜丁郎。

望岡樓

小樓登不厭，縱目滌煩襟。始信方寸物，可使高於岑。

藜光閣

奕奕文明世，猺獞盡向學。嶺南賽昌黎，端賴一鐙灼。

北科營

一旅曾何濟，蕭蕭故壘閒。始知天眷德，不復照厓山。

蚺蛇營

百年遺舊營，分屯尚狼籍。我有椒山膽，欲求老蚺匹。

上七山

掃爾十萬山，何須十萬兵。今來狐兔宅，漠然山水清國初勦賊時，猺人謂天朝有十萬兵，我恃十萬山，不懼也。

下七山

榛莽翳羅旁，南蠻一時格。至今東西粵，猶記縱擒七。

秋風巖

愛此秋風巖，更愛秋風村。村人慕秋爽，巖畔看霜暾。

荔黄村

已睹荔子丹，誰謂荔枝黄。丹黄求紙上，遮莫費平章。

鄧公山

神山天所作，神光星所躔。神能司禍福，勿敢侵神田。

周公山

已是越裳家，經年道路賒。至今萬山裏，猶仗指南車。

周婆山

不信關雎詩，誰制周母禮。江左狎島夷，山名王謝始。

易使橋

漫道成橋易，使君來幾旬？五弦時一弄，來往趁墟人。

木鄉渡

妾住義昌江，莫渡坐坡子。使君有告條，亞火配亞水粵人呼阿爲亞，子女喜以水火命名。

探花鄉

正月採新筍，二月採新茶。試背斗篷去，滿山開桂花。

高渭南祠

已拜榕門墓，橫山萬樹松。古人不可作，更有渭南翁。

遊葛仙巖示子喬

輿蓋空山樵牧驚，微雲疎雨散春晴。夕陽歸路花如雪，回首陰厓蛤蚧鳴。

子喬既劚得畫山石歸製爲盆供屬余作歌寄故人單仲簡仲簡曾向子喬乞石也

泰山雖云高，不如東海勞。衡嶽雖云大，不如陽朔畫。我昔攀登二嶽頂，古碑不見秦與夏。巨鎮端維霖雨功，小儒衹作邱壑詫。衡陽千里度嶺南，山密如櫛無餘罅。山名不顯嶺名尊，得名者五如争霸。韓柳蘇米幾曾歷，我亦乘舟泊其下。卻笑吾弟膽尚怯，劚山何更山靈怕子喬夢山神詰責，作詩謝之。玲瓏莫羨仇池巧，敦樸已足鬱林壓。中原故人誰解此？老狂無如仲翁者。欲尋面目識名山，此山真實義非假。

咏盆中畫山

座上一峯秀，江邊手自移。清泠傍琴畔，指點泊舟時。鐫字斯籀古，樵圖吴李奇。當階喜新雨，還共石蒲滋。

雨中遊鍾氏園

大竹刺天森列戟，前山對陣雨腳直。池中唼喋羣魚飛，撲面斜風醒醉客。孤琴零亂不成弄，箏付與歌兒拍。山人送客晴雲高，門掩斜陽挂簦笠。

曉起尋城東佛手

一樹垂塘露滿團，過時不採最堪嘆。去年憔悴風霜晚，特地乘秋破曉看。

題子喬桂瀧詩後

臨賀重遮北嶺橫，桂瀧終古少人行。爲君弄笛歌新曲，也似武溪袁寄生。

少鶴詩鈔

李憲喬

少鶴内集卷一 秋嶽初集

上桂林陳相公二十四韻

昭代崇正學，大儒在高位。赫赫無近功，淵淵抱深器。鸞鳳從焦明，所引惟其類。頓令邱樊下，欣然見顯遂。憶昔雍正初，我公振飛轡。陳法謝濟世並屹起，先子實同列叶。相期在前哲，無求悦當世。心非張禹諛，氣折田蚡貴。應詔乃上疏，危言動鸞蹕。皇天鑒精誠，寵命臨海裔。衆口方謡諑，一麾竟淪躓。今上初踐祚，求賢訪佚棄。公薦首先臣，起爲蒼生計。不辭累牘上，朝野識公義。君子無黨同，所重非交契。日月懸中天，枉正矢不蔽。諒知賢者懷，不以存殁異。竊願得一言，庶足昭幽志。賤子田間來，天柱森雲際。皇恐久未請，公聞乃歔欷。聖泉陳公法字今已亡，此事吾何諉。不工世俗文，平生有真意。斯言足千載，感極遂流涕。浩浩江漢流，大道無淪替。

雨後對月有懷石門精舍

苦愛澄秋月，初晴望浩然。亂雲歸大壑，涼露溼空天。山静無留影，潭虚得静緣。因思道門友，永夜獨安禪。

摇摇

摇摇復礫礫，雅亂驚相失。海風吹雨昏，颯沓夜來急。居人常宴眠，客夢多驚惕。耿耿天欲明，殘鐙墮虚壁。

園亭讌集

川原風露交，暇日聊延矚。日夕悦芳静，時就東園宿。新月無遠輝，藹藹歷庭曲。修梧生夜涼，烟景亦清淑。高談轉幽曠，野意絶羈束。誰能逐時好，窮年悲刺促。

同王蜀子聽山泉

尋聲不覺暝，已歷幾巖端。星下坐來久，松梢聽處寒。壑風入夜寂，石氣逼衣單。一徑蒼苔滑，朝來有鶴看。

海上荅客

碧宇沈沈曉氣微，片帆輕共海鷗飛。掉頭東去君休問，不遇成連誓不歸。

朝陽寺

不識朝陽寺，牽蘿度石門。海雲青矗矗，山氣鬱魂魂。半壁靈楸大，懸巖古佛尊。更尋南澗水，危坐聽潺湲。

題先少司馬公東岡集後

早志澄清許范滂，雲中遺業恨茫茫。時逢板蕩紆籌策，老去勳名屬戰場。邊士争誇小太尉，威聲已懾右賢王。孤臣涕泣輪臺詔，肯把開邊勸武皇。

貧士咏

秋草難爲青，貧士難爲形。淚落不入土，化爲寒井冰。寒冰塞天地，破屋風騷騷。一夕不餓死，氣與衡蓉高。

雪行贈郝謙

壬辰歲之冬，建子月下弦。李生當北征，匹馬柴車單。今年雪最盛，在昔未曾看。三辰並時曜，江海垂天翻。閃屍見鮫蜃，觸觸排鼇黿。衡恒岱嵩蒡，平地起且千。峭絶少緪徑，有徑天可攀。虎豹失威力，蝟縮窮厓閒。滇㴉逾萬里，大漠連居延。慷慨思衛霍，勒勳燕然山。步步踏鏡明，毫髮絶鄂垠。秣馬及未晡，冰風結轡韉。口不辨醰醹，鼻不聞薌羶。嗟哉此嚴苦，主人方好賢。

雪後宿山家

一徑沿谿口，漫漫天向昏。烏棲方辨樹，犬吠始知村。積楚帶茅屋，寒烟壓竹門。山翁常不出，鑪火尚餘温。

雪後早行

夜與夜風息，晨與晨風發。束裝雞未鳴，空庭尚殘月。稜稜出深徑，草凍馬蹏折。四山清且寒，朝日照積雪。凍雲壓白屋，寒光帶籬落。晨炊户未啟，澹烟上林薄。不念征者苦，焉知居人樂。鬱鬱竟何爲，歲暮寄寥廓。

題興福寺

濱州城南古時寺，荒徑無人獨自來。日上斷螭秋草合，風飄野鶻殿門開。已空色相誰能識，未息津梁劇可哀。上馬踉蹌更遠去，榜人撾急報帆迴。

無棣道中二首

天寒桑葉枯，日暮遠停軺。荒村物闃寥，草草夜中食。明發涉燕鄉，茲夕尚齊域。短榻已無寐，鄰雞號更迫。征人度野橋，遺鐙照虛驛。

二

曉月如故人，千里長相送。北風振枯磧，料峭破寒夢。漸與親愛遠，已覺情懷重。星河城上高，鳧雁天邊動。欲就驛亭飲，一杯誰能共。

柳泉雪

暝色動高館，天寒摧敝裘。雪來燕地早，雲亂海鄉愁。颯沓鳴枯葉，淩兢戰曉騶。行過陸績宅，迴望思悠悠。

殘雪

可惜惠連賦，無言到雪殘。高松停不墮，斜日斂猶寒。稍掩凍塍草，遥明涸水灘。居人那識此，祇是逼吟鞍。

都門寄家兄用東坡寄子由韻

古簾黯黯宫漏永，客帳無人鐙亂影。去秋去矣今復來，轉眼流光祇俄頃。篆刻已嗟文字陋，長纓羞逐兒童請。不傍朱門藉餘熱，空隔白雲缺晨省。嗟我無用如大瓠，入世不宜似苦茗。故山無恙黄鶴飛，去作臞仙遡坡潁。

弔没蕃胡司馬贈公子璞司馬名邦祐，昌邑人

金沙達蝶連南滇，瘴雲毒雨交沸騰。炎荒萬里行人絶，駼騠詎足勤天兵。一夜風吹章臺月，詔書五道飛幽漠。桓桓仗鉞明將軍，年少登壇氣咆勃。誓將一劍掃朱垠，免胄直入虎狼穴。身經蜀相不到處，渡瀘南下更夐絶。桂陽司馬將門子，提戈待罪前營裏。臨風上馬何灑然，請纓破賊今老矣。宛頂殺氣壓塵堁，死所未得今其可。班超不圖生入關，馬援已無尸可裹〔一〕。盛朝信不乏人傑，軍威暫卻非歸惰。我知公子豪且賢，贈君唯有獨漉篇。國讎不塞冤未報，會須一擊鵬摶天。

【校】

〔一〕『裹』，嘉慶本作『裹』。按『裹』是。

冀旭畫宿雁

宿雁從何見？圖成怪逼真。展時雪氣味，空處夜精神。凍葦風吹折，枯厓水蝕皴。惺惺如有語，悽絶楚江濱。

雨夜宿亡友宅

百歲誰所命？幻化須臾閒。斯理良已喻，突至怵心顔。亭北有枯竹，枯盡餘霜根。涼飆侵榻來，颯颯吹燭昏。半夜雨轉劇，徒御呼不聞。嚴城急更漏，號嘯相與旋。忽如在遠道，闊落悲鄉園。過此更相憶，茫茫安可論。

贈單丈書田楷

跡近不相識，深慚等世人。能除衆有句，獨得古無貧。釜煮後凋葉，門堆絶客塵。還嗤玉川子，乞米仗僧隣。

再贈書田翁

賈孟骨已霜，冷徑無人造。豈謂千載下，復得見孤峭。咄咄書田翁，堅僻遂成操。澄泉涸亦潔，勁木折不撓。秋蟬露在腹，忍飢祇自噪。猛士深入敵，戰死不受犒。高言吐向衆，率謂狂且耄。我聞徑相訪，候門不敢敲。自袖新成詩，片羽投壺嶠。垣徑半傾夷，竹木尚幽窅。簷際未消雪，下覆無烟竈。短髮披破褐，瞳子澄不眊。浮面光可掬，對我生照曜。傴僂降相引，唇舌屢爲掉。九河瀉迤延，鯨鵬鬬險奧。大雅久衰歇，頑豔日襲盜。獨握懷中冰，有得非世要。我聆始驚歎，但覺氣浩浩。見許坐蓬蓽，榮我等朝廟。況復致拳拳，瓜李費瓊報。夫子嗜昌歜，今吻得古好。周鼎雜康瓠，寶棄須細較。新得足自雄，前功吁可悼。倘使行走隨，執鞭甘所效。

贈王丈太初立性

早歲宰江縣，歸來仍一經。袍當寒日破，瞳似古僧青。客散郵中路，林明雪後星。時聞有高唱，能使酒人醒。

獨宿

寂久更無物，翛然遂此心。被寒春尚淺，林静夜應深。獨宿澹成趣，經時閒易吟。無人同此意，窗外月沈沈。

雨夜懷張陽扶

天地非不寬，羈鴻獨無依。渺渺江海闊，嗟此爲生微。丈夫抱古訓，壯當爲世資。纍纍寄他縣，盛時遭流離。有母長顑頷，俯仰慙庶黎。此恨古來有，善保潔白姿。豈無希世方，可以飽汝飢。戚戚婦孺怨，拳拳友朋期。夢寐有感觸，千里猶共帷。荒齋㶇春雨，夜久轉淒迷。童子亦就卧，詎知心所悲。

賦得柳色

千村萬村静，二月三月傷。暈黄蒸雨氣，湛碧破溪光。直送遠情盡，能教春晝長。所嗟白傅死，終古此茫茫。

玉蘭

靄靄澄春霽，松閒映獨明。月來無定所，香散不勝清。稍動臨風影，如聞墜地聲。衹應魂夢裏，皎潔感精誠。

首夏齋中示姪孫測

首夏已舒燠，午風草堂前。呼童開竹窗，坐見東高原。下緑柳駢蔚，上翠松孤蟠。二者所餘色，漠漠皆遠天。南畝徑繚繞，婦孺攜且肩。一鷺下南際，天地爲曠寬。子來勤問訊，月令相究研。忻忽若有得，詩成使之觀。此中有真趣，更非詩所傳。

端居言懷

棘籬依短椽，棲息亦蕭然。宿霧連晨重，春菲入夏延。溪容元結傲，榻爲管甯穿。寂寞長如此，安心賴古賢。

早夏齋居

雨餘生夕涼，月出似秋霽。孤飆起長薄，眾颯散空際。地迥神自惺，跡孤興轉至。悵焉觸古懷，耿耿不得寐。

大雨雹行

草堂睡起日卓午，殷雷重壓南山椒。穿階鬬蝗出縱横，盤空大鳥愁漂摇。日月汩没雲四塞，但覺氣勢雄江濤。天東伐鼓天西應，神龍一瞥千周遭。雨師挾雨未即下，倚空作勢獷且驕。須臾驟至不及瞬，直傾天漢供一泡。欻驚颯颯戰毛髮，飛雹錯出如梅桃。滌盪乾坤碎百怪，竄走野鼠啼山魈。組練長驅刃鋒接，慘澹殺氣無從逃。千戟並出廣武野，萬弩齊射錢塘潮。狂飆拔屋逞餘怒，儵忽送雷歸沉寥。老農揺杖爲我説，二麥冉冉臨東皋。去年流亡漸歸復，賦税粗足寬征徭。今春雨暘頗及時，有蝗幸不傷我苗。願收風雹更不用，麥熟一救飢腸燒。

夏夜吟

柴門月色净且新，送客歸臥仰承塵。悵然不寐思遠人，浩歌出口愁復吞。才疎志大安足陳，天漢空闊無縱鱗。丈夫有恨豈賤貧，嬌女病作寒蛩呻。幼子暴泄數及旬，半夜驚號撼四隣。心知亢土蒸作氛，自春徂夏災降頻。家人不識謂鬼神，吹鐙照壁踏破褌。自笑未免禽犢仁，一夜不省輸田倫。

紀夢

身隨南羽破高空，下視五峯堆祝融。祇有青天來背上，更無雲夢滯胸中。敢言正直神明感，會使精靈草木通。問我此游何所遇，禹王碑畔拜韓公。

書王令詩後

有宋諸子皆學韓，誰其首者梅都官。都官腕有退之鬼，雖無其貌神則完。左蘇右石列鼎足，大抵籍島争酸寒。坡公天授得其氣，騎龍披髮相拍肩。西江得味坐苦澀，口焦舌敝愁肺肝。對此令人意不快，遺法崚嶒留后山。就中王令年最少，天教冰雪生其顔。學韓得骨不用肉，皮毛剥盡猶鑱鐫。直氣入地不淪滅，力能起誅久死姦。凍鮫僵立騁餘勁，雷燒樹劈峰攙天。向時欲讀氣先結，有如石壁無隙鑽。爾來稍近意頗嗜，中有至味非辛酸。迺知古心出江海，與世阻絶如羌蠻。意氣不下王介甫，平生獨有滿子權。地上吮墨者誰子，兒女嘤咿吁可憐。

哭劉震甫

貧儒絶後死，朋舊獨傷情。窮巷記來處，入門無哭聲。野烟合樹暝，秋蘚上窗生。自昔耽著述，今知幾卷成。

和石桐聞鐘寄子卺

閒愁方浩浩，涼意轉紛紛。孤館當昏坐，荒鐘隔雨聞。暗蟲知夜久，疎簟近秋分。誰識此時意，相思獨有君。

贈法逸人

求君今十載，空望海邊山。豈謂孤鶴影，相逢岐路閒。世傳多已妄，我對不勝閒。更約開蓬徑，他時許往還。

將至固縣驛

征客如野禽，向晚歸飛驟。斷烟沙步村，落日遠山堠。忽忽故園思，夾道秋禾茂。

宿馬寨村贈徐丈

野田月暗行徑微，谿風颯颯林雨飛。悵然欲去迷所往，但聞四野蟲鳴悲。一木横水漂復没，欲渡不渡懷憂疑。隱隱烟斷樹連處，似有竹屋藏疎籬。夜色森沈静雞犬，有客何來驚叩扉。老人卧病不出户，情親貌重言語遲。便爲鋪席具羹飯，釜中煮棗盤飣梨。我行已久去親遠，鐙燭照顔如夜歸。紙窗細雨轉蕭瑟，十年存没相歔欷。不辭痛飲爲君醉，酣然一卧連晨曦。

湖上送别

雨自鵲山來，蒼然漫城闕。稍繁樹煙重，漸遠波禽滅。值此平生歡，自然清興發。斯須復開霽，澄波動淼闊。登高聞暮吹，迴舟見新月。清秋易有懷，况是遠離别。

對雨有懷家兄石桐

鬱鬱竟連月，無言上石橋。樓臺波上静，睥睨雨中遥。霧散山初暝，涼生酒易消。卻思獨卧榻，永夜聽瀟瀟。

濟上田家

日入煙氣合，農務向昏畢。肅肅豆葉聲，秋野曠無物。場净露欲下，兒喧月初出。野風吹虚宇，鐙火夜紡績。悄然忽有懷，十月未歸客。

曉行

偏野露華白冷，淩風豆葉黄愁。正是鄉思寥落，誰家曉日樓頭。

高岑畫烟江小景

漠漠復離離，江天過雨時。灘遥春水長，烟重去帆遲。高樹欲來鶴，陰厓何代祠。沙間偶語者，應與白鷗期。

寄周松幹

塵飛不上天，漢流不到地。每于叢衆中，獨覺斯人異。短劍蒯緱絶，龜手布衫敝。拄腹包皇墳，飢來不充胃。吐語盡巉險，聽者掩耳避。乃結爲文辭，秋河豁崩潰。貂裘間里豪，千金蕲一致。白眼據胡床，調弄若童穉。呼盧從博徒，顛倒卧荒寺。我亦俶儻人，偃蹇苦無似。求友得吾子，相持喜不寐。秋櫂必共撥，夜橋相枕醉。别來更幾時，星日屢遷次。端憂時多暇，輒書用相遺。

齊女怨

朝上望齊門，暮上望齊門。齊城不可見，擾擾皆吴雲。吴雲生不已，我哭誰復聞。生服禮義俗，死魖父母恩。安得訴上天，誓使滄海翻。海翻亦何惜，中有精衛魂。

學韓秋懷詩九首

日短野禾盡，簷際風索索。漸看枝上葉，并爲林下蘀。時令有代嬗，人生異悲樂。荏苒需來今，悵望送去昨。坐知了無益，獨用自嗟愕。

二

沙堧漫逶逶，灌柳已疎疎。漠漠將落日，磊磊見遠墟。登高欲自放，風來吹我裾。遥怨若遲客，孤傷非載塗。西山有逸士，白雲埋幽居。聊欲遺尺素，懷抱今何如。

三

獨呻日向夕，悠悠薄夜半。眾響撼庭宇，暫息如憊倦。我生已渺微，我志殊澔汗。偃偃既不能，逐逐誠非願。苟得已爲恥，屢蹶能勿歎。荒雞時妄鳴，膈膊不及旦。豈有鬱在臆，聊欲自舒散。問之不能荅，還臥隱空案。

四

浩波暮淼淼，泛此枯木槎。其下多落葉，其上多蒹葭。秋菊豈不芳，開晚無妍華。屈子徒哀郢，賈誼去長沙。所抱既不顯，空爲後世嗟。

五

晨寒結晝陰，急雨轉悽颯。荒林漏晚日，暝氣森已合。趨隅敗葉厚，漬水陳荄雜。中有伏吟士，千吟無一荅。豈不感蕭條，且喜去紛遝。終當如長檠，窮年照孤榻。

六

昔士俗所憚，今士長畏人。畏人非避讐，病此卑賤身。顯達信有屬，是非豈所專。胡爲孱自視，低顏氣不伸。逐彼一日營，墮此千載文。我欲乘高邱，呼使靡者振。匪手胡以攬，匪志胡以感。時無膺密徒，此言誰當領。

七

參旗轉遥夜，熌熌始見狼。勢孤安足怙，潛滋成角芒。身願化爲弧，矢攙青天長。一發雪天恥，墮折非所傷。

八

秋悲散高空，有聲非草木。寂歴走昏墟，飄蕭雜野哭。駭浪大舸摧，哀馬遠軍覆。砉然欲崩墮，攖爾更撼觸。囂囂來如奔，悄悄逝如伏。此氣不歸天，併入屈宋腹。時一仰吐之，帝爲久惶蹙。何當迴白日，照此窮幽谷。

九

鱗者當在水，羽者當在山。心期隨所託，萬物皆已然。爾何獨自苦，佶屈争古先。手無尺寸刃，强欲斲周圓。力薄不自恥，無用爲人捐。安知果有成，聊以徇所偏。書此詫朋侶，且用紀歲年。

與遠道人相遇盧山道人姓張，名遠暉，字遂初，蘇州人

由來潔僻性，都與人事乖。有似龜與蟬，託業非庶儕。在昔盧博士，結廬此山隈。向逐斯高徒，亦已填秦灰。月出授經洞，草生飲酒臺。若士豈真有，心自絶九垓。高風信所仰，道侶況相偕。此地一攜手，白雲安可猜。

冬夜與遠師同宿

深鐙照古顔，相對也應難。來處雪雲闊，語餘星宿寒。細聞龜息静，温借鶴衣寬。明日攜琴去，西松嶺上彈。

野興

送客南渡口，野風吹薄醉。衆山澄暮暉，一鷺泛遥霽。偶從漁父語，暫逐田夫憩。略無相識人，長歌自摇曳。

冬暮村居雜詠同石桐作五首

有道嗟身棄，無成感歲遷。槎依斷冰渡，雅叫欲風天。凍酒難爲醉，昏窗易得眠。向來諸興滅，不廢是詩篇。

二

獨出無伴侣，野吟行過橋。夕陽寒飲犢，殘雪暮歸樵。嶺樹看時滅，汀烟去處遥。蒼茫卻迴首，冷月破微霄。

三

荒寒一畝舍，端坐盡簷暄。鏡霧朝偏暗，鑪灰午不温。敗籬飢犬伏，隣圃野禽喧。寂寞誰相叩，林間薜荔門。

四

性僻耽嚴苦，誰能避世憎。舊衾噓氣溼，新壁凍痕凝。雪際深棲鳥，鐘餘不語僧。有懷應似我，終夜抱淩淩。

五

斂跡謝時好，委懷觀衆書。高星林木静，孤燭夜堂虚。曠闊臨荒墅，蕭條逼歲除。吾曹直郊賀，此外復誰如。

和叔白褒月貶雪詩

雪月質俱素，俱出天所爲。不知苦吟士，何用褒貶辭。靈蠢未足校，高下理亦宜。請執春秋法，嘉予討伐之。月或寒或燠，四時罔不歷。爾何樂冬殺，負性祇慘刻。月以陰相陽，與日相代行。爾若當白日，消沮失爾形。月之燭萬物，曾不匿惡善。爾獨善蒙欺，污濁盡包掩。月以讓爲德，高不隱列星。爾勢方熾揚，萬辰喪其明。月之麗于天，孤立莫與伍。爾乃呼風雲，翕翕煽黨與。日月天兩目，惟下土是臨。安用六出花，百計獻巧淫。東溟與西溟，日月之所出。爾從何方生，欻來不可測。日月守恆度，所歷固無害。爾去遺冰雹，伏陰害尤大。我欲奏閶闔，侍側用烏蟾。然後劾雪罪，舉族可盡殲。帝閽不我納，瑟縮畏其讒。歸來和此詩，永爲後來監。

冬日閒遊贈王東溪令聞

冬野愛晴景，小遊攜短笻。暖依下隴草，聲在遠原松。樵徑不聞語，午烟初過鐘。相看麋鹿跡，合得日迎逢。

侯門豈無酒肉一首贈單青侅烺

侯門豈無酒肉，王門豈無絲竹。但集狎客塵，不見高士躅。夫子豈其儔，好古日不足。身爲二千石，書積三萬軸。近益力爲詩，動使能者伏。君不見，西明寺後窮瞎張太祝，白日避人如鵾鵬。當時不遇韓退之，此縱飢死誰得知。

再贈青侅太守

昔我嘗贈青侅詩，勉以韓愈下張籍。辭强意崛世所憎，持以投人恐遭叱。旁人勸我稍寬假，我如不聞執益力。有腸衹可著冰雪，攻玉豈可用瓦礫。上書宰相非有求，胡久不報虚我臆。昨者有客來自君，已屏騎從向蓬蓽。詩人凍臥百回死謂書田翁，趨走扶將强以粒。酸吟苦句喻者少，獨喜咀嚼甘比蜜。不辭鬅鬙垂白髮，爲作書僮負書笈。又有自君所來者，爲言君座有盲客謂王和修先生。形如病鶴臞而修，貌似怪石枯不澤。斯人窮廢無長物，賸有千卷堆胸膈。自嗟老死當散棄，君爲藏收作卷帙。寒夜久侍僮僕罵，霜晨早出妻孥惑。君言此中有至樂，差勝朝嬰夕于側。如是我聞歎不已，卻笑平原羞無忌。哈爾焉能客毛薛，堂中有客空珠履。

少鶴内集卷二 石谿集

正月二日

睡起紙窗明，階廊獨繞行。雀晴有閒意，雞午入春聲。瓦雪消將盡，園荄踏漸平。晚來饒喜悦，新卷校初成。

對雨言懷

晝暄〔一〕方偃偃，既雨景轉澄。空堂了無物，倚户神惺惺。寒條雖未花，生意苞潔馨。短籬當缺處，始見西園青。一二荷鍤者，箬笠歷遠塍。端居念時序，悠悠忽復更。人生底自苦，憂患況相仍。看書費心目，玩物勞精形。何如此静坐，高几儻可凭。

【校】

〔一〕暄，嘉慶本作『暄』。

燒香寄遂師二首

竟日燒香坐，爲能生遠思。試添纔少許，將盡又多時。午寂下簾早，宵清隱几宜。永懷山觀裏，曾與道人期。

二

相對處先静，不聞時亦佳。沈吟絲墮地，端坐日移階。無取猊鴨燦，所期松桂偕。韓郎與荀令，世好異吾儕。

夕遊石谿示諸生

徑去無定適，野性本疎散。愛茲水石清，聊可事濯澣。芊緜蔭尚薄，歷落意俱遠。泠泠暗泉細，輝輝春月滿。倏然二三子，行吟共舒緩。此意未可忘，竹門夜深欵。

家石桐叔白攜遠道人來遊石谿石桐有詩見示即事爲荅

偶與人事遠，曠然若有餘。諒知非道力，亦以隨所徂。閒閒日照原，藹藹春生閭。藥侶南山來，清貌如椶櫚。二鶴亦爰止，門生牽短車。俯聽碧流水，仰瞻羣木疎。此外足心累，暫息成良圖。興酣方灑然，晚渡風吹裾。爲問斜川游，視此知何如。

石谿讌集聽遠師琴

沈沈若將住，黯黯若將去。寥寥失近新，茫茫觸遠故。黝黝路不分，葉墜秋空雲。洋洋忽疏豁，春流赴大壑。道人白玉冠，膝琴石上彈。羣賢時列坐，共此風泠然。

石谿西亭贈翼上人

水鑿石崚嶒，跳珠迸散冰。亭當松頂月，坐有白頭僧。叩齒臨空静，聽鐘向曉澄。須防言語落，下界仰高層。

和王荆公晝寢

百年蕭散跡，强半此中居。淡意雲能學，遲情日不如。畫收四壁静，琴在七弦虚。自覺清涼甚，非關潦倒餘。

小村

羃羃塍下徑，荒荒原上村。溪聲隔林遠，野色帶墟昏。緣牖見螢入，經籬無犬喧。已知生計薄，且復戀田園。

晚過田家

村邊小麥熟，兒女亦歡顔。艸露昏歸急，場風夜語閒。一鐙隔林出，數柳傍溪彎。獨有故園思，頓來兹夕閒。

與諸生尋北村蘭若

叢祠北原上，有徑去微微。落日鳥相喚，閉門僧未歸。潭邊松樹怪，崖處石橋飛。久此無言坐，端知已息機。

北林僧舍咏蟬

生事祇關吟，聲聲清入心。欲停疎露滴，方急暮烟深。無食亦長在，有營誰肯尋。惟應與道侶，終日守祇林。

蟬

應是不能休，非惟無所求。吟長欲竟日，思冷直先秋。過雨山村路，將昏水驛樓。年年爲客聽，知白幾人頭。

乞巧詩

天孫嫁牽牛，此語古有然。既爲情戀嫪，遂以罪謫遷。二星長闊絶，漢東偏西偏。秋至許暫往，烏鵲爲之先。世言織女慧，主果蓏絲綿。自謀雖已拙，有巧賜人間。所以萬兒女，酒脯相競懽。各稱女神聖，有應如卜錢。吾友亦好事，邀我臨前川。此時夜初霽，涼月斜娟娟。雖無酒與脯，犇鼎薦清泉。既酣請爲乞，稱臣續宗元。我欲乞得富，須能業一廛。我欲乞得貴，須能效一官。欲乞得年齡，有德方可延。欲乞得子息，寡欲乃可繁。一一皆天定，不異衡有權。倖得未爲福，況以私相干。無已則文字，庶假冥冥傳。柰此性益僻，古醜非近妍。求拙恐不足，巧猶固久捐。臣實無所乞，辱謝虚此筵。夜深女其逝，長河落曙天。

送流人

不惜淚紛紛，一尊持勸君。再逢歸夢得，數語此生分。野泊經蠻市，荒程指嶠雲。年年有迴雁，蹤跡幸相聞。

擬孟東野詩或和或反共十二首

和灞上輕薄行

長安無停輪，況值日清晨。結束類相似，調達相炫新。炫新甯有極，興心各爲式。拋錦廣場兒，賣珠貴主宅。不知王者都，需此竟何益。但見揚馬鞭，一日千迴旋。

和遊子吟

家食父母尤，旅食父母愁。小年不努力，及壯方百憂。安得長閭里，咳唾取封侯。

和征婦怨二首

秋夕憐故幃，秋晨憐故衣。同感昔所念，獨感今告誰。自從道邊別，日白頭上髮。直待白盡時，知郎歸不歸。

二

無夢心長悲，有夢心轉疑。夢斷枕上淚，淚連夢中啼。星月繫天上，有目皆可望。漁陽不在天，欲去無因緣。嗟爾星月輝，不如爝火微。照别不照歸，底用皎皎爲。

反古結愛

三尺素絲帶，結多寸寸絶。不知兩人意，何用相隣[一]切。隩聚知天寒，野析知天熱。但願相見時，長似久離别。渡水莫渡潯，結愛莫結深。此言不寥闊，君看日與月。

【校】

〔一〕『隣』，嘉慶本作『憐』。按『憐』是。

和去婦

縱如白玉堅，有時有煖寒日本東集真島有冷煖玉。況君與妾意，那得無悲歡。歡悲轉相結，不忿成决絶。來日日煖車，去日雨没轍。分明同此路，無柰陰晴别。天公若相惜，還我來時日。

反夜憂

狂狷行又盡，周圓世長多。鄒魯兩荒冢，誰汝相誅訶。水無清濁流，木無曲直柯。决事禁明白，相積成嫥嬰。人心吁可懼，遑惜文字訛。硜硜抱古瑟，裨補知幾何。一朝反正直，獨廢非蹉跎。

和君子勿鬱鬱

君子勿鬱鬱，鬱鬱瘁爾神。豈唯瘁爾神，且恐壞爾真。南山有高松，北山有直竹。高直化曲低，牛羊亦得觸。所守苟不虧，世言安足論。既死聖仲尼，未死聖臧孫。況彼燭上蛾，旋旋欲鐙滅。惡明非惡鐙，共闇心方帖。淫女憾貞媛，惡蔓憎芳艸。若使兩相宜，定知非貞好。今情古所戒，古情今所怪。衆謗非爾憂，不謗乃可羞。

和夷門雪

大梁千里一夜雪，逆旅老客吟不絶。峭骨巑岏似枯竹，當户著風凍皆折。誰爲叫起信陵君，縱令僵死猶可熱。

反病客吟

丈夫豈無淚，不爲畏死墮。平生有期負，恨未得死所。死爲病之歸，病較死已微。暫苦未能忍，所託諒可知。嗟如首邱狐，病輒思故都。爲客生亦多，在家死豈殊。啞啞非兒女，何勞相嘔呴。妻子與僮僕，相視越幾黍。人病病身心，我病病古今。療身須心藥，療今須古鍼。此鍼倘可試，膏肓患良已。夫子味吾言，不呻且歡喜。

和弔國殤

漢主愛軍士，萬里輸芻糧。芻糧既已充，乃趣葬敵場。敵雲壓我壁，突兀峥天狼。攻謀莫攻形，攻形懼有藏。倚勢莫倚力，倚力少所防。苟昧九地訓，猥云如驅羊。將軍被恩重，亦宜先自量。不量足殺人，殺多有天殃。

反懊惱

躍馬思入海，操舟欲登山。何異孟夫子，苦吟思得官。獻芹固已癡，況此苦且酸。曝背固已妄，况此淒且寒。天子卧九重，出入鳴和鸞。安用噍殺音，驚破虞夏弦。非言歲凍饑，即嗟民寡鰥。吹入天子耳，天顔慘不懽。大臣擬置法，終恃天恩寬。屏作溧陽尉，踈放莫汝閑。汝猶不自足，退多懊惱言。當路不爾容，抱山甯得全。

寄山中僧

自識鶴阿師，齋身無點緇。每同松下語，不省世間詩。辨認香來處，斟量鐘盡時。非緣曾得侍，沖抱詎能知。

匡麗正眺珠樓

匡生故是任俠流，意氣海上横雙矛。醉眼下瞰衆鬼囚，唾之不屑矧肯儔。讀書萬卷嫌未優，更欲自作翻孔周。麾儒叱墨如驅牛，天馬突奔無絡頭。四十不遇辭燕幽，卻買酒船日拍浮。酒徒日逐夜不休，教成趙女彈箜篌。人生行樂實良籌，一笑脱與千金裘。顧語地上苦隘湫，梯空躡虚結朱樓。書來乞詩速置郵，欲傳盛事繼梅歐。相地命名敘頗周，我夜夢之曉不留。妄言强語心所羞，他日更須從子游。秋空無雲開倦眸，珠羅玉侍蛾眉修。華燭照壁風颼颼，一飲百觚尚苦求。爾時酣甚氣益遒，然後下筆驅蛟虯。山靈竭蹷供索搜，此當不朽煩藏收，世言顛芾君應不。

冬日曉興寄東溪

擁被不成起，荒園飢雀聲。晴枝霜氣滿，溼地曉陽輕。久絶客來訪，但懸琴共清。應知閒坐處，獨有憶君情。

憶舊遊寄穎叔蜀子

犖确山徑僻，闃寥僧舍偏。連峰陰轉盛，當户夜蒼然。殿迥疑無燭，松枯久絶烟。幾人寒更語，曾共石牀眠。

二

疾行知向晚，驅馬度危梁。海寺沈雲黑，山城落日黄。聞歌漁舶下，沽酒驛樓傍。憶昔誰同此，有懷應未忘。

品鶴

生族已無比，樂中應是琴。即教就平立，總有欲高心。久傍浮冰沼，遲歸帶雪林。分明似相識，感激試長吟。

謝友人寄琴弦

皛皛數條絲，中有萬古聲。皎皎百里心，中有萬古情。古情非近尚，古聲非近聽。君子爲其難，日飲沆瀣清。

少鶴内集卷三

北遊道中

頻嘶知馬煩，疾日下寒原。水寺和烟遠，山城帶雪昏。路荒田有轍，禽盡野無喧。去去誰堪倚，羈愁歲暮繁。

冬行書驛壁

寒促臘將半，擔囊更別親。朔風當去馬，遠雪帶行人。野市歸常早，山程問不真。自慚書幾上，猶作泣岐身。

贈新安令族兄思永緒曾

縣衙朝色静，知道縣家貧。雪後山僧謁，午來階鵠馴。露航挑菜女，冰港伐蘆人。疎拙吾家舊，閒閒亦及春。

廉吏詠客燕中作

貪官僮僕喜，廉吏親賓怨。怨則從汝怨，莫使吾民困。在家朝苦飢，出仕夕餘飯。肯將冠帶軀，猥欲事稗販。不見陸先生，至今曰清獻。

二

貞女無豔飾，廉吏無珍服。忍以身上華，削彼身邊肉。出行策疲馬，不羨驊騮速。民愚有心腸，民賤有口目。不見桐城方，曾爲大燕督。

送何天錫下第歸覲

才標豈後人，十載滯燕塵。舉目無知己，還家有老親。郊扉愁到日，霜野苦吟身。已分長孤僻，重來未有因。

題僧院

無愁亦寡懽，清對一鐙殘。千百佛傳語，二三更後看。當襌杉雪落，早汲井星寒。不是空山裏，求如此恐難。

題傅叟林居

住處隔人烟，林端三四椽。遠鐘僧定後，寒日鳥巢邊。帶雪收楓葉，敲冰汲石泉。已知塵慮少，不復計流年。

夜琴

歷落水石際，月高星宿寒。孤琴横此夜，積雪滿前灘。鶴外應無聽，松餘似不彈。自然遺衆界，閉目片時看。

蟠龍洞道者

不識年多少，侍僮低白眉。精神潭怪覺，蹤跡嶽僧知。衹在生雲處，難逢出洞時。近山人向説，曾有古仙祠。

冬夜東亭

寂歷殘冬月，孤亭夜色凝。巢留無葉樹，步過有霜冰。壞彴猶依草，遥煙合宿僧。頻來此不厭，此外即無能。

送張陽扶赴莊侍郎河南幕

抗策指伊洛，別離無慘顔。飢寒知有分，河嶽自相關。朝使迎看雪，隣僧送出山。將何報知己，了了寸心閒。

贈單子迟襄棨

孤興轉幽寄，翛然一軸詩。得天閒盡與，到老病相隨。獨宿月照榻，凍吟霜滿髭。不曾喧處見，那得世人知。

送王德麟入蜀覲省

神女峯邊路，君應歷幾層。書回離楚驛，船坿過江僧。看碣故宫草，聽猿何寺鐙。欲知甯覲遠，水味近嘉陵。

春夜東亭讌集分韻得佳字

迢遞東亭夜，復茲晴月佳。苦吟春不入，冷味雪相諧。静語出林木，凍痕侵水厓。獨來看已絶，況與數君偕。

任二十六寄贈所藏米帖及其先寒香老人自製筆

刻劃幾朝殘，一枝霜竹翰。脱鱗龍可識，不刃劍能寒。定出高僧榻，曾簪敢諫冠。并非時世用，此後得應難。

別故園後寄兄

獨旅無歡緒，春寒倍寂然。易銷行後日，難霽客中天。艸漫入陂徑，沙封著凍船。不知誰促迫，故國別年年。

鄒平曉行

初晴風颸沙，前路去還賒。曉日渡頭騎，荒城雪後鴉。漫遊多失計，寒夢未離家。自古惜春別，春春不見花。

湖上感懷

春陰與暮寒，併到客愁閒。鬱鬱水邊閣，依依城上山。長空來雁少，盡日一舟閒。爲問舊時侶，幾人今鬢斑。

題郭少府歷下廳

雖在郡城裏，軒車似不通。馬餐侵早[一]雪，吏埽過階風。月出連山上，春歸夢越中。閒身消俸薄，自覺與僧同。

【校】

〔一〕『早』，嘉慶本作『阜』。按『阜』是。

與故人張朴話舊

溪扉烟色寒，相訪此林閒。野鳥入春噪，空庭當晝閒。酒因貧後減，髮自壯年斑。獨有機中婦，時同看遠山。

濼上訪趙玉文同宿

閒宵此寄宿，清苦話兼吟。古屋連霜氣，寒潭盡日心。竹敲孤立石，鐘隔數重岑。知是無人到，苔扉雨跡侵。

遊城西漪園贈郭少府

畫閣倚晴春，門前屐齒新。近山猶有雪，深竹似無人。野色宜孤鶴，泉聲到四隣。憐君能共賞，竟日得清神。

游龍洞聖壽禪院

寺置在何代，苔碑不可揩。直峯沈晝日，厚雪在陰厓。地盡得泉脈，境空生夜懷。卻迴鐘動處，應及晚僧齋。

龍洞

洞中何所有，萬古泥盤盤。造次鬼神出，慘澹雷雨寒。人間日正中，洞中夜已殘。不知幾萬劫，始得窮磨鑽。入如赴谷蛇，既出蛇蛻然。自傷學道淺，怔忪久不安。永當謝塵堁，一來共龍蟠。

宿佛峪般若寺興公院

危構因巖勢，半天松櫟陰。龍歸春澗響，僧掩夜堂深。石壁溼侵像，龕鐙寒照禽。皎然無夢到，鐘磬在西林。

再題般若寺贈興公

寺處背蒼翠，巖枝綴佛前。尋常生雨氣，一半缺星天。下瞰直無物，夜聲多是泉。不辭通曉坐，石上對師禪。

尋東磵僧

初披入山徑，數滴石淙翻。及到孤禪處，千尋瀑布根。晝清鶴過影，寺近井通源。衹對莓苔地，經年無屐痕。

贈義融上人

舊住雲中寺，何年去石橋。曙吟殘月在，寒定夜香銷。在世足遊歷，一心長寂寥。手中榔栗杖，拄出雁門遥。

早春都門客舍

細霰不成雪，虚廊吟繞頻。旅寒生静晝，鄉思入閒春。瓦雀驚枯竹，鑪烟鬱溼薪。甯知九門外，雜沓瀯車輪。

戲咏冰牀

漫作濟川具，聊同張水嬉。縱憑捷似翼，争柰滑如脂。夏后何曾識，餘皇竟莫施。雲容平地卧，鏡有劃痕遺。以小量難受，因輕勢易移。白鷗江海意，閒對轉遲遲。

送單青侅太守赴銅仁

挂席使君行，天南幾月程。別當燕雪霽，吟過楚江清。蠻竹連山長，花苗擊鼓迎。應知卻回日，多記異番名。

贈海澱正覺寺端林上人

春殿初停講，筐箱摺賜袍。西峯禪夜接，北斗梵天高。到此欲無語，知師不省勞。猶嫌苦吟者，結習事風騷。

題延慶寺

寺前西澗水，數里見寒澄。高樹無多蔭，空堂有定僧。蘚生前代石，龕閉午時鐙。若道浮生累，來棲豈不能。

贈渠縣李給諫漱芳

史中鄭俠傳，再世是先生。膽大輕時忌，身存託聖明。學人求疏稿，遠使問鄉名。朝列盡如此，西戎不戰平。

都門荅客

不是不相惜，其如非故心。出門即岐路，何處著孤吟。城色鬱將暝，旅天寒易陰。舊山早晚去，春草未應深。

畱上竇東皋宗丞十八韻

長孺卧閨閤，退之羞佩冠。由來抱孤性，衹合作閒官。直去方乘馬，朝回獨繞欄。圖書勤點勘，衣帶任疎寬。賦豈長楊諷，歌疑廢瑟歎。自憐遭主聖，非不惜才難。鑄鼎象魑魅，淬鋒誅猾姦。一朝歸近祕，四海阻聽觀。賤子本疎闊，有懷輿儒頑。僻吟偏近島，上國喜逢韓。慕道時通謁，信心非妄干。許論當世務，未以衆人看。讀史輕張孔，擬騷悲椴蘭。匡床容並坐，舊卷每同攤。頻辱稱名姓，無成鎩羽翰。心期卒夙業，分合出長安。敢效羣趨異，轉傷孤立寒。感深屬千載，無取涕汍瀾。

宿山店

客行占晚霞，投宿欲昏鴉。何處野泉落，入門山月斜。荒寒墮鐙燼，寂歷繞蓬麻。默默竟棲息，煙中三兩家。

雨後龍山道中

屨露衣珠禾隴閒，穿塍破𡿺放潺潺。入波天似鏡中鏡，過雨雲疑山後山。帶溼秋陽猶作暑，倦游行客祇如閒。此時老母樓頭望，擬遣樵青餉野還。

龍山驛逢趙玉文

顚頷時相值，非唯感別深。已知殊世味，空負在山心。驛路荒多艸，平生苦爲吟。臨分無數語，又見日西沈。

秋日閒居即事

端居足暇日，石徑有蒼苔。野客求書去，家僮買藥回。早鴻先社至，荒菊過時開。不誦安仁賦，應嗟鬢髮摧。

哭子㞷

所得非天惜，暫留胡不宜。世緣猶有子，死日始無詩。浄石常凭處，空齋共宿時。篋中秋卷重，裝出更投誰。

遊西石題壁

曠原陡起勢孤尊，知是云亭幾葉孫。莫可上邊飛作觀，四無倚處矗爲門。雲山約負皆虚日，今古情同有此罇。無那故人歸厚土，茫茫何地與招魂。時有子氾之喪。

思遊黔中故人

與君分别時，京寺葉初飛。去去無書返，年年有雁歸。水當龍里惡，人過夜郎稀。何處更漂泛，無從寄遠衣。

雪中登五蓮山絶頂示穎叔

三日住山不見山，中情有似飢待餔。凍霖作雪意已饜，亂山蹙踏瓊瑶鋪。依北一峯可見海，峯頂披冒時有無。毅然欲往不可挽，掉頭豈顧山僧呼。千由萬尋那能數，但覺淫汗霑裘襦。是時薛乾石齒瘦，砯厓漩滑如脂膚。性命造次怕蹉跌，能變壯士成孱夫。不惜作氣鼓儔侶，天生吾輩浮雲殊。短長成敗合有定，不死應有神明扶。牀笫豈必盡鮐耇，枉自浪擲千庸愚。天風峻絶誰敢盧，攫裂已有殘浮圖。繇來意氣不知險，平地仰眙始駭吁。

贈五蓮山德一上人并序

喬善萊子僧了徹，字洞然，後師與訂交于上谷蘭若，約歸共隱，今寂去十餘臘矣。

深貌語情遲，安心豈有師。近山多未到，遠域卻能知。經閣聞鐘後，齋鐙照雨時。洞然同苦行，感話幾年期。

宿光明寺閣雪後月出與炯上人尋楊西臺彈琴處

卧語山龕夕，山人舊所登。起看鶴巢月，尋共石棚僧。寒樾歷難測，高泉落幾層。今知竟何處，愁抱七弦冰。

石閣僧

壁與天分界，閣僧孤掩關。香生有雪處，跡絶數峯閒。偃偃石同定，稜稜心所攀。轉慙無住者，虛負獨能閒。

醉吟贈雲巖上人

九仙山頂逢三九，四極茫茫入眼澄。不是老僧教卻住，此身已作雲峻嶒。

登九仙山西觀樓見遠道人題壁

石扇響空碧，肅然山觀清。涷烟開磵曙，高雪入樓晴。早信孤雲近，應無白髮生。遲迴獨不去，壁上故人名。

和石桐對雪寄王生子和十韻

遽扶千嶽起，直括萬方來。稍定時飄送，因狂更折迴。中偏孤受敵，入寂眾銜枚。日曜憐飛薄，風痕見側摧。静瑩不可唾，寒整漫疑裁。墮突驚棲箔，融輕誤着杯。就平方踧踖，經闇絶嫌猜。勁草時孤出，叢篁得厚培。仄緣牆眄顯，圓到井邊開。琢句追前賞，非君得語哉。

與任子昇同宿

苦吟惟僻澀，自看亦須疑。卻怪能探處，翻如乍得時。共眠鐙燼落，一夜雪風吹。門外即山嶽，茫茫安可追。

丁泠操有序

予有姪孫名澄，慧而殤，其弟治哭之慟，予及兄叔白，各爲辭以寫其哀，而請遠道人被之弦，命曰《丁泠操》。

丁泠丁泠丁泠，殑殑寒貌，見孟郊詩注凝凝，晨悽夜驚。與君兮弟兄，相依兮影形，欻語默兮幽明。丁泠丁泠丁泠，晨悽夜驚，獨留兮影形，嗒忽滅兮精靈。疇知予心之汲汲兮，方追攀而恐弗勝。噫嘻吁嗟哉，悲人生感浮萍。凡今之人兮，莫如兮弟兄。丁丁泠泠，殑殑凝凝，遥遥冥冥。

少鶴内集卷四 焦尾集

西行道中讀潘岳秋興賦感懷

美惡無定境，得失無常籌。泛泛百年中，要使此心休。潘生何爲者，其言哀以憂。不知誰迫脅，更誰相怨尤。中郎太尉掾，華省峻且修。朝夕所與處，蟬冕紈綺儔。此皆君所易，謂當我志不。沃壤畊東皋，禾稼滿前疇。薄醉采芳菊，濯足清澗流。此皆君所難，我得固已優。優者不知惜，難者未忘求。平生志疎闊，千期無一酬。問我今齒髪，長君歲再週。栖栖尚何適，恐反爲君羞。懷抱豈相喻，因感還成謳原注：此歲丙申，黄都憲爲山東學政，以檄趣先生出應召試，是途中所作也。

上都憲雲門黄使君

志士酬知不酬惠，知及窮僻古所難。賤子生長在里閭，學術荒陋無交歡。獨將苦句躡郊賀，無異蟲吟秋草閒。前年獻賦走燕趙，妄希盛世收愚孱。果然濩落不入格，唯叨名姓標天翰。西風落葉掩蕭索，京華旅食多辛酸。宰相非不辱稱許，自知非分難相干。悵然歸去事耕鑿，慈親菽水能我安。忽聞天上降奎宿，餘輝曾不遺邱樊。自忖初無半刺謁，胡爲提挈來雲端。焦芽吹嘘策疲馬，頓令意氣生儒冠。丈夫顯晦那可必，激昂片語輕琅玕。銜恩重義不言報，報以心志如松堅。

贈董翁曲江

學舍如舟草滿池，幾經淪謫怨歸遲。烟霞深閉蛾眉老，祇似宮人入道時。

和方叔駒比部焦山訪杲上人不遇

獨有硜硜抱，登臨益不窮。數帆寒日遠，一雁暮江空。杳杳出林磬，寥寥倚檻風。誰言此時意，不與老僧同。

望岱

岱宗夫何如，直與天相引。噓爲天下霖，吸覺東海盡。境異雜人鬼，體大包靈蠢。四嶽且臣伏，其餘固泯泯。

贈斗母宮小尼師

垂髮未教剃，待年無法名。偶來傍師立，猶爲見人驚。展葉心情懶，添香指爪輕。卻迴西殿角，依約梵餘聲。

宿後石屋有懷家石桐叔白

孤禪藏嶽根，酌水泝天源。壞塔荒連石，羣峰險到門。松陰長似臘，殿古易成昏。迢遞北巖月，何人共此尊。

同方叔駒訪張雲夫不遇遂遊羅氏園

碧草際階勻，清泉見底新。爲尋苦吟客，來看野園春。楊柳垂到地，芭蕉長似人。淹留遂至晚，鐘鼓出重闉。

與張汝安同宿

不惜手中麈，拂余身上衣。偶來對牀宿，已似故山歸。鐙燼月初入，鐘餘語漸稀。石門期共隱，肯使素心違。

懷林雲表庭鶴

故人窮竟老，短髮不勝梳。病後幾年別，寄來何處書。石泉寒更澈，霜柳雨中疎。莫遣篇章減，吟懷豈異初。

寄祝厚臣舍人[堃]

積久不相見，惟應憶別時。閒吟寄人少，僻縣得書遲。僧共無鐙夜，禽驚落雪枝。玉堂清直客，此意可能知。

東磵琴興示張生[清耀]

磵水涓涓磴石平，相看不語素琴清。衹愁彈到忘情處，不辨琴聲與水聲。

與故人季涵論書

季生貿然來，袖出手中字。盤辟競點畫，邀我相指似。我書本無法，敢爲對以意。觀書如相人，神骨當有異。膚立豈能久，中乾固難恃。顔柳蘇黃徒，天與君子氣。刻轢相聳削，跌宕轉嚴毅。正如冠劍臣，談笑皆國計。糞土棄么䍤，空洞見胸次。有時就攲偃，白眼青天醉。卻視黃泥人，顛倒靈媧戲。以此常自足，窮老無悲喟。有志我未能，敬爲吾友遺。雙鉤與懸腕，暇日請從事。

濰上賦得待船逢雨時

片陰連夕輝，寒雨轉霏微。直岸一舟去，滿林黃葉飛。前瀨鷺猶在，下沙人漸稀。誰知獨延佇，溼盡故園衣。

前路

前路誰相待，楓林葉又黄。驚鴻過遠水，野馬立閒岡。鄉語別無棣，沙程連范陽。不知何事業，來往亦皇皇。

憶與明府兄思永舟行夜過安州

深夜泊何處，荒烟四野蛩。低低入船月，遠遠隔城鐘。此際語復默，相依寒更慵。今來如可識，已是昔年蹤。

早發

蒼蒼斷復連，暝鐸與荒烟。缺月澹將没，短簷深正眠。身憐在家服，路入早冬天。即事茫茫客，曉鐘殘夢邊。

曉行

參井漸西没，東方已半明。驛鐙孤客去，村色亂雞鳴。曠野風吹曉，嚴霜日出晴。從遊騎竹歲，即是此時情。

晚渡易水寄湖州于明府

林暮鳥投急，津人争渡喧。漫流宕沙闊，雨氣助船昏。落落抱羈恨，滔滔流壯魂。故人昔共櫂，曾此夜深論。

途中逢紫函上人爲張陽扶外甥

秣馬天向晚，望鄉愁不勝。磧風上谷驛，山語大勞僧。烏啄傾盂飯，蟲緣汲水繩。故人嵩少住，幾歲别南能。

廢宅

先朝貴家宅，積雪暮鐘前。壞扇無扃處，高牌記賜年。土山多委地，園木尚參天。有客西廊住，夜鐙寒悄然。

和曹松貽世

滚滚競趨赴，往來如不勝。儘爲生作役，祇覺老無憑。可使日長晝，甯容水有冰。僻吟與高卧，自是不相應。

太史

太史傳貨殖，刻骨痛言利。甯知宦學憂，此猶存信義。不信賈不售，不義生不厚。義信存此中，天乎得無窮。

黄金效元遺山

黄金價日增，白璧不計緡。入市徵賤貨，士子賤無倫。眾裏常纍纍，塵中走踆踆。低顔里巷兒，屈首輿臺身。酬酢已顔汗，況伺喜與嗔。試聽吾語子，所守或非純。子有不朽我，彼皆眼前紛。吹拂猶未及，已化糠覈塵。盍及未散氣，自求所由震。眾視或悠悠，有負獨嶙嶙。元亮在生時，豈異潯陽民。

跋東坡山谷書示陽扶

古人書多偏，而有剛正志。後人書多正，而有妖邪意。偏者固爲病，美不以病累。正者求自全，苟以媚于世。若教人學偏，如立使跛廢。不如屏筆硯，退而養其氣。天地海嶽胸，請圖所由致。

吉〔一〕結歡曲三首

誰將冰雪骨，琢作雙佩環。低個置襟袖，欲解兩無端。

二

菡萏初出水，摇摇復離離。但愛容華好，蕙心争得知。

三

試妾與君琴，合弦彈渌水。一弦不和處，從頭更彈起。

【校】

〔一〕『吉』，嘉慶本作『古』。按『古』是。

弔王丈太初

命與行俱拙，何人免歎歔。布袍隨老盡，板榻是生餘。野客供朝奠，門生收舊書。堂中有遺像，黑髮罷官初。

哀郭虞受先生廷翕

尋常衰悴境，容易到詩人。未識長關思，相悲不必親。書因多病散，家自在官貧。他日勞山下，愁過竹屋春。

秋山孤二章 將省猶子珖疾，北行道中作

秋山孤兮無雲，廉吏而可爲兮子負薪。我有孤姪兮，病依他人。逝將視汝兮，其生其存。吁嗟蒼天兮，此爲清白吏子孫。

二

秋澤涸兮無水，廉吏而可爲兮子凍餒。我有孤姪兮，病不得返里。逝將視汝兮，其生其死。吁嗟蒼天兮，此爲清白吏孫子。

郎官驛雨

秋雲無意緒，散漫成疎雨。始覺經陂塘，遽已冒平楚。颯沓林葉飛，寥落館人語。前期杳難定，憂來如亂縷。

聞角

草枯雕迥月空明，衹見荒沙不見城。一片玉門關外思，無端來傍枕函生。

贈肥鄉令張八吉甫 維祺

佛言菩薩千歲内，未説世間無益語。可憐日撞孔門鐘，嚼蠟空談不可數。吾友張子方少年，每見輒能令我歎。得第養親願已遂，違心徇俗死不安。知君矢志有如此，語出肺肝非舌齒。此地相逢真偶然，未枉咀嚼膏繼晷。臨別乞得一言送，我心未保安足共。請書前語待將來，不唯諷君兼自諷。

漫吟

衆塵中一塵，自笑解酸呻。感作預時老，夢同過去真。疢懷常畏夜，傷往始憐春。咄咄知何濟，詩成不示人。

書海神廟壁

東行到此盡，迴覽曠悠悠。平地無不没，怒潮應始休。驚蓬荒廟在，落日島夷愁。慘澹長空暮，唯聞叫海鷗。

海上訪法迂叟評事 坤宏

先生臨海居，八十意翛如。半路中逢鶴，單身外即書。應門童亦拙，繞屋樹還疏。潮落暫須住，前灘同釣魚。

經子迟故居

舊歷遽成幻，獨來悲滿膺。閒庭應有雪，隣寺亦無僧。幾共秋空竹，將眠夜雨鐙。此時吟復話，知許古人能。

贈王龍翰山人建

古屋似幽岑，高懷對遠林。香同瞑坐久，雪爲苦吟深。對客餐朝藥，教兒放夕琴。唯應無事者，時許一相尋。

子和寄沈水香

堅栗有如此，知君情分深。能令衆中跡，長作暫時心。小室晝還閉，虛窗冷不禁。肯來相共否，危坐日沈沈。

寒夜焚香寄遠道人

虛堂耿不眠，對影相肅穆。罏中有殘火，自起燒黃熟。淡泊若無味，平中宜久服。昔年學道侶，語我在空谷。今來如寓公，孤羈久不復。静中一適意，未暇分魏蜀。此時月照池，四野霜殺木。獨有階下鶴，長共惺惺宿。

重宿石谿館

前谿月又落，孤館對高林。夜覺薄醺盡，曉連寒食陰。浩懷方偃蹇，陳跡漫侵尋。唯有雙雛鶴，還應識舊吟。

寄宋聲聞時爲曲阜學博

憶昔受書初，先生置懷抱。爲詁魯論字，入耳輒能了。漸次歷弱壯，涉獵百家浩。無賴騁才辯，劣致時傾倒。卻尋舊章句，步步入幽窅。正坐遺山言，百讀百不曉。開卷恍可凭，到身反滋擾。譬如臨海岸，指畫蓬萊島。千聞雖確鑿，終輸一見好。邇來講學人，未食皆已飽。頂禮文宣王，衣鉢長樂老。以此號理宗，至死不敢紹。更多所疑義，曾參未究討。思一親問之，我生嗟不早。吾子來魯國，將爲多士表。馨香感夢寐，豈唯事除埽。有得幸見貽，楷檜不爲寶。

與鶴詩十首鈔五

余客濰上郭翁家，有鶴朝夕相從，閒發爲詩，亦無倫次。

端重與清虛，尋常自覺殊。唳霜何太激，聳夜不勝孤。潭底窺深影，堂中卷舊圖。前身能記否，切莫避林逋。

二

自惜毛質凈，摘梳侵曉寒。不辭臨水久，祇覺近人難。苦啅莓苔僻，喜吟庭樹寬。故應能見許，盡日凭危欄。

三

舉俗重標格，幽人知性情。秋横無際碧，泉覰到根清。寂歷長先覺，安閒似不行。汀鷗與沙鷺，相對意俱傾。

四

似欲窺幽榻，閒行入竹廊。端居不語處，清影到書旁。久竚移來晷，相深未盡香。何時攜汝去，一葉付瀟湘。

十　攜鶴遊玉清宫

帝子入仙處宫舊爲元公主唐括夫人學道處，雲中秋殿高。石壇幡拂頂，寒洞水浮毛。天外笙簫異，人間日月勞。早知千載上，刻繪到吾曹七真觀前有古碑，刻一道人一鶴，恍然可識。

少鶴内集卷五 蕭寺集

和崑崙山丹陽馬真人歸山操

日有爲兮何所爲，日有知兮何所知。本不爲兮何所知，尚不知兮何所爲。秋風振兮百草靡，孤寥寥兮誰與歸。紛貪奪兮忘旅羈，視不欲兮忍更隨。平生志兮多苦違，君不去兮誰爾縻。秦皇漢武兮皆卑卑，信與悔兮無是非。真欲歸兮無不歸，空山空兮雲霞霏。洞天洞兮日月暉，水與流兮鶴與飛。我今誓志了不疑，石爲心兮松爲脾。樂天游兮謝勃谿，坎離龍虎吾弗知。

原詞 弟子邱處機書，元駙馬都尉唐括夫人刻石玉清宫

能無爲兮無不爲，能無知兮無不知。知此道兮誰不爲，爲此道兮誰復知。風蕭蕭兮木葉飛，聲嗷嗷兮雁南歸。嗟人世兮日月摧，老欲死兮猶貪癡。嗟人世兮魂欲飛，傷人世兮心欲摧。難可了兮人間非，指青山兮早當歸。青山夜兮明月飛，青山曉兮明月歸。飢餐霞兮渴飲溪，與世隔兮人不知。無乎知兮無乎爲，此心滅兮那復知。天庭忽有霜華飛，登三宫兮游紫微。

誚鶴

大鈞育萬族，實必符厥名。汝鶴何爲者，鳥中獨峥峥。古來比君子，此論吾不凭。雞有司晨勞，

鵲有搆室能。百鳥皆養羞，鷹祭啇其成。持用薦鼎實，大庖亦以盈。汝長竟安在，恥與若爲朋。汝能不飲啄，即宜謝寰瀛。胡于茫茫内，未免求魚腥。更復多檢擇，擺掉若不勝。自惜違泥淖，毛羽霜冰清。霜冰價幾何，況乃非霜冰。悦耳有百舌，睍睆和流鶯。底用多震駴，慘爲破竹聲。既不任驅使，復不中和平。鶴乃無用物，乘軒誰汝令。

寺居雪夜寄蕭檢討

城頭更鼓絶，獨坐夜森森。斂閣燭焰短，法堂僧卧深。罳空和凍螘，枝動戀巢禽。爲問溝西客，還應共此心。

寺居對雨

春陰漠漠覆城偏，日向僧窗隱几眠。零落雨如侵曉夢，輪囷雲似早冬天。誰教起舞在中夜，已悔讀書過十年。仰愧盛時無可效，有羹遺母即歸田。

書石守道詩後

河朔氣貞剛，江左語清綺。由來限天塹，南北風如此。忽忽千載閒，幻化何窮已。高岸爲深谷，北人慕南士。冶冶弄芳澤，舉舉飾裾屐。有聲必連瑣，有情皆旖旎。不知誰作俑，恐被陳良恥。我讀徂徠詩，中夜爲之起。公言信不錯，魯國一男子。

義興女子在京都爲國史館鈔書，訓童蒙，養其老母

生計在柔翰，無心學埽眉。夜閒讎字細，春倦繳書遲。母病思鄉味，童欣得女師。小門深著掩，誰見獨愁時。

悟聖寺寓居夜起言懷

碧刹琉璃境，琴院莓苔香。是時夜方晴，春月寫冷光。圓昊藹虛澄，珠斗亦微茫。惺松共艸木，露氣生衣裳。有動此俱寂，始覺神洋洋。静念古賢達，空山視巖廊。底用苦分别，偪仄紆中腸。感此增内愧，申曉不能忘。

贈方叔駒比部

寂寞街西客，經年常晏如。詩多貧日語，壁少貴人書。鐙下婦丸藥，雨中僮買蔬。朝來有朝請，還去直承廬。

高車三過贈李文軒員外前爲給事

此生不得身作諫諍官，披肝瀝血吾君前。但願一識歐與韓，使我心氣高巑岏。吁嗟李夫子，敢犯天下難。極口上論列，切切欲捄時所患。同列皆側目，聖心如天獨矜全。前年曾一望顔色，懷之不忘

今拳拳。僮僕忽報諫議至，馬鳴蕭寺風颯然。入座侃侃笛數語，質慤有若釘陷堅。昔者昌谷小兒宛陵叟，能以辭句傾高軒。自顧太孱陋，何以致此成三焉。依榮附勢心所恥，此日重拜無怍顔。荒寒矮屋僅數尺，頓覺照耀身騰騫。平生讀書期致用，懼墮先志隨庸頑。近爲老母求五斗，心非所好聊勉旃。幸不以書生狂愚見擯棄，引之纆徽乞一言。即使至竟於時無所效，亦當從公安心學道峨嵋巔。

麟閣紀事

麟閣校理日，詔下搜隱遺。其有干諱者，奏入銷燬之。大吏務抉剔，執事嚴毛疵。明季遘板蕩，其言少葳蕤。初聞顧葉禁，次以楊左隨。樓山與嘉魚，從此不復窺。昨又進數種，中多彈奏詞。徐必達蕭近高及侯震暘宋一韓，力發羣璫私。或言潘相横，礦税賊羣黎。或言李鳳等，東廠煽虐威。或論相沈潅，客魏交挾持。其氣皆崒兀，其語皆不移。舊史或未收，一炬更無疑。黄門進戊夜，慨然帝曰咨。若皆骨鯁臣，苦口救時危。嗟自神宗來，朝事日已非。匡扶諒不能，號泣相從追。爾時少留意，何至遂淩夷。殷鑒不在遠，正好爲良規。且即語有犯，亦已在當時。彼各爲其主，甯能知後來。其令罷勿燬，簡録存有司。聖度覆載廣，聖哲日月輝。豈唯感幽潛，萬世明堂基。

雨夜聽陳郎遥集彈别鶴

幽室無朗輝，愁人無暢辭。此别當柰何，且復相依依。昔未聞此曲，已識此情悲。霎霎暮雨收，膈膈簷羽棲。客從何處來，當軒試鳴徽。輕行既明爐，長弦復委蛇。沈吟雜夢寐，無憀更遲疑。闊闊若死生，怳怳如路岐。十年學道心，物理謂可齊。茲夕重茲感，爲君轉無涯。

寄曲江翁時主保定蓮池書院

池上幾年住，故山閒薜蘿。全家數鶴在，生計苦吟多。暗露綴虛網，晴蟲上溼柯。昔居崇義里，藤杖記頻過。

送徐建侯還濟南

李子住京華，識交常苦煩。靜數同懷者，不過四三人。所事竇與李，庶幾大夫賢。文字孩童舊，方君及徐君。叔駒拜小秋，九載未一遷。建侯卓犖姿，眾許當早騫。辛苦致一第，此道轉迍邅。青苔積雨榻，白板秋風門。瑣尾攜妻子，迢遞阻鄉園。誰謂當此地，獨免日踆踆。厚禄故相識，强半絶往還。淹留竟何成，苒苒悲長年。時尋寥落人，黽勉求古懽。冏冏曉僧窗，翻翻晚葉欄。東野有苦句，元亮唯拙言。淡泊中至味，非君諒誰宣。行當舍我去，策指青齊烟。青齊無眷屬，唯有舊里鄰。當年置井竈，試問今安存。子美累室家，張籍憂飢寒。古人有遺恨，吾輩甯免歎。峥嶸嶽雲高，鬱律秦松皤。豈唯意氣壯，庶使懷抱寬。偃蹇驥絀足，會合劍騰津。訪道不遐遺，合得覯吾昆。吾昆有曠懷，古誼相討論。更有數從遊，激昂志亦堅。一一君當識，落落誰能馴。雨櫂撥瀲灩，霽山開嶙峋。咄哉行勿休，萬化皆隨緣。

送蔣侍郎還姑熟

朝冠映雪明，中外有清聲。聖主教歸里，門生送出城。烟橋多種柳，澤國少逢晴。水石最深處，還應獨繞行。

不朽

古人志不朽，到今朽者半。何況本無志，其朽甯須問。少小尚奇偉，盛壯轉庸漫。未夕求安寢，纔曉思美膳。不知竟百年，役此得毋倦。喧喧車馬會，沸沸絲竹讌。相看如聚沙，轉眼已風散。問我何挾持，中夜常感歎。早達輪鄧禹，固窮愧原憲。不朽藉文字，所託良有限。若更逐靡靡，已矣何足算。

雜詩二首爲李文軒禮部作

齊車轂寬暢，燕車轂短窄。地出齊燕交，廣輪就狹轍。偏壓類舌撟，重陷若齒塞。軏軏當孔衢，皇皇在中澤。僕夫費號呼，疲馬困箠策。前程安可期，數里輒窮日。卻視彼小駟，翱翔方自得。康莊無弗達，未晡已秣食。李子喟然嘆，閉門計先失。汝輪自難合，彼轍豈任責。

二

敝冠故衣服，僮僕交爲愧。出逢貴姻戚，不語意相類。美冠華衣服，僮僕姻戚喜。出逢故師友，自愧翻無地。二愧各莫解，權其重者避。外愧衹爲人，内愧乃自爲。自私人之情，吾豈異於是。

送劉公子澐通判撫州

河北兩觀察，天下蘭與劉。屹立作龍門，約束黄濁流（蘭公第錫、劉公峩也，竇宗丞語予如是）。維劉尤强項，毅然不轉頭。大臣夙心重，聖主歎綢繆。渠真山東人，諸臣孰其儔。知人乃爲哲，舜難帝則優。甯當四目下，肯自甘工吺。如結十數公，期民可紓憂。小生忝共國，未獲相從遊。公子渥洼姿，翩翩來相求。性情愛我拙，非時就我謀。行且别我去，半刺臨江州。勉矣名父子，前途慎徽猷。鄭重贈此詩，明珠非暗投。

送周林汲編修典試黔中

山入黔中青，泉落黔中鳴。吾聞諸東野，日夜懷勝形。儒臣被簡命，舊夢皆今經。昏宿極井鬼，霧飄辭襄荆。野蘭或徧山，峒苗時到城。君至掇其秀，負湇兼抱馨。會使天南風，變作齊魯聲。齊魯不産金，由來固所輕。

韓君鶴有序

濰縣韓夢周公復先生官楚中，以直罷歸，行李、妻子及所蓄雛鶴，共一鹿車而已。或爲予傳其事，而此鶴予舊嘗見之，故爲作詩，亦不必寄韓。

長物豈能絶，君歸有鶴雛。食曾分禄俸，車半著妻孥。苦别水鄉遠，似憐霜性孤。翻思向前見，已覺與常殊。

濟上寓居

涼風昨夜至，楊葉滿湖湑。送盡後來客，猶爲獨住人。歸期書在夏，遠夢雨連晨。上國高車友，誰知最苦辛。

未谷以山谷詩孫印贈黄仲則

涪翁於爲詩，抵死不肯熟。正似飯貿簹，千畝拄腸竹。書又出險怪，竹石相戛觸。相其落筆時，雷電侍肅穆。平生心所折，夢則投地伏。何人稱詩孫，知是無己屬。保家更得主，蟋蟀詎堪數。峥嵘六百年，寥落一片玉。持贈者誰子，魯國桂生馥。

爲桂未谷作二古印詩

好韓詩癖孰似我，獨不喜觀石鼓文。勦殘襲缺半疑信，何勞辭費徒紛紛。或言在唐之中葉，尾大不掉驕諸藩。公以此詩風憲廟，亦願憤起如周宣。剗琳碶闢既作頌，垂戒莫衈誅磔殘。然後興學備法物，昔玩無震今當悛。公意在德不在鼓，不然細瑣何相闗。桂君詫我乃二印，一子魚一顔平原。子魚字多苦漶滅，顔僅兩字真卿真。當時偶用識名姓，千年寳璐同誇珍。豈非直道本三代，士氣雖靡人心存。薦之太學供砥礪，從兹士氣當丕振。古印之歌止于此，君視此意何如韓。雕蟲篆刻少未學，不敢妄語防嗤嗔。

湖上逢張尚徽爲友人傅偉度同學

昔遊飄若塵，寥落獨來身。久立待船處，相逢無故人。山色隔城遠，荻聲過雨頻。因君傳數語，不覺漸相親。

與徐子别後卻寄

醉語雜别語，未醒君已行。萬愁生薄暮，獨坐到深更。秋樹疑風雨，昏鐙半滅明。茫茫復耿耿，一月對牀情。

東歸道中咏田家屋上壺

想見宛依依，田家烟火微。野翁塍畔去，遠客雨中歸。場響初登菽，砧寒感授衣。不知倦遊子，底用故鄉違。

蓮池書院訪曲江翁

愁次尋幽侶，疊山連碧池。每從烏正處，坐到鶴眠時。思舊幾迴賦，悼亡新有詩。情深轉無語，鐙下鬢絲絲。

上谷客舍

濁酒驛亭夜，愁來祇獨揮。爲儒成底事，經歲在家稀。極北沙無際，先冬雪已飛。卧聞風更大，應擁到明扉。

有感原注：哀單方伯也

食客三千散盡時，生存華屋不勝悲。争知蹈海魯連子，也爲平原買繡絲。

送張明府歸江南

辭家少年日，雙鬢已星星。舊橐載無物，荒村歸授經。齊關連樹暗，吴岫隔江青。況負思子痛，近鄉知淚零。

與偉度别後逢上元宿草橋驛

微茫草橋驛，古道繞沙洲。素月始披水，紅鐙多在樓。孤蹤長似倦，薄醉不勝愁。君到時應看，數行昏壁留。

有感祝舍人大雪宿蔚州北山作

州城接狐嶺，昏雪没巑岏。何處投人可，前宵夢毋寒。邊聲徹曉動，往路過山難。一卷吟兼泣，把來誰肯看。

叔駒邀游白雲觀登邱長春琴臺

刑官會鞫死罪囚，三日徹夜不得休。曉出不歸竟相投，言尋仙觀同遨遊。此觀結搆祖傳邱，旁列六真像相侔。蕭然人外雲與浮，正殿卓犖堆蛟虯。道藏萬笈在北樓，雷電纏壁拖奎婁，喻者苦少言者稠。豈無三五黄冠儔，紛然來集自遠州。知渠道力絀或優，但能聳肩閉雙眸。觀西有臺邱所留，琴聲不返鳳啾啾。我方從俗學抹句，徑欲盡忘新無由。

送蘇州通判單長吴時以漕運至都

春飆指燕樹，涼月入淮流。經歲祇如雁，一家全在舟。厨人吹葉火，稚子趁江鷗。若是乘槎者，還從問女牛。

有感二首原注：哀金壇公也

東山應是悔歸遲，華屋山邱自古悲。無那羊曇悲不得，西州門外立多時。

二

聖代持衡本重文，當年儒雅似平津。後堂不與笙歌會，除卻彭宣更幾人彭謂東皋先生，東皋亦金壇門生。

螢火

自惜不容昧，飛飛豈易颺。偶從深草裏，來集御溝旁。笑比經星小，苦含秋氣涼。宵深猶未已，耿耿爲誰光。

送趙志南罷舉歸覲甘州

上國幾年住，邊城寒葉飛。高堂雙鬢改，下第一身歸。瀚海莽無路，雪山空落暉。郊扉依舊掩，書信得應稀。

送喬甯甫之任靈川

蠻州空見説，君去問靈川。是樹皆疑桂，無峰不到天。市通交趾語，湘盡渡頭船。若過鬱林郡，還應憶昔賢。

冬夜贈姚將軍

罷鎮還居倚禁城，何家風味似書生。學調琴柱月初上，爲看陣圖鐙暫明。林外數星寒辨色，窗前落葉暗聞聲。無端醉後悲歌起，猶是山南射虎行。

夜讀楊忠愍公劾逆瑺疏戲題卷末

侍童眠熟鳥深棲，星氣霜輝肅夜溪。貪與大洪論舊恨，木公已過草堂西時歲星在五車口，夜過半矣。

就姚將軍宿

寄宿始寒夜，將軍有舊廬。階前小山疊，林際大星疎。時就欲殘燭，共看難認書。閒心知已慣，不復羨樵漁。

汲黯

始願不及此，臨岐轉茫茫。使君自多恨，非是薄淮陽。

畱别李禮部

上都冠蓋盛，静睇方了了。一二獨大星，牢落壓蒼曉。我幸生識之，至死不悔懊。況辱致勤勤，心許非貌好。重華麗中天，燭物不隱草。皋夔會序登，微官敢輕小。行當犯炎瘴，嶔嶇涉嶺表。民生類蛇蟲，土風雜猺獠。所愧養未純，懷之莫有道。永服平生言，不拭光皎皎。

少鶴内集卷六 過江集

水車行

林際宛轉鳴啞啞，南來無處無水車。車如捲舌輪騰蛇，蚿足翻空蠆尾加，激水上流迸蛭蝦。百日不雨秧敷波，天公當柰水車何。水鄉信美非吾家，安得致此膠水涯。引水周舍插秋荷，閒以其餘溉黍禾。匠人職廢語徒誇，限田迂遠如官螟。賴兹小試亦足嘉，行聽吾農歌汙邪。一笑求田志匪佗，謀近捨遠何陋耶。

露筋祠

貞媛無名姓，古祠傳尚新。挂衣近村女，供飯入淮人。湖外天仍暮，門前草自春。合從浣紗者，南去是儀真。

淮陰晚泊

暮色與鄉思，摇摇蒼莽閒。鐘聲離浦口，雨氣隱淮關。孤燭幾人醒，一書前日還。祇應蛩語切，留取伴吟閒。

宿淮南小浦寄家兄石桐

荒渡泊時晚，蟲聲滿岸愁。長淮連夜雨，曠野少隣舟。鷺處眠僮静，螢邊溼燭幽。因思孤館夢，檐滴未應休。

過江

誰爲積不平，造次恐風生。縱使經年守，猶嫌放櫂輕。江豚戲高浪，浮蜃借餘晴。顧語垂罾者，空懷愧爾情。

京口寄丹陽王少府

孤帆逗揚子，新月别瓜州。此地易成感，逢人合善愁。望來鐙火岸，醉過笛聲樓。知有難忘處，因風問海鷗。

江夜

鳴鶴夜將半，隣船都未開。霧收殘月去，嶽擁大帆來。王濬因人勢，謝玄非將才。臨流多感激，誰聽叩舷哀。

吴山伍大夫祠

越國登吴岫，鴟夷竟不還。孤祠出林木，餘響在江山。此地古多恨，遊人意獨閒。片雲城北黑，何處是昭關。

西湖

放舟浄慈寺，摇過六橋風。昨日吴山望，分明在此中。樓臺幾處好，楊柳昔時同。待得月明上，一尊還屬公。

浄慈寺觀飯僧

湖陰連上方，鑿井近齋堂。徧禮纔登座，無聲已滿廊。何人勤利施，養鴿亦分嘗。卻視經過處，閒閒掩浄房。

和叔白富陽舟中理琴

先生素琴興，渺渺富春閒。遠響和江瀨，清輝照越山。不知數聲後，更有幾人閒。翻笑嚴陵事，在時多往還。

泊黄阜

櫂入楚江闊，悠悠寢復興。偶隨上岸客，卻似放參僧。壞堠猶鳴柝，遠船唯見鐙。來朝挂帆處，烟樹迴層層。

鄱陽湖

西吞楚欲盡，氣與洞庭連。不霽非因雨，有垠須到天。鳥如驚散葉，帆更遠於烟。始羡投竿者，短篷披草眠。

登滕王閣感懷用齊梁體

凭檻一閒立，懷古方悠哉。此文竟不没，誰曰非憐才。西山自碧色，江聲依舊來。吟成不書壁，何人知我哀。

豫章旅思

早夏别庭闈，秋來頻夢歸。一登過江櫂，三澣在家衣。每數去程遠，轉疑前計非。何當迎溧上，語笑滿春暉。

江雨

零落半醒夢，舟人鐙火闌。雨聲侵曉大，江氣入秋寬。方語已辭越，旅程猶過灘。書成無處寄，幾度自開看。

溪邨

歷歷清秋色，溪應是若耶。山巖開小榭，竹路下平沙。釣石棊局正，䌫人箏柱斜。即斯吟景好，恨不有吾家。

分宜道中

自別嚴州境，何山似富春。一江清到縣，兩岸碧侵人。但值屋廬處，必將杉竹隣。誰言此中住，不有四明真。

風候

風候常不定，難憑五兩知。纔看落席處，即是挂帆時。希冀終成妄，沈吟已覺遲。玄言參未得，請與問篙師。

袁州謁韓文公祠

城裏此臺古，相尋秋雨時。同懷過嶺路，已減到潮悲。艸長疑無徑，堂空衹有碑。平生苦多感，不合愛公詩。

遊衡山同叔白作

暮投衡嶽廟，夜登衡嶽峰。一跳一擲草際虎，千斷千續烟中龍。直造天門月未落，馮陵萬狀何峞峞。立下齊城七十二，意氣已似高陽翁。衆峰并作望風靡，一峯屈强唯祝融。兄曰驅之軍再振，聊城未下非全功。退之好奇假神怪，净埽晦昧來清風。仰見孤撐何足喜，吾身已在孤撐中。因想此老陽山歸，十生九死嗟數窮。上疏得罪固其理，舊史傳疑多異同。帝閽咫尺令人惑，安用萬里呼蒼空。此峰西南當絶處，岣嶁烟霞皆埅封。鄴侯故宅今尚在，樵蘇指點杉叢叢。太子未安綺皓歸，白衣依舊逐蒿蓬。親臣得君尚如此，何况疏逖尤龍鍾。我生盛世得不廢，有虀遺母願已充。才疎任大古所戒，特許徧躡名山蹤。吾兄夙負長源比，獨將骨節鳴長松。乘閒眺遠暫一快，無勞悲古心忡忡。

夜登祝融峯

十載曾經入夢行，茫茫有路記分明。自看瀑布月初滿，直到青天雲未生。列柏儼如玉冠侍，餘峰都作水田平。退之去後誰來此，不向喦閒自署名。

湘江對月有懷三首鈔二

楚秋雲盡開，沅漭此江隈。孤月無人處，扁舟先雁來。竹烟沙上遠，漁響夜深回。不有離愁賦，誰知屈宋才。

三

苦吟一片月，吟玩轉難休。除卻瀟湘夜，人間不合秋。江風醒遠夢，嶽影在晴洲。舊語山窗裏，曾期與鶴遊。

南中感秋

漸已氣蕭爽，非關木葉凋。遠途長畏病，久客易無聊。汲水試茶鼎，看人過竹橋。無因寄鄉信，自覺語寥寥。

楚南舟行即事

漠漠楚烟曉，悠悠湘思深。遥看亂石處，移泊向杉陰。蘚屋黏漁氣，山童識鶴心。元家尊尚在，應許一相尋。

虞帝廟引并序

舟婦有哭其夫者，每發聲，輒呼『虞帝廟』，若呼天與父母者然，蓋楚人故俗如此，故本其聲而引其詞，以爲楚調。

虞帝廟兮，江漭漭其相圍。帝乃上天兮，不顧二妃眇予。愚夫婦兮，死則誰記，而哭又誰知。夜江悄兮，鬼與予弔兮，虞帝廟兮。

楚中詠古跡五首

長沙遺恨滿江濱，舊事蒼涼難重陳。海寓已逢刑措日，君王肯替老成人。誰從主父求遺策，祗許經生議鬼神。一自懷湘悲悼後，幾多於此弔靈均。

二

衡山承詔得歸遲，杉柏陰陰李相祠。曾渡亂流争激處，相尋孤月半明時。嬾殘未必解人意，靈武豈非深主知。爲報賈生與韓子，諸君淪謫未須悲。

三

自笑平生説退之，縣齋松桂亦吾師。洞庭斗指曾過處，嶽廟雲開似昔時。但使三姦真破碎，不移一郡亦恩私。丈夫至竟稱難屈，孤立從今更莫疑。

四

永州山水益淒清，柳子此來情不勝。執友肯疑言語泄，郎官何用世人稱。石潭浸碧秋無際，茅嶺霾黄暮獨登。欲向龍門望閶闔，贈君祗有涕垂膺。

五

浯溪人去此尊空，太息蕭條一代中。無數雲山歸漫吏，至今韶濩在唐風。茫茫更歷幾千載，落落仍需十數公。顧我有懷如趙武，九原可作竟誰同。

少鶴内集卷七 過嶺集

獨飲

稍稍遣眾務，沈沈坐中庭。一卷讀未畢，窗日移西櫺。捨書更索酒，餘瀝猶在瓶。小儵味雖薄，亦足充微腥。會城冠蓋盛，輿隸趾不停。我獨少還往，永日門長扃。醉則對古人，歷歷辨影形。呼之試與語，亹亹無倦聽。僕吏竊相笑，微語達疏屏。東鄰飫煿炙，西家沸優伶。坐客盡顯要，羅列如丹青。誰似長官陋，獨醉還獨醒。

蘇王

莊言惠子死，吾無以爲質。吾謂坡有荆，正是惠之匹。生才本瑜亮，學術偶管華。世若無新法，快論當何加。鍾山一小艇，野服見丞相。乾坤數大事，祇供一撫掌。一髯人中龍，一老野狐精。兩怪相格鬭，天地爲震轟。其餘坿謗者，牛身聚羣蝱。徒勞未足數，章惇與惠卿。

登桂林獨秀山

屈奇一小山，造天絶倚傍。想見志士胷，九死未肯枉。於何託根始，閉絶非可上。親歷方慨然，頓失隘且防。蒼梧叫虞舜，此語久稱妄。北矖浩茫茫，神州萬里壯。豈無數賢傑，扶持柱天壤。矯强有如此，宇宙固難量。蹇劣愧無成，惟用恣閒曠。閉口今已久，浩歌此始放。

獨坐空峒山讀蘇子由集效其體

桂州無北城，北城即此山。遂使萬睥睨，盡作山巑岏。前峯拔崒崒，摟立刀劍攢。直繞百重外，始放爲蜿蜒。石路出林表，礫閣淩空懸。閣後一洞闢，鬼神極雕鐫。搠構者誰子，壁記正德年。内監張某造，御史某爲文。極頌功德懋，大用指顧閒。嗟此薰腐餘，而屈峩峩冠。名姓豈不識，書之汗筆端。安得刮去之，净此孤孱顔。時對潁濱老，矢音輒成篇。

王莽

王莽欺世皆小兒，蒙裳戴面相與嬉。一朝翻毛變虎吻，大肆搏噬兒驚嚱。前呼祖龍後孟德，千古英雄真莫逆。臣斯臣彧及臣歆，徒爲所玩甯能測。四十八萬人上書，斷送纔須一杜吴。豈惟食人爲人食，至竟愚人空自愚。莽雖有舌何足切，爲與六經作妖孽。莫言致亂因井田，後來更有青苗法。

江夜

涇涇月初吐，離離雲未收。江聲秋到枕，峰影夜横舟。故國應過雁，何人共倚樓。夜涼渾不寐，波上思悠悠。

採畫山石

畫山真比畫來工，奇秀天然疊遠空。自後不須凭檻望，名峰收在此船中。

再題畫山石

李子畫斵畫山石，夜夢神官來見責。汝何貪不仁，剥取斷山脈。吾將面帝論，惟汝罪是劾。神官且勿怒，亦薄爲神役。此山生此幾萬年，過者曾否一拂拭？瓃瓃休嗤文字陋，苟到真處無銷蝕。米芾雖言尚疑信，試播中州示無極。不見楚之浯谿鈷鉧潭，元柳不來泯泯昧昧誰當識。神官憮然感，石去莫汝索。爲山亦願顯於時，有奇不顯真何益。

雨中過重泠峽

兩厓立絶崿，中放一江直。瀑從絶崿下，如引羣龍吸。又如萬組練，倍山前赴敵。軍令後者誅，拚命盡一擊。雷霆助呼噪，風雲借羽翼。時於冥晦中，横飛萬鏃白。灘高石鑿鑿，堅壁正嚴毅。大波恣決突，相持久益力。而我於其閒，一葉飄乙乙。在險誠可驚，出險轉堪述。他年志輿地，我爲曾過客。

冰井 並序

冰井在梧州東二里許，唐元結次山所開也，大歷三年，次山爲容州刺史，過此作銘刻石。宋紹興中，太守以亭覆之，曰『漫泉亭』。明天順六年，內監潘甲監軍於此，始建寺其傍，敕名廣善寺。時次山銘石已漶滅，惟官與名數字可辨。今訪之寺僧，並數字亦久亡矣。井水極甘冽，係以詩。

次山腹中洞何有，但有萬古雹雪冰。不問蠻荒與貊野，隨地瀉出皆淩淩。浯谿昔過不及駐，谿山笑我頑可憎。豈謂艱難歷百粵，四序不變惟炎蒸。强尋邃谷欲少避，值此一掬寒泫瀅。濯纓漱齒未云足，直欲鍊骨相合凝。依井作寺底用汝，刑餘敢污吾珉貞。公之名姓不肯留，丁甲叱取如霆砯。至今磨礪任牧子，故處指點煩山僧。漫叟之後有漫吏，追公不及淚滿膺。他日誰尋井上石，此詩有氣公應凭。

晚游三界祠祠有龜甚巨有蛇甚馴盤旋上下廟祝以爲龍也

偶乘小艇如鳧鷺，江波濺翼拍復飛。來尋江上荒叢祠，入門無人竹披披。竇帳蛛網鐙琉璃，欲滅不滅長孤輝。神官失考緣邊陲，紆鬟擢玉誰敢非。座後古楂蟠離奇，上有神物活之而出入神幄儼指麾，更捋神鬚拂神頤。靜若意識神恩慈，翻然昂首鐙上窺。晶晶日射蝕雨霓，下階踏著千年龜。翠甲湛净不曳泥，傲然脱卻秦皇碑。引龍爲族從之嬉，此游曠絶省見稀。夜返舟中仰而思，天星牢落躔差池，九尾不見黿失遺。此夜有夢二客隨，黛帔玄裳顧我嘻。昔者所遇非子誰，上天自樂遠憂疑。胡爲墮地驚媪兒，咄哉歸去行勿遲。

大桂山

山行遘淫雨，殷雷壓山碎。誰謂石瀑響，更出雷之外。碉木拔千尋，鬱若不可耐。直從大幽底，到天勢未艾。涇菌太古積，横楂半空礙。傑松不受雲，自結成䰄鬜。幽篁如幽人，回斜皆有態。折枝墜遠墟，叢篺赴激瀨。巒花零落垂，荒豔亦可愛。緪徑披茸茸，雜踏蛇蟲械。方驚衆壑轉，忽與大壁對。灝氣反在下，地天失分界。乃知造絶頂，本自無晴晦。向歷舉烏有，何從説蒂芥。斯游信奇絶，前蹤幾人在。天既生此山，自難欠我輩。子厚未到此，胡爲便自廢。

桂瀧

夜下大桂山，萬阻得一徑。不知何怪物，撼我醉魂醒。昏厓虎頤垂，蒼壁崇墉整。中閒數十道，龍與石争命。龍戰霆電纏，石鬭冰雹迸。大聲擘天來，衆山不敢應。自從有宇宙，此響最峣横。直下幾萬里，始當決負勝。我如走廣武，叱避項王勁。咫尺有莫測，形神久未定。吏卒各潰奔，亂炬涉荒瞑。中夜突圍出，乃見高月正。平生實未歷，脱險亦相慶。爲問此何方，東北臨賀嶺。

桂甬寄家兄叔白兼簡王閒雲

嘗懷結一宇，遠遠青山下。四面列屏風，幾家在圖畫。曉窗春禽鳴，昏壁石泉瀉。大田水滿塍，小圃雨垂架。短籬溼菌長，深巷夕陽射。野童隨走嬉，村翁共飲蜡。尚志偕弟昆，無猜得姻婭。相與奉吾母，板輿觀穲稏。山妻職供膳，童妾使弄姹。取足快平生，勿復談王霸。興來吟自高，醉後言不怕。一氈可支冬，一笠足消夏。鄙哉仲長統，必有良田藉。此志許已久，世情負多暇。不謂五嶺外，宛置三間舍。兄友歸去來，故山有人迓。

宿金生寺

遠旅無同伴，荒祠對嶺開。乍看新月出，疑自故鄉來。吹火照深艸，移牀避溼苔。雖言少毒物，未免費愁猜。

晚歸金生寺贈謝秀才

嶺寺夜歸遲，山門一杖隨。因聽前澗水，已過晚鐘時。燭滅螢仍去，雲開月未攲。憐君能静坐，脈脈似相期。

夜行臨賀道中作

蠻路無里數，瘴中前去遥。峒流穿地響，山火際天燒。大竹駢爲壁，枯楂仄作橋。如何此時月，猶爲照迢迢。

雨中得蔣侍郎婁東書

鸞城萬山裏，江路絶沿洄。曉夢因寒斷，遠書將雨來。移家淞上住，舊日鶴仍回。不忘分離處，春陰滿緑苔。

藤江夜月讀坡公於此贈邵道士詩寄張遠暉

大峩先生儋耳還，留此千載江月寒。浪兒且莫蕩江水，中有先生心與肝。江邊卻覓題詩處，東山浮金但烟霧。古今淪落未須悲，唯恨我來公已去。多情應笑晚學道，白玉合丹壯非少。平生漫誇蘇與李，世人那識張即邵。邇來成虧已兩忘，素琴挂壁久不張。東海故人知在否，獨聽灘聲夢裏長。

自梧溯灘將登舟風雨驟至留題城北蘭若寄兄叔白

已辦扁舟繫石矼，猶留鶴跡在僧窗。空堂二物身兼几，入户一時天塞江。海國音書愁到晚，彭城往事語誰雙。書生所仗唯忠信，敢道魚龍近可降。

雨中泊昭平峽

片雨颯然至，客舟殊未還。晚飯離煙渚，回帆入亂山。遠色遽已暝，歸心長似閒。誰念獨無語，聞鐘窈渺間。

江行有懷

積雨空江放晚天，鸞禽篝竹斷洲前。溼雲猶在月微吐，孤櫂未收山邈然。卻憶故人搖病膝，合於此際聳吟肩。邇來自覺隤唐甚，祇借漁鐙照早眠。

舟中喜晴

朝眠愁雨聲，新艸夕陽明。回首山猶晦，放懷江已晴。岸低知水滿，帆正覺舟輕。鐙火灘頭飯，還深漁父情。

題蒼梧館示一二三朋僚

炎地無節候，雨餘風暫涼。就明安竹几，避溼置繩牀。暗蝠驚荒墅，孤螢入廢房。同來人語少，應祇是思鄉。

雨夜聞蟬

蟬噪一何切，似嗟還似尤。不應生在燠，誰諒獨無求。顧我仍孤跡，爲君欲白頭。瀟瀟合夜雨，並作嶺南愁。

得石桐先生書知友人王東溪歿狀哭之即簡故山同學諸子

爲儒貧賤死，名行販夫知。直送到今日，方應信我詩。篇翰留故友，耒耜付諸兒。書拆百蠻夜，何人識此悲。

聞遠道人已歸道山寄王龍翰

幾年曾共海邊廬，鶴自高飛松自枯。從此雲過須亟看，恐師相訪到蒼梧。

哭林雲表

故人遽止此，心事轉憐孤。經歲始聞信，前書已見無。春雲在詩句，霜月憶眉鬚。竹閣舊遊處，何人爲作圖。

哭任北海

故里此人在，還應深念予。舊歡殊未畢，遠喪祇凭書。雲滅獨吟徑，風吹曾宿廬。遺文雖不廣，有婦似相如北海婦王知書能詩。

中元前夜泊桂城南看水鐙

城上烏雲晚漸開，洲前獨與月徘徊。山從簫鼓悲邊起，江自鐙船落處來。功業半生惟伏枕，親知各散嬾銜杯。平明故國還相憶，始是新秋上冢回。

感將落齒

已忿不相屬，非惟尚觤甈。亦如久住客，斯須未忍別。後功已可知，前歷詎堪説。惻惻自足念，兀兀行當決。韓子且勿嗟，吾亦未四十。

齗輪

齗輪笑讀書，糟粕固所棄。孟韓亦久朽，畱者是其氣。人生必滿百，誰爲決券契。聚如噪曉禽，散若埽昏市。細算於其閒，此氣畧可恃。餒覺籛彭夭，盛使黔婁貴。厭厭悲尸居，擁腫中憔悴。誰謂四十衰，吾方求吾志。古言往所涉，新心近可致。勿論身後生，且勝死前斃。勖哉共吾友，還山謀此事。

舟夜感懷

半脱山雲見數星，乍寒莎露溼微螢。江行日遠歸難定，野泊驚多夢易醒。齒髪他鄉仍改變，親知故國自凋零。爾來百事不堪述，惟有書鐙似舊青。

嶺徑

直上絶緣屬，一徑亘蒼穹。假若徑可去，即是飄虛空。嗟予役嶺嶠，十出八九逢。每疑開闢後，此隅尚屯蒙。一經我追躡，始爲人力通。其險也如此，僕隸皆慴悸。視端戒無語，恐失之造次。到窮忽自解，馮道語可味。大險不在茲，井陘出平地。

次韻石桐先生跋放翁示友詩後

雖有極惡人，莫肯自言惡。其如心與岐，所言非所樂。志士亦一身，誓將千載託。擺盡時俗好，乃有大雅作。掉臂漫叟湖，睨視子雲閣，百鷙徒滿空，直上騰一鶚。平時不自勉，熱亂安得藥。試誦陸李詩，幾人面無怍。

雨中同周少府吕秀才登元容州經略臺

昔愛浯溪水，今登經略臺。冰風挾凍雨，猶爲次山來。都嶠望中失，大江天末迴。孤懷誰解惜，且盡數君杯。

荅劉二十二丞羅城見寄

幾年遊宦客，舊業相家貧。每歲望鄉處，同爲過嶺人。漸聽蠻鳥熟，多惜瘴花春。賴是心情好，遠詩相寄頻。

萊陽乞兒婦

吕聘君傳其事，屬予補作新樂府播之將來。

歲大饑，萊陽城南有夫婦。年少行相隨，當乞未即得食，以手椎胸仰天悲。夫竟死，婦枕之股哭不起。里中數少年，願通殷勤具盤餐，婦若不聞噤不言。更倩鄰姥相勸諭，餓者如麻兒何苦？婦終不食不爲語。風淒日慘野茫茫，居人歸盡烏鳶狂，婦死尸留依夫傍。

送張巡檢罷職歸姑孰兼呈蔣侍郎

梧州江上客，相送寺前波。官去詩情在，身閒舊夢多。遠陰過楚澤，鄰舫聽吴歌。爲問蔣夫子，興居近若何。

送錢少府歸吴中

已知别不遠，留語及宵闌。生事原無業，閒情易失官。鐙前鑾酒薄，雨後袷衣寬。倪瓚林邊宅，到時誰共看。

江口與吕君别

客舟中夜發，别語在前宵。鐙火猶明晦，江山漫寂寥。月臨寒渚没，天貼去帆遥。幾日相鄰近，頻來豈待招。

陽朔舟行即事貽明府張君

船窗晴景静，僧帖對高閒。拂簟憶湘水，捲簾看畫山。危柯懸是狖，遠渚立唯鵬。知有同余好，期君釣石閒。

和石桐先生畫崇山寄喬甯甫 甯甫自天河移官於此

古稱極遠地，作畫慰相思。因憶改官處，兼酬前寄詩。農耕秋燒後，印鎖日斜時。欲語愁不盡，外人争得知。

歸順陳刺史章愛予甚篤以白石畱别因酬數語

世人結交以黄金，陳子結交以白石，以金易石石不易。金能使人貪，石能使人廉。金易鎔，石不變。既不變，更相結，大勝屢盟屢歃血。

舜廟

古帝祠猶在，荒江薦若蘺。雖同杜陵感，不奏屈原辭。畫蜼承虛網，耕牛礪折碑。欲歸尋竹路，雷雨暮天垂。

栖霞洞

至顯不可測，至近不可到。遂疑胚渾初，造物莫能造。嶽瀆更融結，星域別分兆。蕩蕩闢閶闔，屹屹立宗廟。蛟鼉逮鯤鰐，麟猊及犛豹。常異罔不萃，出没雜雲淖。滲淫九地窮，䠞拓十洲浩。有生囿耳目，未歷詎得料。入使西崦晦，出放東天曉。玉妃歸海宮，銀浦動瀰淼。卻嗔吾家兒，夢天何足道。

尋范石湖所題空明洞壺天觀

山川至楚越，融結無餘勢。無已出怪變，非復可思議。柳韓所未搜，真宰將我遺。超而爲眼界，豁而爲胸次。時當重陰節，恣遊因散滯。激嘯凭巉鑿，凝思屬幽邃。緬懷范經略，清矚曾此寄。幸臣當拜爵，未肯艸一字。荒洞破石閒，縱橫書不計。豈特爲龍蛇，四壁浩然氣。蠻邦莫知惜，半被蘚土滅叶。何以招公魂，共向壺天醉。

詠子才翁孔雀

初辭珠樹下瑶壇，攫立當風彩翠寒。畫舸載來偏覺稱，蠻州過處亦争看。買時那復論金貝，歸去應令近綺紈。他日仙翁朝玉闕，不騎白鶴不驂鸞。

追送子才翁不及題江樓壁

岸邊霜樹林，來對兀沈沈。挂席去已遠，别醪空自斟。渚煙過客少，江色暮樓深。誰識於此際，寥寥千載心。

書敬之詩卷後

願借茅君白鶴騎，平空飛上大峩嵋。直窮冰雪無前處，卻詠仙郎五字詩。

李白

因與人論古飲者及之，遂闡蘇子瞻未盡之義。

李白負氣人，憂國心陶陶。所以爲詩句，往往似離騷。忠直不見收，乃放爲詠嘲。小兒豈解事，棄清啜其糟。囈語喝力士，醉眼識子儀。方哭衆皆醉，不醉人得知。

酬趙松川刺史赴闕行次全州惠書叙别

迢遥指上京，行李一書生。滅燭聽秋雨，停舟背古城。何時湘盡處，中路雁來聲。此際獨相憶，茫茫無限情。

梧江逢龔生

去年同住客，此會豈能期。更理别時語，多成醉後悲。風蟬臨岸急，雨柁轉山遲。不盡茫茫思，水亭無柳枝。

寄歸順陳刺史章

性僻耽閒冷，經時還往疎。一爲過嶺客，幾枉使君書。苞贈多珍藥，州圖盡地輿。炎風終不慣，聊復訊何如。

大雨夜行高硠山谷閒投宿田家作

遠役值昏霖，役夫困顛跛。造次夜已半，迷離測更叵。虎徑艸埋木，人喧雨滅火。下陷無底淖，上壓千尋硪。因念吾有生，自分安疎惰。胡爲貪禄仕，萬里窮輪舸。投宿山下村，野意喜差可。衣桁垂淋漓，牀版置安妥。濁醪且獨盡，好夢失驚墮。此境豈難致，衹須一轉柁。報國既無能，歸田行當果。

北郭效樊榭作

北郭數家住，夕陽秋水明。荻花開户入，荷葉與橋平。沙遠鳥雙下，樹深蟬一鳴。翛然來往熟，自覺葛衣輕。

坿原詩

北郭夕陽外，人家住水西。藤花當户落，荷葉並橋齊。沙碧鳥雙下，樹涼蟬獨嘶。輕絺來往熟，幽興坐堪攜。

佛子嶺瀑布

瀑喧停午時，深徑獨行遲。盡日有雷處，孤雲竟不知。遠禽醒磔磔，蠻蔓溼垂垂。衹此足閒逸，安心更莫疑。

自佛子嶺至霜林隘上下三十餘里皆行瀑布中

直以瀑爲徑，經行此最稀。人從龍口出，雨向日傍飛。石色不分艸，溪腥猶在衣。欲求匡阜勝，止截一方歸。

瀧江口送王閒雲還故山兼呈穎叔蜀子希江子和

生死本定理，切者斯爲驚。聚散非異數，感者斯爲情。有情不欲泯，傳爲文與聲。茫茫自古來，如一轍畫成。嗟予那免此，感別輒怦怦。何殊夢魘後，已覺仍未醒。瀧江霪嶺外，灘潭夜喧訇。扁舟送歸客，來時偕吾兄。逝者不共返，存者且丁甯。尚及未死前，有情勿使冥。假若並廢此，如塵滅影形。故山二三子，近日何思營。莫辭達者笑，爲我夢中賡。

題後四靈集

族子五星、王生熙甫、丹柱、單生子固，共學爲張賈格律，皆有家法，予目之爲『後四靈』，而書其卷云。

永世不師古，聖言非所聞。文章雖小技，師古者得存。世代有遞嬗，祇如一脈分。假若生並世，相應篪與塤。堪笑浮薄子，師心不師人。萬言甫吐口，已作糞土塵。粵宋得四靈，結髪避羶葷。律格用唐法，發願不二門。至今覽所遺，字字冰霜真。吾黨諸學子，力古一何勤。引爲四靈後，鼓之氣彌振。若遇浮薄者，塞耳絶其言。少鋭老則不，此言儻書紳。

猺山紀行

猺山固多土，此獨嶄以鑿。蒼峽萬石飛，寥空一徑閣。下極不可知，上觸即天膜。奴隸戰雙股，迴皇更沮卻。遂疑所往窮，反怨導者錯。而我方快然，騰緣逐猱玃。此意誰復會，將試歸山腳。

宿曇黃山廟題壁

峯瀑當絕處，荒龕昏一鐙。艸腥時過虎，鐘壞久無僧。風影緣塵隙，霜痕出壁稜。欲搜奇苦句，須待喻毘陵。

雨後山行書所見雲氣

四溟儵已收，天地共一雲。眇身擲一作置其中，俯仰無非天。近託袛片石，遠明空灝然。時恐日月星，造次出我前。便欲從之去，揮手謝卑喧。路逢彼若士，道妙不肯傳。仍著地上行，拊膺望天關。有志終自致，何假汝仙人。

讀曾南豐兵閒詩書後

吁自熙甯來，西師一何黷。公抱范燮憂，不食伍參肉。呂惠卿沈括結自媚，那問國已蹙。陳湯幸全勝，按法猶當戮。趙括況喜事，一死未足贖。米脂二千萬，併作城下髑。此詩可悟主，日月共不鑠。翻笑文節公，爲戚乃受惡曾詩刺徐禧也，爲山谷外兄，谷盛推之，故末以爲嘲。

戲跋蘇子美集

那吒雖人身，已析肉與骨。心膽肺腸腎，皆用太古鐵。張口吐大噫，元氣爲坼裂。就其唾棄者，尚作䆗嶽結。嗟哉太白芒，乃爲開元出。決敵胸崢崢，摧姦齒截截。喝叱伏龍猘，顧盼走狐孽。帝軫羣兒怖，囚之滄浪窟。梅歐馳不及，中路但喘歈。拾得此數帙，貽我共冷烈。

讀韓詩戲題

退之爲小律，豈唯不能工。拗捩多支撑，調嬉乃孩童。格張不敢笑，佛賈不敢譏。樂天廣大主，且謂薄不爲。及乘五嶽頂，或泛四瀛大。摇筆擺風霆，六合不足隘。張懾目瞿瞿，賈餒行憔憔。獨傾北斗杓，餘瀝誰敢釂。乃知營大厦，大匠不他屬。下士蒼蠅聲，責令安牀足。

温公子書來致其先提刑使君墓志言以去年秋卒於晉某爲舊屬吏貧不能多賻存之此詩

走昔爲嶠吏，公握太守符。虞舜之所藏，其州乃名梧。及公皆北人，那免同愁吁。公故豪于飲，磊落載酒車。使酒强坐客，十九遭困逋。連連飛我觥，徑盡無推沮。公起駭而嘻，此量吾客無。曰某量本狹，有氣差可扶。自比孟施捨，不懼誰不如。公乃笑語客，咄咄乎此夫。從此與公别，轉眼四載餘。公階日以崇，番禺又晉都。豈意遽淪謝，門有公子書。公治如汲黯，持大文法疎。埋文誰所爲，稱美未或踰。助葬無車馬，致奠但束芻。聊憶舊瑣事，想見公眉須。惜時方斷酒，挑鐙對空壺。

少鶴内集卷八 縣居集

易使橋成上元前夜置酒呈家兄叔白兼示諸賓僚

蠻溪殊不惡，猺山復委蛇。亘兹橋上亭，初落及良時。春月雖未充，彛鐙流清輝。素琴三四弄，視端感猺兒。土風亦自奏，怪獸呀閃屍。深慙蹇劣質，牧汝來荒陲。爲惠苦靡及，敢云生鄙夷。幸乘農訟暇，超遥共遊嬉。吾兄紆遠抱，萬里相提攜。座客并時彦，彬彬擅䔄辭。願言志嘉賞，且以道來兹。

清風亭燕集與兄叔白鼓琴諸生校射賦詩高秀才豫四言最佳即事奉酬

治獄非治本，維禮可弭之。仰賴天子聖，德教周四陲。炎郊十月中，風日猶和熙。感念二三子，惠然不我遺。向午遠雲盡，孤亭照淪漪。石上兩横琴，合弦彈思歸。古音豈復存，聊以寫所思。射耦既屢進，尊斝亦交持。長幼雖異席，錚錚各有辭。誰謂小雅後，再見鹿鳴詩。高才不敢妒，固已忘吾私。令譽易得失，千載還相期。

哀已赦囚郭忠忠，山東人

豈不同此氣，悠悠散遠域。瘴風捲羈艸，奄化一何易。爲囚來幾時，赦至頭已白。欲歸身無錢，尚仰餘囚食。我行適到此，荒城刈莽棘。時于蠻霧中，鄉音出格磔。呼前使之年，老淚不成泣。妻兒知在亡，配後斷消息。聊復收養之，生還當有日。朝鉏我東圃，夕灌我西植。昨日忽不見，左右言其疾。今晨更往訊，已是不言客。畜汝恨不終，埋汝猺山側。得非分有定，未許前期測。從此萬里囚，永免故山憶原注：易字義從寘韻，乃假借也。

送歸使

慈母思子淚，年來幾時乾。家僕走萬里，計程費百天。一日一感嗟，亦是百潸然。母年過七十，禁此憂慮煎。潁叔遺羹志，季路負米賢。二子雖殊途，祇在百里閒。我何太左計，求禄來八蠻。引僕使其説，細訊母容顔。飲食與動履，一一皆如前。欲信恐母屬，慰我令我寬。匝月遣之歸，資斧籌艱難。吾母儻能來，速發勿迴延。不即寄當歸，萊衣舞園田。與兄先有約，此出祇三年。

賦得慈烏不遠飛

每聽慈烏咏，淚霑游子衣。幾經憐羽短，不放出巢飛。繞暮驚疎葉，棲寒戀曉暉。誰言能返哺，夜夜夢雛歸。

諭獞氓

吴王浮江，射狙狙山。羣拙先瞿，以避得完。一巧自矜，𩟖於應弦。嗟爾獞氓，豈異狙焉。有弗能智，智則險奸。有弗能言，言則詐謾。天子神聖，化極八埏。爾豈無性，我推其端。翳獞之初，狉獉渾然。有不肖吏，以詭相宣。譁然悦之，眩目摇神。遂疑中土，非詭莫賢。父詔其子，如奉杯棬。我非爾憎，實憫爾頑。自慚不德，弗能化遷。聊用其淺，感爾以言。正中信實，無詐無偏。於時則重，於後則傳。上爲良臣，下爲良民。有其至者，號爲聖人。中土所尚，此乃其真。勿爲詭誤，以喪厥天。我不爾射，爾巧當捐。共游文囿，永無狙患。

一室

一室儵然清净貧，布衾疎簟共寒呻。了無可悦此生内，合是人間一長人。

縣居

寂莫縣齋臥，常如抱冷癥。自知爲吏拙，不抵苦吟能。偶雨留過客，因閒夢舊僧。有時還看鏡，端是不相應。

二

茲遊雖遠遠，日有故山心。將影照寒水，教兒學苦吟。授衣思夕雁，攲枕聽秋琴。轉惜親交別，無書又到今。

三

小小臺成後，閒行披女蘿。雖看出地近，已覺得山多。穩放彈琴石，低垂宿鳥柯。翛然長此慣，不必有人過。

四

周除竹石外，蘚滿更無塵。睡起聞時鳥，吟成似古人。鑾箋重藹厚，山茗一槍新。竟日營如此，心慚長爾民。

五

直覺家園似，經時閉板扉。借盆栽竹小，開地著蔬稀。屋少人長聚，禾收馬不肥。城東有巖瀑，偶到亦忘歸。

岑溪除日

小縣事常少，況茲臨歲除。閒調題畫筆，嬾作賀春書。野叟獻新筍，史人歸遠墟。晴烟朝旭色，髣髴見山居。

題葛仙洞荅徐奇士孝廉

勞山處處有青霞，過盡青霞是我家。亦問君王乞句漏，可憐並不爲丹砂。

夜聞鑪中殘香感賦

歲晏愁方集，庭陰不肯開。轉憐無著處，猶爲獨醒來。一綫時孤引，前心已併灰。非無蓮社近，欲入更遲回。

再過鍾氏園感懷

閒園摇落時，前夜雨淒淒。有客還來集，孤琴不復攜。砌苔行處跡，窗竹昔年題。歸去更須早，但愁星照泥。

和張籍牧牛辭二首有序，鈔一

江岸見牧子數輩跨牛，有感東坡詩云：『昔我在田閒，但知羊與牛。川平牛背穩，如駕百斛舟。』因和此篇。

遠牧牛，青山隱隱清江流。風飄笠子落牛後，但吹蘆葉不轉頭。迎舟笑問遠來客，客舟何如我舟逸。沙平艸軟牛散行，不借帆風與篙力。牛飢自食岸邊艸，誰知此是嶺南道。

志感陳情上提刑杜使君七十韻

百越去京國，道里八千强。遼泯與逖吏，正賴仁風長。我公銜簡命，繡衣莅西疆。露冕究人瘼，切切相扶將。直從絕徼外，爲天作聽明。或言猺獞俗，頑獷殊腎腸。拊循不知懷，嚴威是所當。詎識聖澤覃，鶼鰈非要荒。但用卹所患，萑苻皆兒童。廉鎮既得人，价藩且資襄。不有恩德化，何以致同康。憶昔分竹符，兩守桂梧江。所至爲衆母，不復思南陽。賤子忝末吏，侍從生輝光。每於政簡日，公燕羅羣英。樂爵逮無算，篇什亦屢賡。情洽忘分卑，許在姚鄭行姚合、鄭谷也。粵風重袯襫，爆竹驚雷硠。星橋上元夜，高炬舞魚龍。遠俗感時節，缺器戒滿盈以上皆倡酬之什。瑣細無不及，擬媲城南章。坐使進所業，畢景無倦聽。更出所嬌兒，眉眼如畫成。清吟何朗朗，拜我庭中央。俾將詩義授，僩瑟媿不詳。末學增氣勢，欲比韓門張。相從未周歲，漕節移羊城。舟前再拜別，勉慰多深情。留贈孔翠毛，使爲子孫祥。有岑邑萬山裏，民户絕荒涼。其俗喜鬬訟，狉狉雜猺狼。敷公尚德訓，導游仁讓懷逐燕黎，感極淚浪浪。

場。築橋名易使，欲以禮共坊。結亭曰清風，無求乃爲臧。比歲横惡少，斂步知遜兄。共諒長官拙，免勞事敲搒。地當積歉後，儲蓄憂皇皇。願言逢有秋，努力謹蓋藏。辛苦宦三年，清餓感翳桑。黽勉迎老母，君羹始得嘗。稍安其風土，廨舍如郇莊。溪翁與峒媪，歲時具酒漿。庶幾更數載，鴞音化鸝鶊。次第問庠塾，相與歌鹿鳴。雖云蕞爾治，亦足報彤庭。頃奉攝蒼梧，菲材謬所丁。此地當孔道，艫舳夜不停。賦役劇諸縣，累蠹繆相叢。竊聞古受事，未入先自量。蹇劣居糺曹，餗覆不及防。老母顧之憂，非分禍所嬰。當案每不食，夜寢安得甯。即令自劾去，勿爲久彷徨。坐此奉檄來，終日如亡羊。一心已瞀亂，庶務墮渺茫。幸天眷我公，提刑復此方。日攜諸父老，翹首望東航。公仁不遐遺，惢茹得伸揚。況此舊屬吏，受知逾恒常。忍使困刺蹙，無以對北堂。鄭相寵孟郊，置之金瀨傍。上以報春暉，半俸且餘糧。曹務得不廢，魚鳥同游翔。鄙志實出此，躁進乃非望。假得復閒散，慈帷免震恇。舉世戴高厚，勝於三錫榮。否則容解組，耕鑿返故鄉。倦翼早知退，銜恩矢弗忘。永懷千古誼，合得鑑愚狂。

自蒼梧復還岑溪作

糺曹巖邑脱身辭，父老江邊佇我思。堪感越王歸國日，翻如陶令到家時。蕉閒自换新琴軫，菊裏重開舊酒卮。爲報清風亭下水，此來因欠數篇詩。

和石桐先生漫興用放翁白鷺山詩韻

烏鵲巢邊噪晚暉，白鷗浩蕩悵何依。冊中經世真無用，江上逢人但説歸。遠俗猺狼風景異，故山猿鶴信音稀。長松手種應猶在，去養霜皮四十圍。

思孟村勘水陂偶述

飛蓋上野航，中流自容與。周迴閱陂水，竹樹交敷敷。農人滿岸頭，指點隨招呼。心性豈秦越，推讓孰芮虞。維古重田功，界畫不可踰。畎澮有職掌，經理皆士夫。柰何聽之民，使自爲耕鉏。況此蠻獠俗，滅裂畝與區。開解雖暫服，誰爲久遠圖。坐享不力食，空讀無用書。感此生内愧，仰天還嗟吁。

黎叟家多蘭予嘗顔之曰與化軒留詩壁上信宿乃去後重經其地時已冬杪而數本始華輒復吟此寄懷張十一

衆艸誠頑香，亦豈因人至。奚獨謂此花，能以無人異。得非性淡泊，託跡必沖邃。遂令欣慕者，聞有不聞意。數叢野叟家，深處曾留憩。别久若忘情，開晚竟誰遲。相許不以言，相私不以比。吾友有張子，庶幾此風致。

對蘭再吟寄張十一

汝安游宦中州，數年不得消息，或疑少所合也。

蘭芳近則無，但應領以意。亦如善琴者，指上已其次。燕姑兒女懷，妄語假天使。人服姑聽之，斷知不容媚。紉佩皆典型，滋畹必俊乂。易象識同心，詞客慕吹氣。隱逸非徒然，空谷若求志。富貴矧肯求，自爲王者瑞。因思大塊中，底物堪匹比。無已則孤鶴，倘許寄一喫。非以貌瑩藻，非以名高貴。所取期尚合，進難退卻易。

後遊子吟送母至梧江作

慈母眼中淚，遊子衣上痕。衣複爲客寒，衣單在家温。誰謂詹去側，不憂以歡欣。

冬夕書感

煌煌參已中，驚心歲將改。居人足喜聲，吾家渺東海。老母舟逶遲，遠夢猶相待。度歲應到吴，中夜聽欸乃。

聞珩誦北征詩感懷作歌

白頭拾遺一何苦，徒步歸家滿面土。人耶鬼耶半疑信，子叫妻嗥動鄰堵。賈生痛哭不知數，瀝血刳肝自噴吐。嚼齧姦臣逮狂寇，魂夢神宗合聖祖。肅朝實録今具存，可有一言褒及甫。當時縱不救房相，豈即容身作伊吕。長源心事已可憐，此老吞聲更何補。感此嗔兒勿復吟，使我菀悶腸撐拄。

珩作讀北征詩喜有奇氣因復和之

汝不聞，退之一生嘆卑復嗟老，朝得拜官夕拜表。佛骨何預侍郎事，貶死潮陽不悔懊。可知平日多悲吁，本有所爲非爲軀。世上小兒隘且陋，妄自雌黄宰相書。吾兒氣若小於菟，立志嶄然逼老夫。能言韓杜不言意，壁立萬仞羣兒無。譽兒有癖公莫怪，身蹈魯鄒須有賴。此心未肯便頹唐，但祝公卿免災害。

蝜蝂詩并引

蝜蝂，善負小蟲也，柳子厚傳之，以戒當時之嗜取無厭者。予獨哀其無得而自斃，衍之爲詩三章，二章章八句，一章六句。

嚱嗟蝜蝂，負重自喜。問若所負，本非己有。厭至不勝，以汔于死。蝜蝂枯矣，奚得于己。

二

嚱嗟蝜蝂，負重上高。高不可極，式憍且勞。厭至不勝，以汔死休。蝜蝂枯矣，何高之得蹻。

三

昔或傳之，以刺貪夫。夫奚貪哉，嚱嗟其愚。爰矢作歌，以貽躁者。

鐙蛾

戢戢從何來，撲撲方競進。熱中肯暫息，無賴不容擯。所求竟安在，爲命亦已僅。覬彼有膏處，乃以一身殉。身殲膏並竭，誰與收殘燼。覆醢紛在前，來者且追趁。惡生劇剜肉，請死同輿櫬。甯非天地産，少留胡不慭。我作鐙蛾詩，敗矣復何訊。願告未敗者，後起之載縉元載、王縉也。

高秀才道以事配靈川賦詩送之并寄示靈川令

靈川非遠别，子去亦茫茫。中路入新歲，幾人悲故鄉。久依情轉切，相惜意彌長。併是遠遊子，鐙前屬此觴。

歲暮寄敬之

僻縣又殘臘，山重雲復遮。書來如過客，夢好當還家。燭冷覺人少，酒空何處賒。飄飄愁一葉，猶自滯天涯。

新年作三首一示縣中賓僚一懷故鄉子姪一寄家兄湖南道中

衢巷無貧富，新年足喜聲。近鄰多問索，童稚異心情。壁網看辰埽，厨鐙到曉明。誰憐未歸客，庭户自淒清。

二

處處迎年樂，家家餽歲頻。泥牛排市小，竈馬著墻新。鏡卜長侵夜，村呼各向晨。屠蘇分飲罷，應感未歸人。

三

依依遠歸櫂，幾日過湘沅。爆竹隔山驛，門符臨岸村。慈親念游子，兒女話鄉園。八口分三處，此情誰共論。

清風亭別筵會者二十六人共賦葛仙瀑高生尚憲詩云曾聽雙琴奏今隨孤鶴來讀之愴悅棖觸蓋不復能終曲也明日補作一章

昔愛葛洪瀑，因結瀑下亭。亭中何所有，永日清泠泠。維予及叔氏，鳴徽向巖扃。一時從游者，懷抱潔且馨。嗟自亡琴來，此地久不經。適與諸彥別，因用別山靈。有客弔孤鶴，感予雙涕零。暮雨轉瀟瀟，歸客獨惺惺。揮手謝仙羽，此情安得冥。

留題縣齋

經世原無具，江湖一長人。偶爲將母計，聊現宰官身。嶺石收常滿，蠻禽久漸親。吾歸仍負米，何以謝罷民。

留別縣民

虛費二千日，徒勞萬里程。將何酬父老，諒我本書生。政拙科仍重，刑煩盜未平。惟留一亭在，永與共風清。

少鶴内集卷九 澄江返櫂集

嶺外别所知

野風吹蓬根，各自東西揚。甯無再值時，永分乃其常。正似我與君，共落天南疆。初識記顔面，漸習通衷腸。峒花及溪月，相引無孤觴。每於未别前，已抱别離傷。臨分轉無語，握手空茫茫。

修堠謡

始安江岸側，有婦行隨夫。擔持畚與鍤，一身多泥塗。我行時借問，夫言婦已歎。烽堠設何爲，使我連村困。前夜吏到舍，叱喝府帖下。一丁出百甎，十户供萬瓦。典盡兒女衣，稍具甎瓦資。更驅自轉運，營造不待時。嗟我生爲農，捨業從墁工。田秧雖得插，廢棄如枯葑。秧枯即絶食，餓死行可必。誰言兵衛民，我死彼卻逸。瘦妻何攣攣，甘與同罹患。猶勝有獨在，忍餓爲寡鰥。此邦雖邊鄙，同是天赤子。樂歲有災凶，皇天那知此。國家久承平，軍衛豈宜輕。願告守土吏，勿使民恨兵。

舟泊畫山下讀石桐先生前題次韻

似畫不是畫，在山不識山。由來真龍好，未肯窺豹斑。自我鶩嶺嶠，與君獨有緣。一葉付何處，草莽魚鱗天。不避山靈嗔，袖中攫一巒。平凝九疑脊，嶸豎三茅顛。晴窗爇香供，自笑還自歎。免爲耳目域，別執造化關。此來乃爲別，落席當畫前。卻吟前寄詩，徑欲埽孱顔。妙語繼蘇子，一錢抵尚慳。解嘲即未許，太玄今已傳。

將至昭平二里泊處有峻嶺瀑布之奇書寄石桐

邱壑吾生亦夙因，歸山已許謝江神。故將界道飛流色，來對浮家泛宅人。合遣素琴傳寂歷，更移高燭照嶙峋。由來共尚師元結，好待梧湖後到身。

普陀山寺亭會者七人因取范石湖壺天觀銘跋語七人姓字在栖霞分韻得七字

桂山五嶽外，厥奇竟誰匹。正如李杜後，韓奇乃獨出。僕本俶儻人，所與必豪逸。性命屬巖壑，餘事及詩筆。時借腸槎枒，結此千屹崒。就中稍退斂，猶足貯萬佛。危構軒孤撐，湧出蓮花域。石黛埽晴空，砯雷激礎磧。寥天摩鯨鵬，肯顧聱與耴。灑翰溟涬上，垣宿困呵叱。揮手招至能，大雅久蕭瑟。漻㺄紛萬類，空洞提一律。諸君苟其能，奴僕視騷七。

贈王若農

永叔變文體，舉俗不勝罵。爾時免罵者，藹然欻已化。待彼罵稍歇，徐放光燄長。然後無賢愚，無不頌歐陽。始知趙孟貴，所取在一時。況本無定見，旋取旋棄之。子羽不由徑，伯鸞更燃竈。二子當初出，甯辭駭與笑。王君篤家學，敦敦求古意。臨別乞予言，欲以堅厥志。衆棄君勿棄，衆取君勿取。真能空目前，乃可謀身後。

若農正孚追送至伏波山遂飲於伏波亭留題壁上

櫂人已催發，前舟詎相待。送客亂山閒，歸夢飛鳶外。惜歡難爲別，感往益多嘅。一尊有與同，此意亦千載。

贈鄰舫客

幾宿連檣泊，常時接櫂行。琴聲過風送，燭影對窗明。每共登沙步，多同問驛名。僕僮來往熟，不覺亦關情。

灘江遇鄉人

迴櫂問來客，還因感別離。故鄉連歉歲，老母到家時。小麥難望熟，舊鄰多已移。如何游子夢，猶滯此江湄。

湘石

舟繫湘江岸，蒼茫欲落日。走尋岸傍山，强半無名識。其石多蒼黝，參錯布歷歷。熊羆牛馬閒，不辨人與石。柳子荒西山，此獨見遺佚。明發當過永，先以此石逆。劚取峰半角，意與鈷鉧敵。他年置草堂，出入清湘色。一笑問柳子，所得誰較實。

湘江夜起值月上

舟行十日湘山根，大抵青天無片雲。明珠翠羽豈不好，終嫌弄影妝梳新。是夜雲氣何魂魂，九疑汨漫不可分。殘夜放出太陰痕，欲墮不墮蕩無垠。斑竹森橚砂石奔，山鬼睒睒羣靈屯。悵然獨立肅心神，千年近事不足陳，所弔湘君湘夫人。

全州道中感懷

風静水悠悠，零陵南渡頭。一爲湘上客，總有月隨舟。遠遠山宜夜，長長氣似秋。翻悲前泊處，空復一琴留。

過永州弔柳子厚

報國肝激烈，結交血淋漓。不幸誤所傾，傾向叔文伾。十人誓同死，不顧生退之。假將此肝血，略爲一轉移。前日陽亢宗，合傳非公誰。退之篤朋舊，豈以芥膈脾。其如撰實録，毛髮不得私。公生有愚溪，公死有羅池。不敢妄諛公，知公不可欺。後來志公志，轉莫收此悲。

二

執誼貶崖州，伾文開與渝。爲問陽山令，貶味甯有殊。韓乃如蟠龍，在泥猶捲舒。三子如凍蠅，墮地已消沮。禍與君子同，無禍非福樞。小人不可窮，窮則餒無餘。公當覆局後，了了見贏輸。俯仰避鼉蛇，懲往非今且。日鬬佳山水，有得能自娱。山水知公心，公悲可以紓。豈比蔌蔌者，怕見崖州圖。

憶同聽零陵江水聲

寄宿湘浦上，念別方惻惻。氣静山更嚴，勢迴月將出。遠聲何處迴，枕上獨驚骨。昔來共者誰，吾兄已長寂。

舟泊峿臺下明發中流有以山谷書爲獻者戲題此篇

次山稱漫郎，山谷稱漫尉。流傳今到我，爲漫又其次。展卷思從之，況此踐所履。擘峽溪方涌，擢亭雲忽跱。最後陟此臺，臨江表岑蔚。窊尊近可飲，杯壺同一味。因繹三吾名，實寓廣大義。吾本無定屬，有得皆自謂。不見陵與阿，豈復密人繫。堪笑屋與墩，謝王争不已。公去我還來，此即爲我遺。足躡臺上跡，手指臺下字。低徊難遽捨，插篙宿巖際。庶幾平生魂，得接之夢寐。柰何去已遠，帝座來不易。聊假山谷手，明以招引志。不見詩中王，猶得詩名世。

謁顔元祠

松柏森森冠劍臣，英姿山色兩嶙峋。早知不避庭坑者，必是堪游退谷人。一頌中興原悟主，千秋西内竟忘親。磨厓合有幽魂在，不斬羣姦恨豈伸。

道州吟

漫叟此州作刺史，刺史上壓有諸使。諸使何知知索徵，發憤激作春陵行。朝臣不省省者誰，杜陵野老拭眼睎。得公十數作邦伯，吾君豈復憂元黎。此言雖切嫌未盡，譬治疾外非治本。縱令邦伯皆公若，宰相當朝用白著。即用宰相皆公如，不問疾苦問榷酤。

早秋次洞庭湖口玩月寄長沙朱司馬

想見浮天處，天心數過舟。獨憐吟有客，全付月兼秋。星日同時出，魚龍到此收。使君須記取，今古幾沙鷗。

病中登黄鶴樓返宿舟中作

扶杖歷危級，惟愁數息勞。迴帆指秋月，始見此樓高。因病成吾嬾，題詩感昔豪。沈吟殊未已，一夜枕江濤。

題琵琶亭

江州司馬送客處，誰與結構江亭孤。楓葉荻花當眼在，青天白日此人無。當時曾不有元李，此地端應空楚吴。千載有人志尚友，恨不酒孌彭蠡湖。

寄東皋先生浙中

嶽嶽中朝仰烈風，當時曾得笑言同。每傳入奏新鈔到，似出前聞舊史中。盛世能容汲長孺，晚年堪鄙魏元忠。太虚未足知心事，祇把西湖屬我公。

舟中即事

早秋且餘熱，暗舫就叢莎。似月鄰鐙入，來風岸響多。水光摇遠宿，桅影挂明河。願借清涼夢，先期到薜蘿。

詠隨園病鶴

閒園留病鶴，偃蹇對斜曛。强起難成唳，平看尚絶羣。經松愁墮雪，隔水羨歸雲。莫怪吟偏苦，吾懷祇似君。

夜半舟中望燕子磯作寄子才

暝舷不能寐，兀立弔江東。卻視前登處，蒼然夜氣中。微聞鐘窅眇，似隔雨冥濛。不盡茫茫感，無由説與翁。

少鶴内集卷十 凝寒閣續吟

哭希江

以文始會友，五子皆王氏。新跡弛而騖，蜀沈以博肆。穎最深於情，和閒工仿儗。思力尤推希，戛戛有真嗜。吾家仲叔外，致此良不易。方期共師古，勉成一代事。南游喪叔白，已覺無生意。幸讀所著書，勃然忘其死。歸來歲未周，此子又已矣。精靈附形骸，形化精已委。轉恐平生懷，摇摇不得恃。何以釋兹恨，且用問四子。

哀蜀中司馬弟壎

我去蒼梧野，君方向白州。相逢江上寺，共宿雨中舟。此地一爲别，寄書多未酬。如何遂不見，猨峽恨悠悠。

游王員外園亭觀鶴贈單廉夫

水木極深處，畫橋停午時。偶因隨鶴入，不用主人知。纔得依軒檻，旋看過隰陂。由來高格性，合得與君期。

觀奕贈匡襄陽

枯枰對似癡，執子更疑遲。及到全收處，甯殊未下時。松閒晨露在，地上晚陰移。爲問局中客，相應都未知。

寄子和

頃有都下信，子以憂自戕。遽聞未及思，嗒然心茫茫。此子何至是，夙志固所望。得非抱戚戚，浮沈少精光。遂使時人口，疑訛相屬將。蘇子與元子東坡、遺山，世皆傳其亡。嫉者雖虩虩，生氣轉硠硠。更須相勖勉，身困志彌昌。縱令得真死，肯使心摧藏。素信豈不深，流言竟莫防。緬懷古友誼，未免爲子傷。死則長已矣，生當視此章。

酬楚中田觀察

曾隨過嶺嶠，因見古人風。別後相聞少，書來是病中。郢秋無限遠，湘月不勝空。應念荒棲者，閒吟與昔同。

游長白山醴泉謁范文正公祠

行踏空山葉，秋晴乍曉時。泉聲出荒草，霜氣涌孤祠。斷碣僧能識，中流我獨悲。書名公座側，豈取後來知。

醴泉同傳上人

泉古不可紀，净如新鏡磨。照來僧影並，尋去鶴蹤多。半蝕題厓字，時牽入洞蘿。范公在山日，此地幾回過。

歷下寓居感懷

客館臨湖水，經行憶舊游。初生城際月，獨上柳邊舟。草白故人墓，鐙紅誰氏樓。多應今夕夢，始覺是新秋。

贈顏運生教授

湖亭木葉盡，水落魚可數。獨立感秋人，嗒然無可語。頗用念吾友，走訪城南墅。斯人殊俶儻，恥與曹輩伍。不辭窮到骨，抵死猶好古。相見輒呼酒，澆此枯寒腑。簾下出琴姬，秋月耿初吐。興酣談激烈，時見霜松舞。古墨尤所耽，家藏費苞楮。千年松麝鬱，造次起雷雨。我若得此墨，飲瀋日三釜。不然蘸我髪，灑向澄秋宇。四海盡昂首，快勝景星覩。下視齪齪者，掎摭在糞土。自謂原非狂，非子誰當許。

顏運生新納小姬乞詩

曲砌生芳蘚，重簾捲碎珠。始知秋月色，不在鵲山湖。合侍詩人硯，宜懸畫閣圖。生時甯記否，已解憶姑蘇。

秋暮旅思

僻門惟落葉，籬棘到湖干。孤客坐來暝，亂雅驚漸寒。久閒悵童僕，無信寄長安。正擬鄉園夢，砧聲起夜闌。

會城贈馬李二生

不是交游少，忙中久話難。偶逢當失意，長得盡餘歡。籬下晚花盡，夜來疎雨寒。新成閒寂句，將出與君看。

湖上漫興

曉氣石橋路，未分城外山。數家疎柳際，一艇敗蘆閒。獨步易成遠，何人相共閒。每來漁父問，游客幾時還。

湖上逢嶺外故人陳柳州今左遷館陶令

荻收湖面闊，漁艇往來頻。獨泛攜童子，相逢似故人。稍依烟寺晚，曾共瘴鄉春。執手方驚感，幾年憔悴身。

與諸子集歷下亭遇雪

陰冷湖亭晚，時還爲雪留。初漫吟處跡，已壓醉來舟。颯颯臨隄樹，昏昏隔水樓。曉晴看更好，應上石橋頭。

雪後晚望寄姜生竹樵澤永

獨立望湖雪，濛濛復晚晴。岸根侵處失，篷頂去邊明。風色摇孤樹，寒光掩暮城。因思苦吟侶，應見此心情。

酬姜生竹樵

我有古琴冰作弦，爲君拂拭轉悽然。自從君惠先生死，閉在篋中三十年。

毛公子筵上作

畫燭西園燕，高堂欲宿雅。雪消白傅宅，雲在晉卿家。簾下舞香繞，屏閒醉墨斜。甯知獨歸客，合凍上枯槎。

戲贈毛崇之

公子翩翩舊有名，能分雅興與書生。每過此院春長在，祇覺他家月不明。歌欲闌時移座聽，酒纔醒處繞階行。問君底事猶牽繫，樂府新編教未成。

逢周松翰

鬚髮尚依然，人閒又幾年。爲吟聊不死，强我與之仙。地上將飛鶴，林梢已蜕蟬。自言心裏事，山鬼或能傳。

送别竹樵

此遊得姜子，肯與共酸寒。不惜逢人説，應知此道難。艇烟晨獨伫，林雪夜同看。别後無書至，底將裒抱寬。

與竹樵别後卻寄兼柬五星熙甫諸子

何處最堪念，石橋殘月時。舟前山性定，林下雪思遲。不比世人别，莫辜千載期。合將還往跡，報與四靈知。

將往齊河訪徐在中臨邑邢七書來言在中於數月前歿矣

所期已不及，空自責遲迴。積語無歸處，前悲忽併來。疎林寒渚際，殘雪暮城隈。一紙書兼淚，鐙前闔復開。

馬寨徐氏宅感舊

不忿遽如此，往來三世中。遠年書尚在，寒夜屋多空。獨宿唯鐙對，前歡與夢同。轉憐霜曉別，祇有舊兒童。

平原贈張汝安三十韻

海内論心跡，吾儕有汝安。齊年幼同學，合志長相歡。潔愛古泉水，勁期霜竹竿。風軒聯卧榻，石閣並凭欄。少食憐君瘦，解衣知我寒。橋門偕入貢，京寺足游盤。默默獨深許，棱棱無妄干。登賢首歌席（汝安舉鄉試第一），獻賦近封壇（予以召試泰安行在，賜舉人）。東國雖稱雋，南宫各鎩翰。我方念毛義，君亦感周磐。負米嗟百里，嘗羹求一官。洛中勤德化，嶺表撫羸殘。十一喜同署（韓集多有贈張十一署詩，又墓誌云署與同輩韓愈、李方叔俱爲縣令南方。汝安亦行十一云），八千羞比韓（韓詩『夕貶潮陽路八千』，梧州去京師，亦八千里）。潘輿閒未得，萊綵陋甯嘆。久困黄濁役，頻驚瀧水灘。熱腸得民易，冷面事人難。俗眼常遭白，中誠詎改丹。宦游三載過，歸路百憂攢。靈輀貧猶昔，皋魚志未完。浮名真瑮瑮，往恨兀漫漫。別闊懷空在，書通語莫殫。那能謝塵鞅，仍復出烟巒。落日隱虛堞，朔風吹激湍。來尋話疇昔，相對涕汍瀾。坐久霜月迴，意深鐙火闌。篆龜勞贈寄汝安曾以婦翁宋蒙泉先生二印章見貽，畫鶴更披觀予舊以家石桐先生所寫《子喬攜鶴游玉清宫圖》贈汝安。才盡合飲墨汝安《見懷詩》有『詩法韓門憶李翺，淋漓墨瀋灑江濤』之句，臭同應勝蘭予在嶺南有《對蘭憶汝安》二古詩。重訂鄰築屋，已嬾再彈冠。去跡多符契，前心勉蓋棺。臨分書在壁，留待後時看。

旅夜檢校亡友單子迟集書卷尾

長記吟牀話，斟量到古難。甯知獨對處，已作古人看。溪近夜風激，店荒鐙焰寒。此懷誰可語，前路去漫漫。

興勝寺居即事

出游非詣客，心事與僧論。殘雪暮歸寺，夕陽深閉門。隔鄉鴻信少，近宿雀聲繁。几上長江卷，聊將止睡昏。

寄朱小岑

未改苦吟呻，荒居少近鄰。雪晴原上寺，書寄嶺南人。移石偶當徑，下簾甯避塵。心知同所尚，湘水幾冬春。

二哀詩

禮部郎中前給諫李君漱芳

尚聞歸蜀日，無那隕星何。本傳史中具，直風泉下多。上都遽蕭瑟，吾意亦蹉跎。獨有舊來札，重收字恐磨。

東蘭州刺史趙君廷鼎

識在相知後，曾聞直史言。此心真不負，若輩可同論。猶記臨江別，難招出嶺魂。近來執友淚，重疊在衣痕。

都下寄方饒州

昔年僧閣話，唯子最依依。子去臨江郡，僧同閉雪扉。久經閒僻慣，自覺見聞稀。惆悵更誰夢，醒時鐘磬微。

贈周林汲

都城千萬户，獨此抱殑殑。每約無塵處，相尋有道僧。盡收看後卷，衹對影邊鐙。猶寄班行裏，自言多不勝。

冬夜蘭公見過寺居

高人頻此過，爲愛雪消遲。静語僧眠後，閒行月上時。未能諧眾好，難得是真知。尚笑宿名者，但將千載期。

喜蘭公遷御史

每愛白居士，史中名諫臣。由來抱直氣，多是學空人。地接祇林舊，冠加解廌新。莫争敷水驛，瑣瑣豈吾倫。

秦侍讀瀛筵上追悼許君集夔因呈諸公兼寄潘逸人

許君愛我拙，比之潛山龜潘字龜潛。僻吟復相似，因作龜鶴詩。十載别燕都，舊夢不可追。嘉會盛文彦，强半屬鳳池。座中所誦者，多是鶴之辭。從容試相詢，乃出許所貽。此君尚義風，篤古心不移。坐此久淪躓，窮守故山陲。遲回未即訪，宿艸已披披。蹤跡偶合并，死生遂乖暌。嗟我業枯槁，難得知音知。當酒不盡觴，獨歸終夜悲。行當共潘子，放歌哭江湄。

同林汲蘭公游崇效寺兼呈澄貞浄三上人

輦下無停躅，詣人多不逢。此來一談次，已歷六時鐘。隔水閒數鶴，出雲高兩松。不忘將苦行，深勉到疎慵。

爲朱滄湄舍人題莊子觀魚圖

小魚唼唼聚沮洳，大魚嶽嶽淩江湖。道人天眼坐觀化，暫時快意甯復殊。道人之樂樂何在，下士不知莫須怪。已將此心付溟涬，更出非我非魚外。鳳閣舍人天池鯤，世間雲夢不足吞。豈事璅璅注爾雅，令人卻笑公安園。

冬杪歸自都門過韓公復野居即留別將赴嶺外

經行已多歷，來訪此林隈。溪谷嚴如此，春姿合漸回。不辭通夕語，須盡百分杯。那更楚南去，獨登聱叟臺。

聽宋太空彈琴示熙甫步武

泠泠指下移，孤燭照軒墀。忽感空山夜，無人有鶴時。松應千歲繞，水必九江隨。除卻同懷侶，此言爭得知。

留別孫生仲裴

黄岡驛路曉風催，送客如雲已盡迴。牽衣欲別難爲別，獨有學詩孫仲裴。

鶴再南飛集

晚次淮上逢勞山道士將往龍虎山

心期朝上真，中路鶴衣人。野店不留宿，圓蒲長在身。迴眸故山別，笑指過帆頻。亦是南征者，空慙惹鬢塵。

維陽換船寄淮上故人

隄陰晚漸收，城郭見揚州。理纜移他岸，推窗別舊舟。曉來當挂席，月出合如鉤。卻憶前宵共，依依不可留。

儀真入江處

江程多曠闊，昨宿傍菰蒲。水氣自明晦，山痕時有無。來帆雖不斷，遠岸衹愁孤。稚孺甯知此，時觀報老夫。

江夜聞角寄兄

積陰低冥冥，遠江荒漫漫。摇摇拍中流，沈沈將夜半。悲聲何自發，起坐還感歎。吾家東海曲，賦性本疎散。卻來事宦學，遠涉泝江漢。初爲奉養謀，今祇妻子伴。前月寄兄書，但祝身體健。去壯謝英猛，即衰足嫪戀。悵悵勿復陳，不眠待申旦。

青山懷李白

沿江山盡青，獨此閟精靈。因想中埋骨，仍爲未化星。黄埃漫成醉，白日照還醒。詎識千年下，有人同涕零。

皖江晚興

雨歇江已静，濛濛開夕皋。推窗螢自入，轉柁月初高。遠勢全臨楚，閒吟或近騷。涪翁亭尚在，何處暫停篙。

再過彭澤書感

宿雨滯皖口，晨帆過彭澤。迤邐山上城，杳靄江邊邑。倚櫂方夷猶，伊人感在昔。端居鬱懷抱，旋復悔其出。誰謂三徑資，而使故心易。三月已爲久，胡爲更再歷。緬焉紆中愫，期君能察識。

九江懷樂天

結髪慕先生，今來雪數莖。鑪峯舟自泊，湓浦月空明。偶寄一時感，笑收千載名。遠遷渾細事，底用故人驚。

江州海天寺留贈琳上人

寺門相送處，廬嶽對蒼蒼。江月客吟迴，石橋僧語涼。蘚邊無過跡，人外有真香。更約開先路，看雲瀑布傍。

早發潯陽過海天寺寄秀公

夕訪月未上，頻挑供佛鐙。晨興舟已過，卻別倚樓僧。浮薺迴飆見，孤雲隔岸凝。聊書此時意，還以問南能。

雞鳴

雞鳴江水白，江月墮混茫。榜人當此時，拍拍已鳴榔。稍稍物象分，炎霧盡褰張。獨登鷁上望，夜氣淩蒼蒼。日中所見山，皆生清泠光。曉風起斷峽，爲送萬里涼。耽此數刻惺，滌盡委靡腸。欲語恨無友，諷之矢不忘。

夜發大石磯曉過黃州

無風儀連朝，有風帆中宵。岸人醉夢裏，徑來破沉寥。夜氣壓空江，魚龍不敢驕。時於冥翳中，數帆聳岧嶢。餘響猶淪波，暫明若迴潮。眾星散荒迥，非時皆動摇。雖感異所歷，還得心孤超。明發過黄州，雲中浮麗譙。王蘇去已遠，悵然獨長謡。

聞朱滄湄擢南宫第一卻寄

每歎如君有清氣，爲能記我數篇詩。方期驤首事千載，已見翩雲空一時。

岳陽樓玩月示道者南雲

洞庭不生月，徑可無此樓。月出渺渺波，我在樓上頭。湖爲滌我心，月爲刷我眸。滌刷兩無盡，相與成湛秋。月乃對仰臥，似欲載我浮。君山來枕席，手引瀟湘流。澄洞露表裏，毫髮無潛幽。卻顧叫退之，底用多騷愁。希文稍欲遣，果已能樂不。餘子固不記，古今幾浮漚。道人豈知道，乃能喜我留。勉爲吐此詩，庶免爲樓羞。

洞庭泛月作歌

昨夜岳陽樓上月，白鶴青天共寥泬。今夜金沙洲畔月，冰雹蛟龍争迸裂。拍浮祇在洞庭中，月與李子常相從。此湖此月落吾手，一笑萬古真可空。屈賈悲憫尚不耐，何況擾擾餘沙蟲。我雖生無璪子骨，枯腸時有清光發。此身到處即洞庭，世間不是無此月。

早發洞庭

何處識風生，差差五兩輕。送涼來昧爽，吹夢入空明。不盡君山色，惟聞乳鶴聲。仙翁寓在遠，看取此吟情。

泊湘陰南驛賦得扁舟背岳陽

何處纜吾舟，石閒清淺流。載來洞庭月，去感汨羅秋。露下聞殘角，烟開見宿鷗。不知北人夢，底事戀巴邱。

江行雜詩十首寄石桐先生

歷歷南州境，搖搖北客思。人聲中路換，天意長年知。泊穩多依港，帆稠衹認旗。漫吟無次第，題作紀行詩。

二

平蕪思渺然，淮艸更吴煙。蠻店半臨水，江神多在船。霞收落帆外，雨歇暮鐘前。相值有估客，鄉書憑與傳。

三

時節涼更燠，江流清復渾。雨昏山堠遠，烟曙木簰喧。石上乾苔色，厓間宿莽痕。碓聲何處激，知有近人村。

四

江人居舍少，泊處便爲家。擺纜飛輕雨，叢竿插亂麻。兒童覓蠶豆，浦溆賣魚花。欲識閒蹤跡，孤哦上釣楂。

五

漁家近灘住，螺蚌擁籬邊。高柳先秋落，空罾盡日懸。挂衣俱是草，賒酒不論錢。釣渚別來久，含情愧汝賢。

六

沿江兼沂楚，遠俗幾曾逢。結隊分秧馬，迎神用紙龍。江梅蠻女賣，廬筍寺僧供。獨覺無南北，吟人與野蛩。

七

蠻村十數家，靄靄住蒼葭。曬藥臨沙步，鳴金應水車。舶停隨岸曲，簷次逐橋斜。無那多羈思，南雲去尚賒。

八

遥遥波上喧，前渡欲初昏。落席猶空峽，連檣忽似村。家家上鐙火，擾擾散鷄豚。鄰客間相問，何時別故園。

九

來往攜笭子，殷勤戍堠兒。魚從船尾賣，角向岸頭吹。吟送月輪盡，臥看山影移。卻愁行到日，低首趁旄麾。

十

有時經淺瀨，數尺静纖羅。浴鳥濺波去，耕牛浮鼻過。遠颸吹岸草，浮漬在林柯。風景吾村似，相看意若何。

已過洞庭寄兄四十二韻

憶昔當南騖，畏湖如畏棧。及今復來游，湖平過於練。誰謂無涯圻，對榜皆得岸。誰謂洶莫測，淺瀨時用牽。揚舲破澄寂，開窗納葱蒨。去帆如列旗，彬彬整不亂。信宿巴陵郡，登涉嫌未徧。依依岳陽樓，猶作桑下戀。故使遲吾行，近纜新津館。是時月初出，靄靄浮露泫。婦孺喜夜涼，團圞聚波面。二妃及龍女，舊説記荒誕。卻追前渡時，俯仰更愴惋。未明遽得風，相烏瞥自轉。撥櫂琉璃中，魂悍祛昏倦。回首緑凝横，但恨君山遠。晝臥酣且清，泊柏微可辨。弄晴沙鳥喜，失勢江豚善。未昏出湖口，不待黄陵岸。烟樹迴濛濛，知是湘陰縣。汨羅渺何處，無由致醑奠。因感哀郢事，椒蘭未足案。懷即不入關，何解并秦甸。九州更相君，此語亦汗漫。何國非汙瀆，免使鯨鱣困。轉傷陽山宰，叢芮幾曾絆。連州從伯氏，此路經已慣。底用更吁駭，驚魄墮劈箭。宮市及佛骨，區區勞救諫。鏄昇竄方煬，聚財味歛怨。國脈實關此，二事豈切患。逝者亦莫作，誰與更質判。我生本蹇鄙，分合老葭亂。偶有弦歌興，再起仍疎賤。敢效長孺恥，未礙次山漫。幸值時雍世，江湖得清晏。水程復多暇，誦讀共童丱。安平慶今遭，感激悲前傳。刺刺語遂多，純駁不及揀。往游兄弟偕，有得共賞歎。茲游兄弟阻，萬里勞悵眄。中路寄此詩，聊用充札翰。

月夜次長沙二首

三宿出巴陵，扁舟寄楚冰。人皆苦卑濕，我獨喜空澄。遠謫何須恨，長棲亦可能。死生君自決，鵬臆豈堪憑。

二

游子半夜櫂，嚴城千里冰。楚當何處盡，天向此中澄。不作湘靈感，堪齊羽客能。便思從此去，玉宇共誰憑。

題雁峯寺

南天北向寺，下有郡名衡。世界嶽阻斷，人烟湘結成。静將僧對影，秋先雁來聲。在昔游未到，空看雲氣生。

船中晝臥

湘水夏沍可冰齒，篷窗四敞收遠空。此間不語獨偃仰，便覺江天入此胸。

舟次浯溪風雨不得上作歌

孤帆洩洩來萬里，有求衹爲湘江水。湘江清到無可清，尤在元子浯溪亭。昔年曾經拜遺像，月黑蠻哀路森莽。然炬上讀中興碑，山鬼妖禽盡愁怳。卻疑此地無水石，乃公腎胃遺所結。湘山湘水以之清，遂得共畱成不滅。邇來魂夢在塵土，此亭不見五情熱。蒼茫神意有莫測，使我咫尺如天闊。且須鼓枻爲公歌，呼公不起涕滂沱，吾其如此清湘何。

零陵江次寄周林汲編修潘蘭公侍御

秋氣集孤舫，前宵别岳猨。湘吟穿石際，巖宿浸星根。白閣心長在，蒼霄手可捫。求空空不得，到此欲無言。

石燕有序

庚戌秋，予再赴粤西，道出零陵，有感石燕，漫題四韻。

零陵江上燕，化石近苔磯。墮地已不轉，因風還起飛。泥閒誰解啄，社後意忘歸。本自無依傍，憑他舊廈非。

白灘七夕

宿烟逗前渚，停舟睨纖月。濕宇湛初升，陰厓慘欲没。河漢方左傾，心尾并西越。葦鐙度杳靄，莎蛩奮清切。楚氣易作秋，湘聲唯訴别。遠懷已如此，況值雙星節。

湘巖宿處寄五星

嶺月莽莽白，湘流湛湛緑。傍壁皆造天，中閒一舸宿。夜久境轉空，人外氣方肅。平生五嶽志，到此不更畜。聊欲因北雲，持用慰幽獨。

棲霞寺待月贈同游

遽看輝已降，遠林遞藹藹。甯知輪未升，猶在數峯背。禪徑寂如水，纖雲净不芥。靜者三兩人，於此悄相對。

送提刑陸使君赴山東前爲梧州守

灕江重拜别，帆上露華新。幾載爲屬吏，還山是部民。雲看離嶽影，月詠入秋輪。舊有安邊策，先傳到海濱。

故開元寺弔趙松川殯示僧洞如

不忿舊游地，鬱陰中有君。長號入衰草，久立背寒雲。虚位當松見，餘香近塔焚。轉慚對師坐，未解淚紛紛。

中秋夜寄敬之

有客抱秋心，遲我看秋月。列崿中斷處，樓勢若湧出。吟侶共超遥，鄙人方病暍。困臥呼不起，牆角鐙自滅。覺來夜已深，竦立枯樹兀。頽雲亂縱横，玉妃歸恍惚。因嗟人間世，底事可前必。聊用書此懷，持寄待明發。

酬施晉進之

我愛黃仲則，才大心孤超。雄視絶代下，恣意窮風騷。凡所與交游，皆爲天下豪。惜哉齎幽憤，良材早枯凋。至今旅夢中，棱棱見眉毫。施生何爲者，棄家事遠遨。相遇嶺嶠閒，一月同晷膏。自言黃子友，投贈紛篋苞。黃子既蕭瑟，生亦久淪漂。居然見推奉，謂出羣嶽椒。吾衰安足陳，徒令慚懼交。生其竟勉旃，大雅未寂寥。辱贈難報稱，聊述心鬱陶。

將赴歸順題家書

家人悵望宦游遠，止就輿圖指路途。寄語今番休借看，此州南去更無圖。

泊龍頭磯聞鷓鴣

荒江迴望絶沿洄，霧瞀氛昏到晚開。無那千般呼不醒，蠻山已去又重來。

赴歸順道中書懷

小時行千里，侈言萬里途。今來不用侈，動即萬有餘。蠻山莽荒荒，瘴江紗紆紆。豈唯遠親愛，漸與中華疎。中逢楚越人，歡若共里閭。莊生言跫然，昔疑今信諸。嗟予本疎蹇，所學非世需。不知竟所效，有裨國事無。在昔歷此境，强半逐與逋。予非逐逋者，獨感知何如。

横州會王若農相送同宿永淯界

未至方渺漭，已往足悲詫。依依孤岸舟，冥冥遠江夜。語闌鐙更吹，感極酒可罷。無柰尚須别，迴帆殘月下。

鬱江旅思

山勢夷還險，江流狹復寬。程多無里記，夢恐到家難。人嚮逢舟少，墟烟祇燒殘。南來過萬里，更遣向南看。

題敬之新寄詩卷

惡詩滿前洗不脱，折楊黄華苦紛聒。故人有寄到天末，如以冰漿澆病暍。期君心作五嶽拔，不怕青天有天閼。神龍閃屍兒縮頞，我獨攖之欲手掇。千佛相傳此一鉢，勿取我語自作活。

歸順書感

喧喧擁鼓吹，簇簇森列騶。儀衛一何雄，爲是臨邊州。卻顧居中人，未免多慙羞。據案閲文牘，瑣細劇毛輶。所列非一緒，强半因徵求。上以供長官，下爲胥吏謀。閒及民生者，具文泛且浮。空見日擾擾，火急疲置郵。舊學竟安在，狥俗爲苟偷。胡不自引退，草衣歸田疇。

龔生行

龔生名雷家慈谿，爲人豐碩貌頎頎。雖少所學勉不衰，胸腑坦坦無世機。去家遠遊親愛離，從我於粤逾五期。性拙運蹇不我疑，導以所見或從違，實亦能識中無欺。我行乞養生且歸，三年不見音問稀。豈意孤鶴仍南飛，生先書至要不移。我官地接安南夷，遣使遠迓舟逶逶。生聞未發屨已馳，冒犯霧露爲感知。中路感疾乏良醫，生竟委骨邕江湄。嗟我德薄何所幾，乃獨生死心相依。使回具問涕垂頤，萬里歸葬嗟何時，負生已矣存此詞。

示州父老有序

庚戌歲，鶴生權歸順刺史，軍興之餘，加以官吏剥削，民勞極矣。方擬卹傷懲弊，去其太甚，而父老已争爲傳述，聞於外境。揆諸本懷，百未一施，徒增慚耳。因書此示之，且以自儆焉。

朝廷置羣吏，本以爲爾氓。豈爲奴隸輩，朘爾厚其生。不知當事者，何以冥此情。前因外番亂，近防皆出兵。廟謨在不戰，民困實所矜。輓輸已累歲，十室九不贏。誰謂於此際，而反暴其征。僕隸專指揮，衆心那得平。我來承其乏，又切擊此形。無能救彫瘵，中夜心怦怦。召集諸父老，積弊爲我明。敢云即盡蠲，庶使漸已輕。長謝奴與隸，不能爲若營。稍待民氣復，吾志當得行。勤勤諸父老，告報喜且驚。譬疾未得藥，遽有良醫名。我聞實内愧，亦可感爾誠。何以相究竟，勿自負吾盟。

雜詩

前生不自省，或疑鶴上真。不知何罪譴，謫向世間塵。所見已多駭，所歷詎所親。有時定静中，瞑目見秋雯。何當許歸去，採藥逢舊鄰。

寄劉正孚

歸順有小吏，應仁其姓黄。頗自喜爲書，意態亦翱翔。聞有能書者，乞取日不遑。予試索觀之，並詰心所臧。云有劉明府，數帖在篋箱。劉君乃吾友，開卷如在傍。前後多詩筆，中論殊激昂。言古作詩人，真氣必堅剛。此氣不可闕，乃於詩而昌。非徒競博辯，非徒事誇張。鄙夫談忠義，忸怩詎得藏。末語因及僕，生無時俗腸。爲親偶求仕，棄去亦洋洋。獨抱不貪寶，傲然歸其鄉。故其所爲詩，超超異等常。予觀始慚汗，洎乃自忖量。實固不及此，此義吾敢忘。好善苦汲汲，古風今渺茫。吾友信有之，豈爲當世名。卻顧問此吏，我感汝得明。可語惟汝輩，此道亦足傷。既書跋其尾，還復寄此章。

除日游山寺

此日無營者，惟應我與僧。閉門僧且去，飛剎我來登。坐久石自煖，語餘山解膺。甯知有人處，烟火兀騰騰。

讀書

長年更讀書，如種秋後禾。縱使勤灌漑，有得知幾何。翻然欲棄去，平生好無他。因思欻有夢，夢登山之阿。流覽未及已，千墳忽嵯峨。更從廛市遊，披褐自嘯歌。懷中有明鏡，無事自取磨。隨磨隨可喜，磨具豈在多。具多鏡不明，泥垩堆青荷。還歸暫偃仰，颯然疎雨過。此時胸臆閒，空净如秋河。君莫笑狂客，溟涬將同科。

早春夜坿家書後寄兄

兀兀誰相對，帳邊孤燭光。地緣無事冷，夜爲不眠長。幾日過新歲，何人到故鄉。一封書寄後，轉使意茫茫。

自郡還憩監隘驛亭讀淵明爲建威參軍使都經錢溪作有感次韻寄故山兄妹

鬱鬱極邊地，憂思日夜積。誰言知昨非，今來甯異昔。飛鳴少羈繫，翻羡林閒翮。百里悲去家，況茲萬里隔。窮居雖云苦，未抵爲人役。本性知已成，終老豈能易。同生僅三人，不堪更離析。潸然忽出涕，先壠荒松柏。

讀貨殖傳六首

家居罕所接，出仕紛交酬。如登亭皋望，衆葉隨波流。賢愚非一族，親疎各有儔。究竟所用心，不學皆同謀。問奚致之然，誰得推其由。空堂時獨坐，悵然悲舊邱。一編取自娱，還起千載憂。

二

野人習敦樸，出見舉可驚。及至涉歷多，轉使此心平。椎埋與鑄幣，各自爲營生。桑孔領太農，不過術校精。多欲施仁義，此道可並行。堪嗟汲長孺，底用苦分明。

三

七雄方搶攘，一士叱言利。其聲今未寂，大噫塞天地。獨惜喻者少，但貴紙上字。可憐諸從游，且有牛鼎思。嗣後經幾秦，了了見其弊。炎漢崇經術，益工鹽鐵計。誰謂謬聖者，乃能識此義。長貧有足羞，此語可流涕。

四

吏道日以雜，桑孔皆賈人。用饒不加賦，虚耗甯免貧。卜式願助邊，非情翻見嗔。此事吾亦疑，秋毫計方勤。誰謂平準世，而有讓利民。

五

爵刁出一途，黠奴交守相。不黠術不工，不奴時不尚。低顔少愧恥，反眼足欺誑。賢智推巧奪，大愚笑拙讓。勿謂趨益下，此固勢所向。渺矣猶古風，本富乃爲上。

六

先聖有謨訓，諸儒勤講肄。樵夫之所笑，衆知莫或異。固宜三代湆，不有晚近世。如何姦利徒，紛出益無忌。得非仁義真，不在口頭嗜。此子雖發憤，跌宕見深意。班掾爾得知，興心反爲刺。

新到配軍任小道青州人兒輩皆爲作詩因書所感

童稚欣相報，鄉音入耳初。甯知傷遠讁，卻似得家書。幾月離山郭，前宵宿峒墟。轉思瀧吏語，我意獨何如。

游太極洞

太虛既無閡，此洞亦無始。我來誰與徒，獨攜無言子。羣山若初曙，澄净刮餘滓。甯知日正中，清光破積晦。危坐向深處，兼收聽與視。平生事挾筴，亡羊不勝悔。因感此州民，蕊茹何時啟。不合日一鑿，致使渾沌死。

書孫武公事狀後

嘉魚樓山兩毅魄，不在班行能狥國。當時更有孫武公，奮臂一呼起江北。論兵自是儒者事，灞上棘門數稚子。浦城勢蹙外援絶，不使楊公身獨死。向疑阿龍本浮沈，受惡阮馬豈本心。及覩慷慨相命語，卻笑浪子稱東林。阿龍自超得公助，史中不載歸骨處。今得明告後之人，阿龍枯骨在公墓。武公名臨，桐城人。明季以諸生入楊文驄幕，文驄薦之朝，除兵部職方主事，監文驄軍，至浦城，兵敗，與文驄同不屈死。後兄子韋，尋得公與文驄遺骨，混不可辨，迺并負之歸，合瘞城東三十里楓香嶺上。

書情寄蘭公敬之廉夫

孤琴休廢彈，世路本漫漫。不爲真識少，那知相得難。松高雲始駐，澗僻水偏寒。持向塵中去，悠悠誰解看。

坐獨秀山望見城外瀑布欣然有會

何處轉晴雷，游人首重回。響聞一城徧，勢挾萬山來。欲助詩濤湧，能令瘴眼開。此中難忘處，灑墨在蒼苔。

鎮安寓舍作有序

蘇子瞻詩云『仕宦豈不榮，有時纏憂悲』，僕則不見其榮，但憂悲耳。茲來鎮安，憂悲尤劇。時當歸舍，下帷就寢，兀然而思，舍然而解，無可語者，題作此詩。

勞勞遠行客，馬煩倦長途。晝行夜未息，陰雨多泥塗。冥冥萬山中，草深徑有無。蟲音慘聒耳，虎氣凜侵膚。造次有莫測，蹉跌誰相扶。忽遇路傍舍，一鐙土壁隅。解衣卧草薦，快意平生無。我今雖寓居，煖屋深地鑪。既絶風雨憂，復免行旅虞。以此視彼境，豈不綽有餘。胡爲自嗟咤，蹙蹙如鄙夫。

民頑一首呈鎮安李太守

民頑不知恩，不仁哉此語。爲恩知有幾，爲害已莫數。此州屬極邊，夷民紛雜處。舊以悍獷聞，未往神先沮。試爲布心腹，告其兄與父。因利固有待，先除昔所蠹。庶各安爾業，訟獄莫予苦。此來未云久，民已三泣予。某實心愧之，而證前聞誤。勤勤賢太守，怨吏不怨民。某既證所信，還舉以相聞。

龍潭野亭陪總戎王將軍觀漁

遠疆清且整，暇日得從遊。座後列千騎，檻前來數鷗。共乘天色霽，時聽野人謳。因感前經處，軍興殊未休。

招諸文士

拙身謬從仕，性本耽閒冷。浩浩更南騖，已盡炎荒境。親友悵阻絶，無由通欬謦。舉舉二三子，殷然時造請。每慚舊學荒，且復攖簿領。幸值罷州事，衣帶勿煩整。遠水週郭白，秋山臨邊静。儻能從我游，鄙辭當爲騁。

初罷州事臨秋獨謠寄家兄石桐兼簡桂林諸吟侶

尚留公廨住，蹤跡已蕭然。緑動有猨樹，碧閒來雁天。夢輕常不記，吟苦若爲傳。應識思鄉甚，逢人問北船。

珩兒哀辭八章

謬狥微禄，悠悠南征。陰氛夏結，瘴雨晝冥。臨當北旋，心尚怔營。誰謂凶災，而子是丁。

二

謬狥微禄，南征悠悠。諸兒在側，强慰我愁。臨當北旋，先往具舟。誰謂此子，棄于田州。

三

來報汝疾，書非汝作。憂虞惶惑，終夜作惡。試用筮之，遇晉之剥叶。先期十日，已分不活。

四

乃遣靳公，前往視汝。務令汝作，數字慰予。汝弟書至，云減所苦。及待靳回，淚眼相告。

五

汝伯視予，纔如嬰兒。謂不自卹，寒燠飽飢。臨當遠別，深以屬汝。每憐汝勤，輒思伯父。

六

萬里書來，如聞笑語。幼弟弱妹，各言思汝。意汝展讀，歡生逆旅。甯知封寄，已不及睹。

七

幼而虛羸，失學自傷。近所爲詩，乃同老蒼。每用憂之，殊非所宜。詎知天定，竟止於斯。

八

予年近艾，前路餘幾。況近所遭，多憂少喜。明發慟心，羈孤萬里。送汝先歸，去事祖妣。

解哀

陸生歎逝賦，韋郎感歎詩。借問此作者，於古各安之。古今同一運，歸盡少復遺。其閒偶修短，如行有速遲。會葬出南郊，涕淚相從追。涕痕或未乾，奄與他人辭。息死聖所訓，勞生達者嗤。此理豈難喻，乃獨戚戚爲。

孫秀才招游太極洞時予有喪子之戚

生者不生生，化者不化化。恍然思太初，孰是獨疑者。林回負赤子，未爲明取舍。大靈叩天關，枉用多吁咤。故人憂我憂，置酒古洞下。炎徼雖苦燠，秋氣已彌野。晚陰冪眾峰，飛雨濡歸駕。卻顧所來處，本自無拆罅。

寄題宜山黃山谷祠堂

此翁雖放廢，清氣一代閒。尋常落筆墨，已被萬古傳。甯知昔所託，牛豖同卧眠。南樓戰風雨，吹飛溼席氈。妻孥寄中路，幾存幾得還。人生嗟到此，翁意殊灑然。禍者應自悔，枉自費機關。血食至今盛，愔輩同牲肩。幸語後來人，所争勿目前。

猛虎行

鎮安城中近多虎，朝攫嬰兒暮老嫗。此郡之守李開甫，有恤民心能信予。昔聞劉昆在郡虎渡河，書之史冊傳匪訛。今者胡爲竟反是，官無苛政虎轉多。虎虎爾何不往噬，貪酷喪良之官吏。縱噬千百不汝罪，底爲殘此蚩蚩氓。惡不爲戒善者驚，轉使渡河之驗不足憑。

續猛虎行

朝爲猛虎詩，暮聞猛虎聲。虎不能言無由明，如對以臆請試聽。夫子一何愚，使我别善惡。我爲天戾蟲，所性衹貪攫。李太守清且慈，民自感之吾弗知。且凡百有生，相引必以類。我之朋類散兩閒，正是今之貪酷吏。不酷安得威，不貪安得貨。若必責以廉謹之小節，何異使吾曹閉口死餒餓。夫子行歸休，無煩代我謀。有能入隊肆貪酷，社而稷之尸而祝。

後猛虎行

潮州刺史韓退之，不容鱷魚在惡谿。静思鱷之害，不過食民鹿與豬。何況公然入城市，血人於牙如虎乎。結引貪酷官吏與爲朋比，乃於不貪之境肆無忌。天子仁聖，化被九有，敢恃逖荒，逞此兇醜。我雖鄰州之下吏，爲民復仇亦其事。用狼牧羊已可忿，恣虎屠民甯更忍。我即不能請上方劒盡斬酷吏頭，請先以爾爲之狗。

哀單子庸可墉寄廉夫五星熙甫

此道苦難言，憐渠志獨敦。甯知百里内，不使一儒存。鄭氏草猶在，黄家席不温子庸有老母。平生二三子，此外更誰論。

聽汪太守述衡山之游

子才昔來别，往觀衡嶽奇。及聆我公語，勝讀子才詩。公時抱秋明，委舟湘水湄。一笑謝騶從，獨與山僧隨。歷歷窮晝景，敻敻生夜輝。靈宫稍駐策，上搜岣嶁碑。紫蓋及石廩，羣駿下阪馳。遂淩祝融頂，凜凜天風吹。塊殿覆鐵瓦，上出尾與箕。此境造已難，公乃信宿期。初暝若胚渾，欻開接娥羲。隻立空明中，下視舞雲霓。定得逢長源，尚當吒退之。走也亦經涉，豈嘗識此爲。胸次頓熀朗，耳目失喧卑。聊用書所得，卻報才翁知。

阿彌陀佛祠爲李開甫太守作

鱷江西南，地形戾倔。委舟從陸，隱轔出没。始入山口，區絶坌坲。其境漸高，岑崟互蔽。有蓮花岼，青蒼排列。上天可階，背負恐闕。次黄泥坡，拳跼磴澾。足垂在外，造次蹉跌。當百年前，合屬軋沕。疇則荒之，鏟鑿呀豁。士宦商旅，氣沮神怛。夤緣上下，少夷多矹。欻乘此隅，筋力困茶。鬱葱中敞，下見城闕。不禁喟然，阿彌陀佛。劬極呼天，此亦同律。故知名此，不用佛説。大書摩厓，來者可質。我公戾止，慈悲民物。爰立之祠，架广巘巘。使疲役者，於焉歸歇。不禮有身，此爲衆設。凡所舉施，以此爲率。我公去矣，衆何能挈。東直叢叢，祠邊泣別。更歷千載，此情不滅。

鎮安送李開甫太守十韻

江口倶檥舟，暫住還相送。四野浮秋陽，已覺商氣重。鬱鬱臨邊山，超超出塵夢。一年分符竹，萬户絶争訟。鄙性獨見許，仁言屢喻衆。巖壑得追賞，詩筆恣嘲弄。破格不吏雲，憐才嗟屈洞。契真良可感，岐多安足慟。極知是少別，無柰離管動。幸得隨量移，前驅猶可控公移慶遠，喬除柳城令。

鎮安離席聽童曾二生歌詩音韻淒切因復留贈童名毓靈，曾名傳敬

山雨冥濛滯去程，尊前兀自不勝情。歌當好處君須住，休到陽關第四聲。

湘水謡

湘亦水之一，而擅天下清。遂使無賢愚，到此心泠泠。維物各有主，世因得以名。熊湘互南維，提灕而挈蒸。二妃雖有號，其傳尚杳冥。斷自三季後，畧引其可徵。七雄方擾擾，義利汩不明。孟子未涉江，主之者屈平。炎漢稱平世，治安策未行。誰與愛此水，主之者賈生。有唐中興頌，化欲洽九

真。主之者次山，並泐冰井銘。宋尤求治急，其先富賢英。此地屬宣撫，主之者致能。屈賈爲湘主，不見用闕廷。元范爲湘主，實有功粤嶺。越自元明來，蕭瑟無聞聲。湘水豈殊昔，主之難其人。迺有孫觀察，報國矢棐誠。愛人不以私，政理皆有衡。而反視其家，蕭然若柴荆。更訪静江即桂林户，九真蠻與氓。不言使君德，但指湘水澄。羣吏飲此水，變貪爲潔貞。庶民飲此水，交讓無訟争。蠻夷飲此水，永遠懷好音。湘復得所主，將與元范并。我朝治無上，實出睿簡精。行以湘之清，分注乎四瀛。此歌雖鄙野，播之億萬年。

燕甯明州諸生

帝階舞干羽，外藩始獻誠。遂令邊鄙士，日有弦歌聲。吾民亦勞止，幸時休用兵。卻憶在前歲，强半事軍營。涵濡待方亟，婦子庶以甯。不才媿疎拙，斯職謬所膺。拯弊竟安在，美利何由興。矯矯諸文彦，實維在野英。政教有未及，尚其爲予明。吮筆事章句，未足期大成。溶溶春已回，月華湛初晴。勿嗤酯酒薄，餉客唯蔬羹。中有千古誼，此會良非輕。

再題牧牛圖

爾牧來思，憂目皇皇。但見重負荷，何曾見牛羊。牛何食，嶺頭草，牛何飲，潢中潦。但令勿奪其食盡其力，無求於牧牛自飽。牛有疾，牧醫之，牛相觸，牧笞之。日與牛居牧不辭，即此亦可致蕃滋。無柰苦徵責，名爲牧，實爲役。勞苦勸極仰呼天，天高路遠聽不得。噫嘻呼，牧不牧，牛羊何屬，牧與牛羊皆日蹙。但得所事止牛羊，縱令牧者餓死心亦足。

贈唐先生

崇山巒霧裏，有叟自橫琴。盡解世間事，能持人外心。應門童亦静，識徑鶴來尋。剖石傾冰雪，方知愛予深。

譯者梁昆華獻孔雀一雙卻之示以詩

翠角金翅相映新，端知性不耐清貧。請君籠向都城去，別贈豪家與貴人。

燕明江陸司馬宅即事有贈

曾同洞中醉，枕石共高歌。那更邊頭見，臨江喚柰何。瘴鄉晴日少，荒郡怪禽多。獨有心期在，棱棱自不磨。

送喬甯甫兼柬張汝安

似我與君者，當身分合潛。高懷名嶽許，苦語世人嫌。纔到已無味，將離更久淹。若因見張子，卦合二人占。

敬之寄贈衣物十二事

蕭索明州長，渾如老塾師。忽看冠服變，轉使吏民疑。試筆重臨帖，焚香更賦詩。卻懷韓吏部，初寄閬仙時。

太平郡慶祝宫回夢廉夫穎叔二子

吾皇千秋節，慶祝極遐陬。肅肅侵夜起，趨拜隨羣侯。歸來暫假寐，飄然墮林邱。叢祠沙步閒，歷歷舊所遊。中逢廉與穎，平生感綢繆。語多那復計，屢頷還嗟嘔。衡宇已可望，但覺行且修。欻值軒冕過，三人皆轉頭。躩躩避其塵，分散如驚鷗。早知謬通籍，臣本草莽儔。願言返故山，逸侶時相求。永爲擊壤民，共頌無疆休。

哀老僕郇純

六十不爲夭，汝死非命促。獨恨萬里阻，一家不得哭。事予已三世，心力久勤篤。疾痛每相關，曾不閒骨肉。不嫌主人貧，邊徼徇微禄。奔走瘴嶠閒，時怵虺蠱毒。汝疾已兼旬，予役方未復。入門首相問，遽復登鬼録。爾來傷已多，惻惻痛在腹。可憐檢汝笥，未有數金蓄。予子喪未歸，悲汝又相續。尚賴得隨侍，雙櫓還鄉曲。

感賈李

漫作長鯨比，徒深孤鳳情。自憐遭螘制，誰解與雞争。二子且復爾，吾心何不平。欲知行更遠，北睇夜郎城。

校唐人格律寄敬之

此中多苦辛，脈脈自相親。料得知深處，應難説與人。情於過後甚，景比見時真。張賈今猶在，偕君試可詢。

酬汪太守郡齋對雨見懷

何處觀朝雨，蕭條感謝文。卻憐過嶺鶴，又逐出關雲。隱几時方寂，連峯近不分。憶同疎竹下，曾向夜窗聞。

過新甯州贈刺史陳惕之

稍稍氛霧褰，依依桑麻列。紆餘城下路，喜見田車轍。游子苦山川，居者感時節。君亦江北人，鄉味好同説。

再燕王將軍池亭

前宵醒未解，折柬更相將。孔翠識來客，綺羅生晚涼。豪吟寬檢束，醉墨許顛狂。明日潯江去，此歡安得忘。

宣化途次田舍作

遠役難計程，況值零雨中。前驛適未及，投宿蠻村農。溼壁帶土氣，篬隟多夜風。田器自倚隅，錯雜閒蒿蓬。誰謂茇舍勞，乃得鄉味同。無牀可安枕，危坐神惺忪。土門直近山，月出露濛濛。於此得清賞，彌使情難窮。早知自爲多，苦乏濟物功。便擬謝羈紲，歸去逐野翁。

崑崙關

步登崑崙關，北望賓州城。延亙百里閒，山勢鬱嵝溟。何物狄宣撫，來若飛鳥過。筵上酒未停，已報此關破。權家貴拙速，尚嫌脱兔遲。想見州士女，觀鐙猶未歸。肥水亦乘勝，城濮本易敗。喜事出僨興，無謀詎足賴。丈夫各有抱，不用即疎闊。應笑渭南叟，松亭夢中奪。

穿山驛題潘巡檢山閣

甯知行兀兀，得共此蕭閒。時坐竹閒閣，近看蕉外山。衹宜童侍側，爲愛燕飛還。待送羈人去，知君獨掩關。

戲咏小舟六韻

爲舟甯勝芥，衹合在堂坳。榻隱蛇歸窟，篷開燕出巢。纔堪繫片石，常是就深茅。因屋難爲广，屈躬真象勹。那思監河貸，不稱宛邱嘲。卻喜一編在，自觀天地交。

宿石鼓灘有感韓子龍宫灘作

傾奔從遠至，鬱律向空迴。激處長侵夜，陰餘尚隱雷。在前聽已慣，到此恨難裁。想與龍宫比，涪翁安在哉。

大石灘阻雨和家兄石桐前寄三詩

憶昔南來感，憂虞未到時。空江聞猛雨，曉夢在慈帷此前庚子來時句也。闊闊歲月遠，悠悠行役悲。轉因鵜鴂唱，愴觸涕漣洏。

右和《熙甫曉雨寄丹柱詩見示因感子喬南行即示二子》

二

萬里緘開日，依依在薜蘿。漫游親愛隔，舊卷哭傷多謂前悲先叔白及王仲則，近復多有子姪之喪。縱使滄洲近，其如白髮何。田家荆樹好，珍重有雙柯。

右和《宿南山村贈新亭兄弟》

三

迢遞一書返，分明非夢思。荒村初雪夜，遠信到家時。久悵故交别，屢愆歸使期。此情應未識，風雨瘴江湄。

右和《雪中喜子喬書至并南行詩卷寄廉夫五星丹杜》

晚次永福縣

連山中斷處，江岸有孤城。稍送湮雲盡，已看新月生。竹閒深閣色，烟際讀書聲。欲往殊未得，悠悠悵我情。

蘇橋將登陸别所乘小舟留題

始入方蹙蹙，欲别還戀戀。欠伸短篷下，漸與周旋慣。平卧愛山色，引手接葭亂。曙泛趁浮鷗，夕眠視蟄燕。豈異委巷居，不興華屋羨。行行當改路，依依停近岸。去若振新衣，住比捐秋扇。難祛桑下懷，聊用盡繾綣。

將至會城覆訊解囚感歎作詩

啾啁獠鳥語，漸久半可諧。浹月相依依，行息每與偕。水陸及食飲，軫視勿使乖。念其有情性，馴習如嬰孩。甯知赴極刑，猶自爲歡咍。豈異死鐙蛾，暫時繞且迴。爾罪我敢逭，不教誰咎哉。訊罷仰天歎，莫喻愧且哀。

贈江西胡茂甫進士森兼呈敬之

相逢意渺然，胸次著千年。學在登科後，書來識面前。月隨同步徑，雨溼舊吟船。真好無水部，甯知項子賢。

喻友詩示敬之

冉冉空中雲，會合歘成雨。松蘿非同根，亦得相依聚。蘿斷豈更結，雲分亦各滅。何似兩人心，萬里猶共熱。漫言心不負，尤在所期厚。大義自古來，忼慨命爲友。可憐擾擾閒，梧酒成弟昆。轉眼有莫知，何待張與陳。

桂林留別敬之

己分當南鶩，爲君時復留。數星江上寺，深夜石邊舟。酒盡吟仍苦，鐙昏語未休。朝來看帆影，誰共在城樓。

敬之復來相送舟中作

別語前宵盡，君懷更幾重。亦如寄書後，追取又開封。悵此一孤櫂，繞之千萬峯。卻成兩度感，交疊在心胸。

方叔駒以觀察引疾還故山卻寄并追懷周林汲時周已歿

吳楚望依依，初心竟莫違。尚門承詔日，已著在山衣。採藥松間徑，尋僧雪裏扉。所嗟清塞寂，不及待君歸。

追悼劉將官并序

昔鄉人劉永泰，以侍衛出爲梧州守備，與予相從甚歡。及予再度嶺來，不復得其消息。今年夏，扁舟過梧，遇參戎王君懋賞，爲言劉於己酉之役，已陷安南軍中死矣。予悲感不已，爲賦此詩，并示王君。

征南師遠下，往事已成塵。誰道没蕃骨，於中有故人。遽聞當此夕，徧訪幾經春。爲謝王驃騎，休驚涕淚新。

藤江月

山帶餘暉歛，潮兼暮色迴。何時已上月，無語入船來。水客同棲息，沙禽少忌猜。轉悲兩蘇子，未及共沿洄。

潯江月

江面待得月，月來江更空。不知濤落處，孤挂夜方中。尚想歸陶侃，曾經送葛洪。嗟余竟何事，擁被倚孤篷。

鬱江月

收帆當氣霽，沿渚更雲屯。待向極空際，吐來殘夜痕。魚龍驚岸拆，草樹助山昏。莫被成功將，都將兵甲論。

麗江月

感爾相隨遠，蒼茫一月程。不容邊索隔，還向曉帆生。異域難分宿，孤光仗得晴。懸知更南下，應帶鶴星明。

酬陸司馬并序

予之來甯明也，陸君相送於桂林環珠洞。及陸至明江，予則以事赴桂林。陸有詩贈行，未及酬也。今予當南旋，而陸又奉命北上，旦晚可相遇，因繼前篇，先用寄之。

故人欣此聚，已忘屬邊陲。無那相逢處，多爲欲別時。參辰空復望，雁燕豈前期。江柳不勝折，南枝更北枝。

買棧香戲寄山中故人

惟以輕見易，萬錢收百斤。饒無一夕閒，猶可十年聞。稍寓非木旨，羞從沈水分。祇應共山友，未足獻吾君。

分香贈約言

試著一兩片，寂然虚室中。何須入鼻後，始覺此心空。暫得豈足貴，永懷知不同。可能將此味，澹泊共衰翁。

添香

童稚課已慣，試添皆合宜。聊爲閒坐供，每被近鄰知。適在罷吟後，了然無夢時。此中獨斟酌，不見意遲遲。

題敬之秋卷

琴格高來豈自知，商山路轉竹風吹。從今莫更遣人聽，已是獨彈秋思時。

瞑坐

新詩初改罷，舊卷懶重開。案冷香已盡，壁昏鐙未來。無人聊復爾，不睡亦悠哉。看我此時意，何如明鏡臺。

送族姪約言北還

感爾相從遠，苦辛同歷之。易銷爲客日，難定是歸期。故國三間屋，行囊數軸詩。親知如見問，饒得半頭絲。

與族姪綸別後卻寄

片石與孤琴，何勞事遠尋。入時各殊味，及子共初心。萬里寒夢破，一鐙宵話深。此中猶苦別，獨感意沈沈。

傷山村鄰友

山村居族少，止此一家隣。多有藏餘酒，從無空過春。嗟余孤櫂遠，愧爾寄書頻。卻憶虛齋掩，惟應滿案塵。

安南使臣吴時任贈薰香時護送貢使至南甯

素業廢來久，爇香空有詩。何緣故山性，卻被遠人知。小艇猶寒候，荒江閒對時。瓦盆聊復試，陸賈漫相嗤。

王龍州奉使册立安南國王自關外寄書與阮刺史言少鶴暫作閒人定多著述頗用妒之戲呈百二十字

髯也人中龍，厥量孰與大。更將九天雲，爲霖八㝠外。草書荅番使，欲與典册配。番君等昏稚，辟咡屢申誡。忼慨臨雄關，雍容旋大旆。笑我如草螢，微光自矜愛。紀功鏤玉牒，千年此嘉會。逖賤不得與，戚嗟瘴江瀨。適今當北移，檥舟尚有待。髯乃遠念之，善詼類嗔誶。多應憫其窮，薄技有誰匄。縱使賦雲夢，亦當不蒂芥。

同阮刺史泛麗江往返七日翛然無一事

王官皆有程，難得此閒清。幾宿寄孤櫂，聽君話四明。山從幔外過，瀑向枕邊傾。不爲州人望，應同出世情。

龍城集

竫人行并引

《山海經》：『東海之外有國名竫，人身長九寸，爲海鶴所食。』李子感之，作此詩。

海鶴二尺脛，竫人九寸軀。神州自廣闊，海鶴苦囚拘。滴粒競所獲，竫人樂有餘。在昔竫人少，海鶴過食之。近見無非是，海鶴翻被欺。翹肖跳嬉自一世，底用昂昂高大爲。

畢方行并引

《山海經》：『畢方如鶴，一足，赤文，白喙，見則下有譌火。』李子感之曰：『此豈鶴之性也哉？』作此詩。

鶴於庶羽中，耿立雙修脛。胡爲摧損之，怪似林雍躄。有生清迥心，於世故無競。必使白變赤，爲災害民命。名之曰畢方，獲罪大禹聖。然後衆鸇鷙，類己交相慶。甯知鶴有真，變形難變性。縱并一足無，肯失獨也正。

養疾舟中作

荏苒倦塵勞，偃蹇時善疾。出郭稍欲遣，輒就扁舟息。爇香對孤縷，避風彌眾隙。船扉未闔處，尚受遠山色。心鏡忽迢遥，如在五湖宅。所憎其盡祛，所苦遽已失。誰謂此膏肓，必借鍼灸力。拚使仍徐還，切莫來俗客。

出城送客至江上渺然思歸

送客南渡口，始覺秋氣多。霅霅風吹雲，鱗鱗水生波。遠陰漫前浦，微陽尚喬柯。鄉書久未返，顧髮知如何。

和方叔駒觀察同汪大紳秀才寒石上人拜彭秋士墓

已知觀化久，簪紱未離身。更約南宗侶，來悲柏下人。紀行無片石，繞墓有荒榛。弔罷還分散，寒郊起暮塵。

哭喬蓬州

未必非傳誤，遽聞先淚流。篋中前月札，天末別時舟。到死窮相送，來生恐未休。官階雖再授，是否到蓬州。

孫羅城見過讀予門下諸生詩句大驚爲賦長歌諸生既各酬之予亦有作

伯陽相馬天下無，顧厓相士今亦孤。有目豈與常人殊，龍水净洗能辨珠。朅來過我鶴樓下，瞥見與鶴共吟者。交驚舌𥉂首頻頷，謂是在世皆無價。長歌縱横書在紙，一日傳徧南交市。始信徂徠三豪非自誇，真識更有歐陽子。感此令我思故山，恨不爲君見且傳，吾黨狂簡尤斐然。

調童九皋

顧厓自負今莘老，突見子詩驚立倒。無論邊徼無此人，江北江南能亦少。子方從我於蓬蒿，舉世已知童九皋。若令讀我大鵬賦，九垓何以窮逍遥。地上之友累千百，唯阿較量孰得失。會到溟涬同科時，未暇更與分南北。

聞王龍州以事當左遷行赴陛見卻寄

幾年深抱屬邊城，吏議時牽賦北征。疏勒何須挽司馬，君王有待識真卿。去程雪擁燕山白，回首雲開銅柱清。當扆正殷籌海盜，直言知與允繩并明嘉靖時，户科給事中楊允繩疏言海寇之爲東南患，爲日久矣。上軫念民命，遣將出師，已逾三年，督撫將臣已經四易，而寇盜日熾，破城邑，殺官吏，茲復犯南都，直軼其城下。此其患在時習不振，而敝原不革也。夫海寇之與邊患也不同，蓋邊患孔棘，虜實主之。若海寇，則什九皆中華之人，而倭奴者，特其句引驅率以來者也。

夫虜爲主，則重專於外攘。中華之人爲主，則事急於内修。重外攘，則當委重於將帥。急内修，則當責成於有司。乃邇年來，督撫之令不行於有司，責之練鄉兵則不集，命之團保甲則不嚴，委之以饋餉則不給，委之以哨探則不明。日惕月玩，彼是此非。所以然者，豈以督撫之官爲不尊、其權爲不重耶？亦有由矣。蓋以近來督撫之臣到任，謝恩本上，例有銀兩，分饋在京權要之門，大者數百，小者數十，其名曰謝禮。至於任内有題請，則有揭帖，伴以銀幣，約如前數，其名曰候禮。其有歷任頗深，營求美擢，若地方有事，希求脱任，或以見卻而求彌縫，或以失事而求庇覆，諸凡饋送，數復不貲，此其費安出哉？在省取諸各布政司，在直隸取之各府州縣，而已矣。府州縣既爲之巧取承迎，不無德色。諸督撫又自知非法接受，亦有靦顏。一入牢籠，實難展布。此在平時，然且不能振揚風紀，建立事功，況於蒞軍行法之時，威克厥愛之際，又何以糾官僚之慢，激三軍之氣也哉？則百司之玩愒陵夷，蔑法誤事，亦奚足怪矣。且官司之所以承奉督撫者，非能出之囊橐，皆取具於窮民。近督撫之交代不一，則官司之索取亦不一。況不肖者因而影射乾没其閒，用一糾十，用十糾百，椎膚剥髓，何有紀極。如是，民生何得而不窮？民既窮極，盜賊何得而不熾？盜賊熾則東南州郡四野爲墟。埽地赤立，固其理也。以區區孑遺偷息待斃之民，掊克横歛，然且不已。臣恐他日國家之憂，不止於嶺海之外而已也。疏上報聞。

晚歸

四野山多接翠微，一江灘少足漁磯。喜晴偶爾肩輿出，愛月長令撥櫂歸。烟際人家眠悄悄，岸邊城郭望依依。往來自覺無牽罣，誰道吾猶未息機。

初入試院戲題簡敬之

聽鼓罷參謁，重扃絶往還。頻移臨砌座，祇對隔牆山。太古有同静，人閒無此閒。但緣同志阻，不得開心顔。

獨對獨秀山試院中作

朝對勢窈窕，暮對氣鬱蒼。雲盡表矗矗，雲生增芒芒。問古誰所名，游者不足詳。我行墮蠻中，此山早與迎。茲來更迫近，一月與相當。相當亦不厭，不閒坐卧行。始猶形貌得，漸次脈絡明。鄙人信頑劣，負氣仍屈强。敢云能過之，或許相低昂。此意有能識，騎麟下大荒。

試院雨夜遣懷擬出示諸生即寄故山

霎霎風吹燭，深宵雨未休。高文誰共感，矮屋憶同愁。舊侶存無幾，孤蹤淹尚留。遠書寄兒輩，不覺淚雙流。

秦小峴郎中讀予歸順示父老詩寄書盛相推許既感且愧久乃奉酬時秦已遷浙江觀察

前年權牧邊極陬，無能拯卹空懷憂。憂吟何自爲君讀，乃謂復見元道州。次山故是吾所鑄，師之不得矧敢儔。獨歎春陵二三策，病延千載何能瘳。刺史歸咎苦諸使，豈意刺史同螟螯。我來正值剥噬後，枯莖敗穗不可收。聊爲長謡相憫慰，楊葉難止羣兒嘎。尚徇微禄不即去，退谷見絶良堪羞。聞君已階處置使，察糾官吏得與謀。八州都督會有屬，慎勿但戀西湖游。

桂林寓居華嚴寺即事示敬之二首

雖居會城裏，此地卻相容。一几獨凭處，寺門深幾重。罷吟聞墜葉，送客見諸峯。有得若能會，不分南北宗。

二

發願此常住，出門安所之。若非到君處，即是對僧時。僧示空明象，君同冷淡詩。外間足相識，此味可能知。

返舍倦甚將赴敬之吟會不及漫題卻寄

難得真知賞，心閒獨見招。轉憐好時日，多向衆中消。江雨秋冥晦，僧窗暮寂寥。憶君吟望處，應見此無聊。

酬敬之見贈

强欲加簪紱，爲謀笑已疎。真能知鶴性，必是與僧居。累月松風裏，千言梵唄餘。相看成一笑，此外更誰如。

畱别敬之

久暌方兀兀，既見翻卒卒。已共千萬言，尚如未曾説。所説非世情，所説非世悦。無味中至味，乃是古歡結。何當返羽服，逍遥寄松雪。與君更相逐，無逢亦無别。

示客兼簡松圃郎中潘蘭公侍御

客有就我琴，請與君合弦。君指不應徽，那得共君彈。胡不抱琴歸，學使弦可安。然後論琴格，高低離合閒。琴中有秋思，傳之自樂天。疎疎絶繁激，遲遲惟曠閒。乍接若無味，再聽輒累歎。始知真古意，難爲躁者傳。傳者今有誰，楚松與越蘭。試往從之游，何用師成連。

王龍州以吏議去職兩粤大帥不敢奏畱嘉勇公自西蜀飛章奏之詔可邊人讙呼紀以詩

温綸初降九真遥，四海争傳義問昭。西域上書畱魏尚，南交擁馬借班超。不嫌越分非臣職，獨以無私荅聖朝。從此夷氓共昂首，視前銅柱更岧嶤。

觀侍妾象棊漫題

六簙象棊沿楚風，身閒聊費夜鐙紅。幾多將相論功狀，卻付汝曹嬉戲中。

遊仙奕山尋奕石不得取壁間宋時王安中句仙者輟奕鶴駕翩七字於洞賓洞中分韻會者六人予得仙字長洲孫顧厓得輟字嘉興王若農得駕字馬平龍生得者字李生得鶴字葉生得翩字獨奕字無所屬因請回先生降卟足成之

仙奕之山誰所傳，詁名始見柳子篇。我來又已後千年，但有古洞霾蒼烟。葉舟橫渡春禊前，一藤直上蒼蒼巔。嘯羣命侶窮孱顔，駕鶴立魚相拍肩。孫登危坐俯百泉，王方平降麻姑壇。我宗浮邱浮邱姓李祖元元，道德鶴經一家言。二三子從志亦堅，葉能好龍龍降旃。卻尋奕石殊渺然，仰同岣嶁空涕漣。相彼柳子苦拘攣，尚容一覩肌脈全。吾曹胸次差寬便，乃不爲開蒼玉盤。豈以功行虧未完，暫阻貞白昇青天。否則未了人世緣，尚有半芋留長源。細思其故難解詮，入洞試問純陽仙。

江樓戲擬獨自行來獨自坐詩示葉生

獨自笑來獨自嘅，無限時人都不解。孤雲遥起暮山頭，危欄凭處如相待。

舟中玩月作

天乎不我窮，且似徇我性。特將孤月懸，恰對船窗正。頓覺心與肝，歷歷在明鏡。此外目所接，天下無其凈。世間求此境，一刻已足幸。況自初昏時，吟至轉斗柄。

别後寄田都尉王象州

賓客滿堂誰目成，玉簫金管沸春城。甯知一葉寒江泊，獨聽篷窗濺雪聲。

臘後九日赴柳州夜行船中即事

此宵始覺有寒意，篷底泠泠霜月痕。旅枕未安聞犬吠，岸傍知有峒氓村。

柳城除夕戲筆

擬爲老柳送窮文，送到門時翻自嗔。門外萬家窮似我，卻教轉送與何人。

攜龍葉歐陽三生游駕鶴山戲作歌

道人已失瀠山麓，白鶴千載長空閒。甯知飛錫不到處，人閒更有駕鶴山。初從傍側望絕頂，直如無級升青天。及轉山腰歷山腹，恍開一徑淩空懸。玉樓金闕儼在上，人自不至非天難。帝閽底事更睨予，本不相藉煩開關。此山合爲道人有，始放孤唳寥泬閒。同來採藥二三侶，恐我即逝相挽牽。卻笑誌公寂已久，道人與鶴無窮年。

吾兄石桐先生之喪孫顧厓聞之大慟或問此豈與君相識耶孫荅云近日詩道之存賴有石桐少鶴在石桐既去少鶴難以孤鳴詩從此不可爲矣此予所以傷也豈必識面哉又梧柳二郡諸生各爲詩相弔因書此荅之兼簡都下王熙甫故山宋步武王丹柱單子固族子五星

先生齎志窮僻鄉，名姓不得王庭揚。乃致絶嶠萬里外，識與不識人盡傷。嗟哉大雅久不作，詩辭雖具義已亡。先生獨不逐流轉，矯然力起陶韋章。提挈兩弟共師古，相命與我高頡頏。閒以其餘乞後進，一一心氣能激昂。扁舟到處每翕集，爭棄舊學來相將。若使見用竟所業，桓譚稽古甯足臧。荒郡迫野二三子，哀音切耳酸人腸。況得撫誨若和叔，瞠然一旦失所望蘇子由《東坡墓銘》云：『我初從公，賴以有知。撫我則兄，誨我則師。』按：子由亦字和叔。自知孤衰更無用，有待諸子誰升堂。

寄荅郭氏妹

骨肉當始坼，憯憯久痛楚。漸次殞已盡，此心如木土。兄妹無一存，行逮我與汝。來書千萬字，哀我在羈旅。勉我勿即死，尚得數年聚。此事非人爲，吾敢爲若許。況當齒已衰，存者半齟齬。幸天鑒厥誠，免罹死别苦。便當解組歸，慰汝淚眼佇。

由柳州將如歸順寄敬之

州圖界交趾，再至豈前因。漸近無知俗，卻多相憶人。別看楊柳在，到及荔枝新。惟悵心知遠，寄詩休惜頻。

過貴縣游南山寺上至葛仙翁洞遇雨遂宿洞中贈紀小癡兼呈王穎叔呂石叟紀時爲此縣尹

遠役指邊州，於此暫停楫。主人喜我至，倒屣來汲汲。笑指南山麓，叢叢見湊戢。甯能不一游，重爲山靈悒。欣然徑相從，委舟歷原隰。紆餘到山腳，迎門與僧揖。净宇皆嵌空，金象儼峨岋。或言勝國初，曾有亢龍蟄舊傳建文帝遯處。舊史已莫稽，傳說慢相襲。石磴更追躡，天闕通呼吸。此洞屬縹緲，非仙誰能葺。如聞稚川言，當時悔求邑。茫茫睇下界，詎止洲有十。對奕星宿列，搜吟真宰泣。倏忽雲雷興，萬壑歕瀵湆。時於冥濛中，闖見黑蛟立。石竇響笙鏞，滃然四壁溼。然鐙照深處，突龕耿熒熠。下瞰上方丈，尚隔幾萬級。此時身自輕，不假翼習習。便應謝人寰，胎息此絶粒。卻進酒一甌，正似沆瀣汁。茲宿信奇絶，寥天一已入。誰言冠未挂，猶被世韁馽。合作城南詩，過詑韓孟集。

晚泊雷塘下訪龍生墅居

想見獨吟處，欲尋當岸行。雨餘溼草徑，夜色亂蛙聲。愛此幽棲好，感余郵落情。甯知懷往路，巖下一舟横。

寄酬方叔駒并引

叔駒昨自都門寄書并詩，多及佛事，似無意當世之務者，擬作書勸之。頃閱邸鈔，知叔駒以江南松太道率二守出勘海寇情形，竊念此事正今所宜亟。若或因循蒙蔽，則爲害甚劇，叔駒將欲生天成佛得乎？故跋前卷奉酬，兼陳鄙臆。

山中重起范希文，兵甲胸中合不羣。强項已曾攖相國，紓籌何以靖妖氛。正憂忍事如裴度，莫更談玄學子雲。卻怪前書緣底事，祇求持戒斷辛葷。

游崆峒岩

洞天四十六，龜山白玉傳。其在嶺嶠者，不過二三焉羅浮、都嶠、句漏。以予所歷躡，奇妙尤勝前。桂洞闓棲霞，融岩得真仙。最後訪崆峒，横州一小山。繫舟江岸碕，石扇開訇然。欲窮彼岩洞，奚止數且千。岩岩自銜接，洞洞皆串連。頫入更仰闚，一洞有一天。或類銀漢斜，或如半月偏。或空若井鑿，或窽若珠穿。或隱然遠曜，或朗然大圜。分乃洞之殊，合則天之全。不知造物力，何以工刓鐫。昔儒談太極，聚訟苦已煩。詎識此中象，恍然不待詮。頑僧那解此，祇學口頭禪。吾言固有待，後來之陳摶。

崆峒岩寄懷王若農

心想此岩洞，且逾三載期。及停孤櫂處，已是晚鐘時。淙瀄壁閒象，草侵鐙下碑。故人曾向説，欲苔杳天涯。

得廉夫書

骨肉情何切，遠從東海隅。嶺禽悲吉了，山草寄文無。有夢歸空舍，無知憫眾雛。平生晁美叔，懷抱未應殊。

將再赴歸順先寄州人二首

與諸生

柳江倚櫂更沿洄，遥望天涯一舉杯。爲報賓山同社侶，鶴衣舊客又重來。

與諸父老

别時有約抱區區，父老于今好在無。應恐來遲易零落，天教存問及桑榆。

賓山續集

將至鎮安郡先寄汪太守

想得郡齋裏，都忘邊極隈。山因晴矚遠，瘴爲苦吟開。爲感殷勤伫，甯辭一再來。慙非武昌客，也許上峿臺。

再赴歸順次都安塘示父老子弟

諸老欣奔劇苦辛，扶羸攜幼遠相詢。深塹薛邑迎田子，不枉廉頗思趙人。別後曾無更我法，此來卻喜是前因。未知入境情何似，中路平疇氣已新。

王辛甫使君右遷太平守卻寄

制夷不恃兵，要得夷人性。守邊不恃法，要保邊民命。使吾在龍州，夷與民交慶。交南故尚詭，公乃導以正。觀其感激詞，披心血淚迸。近邊久困瓿，公亟除所病。觀其懷新氣，日有擊壤詠。審知夷虛實，詎屑諜與偵。邊人共仰賴，奚假祝與禜。太平缺良守，大吏奏闕庭。帝曰朕深知，此人力可勝。即趨往任之，不用俟朝請。歡呼羣部連，歐呀萬口併。不言使君德，但稱陛下聖。知人舜所難，吾皇得人鏡。從此數十年，邊境可澄靖。惟有海寇氛，不戢尚恣横。莫得其要竅，誰與相究竟。能分宵旰憂，前箸待公定。

下雷土州舍與門人童正一同宿

久役此暫息，臨階披夕風。山形入番接，月色與華同。我意子能解，宵談曉未終。甯知對牀處，信宿瘴烟中。

秋水篇爲汪太守作

疇昔愛公詩，湛然若秋水。卻視衆所騖，一握摶泥滓。問何所從學，誰與相究揆。公笑云無之，吾學不在是。别來三載餘，相距二千里。忽傳流民圖，不屬鄭俠氏。又傳聖德詩，不數徂徠子。近得汪使君，其言尤光偉。蹇蹇憂國心，切切敝吏計。刳肝更瀝血，淋漓書在紙。不辭犯衆怒，上之今大帥。豈卹身險夷，實關治臧否。我聞始驚歎，因悟作詩理。韓言昌其詩，蘇言昌其氣。氣仍不足憑，要須昌其志。志氣能卓然，清風乃獨矢。試上溯之騷，灑然必有以。試上溯之雅，穆如有繇致。試上溯之虞，詩歌所肇始。亦惟曰言志，依永以次起。未有志不正，而協風雅旨。未有氣不清，而通比興義。後學欲爲詩，詩必昉乎此。遂成秋水篇，庶爲知者韙。

和汪太守前寄三詩

新開小池

疏鑿祇數畝，瀉傾纔一灣。每將吟榻近，如在野航閒。苔處饒奇石，萍餘入遠山。安排爲待月，誰似白雲閒。

山中讀書

曾記退之語，讀書松桂林。何如萬峯侍，相與一鐙深。夜久鸛鶴起，時聞猿狖吟。平生事幽討，感此意沈沈。

晚來風雨驟至天氣欲寒引酒獨盡寄少鶴松圃

展卷意無限，懷人雨又風。稍驚催木葉，漸覺静房櫳。幾載成遠阻，一尊今得同。轉嗟灘上客，猶自悵南鴻。

得阮九成刺史書

歷落數行字，其間千歎嗟。老嫌新歷换，窮比昔年加。子喪淹中路，妻還住外家。無聊猶念我，生事不多差。

郡守燕集山間琴亭

亭在重嵐上，秋山值晚晴。有時人語響，盡日瀑泉聲。寂歷得真味，超遥非世情。醉翁歸去後，亹得一琴横。

汪使君於雲山之南結廬曰此亦元峿前有蕉欄鶴柴西置草亭正對獨秀峯秋色佳絶時值夜半月出共話亭中真不謂人世也

此峰如玉女，窈窕勝小孤。況值秋月上，當天片雲無。自非永嘉守，那得此清娱。蕉竹任自生，歷落遠復疎。稍見踏苔鶴，深徑來徐徐。次山後有此，别成峿與峿。我得相從游，或亦元之徒。試想此間語，與世殊弗殊。

和汪使君秋夜與鶴道人坐獨秀峰下論詩

謝客談詩處，石欄霜氣新。一峰邊得月，雙影外無人。不著侵苔跡，堪宜對羽巾。有時還共笑，底現宰官身。

天末寄蘭公敬之

涼風何自起，天末獨悲秋。大木批可惜，炎氛侵未休。越中斷消息，湘上漫離憂。二子能知我，相望歎白頭。

和正一早行

已動棱棱氣，猶舒穆穆波。枝風禽尚戀，溪跡虎新過。不怕經祲瘴，時還共咏哦。和成書在壁，墨借驛亭磨。

和汪使君秋月見寄

炎土四時熱，昔嘗悲少游。甯知邊郡月，獨爲使君秋。徑闃無人到，松深許鶴留。此時看下界，空復質悠悠。

二

悠悠清質上，希逸已能歌。未到真空際，其如此夜何。永懷同冷味，終古幾淪波。爲問郡齋集，甯殊在澗阿。

即事戲寄敬之

每自笑支離，叢中枯樹枝。一官全仗友，百務不離詩。食肉已爲僭，升階豈所宜。酬知有底物，未斷數莖髭。

和樂天感鶴

樂天生我前，一千有餘年。觀其感鶴作，竟似爲我傳。上言鶴不羣，誓不飲貪泉。下言鶴性變，閒亦逐腥羶。刺蹙爭羣鷄，貪攫狎烏鳶。俯仰自嘆笑，此行誠有焉。惟自捫其心，性實無改遷。所見無非鷄，能不同啄田。所遇無非鳶，能不同戾天。待得鷄鳶去，孤立還迥然。腥羶徒擾擾，豈嘗餐一餐。無柰跡相近，未免爲糾纏。爾來更莫解，真乘大夫軒。

和樂天代鶴

我本海上鶴，遠放天西南。此外飛不去，毒霧雜瘴嵐。賴有賢主人，惜此毛毰毸。爲愛質潔白，真知不競貪。飲以澗泉洌，餉以玉粒甘。無柰地苦狹，未免鷄鶩兼。鷄鶩自有營，此豈能相參。以茲得所啇，反覺情不堪。主人試俯聽，鄙性幸能諳。使脱鷄鶩羣，飢死心亦饜。

汪太守以陳洪綬畫韓文公訪盧仝卷見贈賦謝並示歸順諸生

治水有砥柱，乃通星宿源。治詩有砥柱，乃泝三百篇。詩中砥伊何，萬古矗一韓。結髮知好之，至老猶茫然。夜夢多見之，及醒殊悦焉。此臆少能喻，幸遇大夫賢。手出一軸授，展閲未及完。拭目忽下拜，不覺涕汍瀾。知是韓夫子，古貌古衣冠。鬑鬑無多鬚，峥嶸輔頰顴。嵢棱眸炯炯，射出冰霜寒。肩隨有盧仝，傲然行蹣跚。憶在元和初，公作河南官。相與賦月蝕，切齒刺權姦。清風與殺氣，高於嵩嶽巔。誰與寫此本，筆法傳老蓮。如見騎驎去，披髮風繞肩。大夫愛韓詩，帷席置一編。乃肯捨遺像，遺作衣鉢傳。深知大夫志，特令詩教延。某屬天涯吏，邊士競操翰。即當虛廳事，北面共仰旃。鄙吟敢望公，山水如陽山。不知州城裏，誰當比玉川。

鎮郡感懷二首

昏林無殊色，濁水無殊味。孑然悵孤懷，柰此久留滯。有得誰可喻，有好誰共嗜。强語向衆人，茫如對昏醉。坐此心鬱怫，但取隱几睡。咄咄知如何，白雲渺天際。

二

乃有黄秀才，日來求爲詩。自言生邊鄙，荒陋更無師。袖中出一帙，喜是韋左司。感此令我傷，清味幾人知。不謂荒徼子，耽心於此爲。門外盡擾擾，甯分糟與醨。

送冉二

我老君過壯，非惟見二毛。聊同吟别賦，可許讀離騷。風定舟還泊，雲開月已高。相期屬忠信，前路慎波濤。

感懷

性僻愛泉石，游歷多所經。行年逾五十，未有元子亭。憶昔與道侣，相得開巖扃。二昆同宿尚，共泐寒泉銘。不合逐人役，一身蓬與萍。愴怳平生親，漸次歸窅冥。縱得浯溪居，孤照如曉星。雲山有韶濩，誰感復誰聽。

贈黄生

語餘鐙灺殘，此味解應難。不惜孤藤遠，來同幾夜寒。上都人擾擾，天末路漫漫。篋裏孤琴引，期君一再彈。

連日郡市斷屠時共黄生飯但啜菜羹而已相與嬉笑爲詩

歸順李刺史，年來空已屢。未至糧即絶，肉食先去俎。門生遠相訪，蕭然對虛宇。夜留披絮眠，到曉凍雙股。先生殊不羞，浩浩論今古。大言鄙肉食，遠謀屬我汝。蔬菜誠必飽，此乃古所許。雞酒非山中，并乏君勿怒。

登鎮安西樓懷劉正孚

高樓當極邊，獨上意蕭然。海寓重氛隔，交夷夕照連。壯顔銷瘴癘，衰眼送山川。忽憶前吟侶，曾經住幾年。

夜行

行旅暮聲囂，前行漸寂寥。山於陰後大，路向夜中遥。每誤叢林莽，時驚野火燒。由來役名利，此味得應饒。

武舉梁華宇當得將官不就苦意學爲詩余嘉其志贈之

學書兼學劍，夙抱獨深沈。懶作千夫長，來隨一鶴吟。看雲倚短櫂，行藥出長林。第五橋邊路，應容杜老尋。

乙卯除夕

若爲荒遠極邊陲，鉦鼓喧喧感歲時。刻鳳畫花兒女喜，膠牙藍尾故鄉思。同生骨肉今存幾，此後勳名已可知。無那更添商陸火，灰心霜鬢憶前詩。

宿上表驛夢鼓琴兩妹在傍以爲未諧稍醒悲感存没題坿家書後

嗟予亡琴後，誰同膝上横予自先叔白没，不復理琴，今十四年矣。甯知入遠夢，兀自不成聲。彭澤哀猶在淵明有《祭妹文》，此指王氏妹，鍾離隔莫併此指郭氏妹。獨醒山館夜，尤甚大雷情。

和汪太守青山寺見寄

愛山如謝監，況值在江程。遥想停舟次，逢人問寺名。跡應先鶴到，詩已抵僧清。未識經過後，何人許散行。

野望

蒼茫萬里外，倚杖送斜暉。曠野塵不息，高原人已稀。思鄉情脈脈，懷古悵依依。獨此久淹滯，誰言能識幾。

夏日登西城閣題壁

安得此静坐，涼生虚閣閒。民方勤赤日，吾自閲青山。抱篋兒童喜，依籬鷄犬閒。頓忘行萬里，異俗接邊關。

將去歸順寄劉二十二别駕

將去仍未去，蕭然孤榻閒。何時望延[一]闕，連夜夢家山。中路荒多梗時楚中逆氛未戢，邊民苦未閒時憂旱禱雨。不知廉使馬，底事蒞嚴關。

【校】

〔一〕延，嘉慶本作『廷』。按『廷』是。

喜雨和門人童正一

得少祇星星，漸繁雲氣冥。幾回上城望，中夜隔窗聽。狥俗用巫祝，占期憑珓靈。推師比蘇子，未免我慙丁。

齋居即事成詠

夜涼侵枕簟，始是早秋時。聽雨閒愁遠，焚香獨卧遲。鐙留不盡燄，案有未成詩。祇此尋常味，茫茫喻者誰。

和敬之桂林遲子喬不至

將歸未去客天邊，垂老唯憑知己憐。四授官資方五品，一無家信又三年。氛祲擾擾知誰定，塵海茫茫覺汝賢。甚欲去同籬下酌，對吟祗在菊花前。

贈袁生子實思名

憐爾相從志，都忘飢與寒。對吟朝食晚，留宿夜衾單。尚帶山中色，長如雪後看。卻言此本性，先是有袁安。

月下送子實

步送未覺遠，及茲秋月暾。露衣出山郭，烟徑入蠻村。約略後來日，沈吟前夕言。卻迴州舍寂，也似叩柴門。

九日游太極洞讀楚辭因同其體作歌命門弟子和之

吾生兮雲浮，蹇猶滯兮邊州。時卦轉兮爲剥，碩果繫兮衆幽。心天地兮來復，愛重陽之佳名。菊亦可壽世兮，豈唯以制吾頹齡。緣古洞兮太極，羌誰判兮一畫。致陰陽兮紛糅，感古今兮多歷。庶類兮滿前，孰知予心兮聽予言。汨混混兮無别，何用賦幽通而演太玄。幽玄兮匪遥，祲氛盡兮日昭昭。奚如彼兮宋玉，送將歸兮悲泬寥。從吾游兮二三子，高嶕嶢兮尚志。聊長謡兮相屬，期永矢兮勿替。

九月十七夜與童正一登懷遠樓

樓頭立雙影，樓下欲三更。列岫星相接，千家夢盡清。不知荒服遠，自覺羽衣輕。子亦非凡客，還能趁鶴行。

二十三夜過半步自南城遮西城復至懷遠樓

行爲將去客，未惜此頻經。尚及欲殘月，來看臨曙星。樓中前夜跡，宇下幾人醒。後至還應念，交夷即在坰。

將去歸順和樂天杭州二詩

除官去未間

除官去未閒，且復三月留。喜與吏役疎，日共諸生游。城西有古洞，廨東有新樓。晴晝及月夕，觴詠無時休。柰當歲試期，諸生趨邕州。紛去如落葉，始覺孤樹秋。獨有童氏子，經通行且修。能來同我居，對牀置衾裯。夜半讀楚騷，鐙闇風颼颼。因與論今古，掩卷涕泗流。頗憶韓子語，君其張生儔。其言無倦聽，晨坐盡更籌。邊隅得此士，甯復嗟夷猶。詩成寄諸生，底用商聲謳。

三年爲刺史

三年爲刺史，白公當内移。三年爲刺史，李子去復來。前後三年中，問我何施爲。催科不敢拙，那得撫字慈。弭盜苦無術，遑問道拾遺。惟民不我惡，我不民鄙夷。以此兩相得，未免情依依。愧無西湖水，爲汝溉田陂。亦無天竺石，爲我壓舟資。因我好吟咏，多投送行詩。山野黄髮叟，里巷垂髫兒。傴僂各拜獻，婉孌相扳追。肫意良可念，柰多虚泛詞。恩德竟何有，吾猶自知之。若係倩人作，尤不應我欺。老者勸餐飯，幼者得攜持。不言已可樂，待我再來時。

食竹蟲

蠕蠕一寸蟲，生長竹節中。託質既貞堅，寄跡緣虚空。自謂可遂性，不與外患逢。豈知好弄兒，搜索及深叢。破竹以相捉，收取滿筠籠。釜熠沃鹽汁，殺核借以充。因想古食品，菹醢逮蟻蜂。蜂殃以蜜脾，蟻既以土封。此蟲豈此類，自全乃不容。偶感蠻夷俗，轉傷物類窮。韓子嗟南食，此意又不同。

敘吟示正一

此境與夷隣，重來已七春。不將吟度日，那免瘴纏身。世味苦不入，古情反覺新。以茲得相喻，豈是眼前人。

鎮安寓舍贈農生大年日豐并示童正一即以留別

世人日日接，心若阻蠻羌。農子歲歲隔，心若近坿牀。我愉子必樂，我憂子亦傷。有憎同所猶，有好同所芳。能令子謦欬，時如在我傍。乃知等同氣，古今一肺腸。憶昔未相識，劉君正孚傳子名。既見得益多，傾心負我牆。其時與童友，相引共激昂。行卓志礌礌，豈止能文章。吾門有二子，氣欲吞南荒。猶記歲辛亥，我當赴柳城。罷州集茲郡，僦舍街民房。童子徒步來，足繭叢山岡。諸生亦隨至，棘籬列雁行。浹月共吾子，盡歡累詠觴。激俗每憤惋，尚論欲發狂。高誦屈賈文，漂漂感鳳皇。鱣困紛螻螘，驥紲儕犬羊。醉來更倚和，不覺涕縱橫。諸生惜我去，夜會燭屢更。窗外雨霎霎，敗葉飄秋涼。展轉不能發，相對但茫茫。別詩子所寫，題句取歐陽前別鎮安，拈歐公別滁州句，與諸子分韻，詩成大年書之。徘徊悵中路，懷之曷能忘。路中更迴颿，奉檄趨甯明。三歲乃至柳，艱屯多已經。此邑僻且小，山城濱柳江。頗得任蕭散，讀書鶴風堂柳城堂名。童也幸一至，對之轉憶農。天心使會合，除書復此疆。方忻與諸子，往來仍一方。詎知官柳日，故山喪吾兄。執手感今昔，爲我還悽愴。子留我如州，數月始一逢。共語恨不多，考詩未及終。但有兩相喻，遥遥契中誠。行且再遠去，奉命朝上京。仍來前所舍，童子共寢興。諸生送者返，子尤不勝情。重與酌尊酒，我言試共聽。人生跡之寄，聚散勢之常。難得結以心，心結道乃光。方爲千載期，何限萬里程。率書付二子，誰謂學韓張。

同正一成功將

決勝在神變，握奇多暗符。舊營無定處，新陣不留圖。部曲皆驍騎，勳勞入聖謨。轉嗟數奇者，此遇一生無。

續赤霄行

孤鶴不合棲蓬蒿，日逐野雀雜鴟梟。有時忽被牛角觸，乃始昂首悲赤霄。赤霄元圃路敻遠，眼前擾擾安可逃。蟲中蜉蝣不計暮，草中木槿惟知朝。此類何堪與解説，亦何足以當譏嘲。淘河乳燕正無限，詎識寥寥非爾曹。

客館早醒感懷勞山宿楊西溟家

胡爲衆塵裏，悲悔此時心。卻憶大勞下，夢醒聞磵禽。山光得曙早，雲氣護眠深。渺不知人世，茫茫感陸沈。

十一月十四日夜與正一步至獨秀峯下時予將北征，正一先辭歸下雷，不無耿耿，情見乎詩

臨別還來此，霜天月色殊。不因去雲盡，争識此峯孤。轉惜明宵興，仍同一到無。惟應壁上字，常在洞西隅。

鎮安與童正一别後卻寄

久住方兀兀，别意都若忘。及至當判拆，始覺黯然傷。岐路各擾擾，吾生真茫茫。有言子可喻，有懷子可明。何啻形與影，親切無分張。我行當北步，可恨不得從。且復相依戀，浹月同郡城。言已無弗盡，懷已無弗傾。胡爲轉棖觸，悲若不可勝。世人亦泣别，泣别多私情。此泣不爲私，浩然今古中。别時欲有贈，感多吟不成。吟此在中路，聊寄慰相望。

逢越中馮秀才訪知潘蘭公近住壑菴

净服蘭臺客，心期殊杳然。嬾隨立仗馬，祇坐在家禪。遠跡仍湖上，寄書空日邊。不因同郡子，消息若爲傳。

擕黄生鶴立登西城帶山亭子坐竟日鶴立有詩予和之訪此亭爲前令劉正孚所結因并寄劉

孤亭遥對處，谷瀑激瀧瀧。卻念隔城聽，惟當半夜中。無言經久坐，有得豈頑空。爲問前吟客，此懷應許同。

與鶴立步訪上甲村二黄生

值茲冬日暄，步出西城闉。悵然欲何適，近村有儒巾。經行瀑布閒，滌盡瘴與氛。到門不用敲，延客殊殷勤。環舍多好峯，入室無一塵。几上書可讀，鑪内香自焚。感此遠人境，慚予未歸身。在昔東坡老，但與諸黎親。覓路牛欄西，可有此清芬。顧語從游子，復來共卜隣。

將去鎮安前一夕留贈黄生鶴立

已擬作行腳，暫留還此中。燭殘知夜久，書去覺廬空。澹味誰能好，無言子可同。朝來南陌別，未免悵悤悤。

三李詩話

紫荆書屋詩話

李懷民

主客圖詩論

詩自三百篇以後，一變而爲《離騷》，再變而爲蘇李、古詩十九首。沿至建安、黄初，五言詩之盛極矣。降而六朝，古風浸滅。唐初不能除陳、隋之習，陳子昂、李太白起，奮然以復古爲任，稍改其駢麗綺靡之陋，究亦自成其體，實於古無涉。張九齡、元次山、韋蘇州、沈千運、柳宗元等，差爲近古，然亦未盡脱選體。故李滄溟謂『唐無五古，而自有其古詩』，亦通論也。學唐詩者，斷自沈宋律體，律者，法律也，猶今制科之四書文，雖有韓歐之筆，不得縱其馳騁。後生或襲古文格調，識者譏其破體。王鳳洲謂『賦之與文，猶竹之與木』，予謂古律亦然。

今之選唐詩者，大概古今並收，以希各體俱備之目，且矜尚七言詩，利其句長調高，便於諷詠，不知七言律詩唐人不輕作。嚴滄浪曰『七言難於五言』，予嘗考唐詩，王楊盧駱絶無七言近體。燕許稱大手筆，張止十二篇，蘇十三篇。沈宋律體之始，沈七言十六首，宋止三首而已。崔司勳《黄雀樓》千古絶唱，然此篇及《行經華陰》一首，合平生纔兩篇耳。其他如王龍標亦止二首、李東川八首、高達夫七首、岑嘉州十一首，凡初盛名家俱各寥寥。杜工部、王右丞、劉長卿等稱七律最多，然合五言對較，曾不能及其半。由此觀之，唐之不輕作七言明矣。元白、劉夢得，沿及北宋，其風少熾，然未有如後世之甚者也。今則匝街遍市，無非七律填滿，使世之爲七律者約其意、降其格而爲短章，則并不能成語矣。夫不學短律而爲長律，猶不學步而趨也。唐人之專攻五言者，唐以此制科取士，例用五言排律。其他朝廟應制樂歌，亦類用長排體，盖取其體制宏整、法度嚴密，使長於才者不得濫其施，裕於學者可以勉而至。故唐二百八十年間，士子鏤心刻骨，研煉於五字之中，其理則本於經，其材則取於《選》，當時相矜相賞，揔是此事。夫是以唐多詩人，詩盡能工，不然何不謂『吟成七個字，撚斷數莖鬚』耶？今畧五言而學其七言，是棄其長而用其短也。吾之訂唐詩而不及七言，誠欲力矯此弊。倘能由此而精之，因其體而充之，三唐七言具在，固自各能得所宗主矣。至若古體詩，或當别有支派，似非可專取於唐者。

自故明以來，學者非盛唐不言詩，於是乎襲爲渾淪宏濶之貌，飾爲高華典冊之辭，至前後七子而其風益盛矣。余讀其詩，貌爲高華，内寔鄙陋。其體不外七言律，其題半屬館閣應酬。更可笑者，大半仗『中原』『紫氣』『黄金』『風塵』等字，希圖大聲，宜袁氏兄弟譏明三百年無詩，可存者《挂真兒》《銀柳絲》小令而已。此論誠過當，然盛唐寔不易學。前輩謂學選體者讀初唐，學盛唐者看中晚，學唐人者讀宋詩。蓋以初唐之與六朝，永貞、元和之與開寶，北宋之與五代，時近人相接，其心法相授，屢降而不離其本，特氣運遞遷，高者漸低，深者或淺，幽隐者或顯露，渾淪者乃説破矣。後學徒厭其淺卑顯露，而務爲高深渾淪，是未下學而驟欲上達也。吾謂淺卑者寔與人以可近，顯露者正與人以可尋，升其堂不患不入其室，故宋人不可輕也。但宋時自西崑混擾以後，詩體頗難辨，又多染五代之習，流爲尖酸粗鄙，學者未能得其骨格，而襲其皮貌，則敗矣。學詩者誠莫如中晚人，得盛唐之精髓，無宋人之流弊。又恐晚唐風趨日下，而取晚之近於中者，類爲一家，言雖稱兩派，其寔一家耳。學者潛心究覽，久久自入於初盛，譬由門户而造堂奥也。

予家藏書不多，耳目所接，積之既久，以私意潛究，有似淵源可尋，然尚不敢自信。後得龔半千《中晚唐詩紀》，間載原本傳序，據所稱，張賈弟子頗與鄙見相合。又檢明楊升菴《詩話》言『晚唐之詩分爲二派，一派學張籍，一派學賈島，詩皆五言律』，鄙意竊喜古人已有定論，用修諒非無據，但用修又云：『其體起結皆平平。前聯俗語十字，一串帶過，後聯謂之頸聯，極其用工，又忌用事，謂之點鬼簿，惟搜眼前景而深刻思之，所謂「吟成五箇字，撚斷數莖鬚」也。』余嘗笑之。彼視詩道也狹矣！三百篇皆民間士女所作，何嘗撚鬚？今不讀古而徒事苦吟，撚斷筋骨亦何益哉！真處禪之蝨也！據用修此論直是粗心浮氣耳，雖聞二派之名目，寔未覩二派之寔也。三百篇民間士女不曾撚鬚作詩，亦曾切合平仄、較量聲律乎？且如文公多才，演成雅、頌，其國風所陳不盡出文人，凡變風淫詞，悉可尤而效之乎？杜工部詩苦致瘦，孟浩然眉毛盡脱，王右丞走入醋甕，是皆盛唐大家，用修所心慕者，且謂獨不撚鬚乎？至謂其起結平平，將何者方爲不平？渠自不平，用修未見耳。其云『前聯俗語十字，一串帶過』，此正中晚善學初盛處。初盛人平舉板對，而氣自流動，捴提渾括，而義無不包。降格而下，力量不及，則不敢忘襲其貌，於是化平板而爲流走，變深渾而爲淺顯，乍看似甚易能，細按始驚難到。要其體會物理，發揮人情，寔能得初盛人内裡至詣。最可怪者，中晚人皆着意三四，至後聯往往帶過，雖琢對精工，意不在此。用修不暇致詳而顛倒説來，真負古人苦心。至若詩之用事，審其可用則用之，非主於不用，亦非主於用。陸士衡云『徵寔難工，翻空易巧』，《詩品》云『「清晨登隴首」羌無故寔；「明月照積雪」詎出經史？觀古今勝語，多非補假，皆由直尋。』此皆閱歷有得之言也。中晚人惟知力量不逮初盛，深恐用事則意爲所用，反成疵累。而或意之必須借事以發者，然後用之，用則其事不必從乎其舊而翻新之，又或其事不必與吾詩相符而巧合之，其中神妙，又自難言。若止如後人之用事，徒事誇多鬥靡，即極切合妥當，豈免爲點鬼簿哉？天地間文章秖在當前，搜得出便成至文。鍾記室曰『「思君如流水」既是即目，「高臺多悲風」亦惟所見』，梅宛陵曰『發難顯之情於當前，留不盡之意於言外』，二句實盡古今詩法。必如用修言，是驅天下人盡爲牛鬼蛇神而後快，恐詩道不如此也。且用修之詩，務凋落而乏静細，矜才麗而欠真切。彼固詡詡以盛唐自命，豈知五霸三王之罪人也！究何曾細心味乎張賈兩派之妙，徒見清真瘦削非九天閶闔規模，便存一卑視之心，吾恐晚唐人筋骨不失僊人清羸，而用修寔遭膖肛之困也。自處於褌而不知，尚暇譏人爲蝨耶？

吾鄉阮亭先生爲詩，不能盡脱時蹊，其論『俗』字甚精。即如老杜詩中之聖，阮翁指稱其『緑垂風折笋，紅綻雨肥梅』等句爲俗。明高季迪《梅花》詩，三百年無異辭，阮翁謂其『雪滿山中高士卧，月明林下美人來』爲真俗。是真巨論也！按工部以『垂』字形容風竹，以『綻』字刻會雨梅，時人所謂工於匠物也。季迪以『高士』方梅之品，以『美人』比梅之質，又時人所謂妙於品梅也，而阮翁揔斷曰俗。彼豈好翻案哉？良謂詩之忌俗，猶詩之貴清，所係在神骨，而不在皮膚。果其不俗，雖亂頭粗服，無礙其爲美女。而苟俗也，即荷衣蕙帶，終不得謂之僊人。世之論者不及見此，而誤以元輕白俗按四字東坡亦帶言甚輕，非如今人所論之俗爲俗。樂天爲詩，八十老嫗亦解，彼固好以俗情入詩者，而曰『十首《秦吟》近正聲』，是則大不俗矣。陶元亮曰『相見無雜言，但道桑麻長』，王摩詰曰『五帝與三王，古來稱天子』，宛肖不讀書人口吻，是俱謂之俗乎？俗在骨不在貌，俗關性情不關語句。王鳳洲謂『擬騷賦不可使不讀書人一見便曉』，此等見識正萬俗之源也，後世人大半爲此等論所誤，故爲辨俗如此。

張王固以樂府名，然惟後人秖知其樂府耳，當時謂之元和體，寧单指樂府哉？且水部自標律格，其近體固當與樂府並重，後人乃謂鴻鵠之腹毳，直目論耳。《紀事》稱賈島變格入僻，以矯艷於元白，元白誠無可矯，遂啟後人妄訾，乃謂元白、郊島捻病一『俗』字，元白譬若袒裼裸裎，郊島等之囚首垢面。無論所譬不當，即如其言，亦非俗也。吾故云今人認錯『俗』字。

鍾記室《詩品》詳推漢魏晉人之詩，而定其源所從出，别爲上、中、下三品，遂資後人口實。余按所品亦寔有未允者，然記室亦特就詩論詩，明其體格相近，非真見其一脉之傳也。至所論陳思爲建安之傑，公幹、仲宣爲輔，陸機爲太康之英，安仁、景陽爲輔，謝客爲元嘉之雄，顔延年爲輔，又曰『孔門如用詩，則公幹升堂，陳思入室，潘陸諸子自可坐於廊廡間矣』，此誠千古不刊之定評，即起諸賢而問之，亦應首肯。況予撰《主客圖》，初非敢如記室之尚論其淵源所自，具有明徵，特效哀輯焉耳。至《圖》中所列及門，不無斷以己意，要皆會昌以後人。又據升菴晚唐兩派之説，即有不盡然者，或亦非古人所深罪也。

宋儒之理誠不可爲詩，而詩人寔不能離，其言書情即正心之學也發乎情必止乎義理，其言匠物即格物之學也，故其詩曰『苦吟三十載，辛苦必能官』。特唐時儒教不純，或雜佛老。然王仲初曰『君子抱仁義，不懼天地傾』，固亦知孔氏之教耳。李太白思復雅樂，杜工部自比稷契，元白張王、韓文公、孟夫子，各出其讜言正論，以維持世教。是知唐詩雖小道，寔與三百之義相通，但其間遇有隆替，才有大小，其升之廊廟而恢其才，則爲樂府、爲雅頌。非然，即一室嘯呼而約其才，爲苦吟、爲孤索，要皆各得性情之正，而不流於淫哇。唐之盛也，道德渾於意中，和樂浮於言外。及其衰也，氣節形爲激烈，名義著爲辨説，而凡李義山、段成式、温飛卿、韓致光等，淫詞艷語不足以淆之。故余定中晚以後人物，有似於孔門之狂狷，韓退之、盧仝、劉乂、白樂天，狂之流也；孟東野、賈島、李翺、張水部，狷之流也。後世人不識，或指其言爲俗劣、爲粗鄙、爲直率、爲妄誕。嗚乎！是皆浮沉世故、居心不正者，徒以香情麗質爲雅耳。古人固已先知之，乃曰『今時出古言，在衆翻爲訛』，又曰『所得非衆有，衆人那得知』。彼固衆人，安得不以衆人之見爲見耶？吾訂《主客圖》，竊見張賈門下諸賢，微論其才識高遠，要之氣骨稜稜，俱有不可一世、壁立萬仞之槩。夫是以與時鑿枘，坎坷多而遭遇難。然司空圖不事朱温，顧飛熊高隱茅山，馬虞臣以正言被斥，劉得仁以違時不第，比皆孔氏之所收也。其餘諸子不能枚舉，間有行事無考者，其言存可按而知之。顧世之觀吾《主客圖》者，先求爲古之豪傑，舉凡世俗逢迎、謟佞、慳吝、鄙嗇、齷齪種種之見，一洗而空之，然後博爲風詩，以變澆風而振頽俗，或亦盛世之一助云。

批衆家詩話

《六一詩話》曰：聖俞嘗謂予曰：『詩家雖主意，而造語亦難。若意新語工，得前人所未道者，斯爲善也。必能狀難寫之景如在目前，含不盡之意見於言外，然後爲至矣。』

懷民曰：　四句盡古今詩法，餘論不必再贅。

司空表聖曰：　梅止于酸，鹽止于鹹，飲食不可無懷民曰：　先知不可無鹽梅，而其美常在鹹酸之外。

懷民曰：　此説便無病。

許彦周曰：　季父仲山在楊州時，事東坡先生，聞其教人作詩云：『熟讀《毛詩・國風》與《離騷》，曲折盡在是矣。』

懷民曰：　是，須明其寔，不可徒大話嚇人。

蘇東坡曰：　詩須要有爲而作，用事當以故爲新、以俗爲雅，好奇務新乃詩之病。

懷民曰：　確見。

嚴滄浪曰：　禪家者流，乘有大小，宗有南北，道有邪正，學者須從最上乘，具正法眼藏爲第一義。若小乘禪，聲辟支果，皆非正也。論詩如論禪，漢魏晉與盛唐之詩，上乘正義也。大歷以還之詩，則小乘禪也，已落第二義矣。晚唐之詩，則聲聞辟支果也。

懷民曰：　大小乘、南北宗乃入道門户之别，至詩派源流，歷代遞降，其風氣自有不得不然者，豈人所能強哉？

又曰：　大抵禪道惟在妙悟，詩道亦在妙悟。

懷民曰：　悟不可少，加『妙』字太玄虚。

又曰：　夫學詩者以識爲主，入門須正，立志須高，以漢魏晉盛唐爲師，不作開元、天寶以下人物。

若自退屈，即有下劣詩魔懷民曰：四字不確不確入其肺腑之間，由立志之不高也。行有未至，可加功力，路頭一差，愈騖愈遠，由入門之不正也。故曰學其上，僅得其中；學其中，斯爲下矣。又曰見過於師，僅堪傳授；見與師齊，減師半德也。

懷民曰：『以識爲主』三語，非滄浪不能道，可懸爲璣衡。獨下數語傖陋極矣，誣盡有明三百年詩學，宜其招後人指摘也。國風、雅、頌，代有正變，其人物不因以分高下。且如蘇李曹劉固屬正音，潘陸諸子不免蕪雜，陳伯玉、李太白興復古樂，沈宋嬌艷，難希正始，貞元以後，孟郊、韓愈詞傷激烈，不失凡伯家父遺意，且謂其人品反出潘陸、沈宋下哉？邪正不向此分，徒以氣運爲高下，知其胸中無物矣。『識』『正』『高』三字，爲詩學入門指示路頭甚允。開元、天寶以上詩則超逸，其人豈能盡勝中晚人乎？立志高不必定在學漢魏盛唐。下三段俱是正論，但取來説學開寶以上詩則悞矣。

又曰：工夫須從上做下，不可從下做上懷民曰：却不道下學上達。先須熟讀楚詞，朝夕諷詠，以爲之本。及讀古詩十九首、樂府四篇、李陵蘇武、漢魏五言，皆須熟讀。即以李杜二集枕藉觀之，如今人之治經，然後博取盛唐名家，醖釀胸中，久之自然悟入。

懷民曰：李杜却慢看。

又曰：詩之極致有一，曰入神。詩而入神，至矣、盡矣、蔑以加矣，惟李杜得之，他人得之蓋寡也。

懷民曰：荒唐。

又曰：夫詩有別材，非關書也；詩有別趣，非關理也。然非多讀書、多窮理則不能至。所謂不涉理路、不落言筌懷民曰：　詩便不好落言筌者，上也。詩者，吟詠情性也。盛唐諸人，□□□趣，羚羊掛角，無跡可求。故其妙處，透徹玲瓏，不可湊泊，如空中之音、相中之色、水中之月、鏡中之花，言有盡而意無窮。近代諸公乃作奇特鮮會，遂以文字爲詩、以才學爲詩、以議論爲詩，夫豈不工？終非古人之詩也，蓋於一唱三歎之音有所歉焉。且其作多務使事，不問興致，用字必有來歷懷民曰：　亦須有來歷，押韻必有出處懷民曰：　亦須有出處，讀之反覆終篇，不知着到何在。其末流甚者，叫噪怒張，殊乖忠厚之風。殆以罵詈爲詩，詩而至此，可謂一厄也。然則近代之詩無取乎？曰有之。吾取其合於古人者而已。

懷民曰：　此一段説話真得唐賢三昧，即三百篇遺意，學者所當潛玩。『興趣』二字可冠三唐。必崇初盛而抑中晚，尚是滄浪未達一間處。茂秦大罵嚴滄浪一字不通，且看他立論確寔處，後人何能道其隻字？

學詩先除五俗：　一曰俗體，二曰俗意，三曰俗句，四曰俗字，五曰俗韻。

懷民曰：　學者須就其目推尋得之，何者爲俗意，何者爲俗字，要之俗病亦不此五者。

又曰：　有語病，語病易除，古人亦有之。對句好可得，結句好難得，發句好尤難得。不必太著題懷民曰：　非不著題，忌死啃，不必多使事懷民曰：　非不使事，忌寔拈，押韻不必有出處懷民曰：　須有出處，用事不必拘來歷懷民曰：　須有來歷。下字貴響，造句貴圓，意貴透徹，不可隔靴搔癢；語貴脱洒，不可拖泥帶水。最忌骨董，最忌趂貼懷民曰：　趂貼猶湊砌。語忌直，意忌淺，脉忌露，味忌短，音韻忌散緩，亦忌迫促。須參活句，勿參死句。詞氣可頡頏，不可乖戾。

又曰：　律詩難於古詩，絶句難於八句，七言律詩難於五言律詩，五言絶句難於七言絶句。

懷民曰：　四語真有見地，知其難則不敢妄作矣。

又曰：　看詩須着金剛眼睛。

懷民曰：　須立主見，不隨人異同。

又曰：　辯家數如辯蒼白，方可言詩。

懷民曰：　須多看詩。

又曰：　詩之是非不必争，試以己詩置之古人詩中，與識者觀之而不能辯，則□□□□。

懷民曰：　識者最難説，無目人豈能别今古哉？

又曰：　大歷以前，分明别是一副言語，晚唐分明别是一副言語，本朝諸公分明别是一副言語，如此見方許具一隻眼。

懷民曰：　是。前推漢魏晉亦然。

又曰：　盛唐人有似麄而非麄處，有似拙而非拙處。

又曰：　唐人與本朝人詩，未論工拙，直是氣象不同。

又曰：　唐人命題，言語亦自不同。雜古人之集而觀之，不必見詩，望其題引而知其爲唐人、今人矣。

懷民曰：　學者亟先辨此。

又曰：　詩有詞、理、意興。南朝人尚詞而病於理，本朝人尚理而病於意興，唐人尚意興而理在其中，漢魏之詩，詞、理、意興，無迹可求。

懷民曰：是是。

又曰：康樂之詩精工，淵明之詩質而自然耳。

懷民曰：滄浪乃不認得陶詩。

又曰：謝靈運之詩無一篇不佳。

懷民曰：其堆朶處須辯。

又曰：李杜數公，如金鳷擘海，香象渡河。下視郊島輩，直蟲吟草閒耳。

懷民曰：固然，要不可襲取李杜皮貌。

又曰：孟郊之詩，憔悴枯槁，其氣局促不伸，退之許之如此，何耶？詩道本正大，孟郊自爲之艱阻耳。

懷民曰：滄浪自不解孟郊詩耳。宋人多不能喜。

又曰：唐人七律詩，當以崔灝《黄鶴樓》爲第一。

懷民曰：却不錯。

朱子云：淵明詩所以爲高，正在不待安排，胸中自然流出懷民曰：比山谷語獨爲言中有物。東□□□句句依韻而和之，雖其才高，似不費力，然已失其自然之趣矣懷民曰：坡老亦是企慕之極，非□□望自然。

又云：陶淵明詩平澹出於自然，後人學他平淡，便相去遠矣。某後生見人做得好詩，鋭意要學，將淵明詩平仄、用字一一依他做，到一月後便觧自做，不要他本子方得□诗之法懷民曰：學詩真訣，人或以淺而忽之。

又云：　韋蘇州詩直是自在，其氣象近道。陶却是有力，但詩健而意閒，隱者多是帶性負氣人懷民曰：是是爲之。陶欲有爲而不能者也懷民曰：分別極細，我公于詩功復不淺。

懷民曰：　歷觀文公諸語，較他家獨親切有味。

楊仲宏曰：　詩不可鑿空強作，待境而生自工。

懷民曰：　是是。『生』字妙。

范德機曰：　詩要賦、比、興，或興而兼比，或比而兼興。三百篇多以興比重複置之篇首，唐詩多以比興就作景聯，古詩則比興或在起處，或在合處，或在轉處。

懷民曰：　有理。

陸時雍曰：　人情物態，不可言者最多懷民曰：二語不差，寔是如此，必盡言之則俚矣。懷民曰：然病不止于俚也，且俚不傷雅，何碍？知能言之爲佳，而不知不言之爲妙。此張籍、王建之所以病也懷民曰：由此一言，知時雍未能立論。

又曰：　十五國風，皆設爲其然，而寔不必然之詞，皆情也。晦翁説詩，皆以必然之意當之，失其旨矣懷民曰：又錯看朱子。

又曰：　敘事、議論絶非詩家所需，以敘事則傷體，議論則費詞也。然總貴不煩而至，如《棠棣》不廢議論，《公劉》不無敘事，如後人以文體行之則非也懷民曰：通。

又曰：　每事過求，則當前妙境忽而不領。古人謂眼前景致，口頭言語，便是詩家體料，所貴于能詩者，秖善言之耳。總一事也，而巧者繪神，拙者索相。總一言也，而能者動聽，不能者忤聞。初非別求一道以當之也。

懷民曰：此君諸論中，此論通達。

姜白石曰：人所易言，我寡言之；人所難言，我易言之。難說處一語而盡，易說處莫便放過。僻事實用，熟事虛用。學有餘而約以用之，善用事者也；意有餘而約以盡之，善寫意者也。篇終出人意表，或反通篇之意，皆妙。句中無餘字，篇中無長語，非善之善者也；句中有餘味，篇中有餘意，善之善者也。

懷民曰：此亦是死蛇論頭，說詩不宜如此，然以啟初學則有裨益。

又曰：守法度曰詩，載始末曰引，體如行書曰行，放情曰歌，行間歌曰歌行，悲如蛩螿曰吟，通乎風俗曰謠，委曲盡情曰曲。

懷民曰：即字意詮釋，頗無考據，此等似不必詳別。

釋普聞《詩論》曰：詩不出乎意句境句，境句易琢，意句難製。唐人俱是意從境出。

懷民曰：是是。但其下論魯直《寄黄從善》詩，初二句爲小破題，二、四句爲頷聯等語，枉自譸張。

《金玉詩話》曰：杜少陵云：『作詩用事，要如釋語，水中着鹽，飲水乃知鹽味。』此說詩家祕密藏也。

懷民曰：論詩者俱如此說，做詩者却全不如此作。

王阮亭曰：學詩須有根柢，如三百篇、楚辭、漢魏，細細熟玩，方可入古。

懷民曰：亦須寔做，不可空演。

又曰：《墨客揮犀》云：『李格非善論文章，嘗曰諸葛公《出師表》、李令伯《陳情表》、陶淵明《歸來引》，沛然如肺肝流出，殊不見有斧鑿痕。數君子在後漢之末、兩晉之間，未嘗以文章名世，而其詞意超邁如此，蓋文章以氣爲主，氣以誠懷民曰：一字千金爲主，故老杜謂之「詩史」者，其大過人在誠寔耳。』

懷民曰：『誠寔』二字正對『客氣』言，阮翁知引此論，自是有見識。然何一生多半客氣？故知論篤不可恃。學詩者須于此叅入，方能進窺古賢，不然揔是旁門。然老杜誠寔過火處又確確乎不可學。此中分際煞費稱量。

又曰：爲詩且勿計工拙，先辨雅俗。品之雅者，譬如女子，靚妝明服固雅，麤服亂頭亦雅。其俗者，縱使用盡妝點，滿面脂粉，總是俗物。

懷民曰：通論。

又曰：《論詩格》曰：『所以條達神氣，吹噓興趣，非音非響，能誦而得之。猶清氣徘徊於空際，遇之可愛；微徑紆迴於遥翠，求之逾深。』數語論詩之趣耳，無關于格，格以高下論懷民曰：是。如坡公詠梅『竹外一枝斜更好』，高於和靖之『暗香』『疎影』懷民曰：此尚未確，林又高于季迪之『雪滿山中』『月明林下』懷民曰：是極確極。至晚唐之『似桃無緑葉，辨杏有青枝』，則下劣極矣懷民曰：此不宜以彼下軍當吾上軍。

懷民曰：『猶清氣』四句畧近《文賦》，《詩品》猶嫌故作張致。

又曰：越處女與勾踐論劒術，曰：『妾非受於人也，而忽自有之懷民曰：即莊子鑿輪意。』司馬相如《荅盛覽論賦》曰：『賦家之心，得之于内，不可得而傳。』詩家妙諦，無過此數語。

懷民曰：此言能事之妙，非諦也。阮亭談龍，貽譏秋谷，誠若言，使學者蹈空捉摹，豈不悮盡天下？吾故曰漁洋客氣多。

又曰：唐德宗使段善本授康崑崙琵琶，奏曰『且遣崑崙不近樂器十年，忘其本領，然後可教』，後乃盡段之藝。知此者，可與言詩矣。

懷民曰：此論又荒唐，看對何人立言。如是俗工，固應如是。若未汨没，何須十年？全好大言駭世，何以爲人？

又曰：表聖論詩有二十四品，予最喜『不著一字，盡得風流』八字懷民云：品中不專一體，阮翁泥于意見矣。又云『采采流水，蓬蓬遠春』，二語形容詩境亦絶妙懷民：品中亦非謂凢詩盡如此，正與戴容州『藍田日暖，良玉生烟』八字同旨。

懷民曰：揔是蹈空，無著浮論，自悮悮人。

又曰：弇州云：『朦朧萌拆，情之來也；明雋清圓，詞之藻也。』四語亦妙懷民曰：甚似《文賦》。

懷民曰：四語以贈阮翁確當，以概衆體，恐古人不受。

又曰：南城陳伯璣允衡善論詩，昔在廣陵，評予詩，譬之昔人云『偶然欲書』。此語最得詩文三昧。今人連篇累牘，牽率應酬懷民曰：此誠可厭，皆非『偶然欲書』者也。坡翁稱錢唐程奕筆云『使人作字，不知有筆』，此語亦有妙理。

懷民曰：此大概要佇興作詩耳，說來如此玄虛張致，足見其人。

又曰：余嘗觀荆浩論山水，而悟詩家三昧，曰遠人無目，遠水無波，遠山無皴。又王楙《叢書》：『太史公如郭忠恕畫，天外數峯，畧有筆墨，意在筆墨之外也。』

懷民曰：引入空虛無際，全是神龍見首不見尾，故見悮人不淺。遠人無目，非近人亦無目。

又曰：爲詩各有體格，不可泥一。如說田家之樂，自是陶韋、摩詰，說山水之樂，自是二謝，若道一種艱苦流離之狀，自然老杜，不可云『我學某一家』，則無論那一等題，衹用此一家風味也。

懷民曰：此論似是而非，即阮翁亦不能從，特圓其說以塞衆口耳。

又曰：自何李、李王以來，不肯用唐以後事，似不必拘泥。然六朝以前事，用之即多古雅，唐宋以下，便不盡爾，此理亦不可解懷民曰：要無難解。總之，唐宋以後事，須擇其尤雅者用之。

懷民曰：通。

又曰：爲詩須有章法、句法、字法。章法有數首之章法，有一首之章法，總是起結血脉要通，不則痿痹不仁，且近攢凑也。句法老杜最妙。字法要錬，然不可如王覺斯之錬字，反覺俗氣可厭。如『氣蒸雲夢澤，波撼岳陽城』，『蒸』字、『撼』字，何等響、何等確、何等警拔也。

懷民曰：初學宜看此條。阮翁說得甚平寔，不似後人一味支離。

又曰：唐人尚《文選》學，杜詩云『熟精《文選》理』，亦是爾時風氣。至韓退之出，則風氣大變矣。蘇子瞻極斥昭明，至以爲小兒強作解事，亦風氣遞嬗使然。然《文選》學終不可廢，而五言詩尤爲正始，猶方圓之規矩也。

懷民曰：論選體俱得。

又曰：五言短古詩，昔人謂貴詞簡味長，不可明白説盡。楊仲宏曰：『五言短古，祇是選詩首尾四句，所以含蓄無限。』

懷民曰：又是此等話。

又曰：五言忌着議論，然亦看題目如何。但五言以藴藉爲主，若七言則發揚蹈厲，無所不可。

懷民曰：通。

又曰：七言長短句，惟李太白多有之，滄溟謂其英雄欺人是也懷民曰：胡説，滄溟乃欺人耳，或有句雜騷體者，総不必學，乃爲大雅懷民曰：是。

又曰：七言五句，起于杜子美之『曲江蕭條秋風高』也。昔人謂貴辭明竟盡，愚謂貴矯健，有短兵相接之勢乃佳。

懷民曰：亦須看題，行文難以執煞。

又曰：唐人拗體律詩有二種，其一蒼茫歷落中自成音節，如老杜『城尖徑窄旌旆愁，獨立縹緲之飛樓』諸篇是也。其一單句拗第幾字，則耦句亦拗第幾字，抑揚抗墜，讀之如一片宫商，如趙嘏之『溪雲初起日沉閣，山雨欲來風滿樓』、許渾之『湘潭雲盡暮山出，巴蜀雪消春水來』是也。

懷民曰：其寔『城尖徑窄』等篇是拗體，若『溪雲初起』等句寔唐人之諧律，不可謂拗，阮翁又未之知也。

又曰：律詩貴工于發端，承接二句，尤貴得勢，如懶殘履衡岳之石，旋轉而下，此非有彼昏無人之氣者不能也。如『萬壑樹參天，千山響杜鵑』，下即云『山中一夜雨，樹杪百重泉』；『昔聞洞庭水，今上岳陽樓』，下云『吴楚東南坼，乾坤日夜浮』；『古戍落黄葉，浩然離故關』，下云『高風漢陽渡，初日郢門山』；『錦瑟怨遥夜，遶絃風雨哀』，下云『孤燈聞楚角，殘月下章臺』。此皆轉石萬仞手也。

又曰：五言絶近於樂府，七言絶近於歌行。

懷民曰：據一二是遂定爲百體，可乎？此蓋自爲注脚也。

懷民曰：是。

趙飴山曰：唐人詩學類有師承，非如後人第憑意見。

懷民曰：巨眼。

又曰：崑山吴脩齡《與友人書》中有云『詩之中須有人在』，余服膺以爲名言。

懷民曰：解得此言，思過半矣。要知此言亦人人能道，但不肯寔下工夫耳。

又曰：吴脩齡云：『意喻之米，文則炊而爲飯，詩則釀而爲酒。飯不變米形，酒則變盡。噉飯則飽，飲酒則醉，醉則憂者以樂，喜者以悲，有不知其所以然者，如《凱風》《小弁》之意，斷不可以文章之道，平直出之也。』至哉言乎！

懷民曰：通。

又曰：始學爲詩，期于達意懷民曰：巨論，久而簡淡高遠，興寄漸妙，乃可貴尚。所謂言見於此，而起意于彼，長言之不足而詠歌之者也。若相競以多，意已盡而猶刺刺不休。不憶祖詠之賦終南積雪乎？

懷民曰：　秋谷本意，蓋爲競多者發起二語，第作推原，意所不重。余謂『期于達意』澈始終語，『興寄微渺』待其久久自生，不可強也。

又曰：　漢人歌謡之采入樂府者，如《上留田》《霍家奴》《羅敷行》之類，多言當世事。少陵所作新題樂府題，雖異于古人，而深得古人之理。元白以後，此體紛紛矣。総而言之，製詩以協于樂，一也；采詩入樂，二也；古有此曲，倚其聲爲詩，三也；自製新曲，四也；擬古，五也；詠古題，六也；并少陵之新題樂府而爲七。古樂府盡此矣。唐末有長短句，宋有詞，金有北曲，元有南曲，今有北人之小曲、南人之吴歌，皆樂府之餘裔也。太白祖述騷雅，下逮梁陳，七言無所不包，奇之又奇，而字字有本，諷刺沈切，自古未有也，後人宜以爲法。樂府本詞多平美，晉、魏、宋、齊樂府，取奏多聱牙不可通，由樂人於不合宫商者，增損其文。又或有聲無文，聲詞混填，至于不可通者，非本詩如是也。李于鱗乃取晉、宋、齊、隋《樂志》所載，截而句擬之，生吞活剥，謂之擬樂府。而宗子相所作，全不可通，陳子龍效之，讀之使人失笑。王元美論歌行，曰『有奇句奪人魄者懷民曰：豈不可笑，直以爲歌行』，而不知其爲擬古樂府也。樂府詞體不一，漢人承《離騷》之後，故歌謡多奇語。魏武悲涼慷慨，與詩人不同。而史志所載，亦有平美者，班婕妤《團扇》《青青河畔草》皆樂府也。鍾伯敬承于鱗之説，遂謂奇詭聱牙者爲樂府懷民曰：可笑，平美者爲詩懷民曰：可笑，至謂古詩某句似樂府，樂府某句似古詩，謬之極矣。

懷民曰：　飴山快論，可爲浮三大白。

又曰：次韻詩以意赴韻，雖有精思，往往不能自由，或長篇中一二險字，勢難强押，不得不於數句前預爲之也，紆迴遷就，以致文義乖違，雖老手有時不免。阮翁絶意不爲，可法也。

懷民曰：極是。但阮翁和山薑詩，次今韻也，用清虚堂韻數首，次古韻也，不多耳。

張緺齋曰：詩用經書成語是佛魔關，一有不妙，喪身失命矣。正不得借口唐人也。

懷民曰：巨論如山。

又曰：詩不專主理，而主于比興、風雅，美人香草、江漢雲霓，何一不可依托？若仁義禮智不離口，太極天命不去手，則是程朱、邵子，秪求理勝，近于鈔疏，將古法婉妙處盡變平淺，反覺腐而可厭。

懷民曰：此不待言，何用生氣？要之，不明理何處講風雅。山農一生爲人，秪是宋儒理欠體會，故其詩不能入古。且看他惡之如蛇蠍，呵呵。山農説話全是蠻力，無些子風人氣息。

又曰：詩要藴藉，正欲使味無窮耳懷民曰：纔有心要使，便來許多客氣。

又曰：意渾懷民曰：不善渾則晦則味長，意露則透快懷民曰：『透快』二字無罪而味短懷民曰：當渾則渾，當露則露。

又曰：詩有以澁爲妙者，少陵詩中有此味。懷民曰：豈可故意求澁？

又曰：詩得性情之正者，亦須有冷味。如三百篇，清廟明堂之作，其嚴肅堅凝處皆冷也。懷民曰：詩亦有不得性情之正者乎？失其正亦可謂詩乎？

又曰：昔在都，訪方朝初，叩其所傳，云『弱冠時在蜀中，交石泉羅翁，教之曰「凡詩正面無多，當于四旁渲染」』，余歎爲知言。懷民曰：何消説，豈但詩乎？

又曰：絶句法莫倫于唐人，中晚尤妙，但不當學少陵絶句，彼是變格，太白則聖手矣。

懷民曰：亦有自外結入者，亦有應首句者，亦有應三、四句者，豈是一例？

又曰：律詩結句，今人往往離根，蓋自五、六轉處，不曾豫留七、八地也。此訣要細心玩味。

懷民曰：是。

又曰：换韻不接韻，自唐人以來多有之，畢竟先接一句是。

懷民曰：是是。

又曰：楊戭夏先生最不喜人效長短句，恐其碎且軟，久則近于填詞也。

懷民曰：是。

又曰：通首五言，着七字一兩句收，便是七言古詩，自唐已定此例。

懷民曰：山農二論，卓然不羣。

又曰：漢之樂章，如《房中》《天馬》諸詩，無祖宗積累之寔、仁漸義摩之功，而徒爲博麗閎辭，何益乎？雅頌之不可及，豈獨其文盛哉？

又曰：三百篇後皆風也，雅頌之寔久亡。漢之樂府、唐之應制，無當於雅頌，其德薄而事左，不可勉強。

懷民曰：是極。

又曰：四言詩不必作，即嘔出心也難到漢人境，何况向上。

懷民曰：山農論詩，全無是處，一味蠻法。

懷民曰：　山農亦知少陵絶句不可學。

又曰：　竹枝詞，此樂府之一部也，唐人尚有矜貴意，元宋則街談矣。　此中分際，非當家莫辨也。

懷民曰：　是。

又曰：　詠物無象外追神本領，終落小家，證諸杜陵詠物，方信予言不謬。

又曰：　杜詩詠物，俱有自家意思，所以不可及。

懷民曰：　此但知少陵一體，不通觀三唐者也。　其寔唐人咏物似少陵者甚少。

又曰：　平仄勾帶爲正格，前錯後合爲拗格，相間到底爲流水格，字調全拗爲仄體，唐止有此四派。懷民曰：　何所見？　論仄體，王不如杜之健，然少陵麤處，王却能瀾汰。

懷民曰：　此等公本何書？　一味蠻力硬定，殊令人捧腹。

楊用修曰：　何仲默謂：『宋人尚不能解唐人詩，以之解三百篇，真是枉事，不如且從毛、鄭。』

懷民曰：　惟宋人能知唐人，明人自以爲學唐人，却祇是皮相。

趙伯濬曰：　樂府第一要知其來歷，第二要辨其體裁，第三要使其風神酷肖懷民曰：　『肖』甚的，而時出新意。太白擬之病于離懷民曰：　亦不見，于鱗擬之病于合。　元美論樂府，如《郊祀》《房中》須極古雅，而發以峻峭。《鐃歌》諸曲，勿便可解，勿終不可解。　諸小曲，係北朝者，勿使勝質；　係齊梁者，勿使勝文。　拙不露態，巧不露痕，寧近勿遠，寧朴勿虚，可謂得樂府三昧。

懷民曰：　一派欺心盗名之見，豈是讀書人胸懷？　此與元美所云『擬騷勿使人一見能解』同意，真欺心之學也！　漢魏古體其本俗然耳，後人如何粧扮的全不究其義理，而徒事粉飾，可耻之甚！

鍾伯敬曰：五言古乃詩之本，唐人先用全力注之此，而諸體從此分焉。

懷民曰：然也，然也。

又曰：蘇李、十九首與樂府不同，樂府能着奇想，着奥詞，而古詩以雅穆平遠勝。

懷民曰：此乃陋。

又曰：柳詩非不似陶，祇覺音調外不見一段寬然有餘處。

懷民曰：韋柳並稱，畢竟柳差些。阮翁云『柳州那得並蘇州』，甚允。

王元美曰：五言律易得雄渾，加二字便覺費力，雖曼聲可聽，而古色漸衰。

懷民曰：然難處尚不止此。

李于鱗曰：七言律體，諸家所難，王維、李頎頗臻其妙，即子美篇什雖衆，憒焉自放矣。

懷民曰：不謂滄溟亦見及此。

趙伯濬曰：五絶與七絶不同，五絶多用仄韻者，其用平韻而工整者，近體也；其用仄韻而參差者，古體也。此自《子夜歌》諸小曲來。

懷民曰：故五絶仄韻平仄不得與律體同用。

又曰：五言絶雖屬短章，非老手不能入妙。

懷民曰：是，嚴儀卿已云。

仇滄柱曰：不離詠物，却不徒詠物，此之謂大手筆。

懷民曰：鄭鷓鴣、崔鴛鴦何謂耶？此等見識，皆手拙人出脱自己法。

論選唐詩

學詩者要在有所宗主，故讀選本不如專本也。國初學者率分兩派，一爲竟陵，一爲歷下，二家各有選本。同此一部唐詩，經各人一選，便自不同。今觀李滄溟選唐詩，仍是歷下氣格。觀鍾譚《詩歸》，仍是竟陵氣格。二子優劣，前人已定，要自各成一家，學者遵奉，未爲全非。最是坊間一種没頭没腦選本，不論什么詩，任手取來，挨次累去，使讀者胡亂學去，鶻鶻突突全没門户，故有終身誦唐人詩而不知唐人真面目者，皆此等誤之也。是以有志者，不屑屑于坊本，乘便但須自己囙性之所近，而專學之。或才分畧次，恐路頭難正，則莫若求之名家選集，如竟陵、歷下皆可入手。本朝若王阮亭諸人，各有選本，随其所好而力求之，待功有所積，然後一變而自成一家，不幾乎學得其要者乎？十桐主人偶識。

代簡答王學博問七言古體詩聲調源流

七言漢魏前未通，柏臺武帝開蠶叢。句奥字古體不備，衹如鼻祖遥追宗。唐初大手篇始濶，《帝京》《江月》光何雄。要多轉韻叶聲律，譬之周樂編磬鐘。至若一韻平不轉，别有格調諧商宫。此體杜勝韓老繼，在宋端推蘇長公。其法三平一仄壓，出句聱牙尤不同。大畧上句聲聲抑，次句高揭多春容。元明一來法不著，講求獨賴新城翁。其實作詩貴立義，聲韻末節何足窮。獨爲良匠不示樸，引商刻羽無非工。以此少小勤考證，搜括不惜囊餘功。遠來省弟鑾縣苦，簿書佐理何倥偬。久荒硯田蕪不治，此道絶似衡南鴻。忽飛大篇等山嶽，震驚耳目雙眩聾。裁箋欲作合聲和，心力瑟縮難追踪。復辱垂問及瑣細，少得自秘真冬烘。敢竭所知綴韻語，助成大雅揚休風。

弟子喬曰：七言古平韻不轉到底者，應用此聲調，平仄均依之。此自韓柳，歷歐蘇楊陸，下洎金元明、國初，諸公皆同也。

又曰：趙秋谷作《聲調譜》，但取韓集《石鼓歌》一首爲式，愚意謂應竝録柳柳州《寄韋珩》七古，則聲調確然可定矣。

又曰：唐人通韻到底者，較之换韻者似少。

又曰：通韻到底者，又須忌柏梁句。

又曰：律詩凡拗句，上句『平平仄平仄』，第一字可仄，然不如平；下句『平仄仄平平』，第一字可仄，亦不如平。上句『仄仄仄平仄』，第一字可平，然不如仄；下句『仄平平仄平』，第一字可平，亦不如仄。

又曰：五仄則下句必用『仄平平仄平』方妙，五仄句必有入聲字。

書單子受詩後

通觀諸什，結搆完成，烹鍊純熟，昌谷所謂『明經擢第，可以無憾者也』。顧鄙意尚多未愜，非謬于私見，寔相期以古人至處，有非完好、熟煉所能盡者，故章法不串、押韻不老、屬對不工、選詞不倫、結意不密等弊，皆不足爲我子受病。此時所急者，在骨格不在品貌，在識見不在力量。而骨格既高，品貌亦清；識見既超，力量必到。有未可爲一二俗人言者也。識見者，先識得古人如何居心、如何行徑，譬如韓孟張王，皆孔門狂狷者流，其人皆不合于時，不宜于俗，故發言爲詩，冷峭孤直，辟易一切，雖傳之千年，尚足以立頑起懦，所謂表見性情者此也，詩中有人在者此也。骨格者，爲松桂不爲桃柳，爲樸玉不爲燕石，宜瘦忌肥，宜淡忌濃，宜冷忌熱，宜辣忌甜，寧粗直勿粉餙，寧峭勁勿軟媚，寧爲時人所忌，勿爲俗人見稱，放翁云『氣骨真當勉，規模不必同』，孟貞耀云『今時出古言，在衆反謂訛』，方干云『所得非衆有，衆人那得知』，又云『俗人猶愛未爲詩』，此可想見昔人骨格矣。我子受清才麗句，推之當世，雖進尤展成之豐潤、宋玉叔之香艷、阮翁之風韻、鈍翁之才情，都不甚多讓，所不可及者，古之豪傑耳。盖溯自建安、黄初以迄有唐三百年，凢成家者，無不以騷雅爲指歸，與世俗爲仇讎，即國初諸公或實行不偹，其所見亦足以及此，特根氣薄耳。元明以來，風雅道喪，復古樂者非我輩，其誰屬乎？

與某論詩失其名

詳觀前後二集，天事既過人，於此道功力亦復不淺，即以災梨禍枣，出與當代館閣諸君倡和，宜不多讓也。但今塲例，偏重四書文，不過排律一體，而其所謂排律者，寔無是非，有志仕籍者，知不於此道求合矣。僕不敢妄附知言，然即詩觀人，畧識梗概，輒敢傾心吐膽，罄所欲言，以效於作者，作者其能許我乎？

詩之爲言，古言也，顯之以歌咏聖明，晦之即自咏其性情。情高者詩高，情鄙者詩鄙。李杜韓蘇，其人品原自可貴，故其言不朽。後之人無其情性，襲其皮膚，彌近而大亂矣。然所謂性情者，非必如海陽鞠慕周所謂致中和也，彼但以大腸皮話嚇人耳，非希寔效者。詩人性情秖是不合於衆、不宜於俗耳，畧似古狂狷一流人。狂者如嵇康、阮籍，狷者如梁鴻、范丹，唐之盧仝、馬異、孟郊、賈島，宋之石曼卿、梅聖俞、黄山谷、陳師道等，皆是也。是以詩自唐初盛以降，分爲两派，一派清空和易，崇尚自然，錢、劉、張、王、元、白以下諸君主之；一派生刻峭勁，力開生面，島、洞、松、鳧、馬戴、裴説以下諸君主之。沿及有宋，爲西江派，而宛陵之和大，后山之堅深，大概不離乎此两派。其崇尚自然者，狂者似之；其力開生面者，狷者似之。高明沉潛，自昔爲然，則雖上溯漢魏六代，下及元明本朝，凡成家者，舉不能出二者之外。然此两項人，每不爲時人所許。賈生曰『今生出古言，在衆反爲訛』，方干曰『所得非衆有，衆人那得知』。故吟一篇，時人説不好，却未可定，若時人箇箇道好，斷無佳境，此非矯與時人作對，時人胸中除勢利、名譽、衣服、田産外，寔無詩耳。故必刮除净盡，然後格高，格高然後可以風世而傳後。不然求田問舍之見，貪常嗜瑣之情，粗鄙以爲雄直，媟褻以爲香艷，填砌以爲藻麗，支蔓以爲曲折，空疎以爲清曠，無恥以爲哀婉，與時益近而去古益遥。此等情性，即不作詩，已甚可厭，何堪發之詞章，使後世人嘔心哉？

早年初有知識，古人著作奉爲蓍蔡，久乃知須自出手眼。即如詩中俗病，老杜雅復不免，其餘不成家者更多，宋元以下不堪問鼎矣。故詩人唯恐不傳，吾獨恐以不古之性情流傳世上，身死而不免負罪耳。

大作屬思用筆，似與鄙性適合，用敢白其區區，以共勵頽風、扶持詩教。至於本集中字撿句摘，所謂披毛求壓，未必盡當高明，抑所關微小，不足置懷，請規其大者，幸甚幸甚！

評弟叔白詩三首

冬日自縣中獻家兄蒲鞋贈子喬瓦片爲焚香之供曰製小詩念字有來歷家兄舊有茉莉小松之篇心所企仰子喬近學賈閬仙琢句余未能也製題筆意酷似劉太真與顧況詩，故不混入永叔、東坡。自云本意祇效法宋人耳。

瓦片真能潔瓦片不必潔，故加『真』字，蒲鞋最喜寬蒲鞋易得寬，故加『最』字。均宜書室静，持敵雪宵寒二句是渾承，却自上句偏于瓦片帶蒲鞋，下句偏于蒲鞋帶瓦片，惟『均宜』『持敵』四字，手法妙也。搜句月前步分疏，撚髭爐内看確是瓦片初試，非泛泛焚香。舊章新格句仍是分頂，屬予和皆難捻收。

石桐曰：無一字不穩，無一字不圓。一把散沙鑄成天衣無縫。舊章、新格均未能當。此等題格，似没處討好，一着粗心浮氣，便團弄不成。自國初諸公矜尚豪麗，流爲粗踈，古格不講久矣。故非作之難，知之寔難耳。

奉謝少荀雪中贈梅夯伯，必順手帶出『蠟』字兼惠蒲鞋言爲如君手製又是一把散沙

澹泊孤山況起二語一字不着，盡得風流。須知不是没黄梅故寔，作者有意爲如君渲染，故借用孤山妻梅清況耳，寒梅氣味親定説二句是有意比托，便非詩人矣。但不即不離，是梅是人，正難執一。庭饒堆逕雪好接，室有織蒲人用典逼真庾子山，阮翁祇賞吴蓮洋，尚是聲韻色象耳。他□□此意横豎弄不上，且看他安放處，含玉山輝，懷珠川潤。瀟洒花枝古句亦瀟洒，以承『織蒲人』落筆，故用『瀟洒』字。然難得『花枝』二字，趂得恁般巧。『古』字確是梅品高潔，踈慵二字寫蒲鞋，追魂取魄履樣新當極。意寫裱蒲鞋新式，千載人便不能知吾祇取其與水部、可久、仲初三君子合調耳。菲才時見待，雅貺重難陳稍入時格，以無意求工也。

石桐曰：工絶矣，雅絶矣，字疑龍負，韻是鳳啣，徒令人愛其精緻，却無從得其匠心，然吾獨得之。作意起興，難在下手，平端

不得，順遞不得，又渾舉不得。形超象外，意在筆先，使讀者眼花繚亂，□拿不住，全在起手二句，得此二句，以下迎刃解矣。較前篇更屬作者得意筆，未知少荀能悦否？判此詩時，張生請業，喜不自禁，使讀而爲之詮解焉，張生忻然。然此等體格，初學尚無問津處。吾之語張生，亦猶將軍飲酒暫須秀才奉陪耳，呵呵。

奉和家兄雪中憶兩弟忽接鄰友王生見惠三札一懷子喬九仙山中一懷叔白在縣失良友紫廻同誰游矚一賀石桐精舍林巒畫意各報一詩同用寒字題甚繁，繁處極難收拾，然能者正於難處見手法。須認取此等題與古吻合，與時楚越

雪裡思諸季主，本意，推窓畫意闌帶第三札，開下二句，完『雪』字。竹封近根厚，松冒遠枝寒。故友曾同賞接法妙，名山秖獨看接法妙。賢鄰能解識，和曲肯辭難二語妙在不貫，不貫尤妙。

石桐曰：看他極整的箇題目，剪裁的七零八落；看他極散的箇題目，稱平得來枝枝相對、葉葉相當。其間繁簡先後，人巧盡處，即是天工。

評弟子喬詩摘録

焦尾集　寄宋升聲爲曲城學博

石桐曰：陳卧子復社諸子，以大樽爲領袖，故特借論曰見諸儒講學，曰謂空言誤國。不知學固須講，行亦要敦，非廢講也。矯弊之偏，又生一病矣。但天心、性命等秘，寔寔不可常提，姑就眼前道理，切究而實踐之，豈不勝究空聚訟哉？子喬諸篇，或不無少激，而立言自懇至。

叔白云：子喬不信程周之學，有句云『祇曰未到尼山貫，不信窓前草不除』，凡集中罵假道之

篇，皆此意也。陳年伯法由翰林歸養，其詩有云『霄漢有人扶日月，江山由我老松筠』，蓋已將仕宦富貴看得雪淡。又云『獨有一般心愧處，孔顏學問未聞津』。前人謙冲乃爾，子喬勉之。

子喬自云：自明季以來，苟有才學人，率以攻擊程朱爲能，憲喬心甚不取，即相知如東皋先生，亦不能此相袒附也，所惡乎假道學者，趙秋谷所謂『巧飾步趨，深没城府，貌柔而行乖，心煩而言寘，陽倚程朱爲祖，而陰奉張孔爲宗，如此之類是也』。此程朱之罪人，其有害世道甚大，故每于詩中及之。若程朱剛健光明，正此輩對症之藥，豈可毀哉？憲喬作《心書》，多以朱子之言判斷古今人物，可知非離叛矣。石桐、叔白之言，恐矯枉之偏，爲後來學術之憂，論極正大深厚，而憲喬本意不可不白，亦恐後生誤看故也。

過嶺集批答詩話

《登桂林獨秀山》詩好極好極，不必有心比托，而自言中有物，應用絹或好些帋，書寄李五星等，以壯其氣，以堅其守。作者自言不是杜，不是《選》，余曰是真老韓，不在皮貌擬撫也，與《琅邪臺》詩，體不同而興則同。

《哀彭公》詩似齊梁體，豈有心仿擬乎？要之齊梁體，王趙實未曾解明，余與胡大千講究再四，亦未得的據。此詩想亦未必有心仿其體，而神致頗似，至詩詞則意樸詞華者也。

前書帶詩片甚多，閒雲先生俱張之壁上，意欲觀玩墨妙耳。匆匆不及細評，獨《砯石村話》一則、詩一首，令人三覆不能置。

附記

董曲江物故，雖其詩不足存，而人實可取。詩得其人吟，如承吉好詩，比樂天深，果然果然。

日色半窓帖弟子喬註

我連日爲瑺藩作畫，衙内清寧，無些子事。傳師上學狠好，桂齡昨日錁文，謄寫竟是一字不差，文并有書卷氣，收心之效如此，抑可不嚴哉？課題『君子周急不繼富』，桂齡中二偶，大有文調。回憶在潞安時乃翁黯然憮然作此題，文有徒多般耳，笑柄□□人口，其事纔如昨日，人事桑滄，凋零轉變，不堪回首也讀至此，不覺涕淚滿懷也。又今日過午畫，朔風驟起畫，日色半窓畫，絶似故鄉城居時，東書房午飯後此惟瓚同之知之，使吾五兄在，當得同感，今三人三地，能無□然耶聽崔梅人姓名賣蕎麫餅屬聲，寒天暮景如在眼前絶妙一首感舊詩，令我心痛，回思富貴功名真是，雖曰有命可以力致，似此等者，萬金百鎰寧可買得回哉真是真是？即使當時伴侶及今俱在，已不堪追想所謂當得同感，而僅存者所謂能無惘然，乃我與若及詒瓚三人而已，可勝浩嘆慘慘傷懷？故我論人生在世，真是夢幻生而清者一塲春夢，生而濁者醉生夢死，修短不必預度是，是非亦勿甚拘此莊子養生訣，亦誠有味言之。且使得一日樂一日，無自憂屈是，便不負此生是。人生不可必得之數是，豈惟高爵厚禄是？便爲聖爲賢，孟子且曰『有命何爲自苦哉』，呵呵。

較莊子説得尤覺深痛可念，是一篇好尺牘，惜陳眉公、周櫟園未及收去。

此我在梧郡，四哥自岑寄到家字，中多可感語，餘人無能解者，可帶回吾鄉，與吾瓚姪覽之，以此中味姪曾共之也。外此，曾共我城居東齋者，可出示之，餘勿示也。子喬跋此札寄瓚姪。

北歸日記摘録

李松圃者，名秉禮，字松圃，部員外郎，浙人，以商捐貲爲官，告養不仕，随父李丹成爲鹺商廣西，西省之捴商也，好爲詩寫字。袁子才游兩粤，至桂林，粤中人無貴賤，景若山斗，偶讌松圃家，時子喬奉撫藩命，陪伴袁子才同席，曰識松圃。袁公既以詩取子喬，桂林人望若登仙，遂益重子喬，而松圃尤心折子喬五言詩，出其詩本求閲。子喬携歸岑署，委予判之，予以其思尚清，爲選二十首改而賛之，松圃與其黨皆驚服，後遂以詩相往來。今年夏，子喬赴省，松圃又曰子喬贈予文具四事，故到桂林先往拜也。

訪李松圃，其居宏敞壯麗，房廊甚少，家人傳宣，賔客出入如官府。及松圃接見，循循謹厚人也。坐有楊姓字石墟者，松圃師也，亦謹朴。既至，坐論詩律，遂及燈上，留便飯，又談許久，漏下二鼓，乃辭去。

松圃循謹寡言，似學者氣象，有言云『前者近稿一本，六哥携去，而誨云畧遜舊本。及發回，圏點甚濃，或外之耶？余有疑心』云云。觀此語，可謂察言觀色、誠心爲己者矣。

松圃爲粤西巨商，凡省中官員賔客皆資之，左右貢譽者多。即今日訪造時，坐有陸生者，諂佞尤甚，即松圃謙謙善下，恐不免爲左右人所誤耳。

松圃又來拜，約午讌，即同閒雲偕松圃往。

松圃張讌，招同爲詩者，原任興安許、州別駕朱、布衣朱小岑，并其師楊石墟及余、閒雲暨主人，凡七座，飲前各出舊作相質。許才跌宕，朱性倜儻，小岑學博而縝静，石墟養淳而朴誠，其詩携歸即封寄子喬，余彙録道中詩示松圃。

坐客喧喧，推尊石桐先生爲掌教佛祖，獨松圃嘿嘿不作一浮譽言。然衆人何由知石桐，知松圃之傾倒久矣。賛美于後而不浮譽于前，松圃所以佳也。衆口之喧喧，盖尚雜詼嘲游戲耳。

松圃長于歌曲，以松圃之誠愨，欲得其謬誤而正之。乃松圃自負其歌太無憾，尋常不欲出諸口以示人。予疑松圃或神明于此道者，及與其友朱小岑談歌法，則實未知所以歌者。惜哉！松圃當面錯過矣。凡天下事，自信無憾者，往往失之。

小岑名依真，桂林世家也，篤古嗜學，而不好作時文，遂絶意進取，平生未嘗一入試場。袁子才游兩粤，品粤中士，獨以未識小岑爲憾。予耳其名，過桂林相訪，小岑贈予五言律詩二首詩未能入格也，請酬之。余笑曰：『予不能二首，請以一詩奉答高韻。』

諸人仰袁簡老，如太山北斗。予每覽其詩文，頗蕪雜率易，不足驚喜。吾子喬亦未免以其譽己而許之，松圃爲刻石，簡老游棲霞洞詩也，張諸壁間。嗚呼！士負虚名，傾動小儒，阮翁而後又有袁子才。子才贈少鶴詩，少鶴删改幾半，尚未免餘憾。其棲霞洞詩視少鶴作，何啻梧竹之與榛栗。而松圃爲子才刻石，不知供奉少鶴詩，天下事往往如此，恨恨。子才歷游天下名山大川，到處以才名打取贐儀，窮奢極欲，非真詩人本色也。子才所到處，大吏小官争以詩投，而子才曰以攫利，壯夫不爲也！

日記詩話摘録

又謹按：日記詩話者，庚戌四月，子喬南行後十桐所記。嘗自云詩話自應有體例，此乃俗話，所以補家字所不及也。

自按：《送子喬再官粤西兼寄岑溪諸文士》詩，云『詩大好，氣格全似劉太真』，故取弁别後詩之首，使子喬知此一行，乃我輩讀書行義本分事，勿得比擬彭澤，興懷退谷。

自按：《臘月二十四日携兒輩游村市寄子喬粤中》詩，云『向年二十四日村市，偕子喬携小兒輩往觀買畫，今子喬在粤中歸順州，憶其地隣安南，防制嚴密，應不若岑溪山縣，可以逍遥閒散也。萬里各天，不相聞問，爲此詩寄之，如見故鄉景色也』。紹伯先生論詩太拘，詩中不許見『市』字，陸放翁『好風時捲市聲來』之句，先生常以爲嫌。今余作趂墟詩，大千先生體例矣，且前人并無此題，而獨謂其義不背於陶公。以示廉夫，廉夫曰『此詩集中射雕也』，呵呵子喬曰：廉夫識解，的是超絶萬仞，想他不具慧業，亦斷不能如此。又曰：此詩真陶，一結章法高妙。

洛陽令單野甫過訪，野甫宦二十餘年無宦氣，鄉黨出入，不乘車馬，敦樸過於少年時，好作詩，詩亦未能入格，然嘗語單廉夫曰『《二客吟》非止爲鄉邑後進程式，乃一代詩運所關也』，廉夫方食，竦然吐哺曰『不圖君能作如是語』。廉夫具語余如此。從野甫處借觀畢公沅所輯《吴會英才》四卷，卷内唯有方正澍子雲詩稍有入格句，餘子囂張，未改習氣。黄少尹景仁字仲則，吾子喬稱之，詩百四十餘篇亦在編中，殊不合鄙意也。

翁潭［覃］溪好古碑石篆刻，所到力搜輯，其詩文皆欠静細，而目空海内，少所許可。桂未谷者，好名博古士也，工八分書及諸篆法，海内詞人有名望者無不交。未谷與子喬善，攝掖縣學印，寄其小照索題，不欲作詩，倩廉夫代作贊，贊曰『禹碑宣皷，敻乎無憑；羲畫文言，硈(解同確)乎其有徵。桂君老矣，將息其掇拾之勞而進於道，不然何氣肅而神凝也』，未谷得之，大喜。然此寔廉夫諷規之詞。未谷祖事潭［覃］溪，凡搜尋石刻古蹟，皆未谷逢迎其間。潭［覃］溪贈之詩，且題其舍曰『十二篆師舍』。故廉夫惜其功力襍出，不求正學也。

姜竹樵詩思大好，子喬謂其學尊奉陸王，今乃流入異端，可知金谿姚江之非正學也，呵呵。

廉夫云『聞公復先生斥責其族弟名騰』云云，騰初選官，與子喬相見，極口道公復之清廉高潔，并立志不作俗吏，子喬頗許之。昨在濰見其家嫁女，奢僭已甚，故知人不可以言取也。然公復醉夢中尚能責其貪濫而絶之，即公復尚未可盡廢也，呵呵。

廉夫論《聚星堂約》自是才人語，然世間摭拾家，終以點染故寔爲易，而清拈空舉爲難也。

雜記

曰：宣聖忘食忘憂，浮雲富貴，不知老至諸心況，道充于中，俯仰無憾，亦如道家所云『有箇明珠走上來，兩輪日月往來飛』等樂趣也。下此賢人達士，無不有其趣，即無不有其樂。等降而至工賈漁樵，亦各有其所執藝，而志乃存焉，志之所在，即趣之所生，樂之所出。今有人百工諸技無一可居，内視自然空空，於是其趣不自生而生於人，其樂不自出而聽於世矣。

曰：斫輪之工，弄丸之技，未嘗足以名世而傳後也，終身恃之，顧盼且自豪焉。學者讀書勵志，将期爲千載人，乃蹙蹙者日有羣小之慍，豈果慍予哉？不見其慍，斯無慍耳。有以自樂，斯能不見耳。

曰：　志有定向，趣有專生也。不然，我既無所自主，則隨無以自安。

曰：　不明理勢，則希冀徼倖之心生。

曰：　宋儒理欠體會，作詩不能古。

曰：　唐人作詩工夫，正是格物致知之學，其識力氣節即裕于此，故每以終身詣之，卓然自負也。

曰：　吾弟叔白好以朱子格物説看詩文，樸寔挨去。予與子喬詩成，以叔白判定，挨得破即棄去。

曰：　詩文書畫雖屬技藝之流，亦可以見人品高下。嘗見王覺斯《與戴犖書》云：『畫寂寂無餘情，如倪雲林，雖略有澹致，不免枯乾尩羸，病夫奄奄氣息，即謂之清秀，薄弱甚矣。』覺斯此論可定其人品，不必更溯平生也。

曰：　文入妙來無過熟，惟曲亦然，功不間斷，效當無窮。腔之不真切者，以譜証之，字之不收放者，以韻叶之，聲音之生澁不圓轉者，以笛程之。細心者自能黯會，惟自有所得乃真得也。

曰：　須于學詩之外，究覽史傳，熟讀經書，方能益其識而祛其陋。須知《主客圖》中皆是讀破萬卷書人，非腹笥空空，可以白話了事者也。

曰：　凢俗情入詩，最爲妙解，唐人所以不可及也。然必情真而理確，人人俱有，人人寫不出，方妙。

曰：　余嘗愛洪昉思《長生殿》傳奇，其《聞鈴》一劇尤入詩情。其首闋云『祇見陰雲散漫天将瞑』，其次闋云『淅淅零零，一片悲聲心暗驚，遥聽隔山隔樹，戰和風雨，高響低鳴』，其結尾云『望不盡雨後尖山萬點青』。

曰：捴無方是法，難得始爲詩。詩學之弊，正在得之易耳。陸放翁曰『俗人猶愛未爲詩』，乃是就外邊説。大都求爲俗人所愛者，皆得之易者也。

曰：浪仙句『有格句堪誇』，乃作詩口訣，此可誇，則無法者不足言矣。然不□□而曰格者，法是死的，格是活的。

曰：凡題中有姻戚瓜葛，惟起末一點即是，俗手必欲以全意注之，未有不□□□□矣。

曰：凡詩，於諧處看其傲岸，朱子所以謂陶公是負性帶氣人也。

曰：句要直尋。六朝來好句之妙，即唐人一生苦心所在。

曰：歎老嗟卑是唐人習氣，即是唐人氣骨。故凡閒居漫興之作，須看其卓然自命處。

曰：唐人送行詩，大槩皆言路程風土，而張賈門中又各不同。或就極平常處説平常，正是新奇；或就極奇異處説奇異，正是平實。此中是非、雅俗有毫釐千里之别。

曰：唐人詩，於無可説處，得高人情度。

曰：擱句者相唧無迹方妙。

曰：張賈分處全在氣味格力，張寬賈狠，張疏賈嚴，張淡賈幽，張平賈奇，非以物類色象也。世無知者，但認『門前有橘花』是張派，『怪禽啼曠野』是賈派矣。須知『却望并州是故鄉』是賈非張，『時見猩猩樹上啼』是張非賈。

曰：凡作詩文，先須文從字順，上下一氣，字字相生，方耐人看，不然雖有巧思，雖有才筆，終不免爲苦窳之器也。

曰：烘托法，不着迹方妙。

曰：次韻、依韻寔晚唐及宋人惡派，不足法也。

曰：唐人除覲省等題，其言父母處，稍即旁觀咏嘆耳，不曾道着喪祭一事，此故蓋有一段道理不可入詩，後人不察，往往弄醜。

曰：求知己，中晚人一生心血所注，而所謂知己，實不泛泛，『秪求當路知』與『時人猶愛未爲詩』是一意，『不信吾無萬古名』與『所得非衆有，衆人那得知』是一意，不可不知。

曰：詩文不嫌寂淡，唯寂惟淡乃合古格。

曰：潛庵學術仍是金谿姚江一派，於朱子不敢顯背，而心是良知之説。然攷其生平行事，一以躬行寔踐爲主，故余心許其爲真儒也。若夫冒儒者之名，『天心』『性命』不離口中，掇拾經義，窮極細小，而父子、兄弟、夫婦、朋友、君臣之間不能無慚德，寢食、裘馬、色慾之愛不能無溺情。又居官唯唯諾諾，與時委蛇，不能有所匡正建白者，余直斷爲小人耳，何得以儒稱？故爲儒者但務爲實行，其與朱陸異同姑不必辨。我輩奉《朱子語類》，或問文集作時文，久已扶侍這家，且當求所□其言者。有一種狂妄後生，乍得見部新書，便思數黄道黑，苟且拾前人唾餘，其寔立心不曾有一毫實踐之志，多見其不知量耳。

曰：陳卧子文：『是故惟賢人有鄰，而庸人不可謂有隣，何則？彼固無德也。夫鄙朴庸劣之人，其口夷何啻千萬輩，而人亦未嘗稱之，曰「是紜紜者誰氏之隣也」。故離居既無相慕之情，而羣處亦無可畏之勢。又惟君子不孤，而小人每自謂孤立，何則？彼誠無德也。夫聰明才辨之士，可引重者，豈無一二輩？而彼皆謝而去之，曰「我踽踽者，無黨之風也」。故平居每與善類爲仇，而當事亦無一人之助，是以風聲樹立，則同類相求，我方以爲獨行，而人且目爲朋黨，鋒潁深則同流合污，舉世皆泛愛之人，而父兄無可信之理。』懷民按：卧子理路直是欠通，非不通也，通其所通，而非吾之所謂通也。然每見理路極通者，多庸駑不堪。而卧子致命危流，大節昭彰，此何説也？在卧子以爲宋儒所誤，此謬論也，亦秖争有氣骨無氣骨耳。彼庸駑不堪之人，天固早不與之筋骨，一被風便倒，所讀書皆以濟其貪頑蔭沓之胸，何足與論敦行勵節耶？少鶴云：卧子文、石桐語如芒硝大黄，非不極其迅厲，然以醫眼前貪頑蔭沓之習，却是對症，勝用參苓蓍附也。

曰：族子詒經字五星，邑副貢字夢錫之子。幼以病廢學，父没，病良已摧折，復學，雅不喜爲制義，聞懷民兄弟選《主客圖》詩，求得讀而好之，與同邑王生寧焯字熙甫訂交，以氣節相勖。詒經家苦貧，與弟共有田三十畝。叔某飲博無賴，家産盡蕩，嘗借官粟三十斛。或謂詒經宜白于官，不則代償矣。不聽，後官果拘詒經，詒經不辨，賣其田償所負。既叔死，無以葬，詒經葬之，于是家益困。富室鄧氏憐其貧，周以粟，力却之，而使其弟行賈，自乃就王生讀書，吟嘯不輟，詩謌動一邑。懷民奇之，招與游，且勸繼父業，學制義，圖進取。詒經不能從，懷民乃爲《答城中二詩客》以諷之，其一則王生熙甫也。懷民按：隱士惟巢許隨光，不明其義，其他雖丈人、沮溺皆不得已逃世。故陶公爲隱逸之宗，而朱子知其欲有爲而不能。孟浩然高隱鹿門，猶曰『欲濟無舟楫，端居恥聖明』。少年粗知好古便思塵土軒冕，馳情雜學，坐□□取，及垂暮無成，懷其用而不得試，良足浩歎。故懷民於二子，深許其篤志，而常惜其自廢。

曰：余在省七月二十四日，蕘谷以菱浦至，汗流匝背，蓋徒步來訪也，遂縱談。菱浦所見書甚富，其是非亦有見，非妄語者。菱浦談往往與我輩意相合，亦奇少鶴云：所以難得，所以可取，所以可惜。八月初六日，菱浦訪我寓，望叔白也。適子喬家報至，拆而觀之，中有與趙志南書，書中波及菱浦，菱浦大笑曰『子喬兄恐左右貢諛人誘我，故不致此書，吾恐諛我之人，皆毁我之人也』。署中皆憾我與衆異趨，故宜謗至子喬耳也』。余語子和云『今世之有菱浦，須節取之。正如女子吟詩，有一分好處，便説他五分，那女子早占了一半』，遂大笑。

論袁子才詩

袁子才名枚，號簡齋，浙人。年十九入粤撫金公幕，作《銅鼓賦》，金公奇其才，薦宏詞。召試不中，後成進士，入詞館，罷出知江寧縣，再遷，以病去官，即移家江寧，買地起樓臺，廣畜聲伎，蒔花種竹，號曰隨園。是時，子才年甫三十餘，嘗自題一聯云『不作公卿非無命分惟緣懶，難成仙佛爲愛詩書又戀花』。所著有《隨園詩文集》若干卷，名馳海内幾四十餘年。癸卯秋，子才年六十九，南游兩粤至桂林，桂林官吏仰子才名如泰山北斗。時吾子喬在省，大吏聞子喬業詩，使陪侍子才。子才見子喬詩，大驚嘆謂『兩粤一人耳』。子才上撫軍詩，撫不敢和，求子喬代酬，於是省中傳寫袁李唱和詩爲之紙貴。子才留桂林十餘日，除上撫軍未嘗作。其讌會酒食之盛且繁，子喬幾不能堪。子才自製行舟，美可以鑑，伴行以年少麗人，飲食檢擇精鑿，几作筵，主人得其下一箸爲榮。省中官僚無大小及埠商皆有餽遺。予初聞子才能驚子喬詩，謂盛名不虚。後□子才游歷江山，所至投謁大吏，以名獵取財賄，衣冠、飲食窮奢極靡，耄而好色，其於詩文賞鑑，矜才傲物，都乏静氣，非真正讀書人本色，心窃疑之，及讀其文集，蓋少年時才華自喜者也，後又寄來贈子喬詩及游桂林近稿一本，言益蕪雜。□□舟中與閒雲表兄論及子才，適行篋中帶來子才詩冊，𠚤就閒爲之評□□□人於左。子才前輩作者，非淺學所可議，然是非自有公論，不可使虚名貽□後生，并知名山静業不在風塵擾攘中也乙巳冬暮李懷民筆。

吾鄉漁洋先生以詩馳名海内，特興風韻一派，然其流弊遂成塗飾柔膩，故身後聲名日減。南人沈確士力矯漁洋氣習，今袁子才亦痛詆漁洋。所惡於漁洋者，爲其塗飾柔膩也。若子才之詩，品格未必高於漁洋，而粗鄙村率不值漁洋一笑云。

漁洋好名，多爲人延譽，遇寒賤士汲引推獎不遺餘力，故南北人奉之若神明。然其延譽也，必於謁者著述擇取佳妙，逢人説項，是以俗士茍有吟哦，經漁洋點定不失雅潔。今子才所至，拜往酬應忙擾已極，士有聞名投呈詩稿者，率不暇細檢，使其麗人隨意濫加圈點，以悦作者。漁洋則不然，其在揚州及官京師，案頭堆積朋友詩集如山，手披口誦，日不暇給，蓋非獨好名，實心此道者也。

子才詩體似袁宏道兄弟一派。

子才獨深契子喬詩，閲子喬詩不令麗人妄圈，子喬亦以此德之。子才贈子喬詩，子喬爲刪節改易以傳，又集平日詩卷使選定。子喬非以名重人者，感其知耳。但真知可感，貌知何足貴？吾不知子才果能識子喬否？獨觀其詩，非所以知子喬者也。惜哉！

子才與蔣太史心俞交善，余曾見蔣詩明達簡勁，非時流泛泛，後見蔣君全集頗不佳，然猶非子才近稿可比。

詩貴興象、聲韻、色澤，故與文不同。宋初傖者譏杜工部爲村夫子，不知杜詩正善體會六字者。白樂天詩八十老嫗亦解，要其風韻、情味千古無兩，非可學而能。袁子才詩蓋學杜白詩而去其長者也。

唐人自選詩，余冣惡《才調集》，當是子才擅奉宗承而粗鄙直率，又爲《才調集》之罪人。

或謂老杜夔州以後詩頹唐，不及從前，大概文人暮年名已成而學不加進，心力耗而手腕益拙，往往出之率易，不及當年。子才此卷亦老杜夔州什也，或其早歲猶不至是，尋待覓行刻本觀之臘後四日十桐主人識于湘南舟次。

子才詩

行次全州却寄桂林馬嵰山浦柳愚山長、布衣，成何官銜，古人未之有也，不如全去官銜爲妥**李松圃朱心池朱小岑**簡齋古文集數十卷，何獨不能製一詩題耶？

眉批：　詩所難詳，序補之，序所未及，詩道之，詩所以有序也。似此惟恐不盡，則詩可以不作矣。如此刪節，正無用多費筆墨。

重到灕江印雪鴻這等爛套氣，不圖風雅遇諸公這等容易。三生自有因緣在何其爛套，十日何曾酒盞空。

争搨古碑投我好此句尚的當，分抄詩本問誰工此句却混。關心打槳開船際，尚有青琴聽未終自注：　小岑袖詩到船中送行。何不聽終了去，這等忙。秖是官場幕賓書簡活套中語，可以云詩乎？。

苔岑未免惜分攜，久住黄鶯尚欲啼黄鶯比阿誰。舟子鳴鉦催客散色象太欠雅，暮雲含雨壓篷低。青山耐久情原在，白髮重逢事怕提《玉嬌梨》《平山冷燕》惡道不至於此。知否凡言『知否』者，必有可以不知之故，若故人相思似不用衰翁行半月，夢魂還繞桂林西疑總是無聊賴，湊結往往如此。

重至桂林

我年二十一，曾作桂林游。今年六十九，重看桂林秋白樂天、元微之出手輕便，却不是如此村率，故有目者能别。桂林城中誰我識句法可哂？雖無故人有水石看得故人太不足重。水石無情我有情又抹倒水石，一邱一壑皆前生與上句意如何聯貫。不學習鑿齒以下更是意竭，强湊，重到襄陽悲不止；不學武夷君，逢人開口呼曾孫。祇學藍采和，踏踏流年自作歌；更學蓟子訓，千年銅狄手摩挲。黄粱一夢誰能再，我竟來尋夢還在凡經再游地，便是重作黄粱夢，天下也無如此容易做的盧生。盛衰聚散，人生必有，即不能不成感，此千古詩人性情也。今把來一筆抹倒。然則此詩所以作者，特記再來桂林一筆賬耳，怪得全没興趣，總是强湊將來，殊覺多事。

獨秀峰

眉批：本無登眺豪興，宜其生扭强湊。

來龍去脉絶無有游覽登眺，非看風水，管甚龍脉，突然一峯插南斗。桂林山形奇八九□□□□帽子，獨秀峯尤冠其首。三百六級登其巔，一城烟火來眼前如此高峻，止不過看見一城烟火，非作者胸襟小，即説壞名山矣。青山尚且直如弦獨立亦不必定是直如弦，人生孤立何傷焉誰説有傷來？結句祇是貼題面，俗切伎倆。

詩中未及時令。詩中未别出二君，亦未言壻**同桂林諸君子游栖霞洞**稟先生：此是做詩題，不便説閒話。若詩中感慨五十年前事，便不妨提明矣，仍須簡練，有如此詩題乎？宋人詩題，雖好繁衍，要自有其體段，斷不如此信手剌剌，孰謂簡齋學古文辭？吾不信也。

眉批：信手信口，一段蓮花落耳。以之擬李白、任昉、盧仝、馬異，恐古人不受也。乃桂林人震乎其名，爲之刻石洞中，傳流千載，所以愛敬子才也，子才危矣哉！

眉批：子才豈不知詩人不可作老實話，却如此迂獃者，要生一波瀾不得，衹得硬扭強攝，所以出醜。

山外看青山，如把人皮相。入洞看青山，如抉人五臟。漁洋忍俊不禁，固是詩人一醜，然遂如此粗草村率，則毋乃相矯之甚乎？桂林諸洞皆峆岈，就中奇絶稱棲霞。岤隆三里相綿延七字湊攏來，細推総不融貫，以雲作地石作天，萬怪惶惑藏其閒。晉文請隧從此入太欠雅祥，如此爲用古不化，良夫執火誰争先湊『先』字韻。道人持楄杆，賈勇作前導順手扯來便寫，脱不却俗惡派，老韓五十『或』，『或』字流毒一至於此。指示凈瓶柳，羣蜂來作鬧。指示金鯉魚，龍門如欲跳。忽然老衲曬袈裟，忽然漁翁挂箬帽。仙人牀次竟忘歸，石柱擎空吹不倒三里路石天變相，數來却甚寥寥。古人以少見多，此乃以多成少，謂之才子，吾不信也。紂絶陰天既可疑，吾公壑谷尤堪笑。其他獅駞蛇鳥百千餘総不免挂漏，何如不數之高，一一像形誰所造。我道諸名皆強呼筆墨掃地，并非靈有意相描模何消説。萬物有單複，山川寧獨無？此是石婆石丈之心腹腎腸耳既要説老實話，則石婆石丈諸名，何可再舉？且亦安得復有心腹腎？心腹等字義，盖將使照應起處，一發可笑，如此講章法陋矣。我故云子才不曾學古文，游人搜剔作巧屠。奇章雅愛那能輩，王宰善畫或可圖二句直接『誰所造』，尚覺不甚隔氣。但恐一燈吹滅薪不繼，從此我輩幽宮永閉胡爲乎便燈滅何至永閉？此意可用而筆不能趣也。意竭故押韻湊窘？納手捫心方自怖，隱隱東方一白露。雖然報曉少鷄鳴，漸有微光開覺路二語不貫，如云『雖然報曉少鷄鳴，漸有微光似初署』則聯貫矣。『曉雞鳴』與『開覺路』甚相干？。洞中久行目盡昏燈滅乎？，侊侊争往明處奔不成詩人欵樣。誰知返射斜陽影，還是懸崖不是門。前未曾説門，此何下註？

游風洞出登某處望仙鶴明月諸峯

題須如此改，不然似洞中登望矣。或云洞中豈登望之所？似可無疑。答云奇境何定之有？不云棲霞洞三里綿亘乎？

眉批：此首有數筆見才。

泱泱天大風表東海，改『天』字，便不是，且句亦欠解，誰知生此洞。古劍劈山開，千年不合縫。我身傴僂入，風迎更風送纖。折腰非爲米，縮脰豈爲凍祇用『折腰』『縮脰』字法耳，連贅『爲米』『爲凍』，此所謂客氣，所謂用古不化。偶作謦□聲，一時答者衆。匌訇非叩鐘，弇鬱如裂甕。石乳挂纓絡，陰冰□蝃蝀洞中瀑流乎？。游畢再登高，出洞如出夢。一竮偃又竪，兩目闌復縱。遠山亦獻媚，横陳怪石供『媚』與『怪』不甚符。仙鶴不可招，明月猶堪弄点逗山名冣俗，然不多排尚可。底事急謀歸？雲濕衣裳重結二句意不相屬，率而凑也。再一再何妨？抵死俗煞，何耶？。

普陀寺

嚴滄浪云『五言絶句難於七言絶句』，讀簡齋五絶乃甚易也。

一寺藏山凹，松枝淡如許。古佛坐無言，流泉代作語。

南薰亭

翠竹清沙水數灣，亭臺參錯白雲間。不圖桂嶺蠶叢處，也有江南平遠山那便不許桂嶺有平遠山？。相傳虞帝駐湘皋，一曲南風手自操。今日蒼梧烟月冷，松聲猶自學簫韶最俗最俗。此等意調斷不可雷腕底。

重登八桂堂感舊題如此製，何等渾雅

彭宣當日謁安昌，一見傾心在此堂雖不免直率，尚平易無粗浮氣。親向燈前修薦表畧粘詩味，幾回座上歎文章以下出之率，便覺厭目。人天渺渺恩難報如何這等輕易出手，函丈依依事未忘。五十年來儂何必用此字再到，兩行衰淚落荒莊細推用此韻極可笑，正是弄巧翻成拙、畫虎反類狗也。

遺民難訪地行仙從末句得意，裝上兩句頭，幕府蓮花盡化烟。衹有庭前丹桂樹，見公誇許見公憐可惜詩許便是憐，并無二義。

訪韋鐵髯鉢園舊居

眉批：　但是詩序，無不令人發躁。

眉批：　此首比卷首二律畧少幕賓氣，然亦索然不成詞調。

鐵髯居士何不詳其里居，故刑部尚書傅鼐之門下士也詩中未及傅公門下一條，似可不必贅。曉星方學書，尤精□養，年六十餘，髮不二色，以事謫桂林，築居鉢園，花竹清疎，當時大僚常詣其家，或延請療疾，敬禮備至又來了。丙辰歲，余在金中丞署中見之，疑是毛仙翁、黄野人一流。今來與李松圃郎中仝訪其居，則已捨作佛寺，東廂供鐵髯小像亦復遺失。因仿陸魯望過丹陽張承吉故居故事，賦詩弔之此等感古今人多有之，何止魯望事。

特訪丹陽處士家，幾間茅屋供楞伽。周顒捨宅貪用捨宅一事，躭悮許多好詩人何在？元化焚書事可嗟自注：　君秘書甚多，聞臨終時都付焚如。此自國初諸公已然矣，直擺實事，何取乎詩興。大抵神仙多解蛻解蛻本由丹成，簡老或不知仙術，誤謂肉體必可飛昇也，呵呵，非關勾漏少丹砂五六不對，宋人始開此格，然必有好句，始可破格。回思緑髩方瞳意，化鶴歸來尚有花『花』字趁韻耳。

德山中丞撫粵有惠政無知者惟某寺僧恒遠猶能言感贈此詩

天寶遺民少，誰能姚宋知知姚宋却不可倒作姚宋知。不圖留老衲，尚解説當時。白傅逢康叟，東陽遇婢師最惱此等填實，所謂太省力也。一言重感舊，雙淚落如絲此詩尚似劣陋處，□□又枯淡無趣，不見興象。

定性齋詩話

李憲暠

古今詩評

曰：　六朝七言律，其體不純。

曰：　隋王無功《北山》詩云『舊知山裡絶氛埃，登高日暮心悠哉。子平一去何時返，仲叔長游遂不來。幽蘭獨夜清琴曲，桂樹凌雲濁酒杯。槁項同枯木，丹心等死灰』，少陵集中諸古律，蓋祖此也。

曰：　韋蘇州《對殘燈》詩『獨照碧窓久，欲隨寒燼滅。幽人将遽眠，解帶翻成結』，梁沈氏《滿願》詩『殘燈猶未滅，将盡更揚輝。惟餘一兩焰，猶得解羅衣』，韋詩寔出於沈，韋詩不如沈，然見古人善學處。沈詩寫得從容，韋詩寫得忙遽，各極殘燈情狀。

曰：　尹式和宋之問詩『愁髮含霜白，衰顔寄酒紅』，杜詩『髮短何須白，顔衰肯再紅』，陳后山詩『短髮愁催白，衰顔借酒紅』，陳不如杜，杜不如尹。

曰：　鍾記室《詩品》云『文已盡而意有餘，興也；　曰物喻志，比也；　直書其事，寓言寫物，賦也。宏斯三義，酌而用之，幹之以風力，潤之以丹彩，使味之者無極，聞之者動心，是詩之至也。若專用比興，則患在意深，意深則詞躓。若但用賦體，則患在意浮，意浮則文散，嬉成流移，文無止泊，有蕪漫之累矣』，得此意者，其惟宛陵乎？宛陵之言曰『發難顯之景於目前，留不盡之意於言外』。

曰：《詩品》云『「清晨登隴首」羌無故實，「明月照高樓」詎出經史。觀古作者，多非補假，皆由直尋』，此皆閱歷有得之言。

曰：《詩品》云『詞人作者，罔不愛好』，秋谷說阮亭爲愛好，然則亦是今古通病耳。朱貪多，王愛好。

曰：《詩品》云『獨觀謂爲警策，衆覩終淪平鈍』，此所謂『俗人猶愛未爲詩』也。

曰：後世詩人曰祖屈原，寔祖宋玉，『登山臨水送将歸』是悲之祖，『朝爲行雲，暮爲行雨』是淫之祖。周子謂『後世之樂，非淫則悲，玉其作俑乎？』

曰：東川《送魏萬之京》詩，三四云『鴻雁不堪愁裏聽，雲山况是客中過』，言秋天行旅，每難爲懷耳。而曰『不堪』『况是』便增如許跌宕。『鴻雁』『雲山』寫景色處，妙在不寫寫之。若說行旅之苦如何，便不是，又不是不苦，全妙在筆墨之外。

又《送司勳盧員外》詩，衹第一句、第五句是送行，餘皆從行後着筆。但言司勳爲天子所當思憶，早晚必當召回，而已之思念，並司勳身份，不需分外着筆。

又《宿瑩公禪房聞梵》詩，起句『花宫僊梵遠微微』直出，次句『月隐高城鐘漏稀』，似停頓、似襯宕，盛唐妙處在此，中晚後不可得矣。三句『夜動霜林驚落葉』，言霜林落葉，已聞之而驚矣。四句

『曉聞天籟發清機』，茲復聞梵而動禪機也。五句、六句『蕭條已入寒空静，颯沓仍随秋雨飛』二句直寫梵音，不但繪聲，並能繪空矣，極不容解説，然亦非不可解説也。『蕭條』『颯沓』，言其聲之悲也；曰『入』曰『随』，言其聲所往也；曰『已入』曰『仍随』，言游□空虚，不着一邊也。明明有聲，却下一『静』字，此是禪悟也。『随秋雨飛』固是言梵聲與雨聲合雜，然曰『随飛』，則有雨處、無雨處俱是梵音所到，即俱是禪理所到，寫來有在坑滿坑、在谷滿谷光景。七八句始覺浮生無住著，頓令心地欲皈依。『皈』與『歸』同，佛教依佛法，僧謂之三歸，梵書作『皈依』。

又《題盧五舊居》，三四句『窓前緑竹生空地，門外青山似舊時』，『竹生空地』則人跡絶少可知，『山似舊時』，其餘可想，又不獨於人曰也。少時喜温飛卿『一院落花無客醉，五更殘月有鶯啼』，對此乃覺淺薄不足道。

曰：駱賔王《易水送别》詩，賔王依徐，切齒報仇則天，其所送客，可想而知。直序往事，但用『人去』『水寒』，而以兩虚字點逗，滿腔憤懑之意，與握手激厲之情，俱流言外，然又非有意如此，此所以爲唐詩也。

曰：陳子昂叵唐興，文章承徐庾餘風，駢麗穠縟，子昂横制頽波，始歸雅正，李杜以下，咸推宗之。作《感遇》詩三十八首，以感遇名篇，感不遇也，感所遇也。雖事女主，能自遠於勢利之門，亦可謂善保其身矣，沈宋輩何足語此。

曰：李昉《禁林春直》詩，第四句『八方無事詔書稀』，衹以七字寫出宋初太平，此詩此人此世界，俱不朽矣。與工部『許身愧比双南金』之作，格局畧同。然『落花游絲』『鳴鳩乳燕』淡淡寫來，却是禁近風光。此作除『八方』句，乃直是村居遣興之作，絶無禁近風味，此所以不逮唐人處，即所以猶勝後人也。使後人爲此，不知加如許做作，扮演出撲頭象笏模樣來也。

曰：晏殊《寓意》詩三四句『梨花院落溶溶月，柳絮池塘淡淡風』，前人謂『笙歌院落，烟花下樓臺，乃看富貴人語，此二句乃真富貴語』，是論未允，筆意近時，明末國初多類此種。

曰：王荆公詩，取得杜詩骨子，義山後一人而已。荆公詩直是狠。其《寄袁州曹伯玉使君》詩，『濕濕嶺雲生竹菌，冥冥江雨熟楊梅』，東坡詩『江雲漠漠桂花濕，海雨翛翛荔子然』，便遠遜此句，宜東坡之嘆爲老狐精也。

曰：白傅、東坡胷中俱著不下『錦繡才子』四字，故往往自寫形象，標示於人。

曰：放翁《書憤》詩，『樓船夜雪瓜洲渡，鐵馬秋風大散關』，宋南渡後，都杭州時，揚州爲兀术蹂躪，故放翁欲雪夜渡瓜洲，以逐金也。大散關在長安正西，放翁知夔時爲王炎畫策，嘗言欲取中原，必當先取長安。故詩中云云，言自已有如此之志，而世不我用，故憤甚也。

又《村居初夏》詩『小蝶穿花似繭黄』，太白詩『八月蝴蝶黄』，杜詩『白鳥去邊明』，韓渥詩『解衣惟見下裳紅』，同一妙。

曰：歐陽公五七古全仿昌黎，有極似者，却是聖俞不必似，自有入妙處。看歐陽古詩，縱横似勝聖俞，惟公自知不如，不比韓孟分路揚鑣。若律詩之不及，正自易見。東坡詩亦多學韓，却自呈面孔，守道、逢原較又加雄直矣。

又重讀《徂徠集》詩，文人皆能看到後世之名，此篇所以佳處，祇是将君子疾没世而名不稱之意説得札實，非虚名之比，足令讀者憤發。李安溪以謂宋代第一篇古詩。

曰：　韓持國《飲聖俞西軒》詩『歡常以飲合，歡意則非外。今吾二三子，共此西軒會。主人吾儒秀，言與二雅配。酒行倡大論，文字略瑣碎。上言評人物，要當本諸内。下言譏爲學，不以滿自槩。唐之衆詩人，區别各異派。一經君子評，斂鑿棄秕稗。予曰吾聖俞，名足通後代。答我文如韓，尚有六經在。况吾何所立，聞譽若抱蕢。聖俞善誘掖，斯語不無戒。意欲令吾曹，事業進以大。我雖頑吾能，聞此亦健快。呼觴滿自引，不畏坐客怪。歸來書短篇，聊以記所佩』，直叙一篇俗話，可想見聖俞底裏。要學聖俞詩，須學聖俞此幅心胸話頭也。有此心胸，斷然有此話頭，假不得。是以詩人，斷無不説實話者。『答我』，聖俞答持國，『我』即持國也。持國譽聖俞『文名不朽』，聖俞答之曰『総使我文如韓昌黎，昌黎之上尚有六經，况吾不及昌黎耶？』一時朋友共醉，其樂可想。

曰：　高季迪，有明一代詩人。如《送沈左司徒汪參政分省陜西》詩『四塞山河歸版籍，百年父老見衣冠』，用司隸事，巧切大方，雍容典重，如此作實爲不愧。吾獨惑乎梅花之咏，何以繼和靖而聲滿宇宙也？　然其不避俗艷，想見真慤，猶是差勝後人一籌處。

曰：　程嘉燧《曰舍弟歸東山中親知》詩『城上雪聲游子屐，縣南風色酒人家』，上句即久客之意，次句是舍弟行色，二句祇用寫景，而客中送行之意宛然。余嘗見周櫟園家所藏孟陽画一幅，漁洋題曰『孟陽詩往往有畫想，觀此乃如見其詩』，今味其詩，誠佳畫也。然其丰度娟秀，似吴遠度、范會公一輩人畫。余所見孟陽畫，孤騫寒瘦，似又在詩上也。

曰：　錢虞山《召對文華殿旋即革職》有句『吾道非與何至此，臣今老矣不如人』，按此則其怨懟於思陵者深矣。後來改節之志異於梅村，無亦有豫讓衆人、國士之分乎？家婕園有句『舌尚存乎休悵悒，吾將仕矣且從容』，不讓虞山此句也。

曰：古來論詩，謂七律爲㝡難，非其句長格板、氣體渾成之不易乎？有唐初盛諸公，皆直起直落，巧妙無窮，如金在冶，流動充滿，不可思議。中晚以降，漸尚踈雋，俄轉新巧，此風氣之變遷，非人力所能爲。然其妙處，四唐同歸。宋承唐餘，初染西崑，梅蘇繼起，扶持大雅，然其絶不似唐人處，乃善學唐人也。説景言情，惟期達意，動有缺敗，亦所不辭，此正如鍾記室謂謝宣城『意鋭才弱，雖善自發端，而末篇多躓』，蓋天事所限，不可强也。自茲以降，去唐愈遠，趙松雪起而薄之，嫉時人之不法唐也，所自爲詩，號爲唐律。有明詩人愈加恢潤，往往加意於聲韻格調，布置色澤之間，而外實中虚，賣柑買櫝矣。余以暇日揀閲明詩，擇其佳者箋釋數首，以見其氣體渾成，與唐無異。而就中意匠，則非所謂鏡花水月，無迹可尋也。然人才間起，雖江河日下，終難復古，而亦有斤斤自好，不爲時囿者，如『僧歸黄葉林間寺，人唤斜陽渡口船』『月如佳客過清夜，花似離人去隔春』『未到故園都是客，忽聞鄉語似還家』『子姪漸親知老至，江山無故覺情生』等句，皆直攄胸臆，雖氣骨不逮古人，尚不爲衣冠鼓版，假面登場也。

曰：漁洋詩，除脂粉氣，便是臺閣氣。除臺閣氣，便是書籍氣。書籍氣，虞山所謂則也；臺閣氣，虞山所謂典也；脂粉氣，虞山所謂遠也。脂粉氣即兒女子語也。余謂張公之兒女情多，英雄氣少，正可移贈。國初諸君，須知一一丈夫氣，不是羅幃兒女言，當不能無愧色矣。唐王右丞、李東川之蘊藉，純是佛理養到，後人乃以兒女子氣爲之。漁洋謂詩中當屏韓致堯、逐温飛卿，謂其多柔媚也。

余按二子之好色，乃估客耳，比之優伶，敷粉塗朱，爲廉纖之步，假呢喃之聲，以取悦於人者，果孰恥乎？

評明末國初人詩

僧南潛字月巖，浙江烏程人。俗姓名董説，本貢生。《宫人入道和唐人》詩。曇按：明靖難之變，及國朝定鼎之初，大江以南名士多隱於僧，却是胡突。夷、齊之不仕周，乃人間第一義，與文武周孔同揆，不可與絶棄倫理者並論也。夷、齊叩馬而諫，田横不見高祖，自刎而死，古人何等度量。若憤時嫉俗，又復逃名求活，至於形諸語言，流爲譏訕，蓋亦甚不高明矣。《離騷》一書，爲逐臣怨君之祖，或以爲合小雅怨誹之義，或以爲有彰君過之嫌，要其惓惓不忘，君臣之分未絶也。唐人以昭君出塞喻逐臣戀舊之思。古人賦詩斷章不過借喻，要之人臣有不忘舊君之禮。婦人雖有不忘前夫之情，豈第一等人所願位置耶？此又相似而不同者。不仕之義，夷、齊是一等，沮溺、荷蕢是一等，巢父、許由、四皓、張志和輩是一等，豫讓、王裒是一等。若靖難諸人，自方正學景錬而外，非有豫讓國士之遇，王裒殺父之讎也，則不直燕王之所爲，而不欲臣之耳。若能幾李密之巽於辭令，文山之從容就死，亦何至干世主之怒而遺後世之譏哉？且身爲夷、齊之能清，而能死，方得訾武王。即不食其粟，小儒孑孑之義，妄自托附，逮灾乖義，非無妄矣。

汪琬字苕文，江南長洲人，順治乙未進士，户部主事。康熙己未鴻博，官翰林院編脩。《賦得宫人入道》詩。

王西樵《故明景帝陵》詩，七律，第五句甚弱。

王阮亭《故明景帝陵懷古》詩，七古，弔古詩多鋪敘一篇本傳，古人似不爾爾，雜取古事，代替面目，亦擁腫不靈。阮亭以子臧、季札責景帝，不全咎英宗，救西樵之偏也。

李天馥字湘北，號容齋，合肥籍，河南永城人，大學士，謚文定。《明景帝廢陵》詩，阮亭作嫌堆砌，此較疎爽，又嫌迫仄，無寬裕之度。

吴梅村《悲歌贈吴季子》詩，此詩直好，家石桐尤賞之。

吴兆騫字漢槎，江南吴江人，順治丁酉舉人，以科塲事戍塞，赦歸，旋卒。《閏三月朔日将赴遼左留别吴中諸故人》，此詩大不成説話。

葉方藹字子吉，崑山人，探花，禮部尚書，謚文敏。《授戢翰林學士感恩述懷》詩，七言律，雖極用事，却質樸自見。文敏又有新樂府擬韓柳雅詩。

張玉書字素存，江南丹徒人，大學士，謚文貞。《寄李厚菴學士》詩，七律，注者云『表其進蠟丸、陳破耿逆之功』，然蠟丸更得之友人也，時文貞未以理學名，故不之及。昺按：　注者於榕村大有陽秋之意，昺嘗涉獵榕村文集，觀其所言，可謂通達，獨其阻常壽上疏一事，余兄及弟甚疑之。子喬在都下，所聞物議尤多。

韓菼字元少，江南長洲人，狀元，至禮部尚書，謚文懿。《贈江南巡撫湯潛菴先生》詩，四言八章。湯名斌，河南人。昺按：潛菴撫蘇，不愧此詩矣。

張英字敦復，江南桐城人，康熙三年甲辰進士，大學士，謚文端。《擬古田家》詩三首，極意撫儲王。

張廷玉字衡臣，江南桐城人，康熙三十九年庚辰進士，大學士，謚文和。《雜興》三首。昺按：　臣術敬慎，爲長守富貴之道也。『敬』字是古人徹上下學問，文端父子，學術如此。昺又按：　未進不敢躁，既進不敢驕，不與貪吏爲伍，此其所以長守貴與。

梁佩蘭字芝五，廣東南海人，康熙戊辰進士，官翰林庶吉士。《養馬行》，長短句，注者云『前半「真」「文」通韻，後半「庚」「青」「蒸」通韻，莫作一韻看』。昺按：　詩調一氣直下，無换韻之節奏。又有《日本刀歌》、《次京口》五律、《秋夜宿陳元孝獨漉堂讀其先大司馬遺集感賦》詩、《鳳陽》詩、《蜀中》詩、《鄴中》詩、《隋宫》詩、《自白下至携李與諸子約游山陰》詩。

鄂爾泰字毅菴，奉天人，康熙己卯舉人，大學士，謚文端。《贈方望溪》詩，七古。

姜宸英字西溟，浙江慈溪人，康熙丁丑探花。《徐健菴編脩筵上觀洗象》詩，流寇破京師，過象房，羣象哀鳴，淚下，此日所存者，其一也。沈歸愚在京，見一老象，齒毛脱落，象奴云『是萬歷時貢物』，距姜作詩時八十餘年矣。

張梁字大木，華亭人也，康熙癸巳進士。《彈琴》詩一首，《彈琴雜詩》二首。

王崇簡字敬哉，宛平人，崇禎癸未進士，國朝官至禮部尚書。《新秋感興》三首，七律。

暠按：諸家之詩，語語爽快，無嚼文咬字、東塗西抹之態，當時遂爾壓倒一切。暠私論之，其高處飄逸超忽，近太白、子昂氣概；其低處輕白直率，近盧仝、李乂口角。若以詩律繩之，去古尚遠，至其志事所存，不過秀才從軍，放翁賛武，乃文人高致，未敢以卓識實學許之也。

曰：兄石桐先生云『文章到熟時，有此樂處』，石桐之平淡，子喬之警策，蓋同一熟也。

曰：石桐先生《題子喬載鶴游玉清宮圖》詩，甚好，其氣度之從容寬綽，讀之使人鄙躁之氣都盡。潁叔讀《玉清宮圖》極爲歎賞，以爲在前作《麻衣菴圖》之上，薪亭以爲當有臨本。夫《曹娥碑圖》久不在案頭矣，而胸中有其汁漿，便爾揮洒如意。又作者胸中本自有玉清宮，深松高殿，一段清況，合此二段囘緣寫出，安得而不佳耶？

曰：子喬如許鶴詩，前雖未見，早於『鶴興』二字中包之，亦早知其不如此之極情盡致不休也。鶴詩中端以『秋横無盡碧』二語爲冣，比婕妤、靈均、長江，而繼之以己，雖石桐先生有別體之目石桐亦未是説不好，亦殊有孟子兩爾字之樂也由堯舜至于湯章。

曰：子喬《田家屋上壺》詩，不甚工，然得有敦瓜苦之意，已自盎然紙上矣。宛陵詩甚工，子喬既作此詩于途中，歸後求宛陵原詩，書一紙，張之窓右，余再諷誦，始知古人不易及也。又子喬嘗書其《聽琴》詩與昌黎、子瞻之作，並録一處，亦自知其弗能及也。

曰： 子喬《帳中末麗》詩，却似叔白體格，以其任筆直書，又有頭巾語也。然清獻在宋中葉，一時若温公、介甫、穆伯長、歐陽、韓、范諸家，已啟程朱蒿矢，猶似無難爲之者，阿兄最媿慴。昌黎『一生肝胆無由邪』之句，於尋常翫花狂醉之後，而凜然不易其操，信乎掘起之豪傑，嶺南人仰望亞於孔子，洵不虛也。我曰摭拾先儒唾餘，好侈論其所未及，邇來頹唐敗壞，追思所言，真令人羞死。汝自幼完璞未玷，復能自進，於是勉到温公、介甫、清獻地位，亦在我而已，讀詩使余怦怦。

曰： 子喬《登舟風雨驟至獨留蘭若題寄家兄》之篇，題已可圈，詩那得不足存耶？姑無弃之。

曰： 余擬和子喬《食橙》詩，忽以俗務敗興，前有擬作《岑溪銅鼓》七言古詩，亦不過五七語而止。此雖外誘之牽，亦由内心之亂，古之人豈有此耶？大抵筆墨之事，多於清寂無事時入妙。若乃枚皋之才，咄嗟即辦，雖戎馬倥偬之間，有筆不加點之樂。要之美外浮而非内充，坐來按之，畢竟意味短淺，不獨典策高文爲然也。即如顛旭狂素，醉後大草，非不跌宕千古，以王氏家法律之，又有怒目低眉之辨矣。醉後亂道，請質知言者。

詩話

《埤雅》： 蜻蜓，尾端亭午则停，故名蝏，一作蜓。膠州李某詩『得意直前追逝水，尋思且住學停雲』，可謂善于用古矣。齊人土語，得登之類，《古今註》呼『蠅』爲『羊』，是已野人多呼『蒼羊』。『青蠅』，齊曰『緑豆蠅』『蒼蠅』，大者曰『麻蒼羊』，小曰『蒼蠅』。

雨言六則云： 杜句『風起春燈亂，江鳴夜雨懸』，北人不習舟，無從知其工也。小杜咏雨句『分明摟摟羽林槍』，則随地皆然耳。余兄嘗見畫雨中返照者，白雨條條，急注日旁，晴霞渥渥，輕罩山頭，巧奪化工之妙，真與詩有同工也。

庚寅八月，與子喬赴試稷下，雨中買舟，由峼華橋詣試院，曉色雨漢漢，打船篷，荷葉蘆葦咸有聲。子喬句『樓臺波上曉，睥睨雨中遥』乃其時也。

東坡句『黑雲如墨未遮山，白雨跳波亂入船』，寫六月急雨，如在目前。膠州李霞裳句『方中二字欠理致日午風生暈，極北二字欠理致雲濃雨蝕虹』亦工。

『煎罷龍團鼎未收，緑紋小簟石牀頭。晚來忽過芭蕉雨，一片斜陽滿院秋。』紹伯先生詩，夢錫兄嘗口誦之，盖見于蕪園壁間也。

雨後苔色極可愛，高士如倪雲林，武人如王彦章，皆雅好之。余曾屬史生星若賦苔，而書雲林護苔事於亭壁，後見畢子山扇頭，史生自書其詩，并雲林事云。

六朝人謝朓《觀朝雨》詩句云『朔風吹飛雨，蕭條江上來』，余有《同子喬游惠泉寺遇雨》句云『湖雲城裏起，山雨殿前飛』，皆寫雨狀之委蛇而從容者是時雨暘時若，六月晴曉，書古今雨事數條，以示東齋諸生。

曰：　珠山王顥叔如辛置，曉過王幼藻之門，見其赤幟冲天，岔然念世之獲雋者，以區區無用之文，而成名若此，樹杆於門，萬人瞻仰，掘地數尺，傷殘地脉，心怦怦爲之不平，且繼以惑也。及至辛置，見宋步武兄弟之争也，步武以讀書識字之故，遠勝厥弟。然後嘆讀書之有益於人，而國家之所以寵異之者。　如此其重也，於幼藻乎何疑兄石桐先生云：　是爲真文章？

曰：　宋步武與顥叔言，所願就大洪讀書者，於學爲詩文，猶其後者。聽石桐先生議論高明，心胸開濶，於爲人之道甚覺增人志氣，所以心下勇猛，欣喜而不能自已耳。此段話顯叔述，弟亦爲之感動，茲復舉以告吾兄弟者，一則以奬勵步武之志，一則以慰吾兄坎壈不得志之餘，有此朋友知己之樂，所宜慷慨起舞，而益有以自進而不懈也自注：此段語子喬，可大書于壁，以示學者。兄石桐先生云：閲時方大醉，爲之揮淚。

曰：石桐先生所論毛生，正是他對症之藥，亦我三人對症之藥也。毛生亦言於石桐先生，有師之之意焉。師兄而不師我，其所見亦正難得矣。不見膠西開宋姓名開將軍，囑丹宋子丹也師我勿師昆。

曰：兄石桐逕情直行石桐先生云：大病，動多狼狽石桐先生云：大病。至於自明其所以告諭諸生者，盡聖賢大義，以求諒於高堂之前，其亦拙矣。然諸生之聞其言者，果能感動若此，知兄於讀書時，確見古聖賢之所爲，皆己之所欲爲，而可爲者矣。茲復接子喬《随箴》之篇，至于自呼其名而箴戒之。孟子稱『兄弟無故』爲三樂之一，此其樂，視古人又何如耶石桐先生曰：至文至文？

曰：我輩于高才人，切不可攻擊太過，如任子昇正無招架處，張陽扶又知之而不肯屈。且我輩既與俗愿爲逕庭矣，則所與者狂狷耳，狂不必是越禮驚衆一輩人，點開之見道，賜之無加，何曾能到地頭耶？若於俗愿人，則薄之以無所見，是我既有所見，即合於中，無妨也。於畧有所見者，即進之，以先求合于禮法，則我之自處不既聖□□，設俗愿人反唇問我，奈何？

曰：兄石桐先生天資高明，所見超卓，儕輩中如張陽扶、宗魯恭之聰明，兄皆有以過之。知兄之聰明者，毛允時、郭凝之也，宋海客衹知得一半耳。然弟獨有以補兄之缺者石桐先生云：箴規，恐持之不謹，便易入于賢智之過，此兄所以不敢讀陸王之書，懼其爲所誘也。弟負性剛愎，二十年來多失之於自私用智，所以力鋤其猛厲之氣，接人處事，勉爲柔和。子喬負性愿厚，人多以其和易近人，相視爲富貴中人，而不知其有聖賢之志，所以力避夫圓和之習，居心立論，勉爲剛梗，此吾與子喬所病者相反，而各從其所短者而力矯之也。但弟於古聖賢道理，雖稍有所見，而不足以見諸行事。子喬於古聖賢之理，所見不逮於弟，故著爲議論，不能無蔽。弟之私志，願吾三人，共講明而益進之。雖不敢望兩程子之水乳相融，東坡、子由之學術無二，陸氏兄弟之大同小異，尚勿至於王荊公之兄弟，則弟之所自懼自戒、私祝私禱者耳。

石桐先生云：句句箴砭乃兄，看他立言渾融處，是何等謹慎，此所以爲古文也。

曰：今世士大夫之弊，衹是信道不篤，設人起身去做，却是鄉一副心腸，挂在胸中，吾何必爲堯舜孔孟，吾爲善人斯足矣。孟子曰『道二，仁與不仁，而已矣』，非堯即桀，非舜即操莽，更不兩立。後世士大夫，讀書通古今，眼見得堯之下桀之上，有若干中人，舜之下操莽之上，有若干中人，其間大賢英雄忠信之士，文學政事之材，未有能躋乎堯舜者。吾以堯舜爲法，其必不能至乎堯舜也，明矣，不亦迂愚乎？亦未有遽至于操莽者。不爲堯舜，何至於操莽乎？不知古今大賢英雄，皆以聖人爲志，特其所以學者，精粗不同，故成就亦異耳。如司馬遷之駁雜，猶知向往闕里，黜莊老而尊孔孟，其志尚可知矣。其不以聖人爲志，而終不至于操莽者，大抵一禀乎天資之美，一遭乎時運之亨，而不至于敗壞決裂者，倖也，非所語于學問之塗也。孔子不得中人行而思狂狷者，正以狂狷有爲聖人之志也。狂狷之所以不如中行者，中行學聖人便合乎聖人之度，狂狷學聖人則不能盡合，而失□偏也。狂狷之所以異乎鄉愿者，狂狷不知己之不能終至於聖，而甘心而學之，□□明見聖人之不可學而能，而不肯誤用其心力也。故救鄉愿之習，須明聖人之道。孔子爲傳道而言，故取狂狷，孟子爲學者立極，故法堯舜。學堯舜不成，終于狂狷；以狂狷爲學，入於異端矣解鄉愿、狂狷。

曰：讀盡聖賢書，而家庭有慚德，雖高才絶學不足稱也。交滿天下士，而同氣多愧心，即令聞廣譽，其足尚乎？

曰：青天白日的節義，自闇室屋漏中培來；旋乾轉坤的經綸，自臨深履薄中做出。開口説輕生，臨大節决然規避；逢人稱知己，即深交究竟平常。

曰：坐密室如通衢，馭寸心如六馬。相成德業爲良友，有益身心是好書。

曰：名譽不聞，朋友之過。聞聲相慕。白首而新，傾蓋而故。

曰：不與達人言命，不與痴人説夢，二語包得一部《離騷》。

曰：俗語有至理，平日衹粗心囫圇讀過。

曰：青天白日以應事，光風霽月以待人。

曰：聲音二字，《書經》似以五聲八音别之，而《孟子》《左傳》復有五音、七音之稱，是古人通用也。但考《樂記》『變成方謂之音』，謂變成歌曲也。《詩》序『情發於聲，聲成文謂之音』，説者遂謂雜比曰音，單出曰聲，蓋對舉則有分别，而單用其實相通也。至『韻』之一字，漢魏以前皆言音，不言韻，至《晉書·律歷志》始有『務在和韻』之語，《文心雕龍》曰『同聲相應謂之韻』。晉以後韻書始出焉，今反切中，其上一字所以定音也，下一字所以正韻也。今之『公岡驕基』及『東冬江支』，此韻也；平上去入，此聲也；脣齒舌喉，此音也。此世代相沿稱謂之别，不可不知耳。

曰：余《淡字歌》云：天立一，地横二，水連三點，火重四。二火得水讓有餘，以水馭火無偏意。火在水上憂小狐，水在火上乃得濟。此是淡字真妙用，世人不知成薄味。天立一，亅；地横二，丷；水連三點，氵；火重四，灬；二火得水，炎；以水馭火，氵；火在水上，䷿；水在火上，䷾。

曰：沈約雖注意於四聲八病，然其《謝靈運傳論》云『高言妙句，音□□□，暗與理合，匪由思至』，四語亦言之有物矣。

曰：二陸《爲顧彦先贈婦》詩，《文選》注誤。兄石桐引《陟岵》之詩及工部《鄜州月》詩以證之。

曰：韋蘇州『流雲吐月華』本曹丕『華星出雲間』。

曰：古賦設爲問答，如東都主人、烏有先生，《雪賦》《月賦》之托仲宣、相如，雖本屈宋，亦源於『君曰卜爾』『文王曰咨』。古詩中之『腸中車輪轉』『思君令人老』『憂傷以終老』，魏武詩之用『呦呦鹿鳴』『青青子衿』，如《詩》中『王事靡鹽，不遑啟處』『昔我往矣』『今我來思』等句是也。蓋古人詩以言志，其志所在，能歌詠出之，使聞者動心，此其所以妙也。若無所得於意旨之外，而斤斤于字句求工，燕泥楓冷，妬才忌能，亦淺之乎詩矣此詩中用成語，及用前人詩句之妙也，而自以爲妙者，又失之。二陸《爲顧彦先贈婦》，而詩中□□顧婦之辭，此本《皇華》遣使、《采薇》遣戍，而取其所欲言者代之言也。本君遣臣之詞，而爲臣奉使之語，方遣之使往，而言其將歸。時猶未行，而已念其勞苦，乃曰既返而莫知我悲□。

凝寒閣詩話

李憲喬

與衆家論詩

曰：六義中之興，興者，兼情景而言也，此言前人所未發，强賦之景，强言之情，其中無興。

曰：桃之夭□，□□□□□□□□□；□□□□□，目眇眇兮愁予，情中□景在。

曰：《桑柔》之□曰『雖曰非予，既作爾歌』，可見當時爲不善之人，猶愛惜其名，故風詩足爲勸懲。一人刺章，不啻名在丹書也。逮後泯泯棼棼之衆，殆有刺不勝刺，且刺之庸知卹乎？孟子曰『《詩》亡然後《春秋》作』，即後世國史亦猶是也，更有爲國史之所不屑誅者，吾末如之何也已。

曰：十九首，三百篇後詩之本源也，故教學者爲詩，必先熟此，然後可及他家。□捨《選》而先唐，已爲半路出家，况自宋元以後入手乎？《文選》初無評點，近來何義門始有之，雖不盡是，尚有可取。昨在鎮安，門人農大年請檢定之本，乃□□□□□□，多取批時文習氣，極可厭可笑，而粤人多推尚之，以此於詩道益遠矣。

曰：　與諸子論十九首，顯叔不喜陸機擬作，有理。顯叔又言《河梁詩》中『安知非□□，弦□自有時』二句寬爲期望，正絶望之詞，其意極悲愴，極得之。

曰：　璋録十九首完，曰問陸士衡及唐人擬作，総不足十九之數，何也？曰：　十九首本□□□品言，士衡擬十四首，外此尚有四十五首，是五十九首矣。可知當時古詩本多，昭明僅選十九耳。《文選》中纔載士衡十二首，而《蘭若生朝陽》一首，又非十九首中所有，亦可証也。

曰：　世以陶謝并稱，予則謂謝不及陶甚遠，誠見其中無甚底藴，即彼所托，亦不過於佛氏莊老而止耳。故其言如『矜名道不足，適己物可忽』，又『慮澹物自□，□□理無違。寄言攝生客，試用此道推』，又『情用賞爲美，事昧竟誰辨。觀此遺物慮，一悟得所遣』等語，皆黄老之支緒也，而其徑尤擾擾以浮動之跡，求澄空之得難矣。故平生以慧業自負，而遠師鄙其心雜，有以也。以觀陶淵明胷次朗然空明，又其所述，皆屬静寓孤詣。再斯人生虚談浮文之世，而卓識定力，有非二氏所能汨者，所謂『商歌非吾事，依依在偶耕』『高操非所攀，謬得固窮節』『一形似有制，素襟不可易』『貞剛自有質，白石乃非堅』『紆轡誠可學，違己詎非迷』『終日馳車走，不見所問津』『前塗當幾許，未知止泊處』『何以慰吾懷，賴古多此賢』諸作，夫豈二謝家當所有？

曰：　龜山先生云『淵明詩所不可及者，冲澹深粹，出於自然』，朱子云『淵明詩高處正在不待安排，胷中自然流出』，是已，尤須知見大則心泰，若非有所見而抱持得定，此自然亦學不來。

曰：　按康樂詩，游覽爲多，然思所游覽處，必有賔從奴僕匠作數百人，擾沸其間，求爲淵明之『孤雲獨無依』，何可得耶？

曰：　山谷謂靈運與庾信之詩，鑪錘之功，不遺餘力，然不能窺淵明數□之牆者，二子有意于俗人贊毀其功拙是極。古今詩人，必將『有意於俗人贊毀其工拙』一語，時懸著胷間，而滌蕩之，其詩必超遠矣。淵明直寄焉天妙誰能解得。此論甚妙甚妙，亦可知謝之遠不逮陶處，非子喬之創論也。

曰：　陶儲作田家詩，絶得田家氣味，然其意志則有託而出於此也。傖父不知，舉老農語曰『吾學陶也、儲也』，陶儲豈二老農哉？　韓退之《縣齋有懷》詩云『猶嫌子夏儒，肯學樊遲稼』，又云『長去事桑柘』『閒愛老農愚』云云，前後語自相犯，要知其相犯處，正見有托而出於此也。杜蘇集中，多有及農圃事者，皆當以此意求之。

曰：　鍾嶸《詩品》：『謝靈運其源出於陳思，雜有景陽之體，故巧似而逸蕩過之，頗以繁蕪爲累確。嶸謂若人興多才高博確，寓目輒書確，内無乏思確，外無遺物確，其繁富宜哉雖以『富』字換『蕪』字，然総是抑詞。凡爲詩，『寓目輒書』『外無遺物』者，其於比興之義可知矣。惟康樂才高學博，尚自不没其清拔之槩，然受累已多矣！然名章迥句，處處間起；　麗典新聲，絡繹奔會。　譬猶青松之拔灌木，白玉之映塵沙，未足貶其高潔也。』按：　嶸品康樂詩極確當，語中雖自蘊藉，固已莫掩短長。

曰：　沈約作《謝靈運傳論》，謂『在晉中興，玄風獨扇，爲學窮於柱下，博物止乎七篇』，又謂『自建武暨於義熙，莫不寄言上德，託意玄珠，遒麗之詞，無聞焉耳』。予每讀晉宋人詩，到歸根著實處，不過祇老莊見解，便無以復加，約此言可謂得其要覈矣。　但約欲舉以壓乎老莊之上者，不過曰遒麗，不知遒麗言中又是何物也？　再約稱靈運之詩，『興會標舉』，延年之詩，『體裁明察』。　以予觀二人之作，誠爲高華，然求其出乎老莊之外者，亦無有也。　則興會、體裁又其末耳，本豈在是？　中間惟陶公一人，雖當清談之世，而識守孤卓，竟有暗與孔孟同揆，而不爲老莊牢籠者，所謂豪傑之士，無文猶興，故其言中有物，非餘子所可希，而約固略之，然則約固明於詩之失而不知其所以得也。

曰：或問謝詩『石淺水潺潺，日落山照曜』，到處皆有，此何必是七里瀨？曰：古人寫景，唯在神會，而其境已傳。今人則必拘定地名故實，而其境反不能傳，所謂以不切者，爲陳言而務去之者，正當於此辨証參悟。請看許渾作《七里灘》詩云『江村平見寺，山郭遠聞砧』，豈嚴瀨之外，遂無此景乎？又請看我作《七里灘》詩云『幾家屏上住，盡日鏡中行』，豈嚴瀨之外，遂無此景乎？

曰：漢成帝歌謡云『邪徑敗良田，讒口亂善人。桂樹華不實，黄爵巢其顛。故爲人所羨，今爲人所憐』，注：桂，赤色，漢家象，不實，無嗣也。王莽自謂黄象，所謂『黄爵巢其顛』也。按：『故爲人所羨，今爲人所憐』，二語説得冣好，足使倖進恣睢者，惘然失意。此等當下即喻激勸，乃傷亂君子之所爲，非若詩妖謡妖，待徵兆於後也。後漢若順帝末童謡云『直如絃，死道邊；曲如鈎，反封侯』亦然，不得作童謡看。

曰：李白『粲然啟玉齒』，全用郭璞句；孟浩然『曠野莽茫茫』，全用阮籍句。當時吟諷口熟，不自覺也。若老杜『思君令人瘦』『襄陽饑鷹捉寒兔』，乃是有意翻出『莽茫茫』三字又本楚詞。

曰：李白、白居易、蘇軾、黄庭堅，詩文中皆究心仙佛之旨，然其剛耿不可磨滅處，有不盡爲二氏所縛，如晉宋間人也。此言前人從未道破，然試攷其世，按其所著，當知不謬。

曰：世言老杜爲詩史，不知山谷集中，如《丁卯雪》等，亦詩史也。後來學江西派者，皆撫其句法，尖澁苦梗，以爲得珠，而不能大其所見，豈僅如辟支果之不能入大乘耶？

曰：『今夜鄜州月』，乃老杜作，而山谷長短句序中以爲岑嘉州《中秋》詩，細味之，或當有所據也。

曰：學杜詩易失之村粗，尤易失之悔窒不明。此惟在讀其詩時，細意咀味，先讀三吏、三別、《哀王孫》《哀江頭》《羌村》《彭衙》《北征》《七歌》等篇，真覺其犂然當心，了然于口，然後再及他作，即似有隔閡不順適者，更考更核更味，必使真實，犂然了然，然後下筆，自必通達無礙。若未能犂然了然，而即擬爲之，鮮有不晦窒者矣。

曰：王右丞《李陵詠》乃自明其陷禄山事，所謂『既失大軍援，遂嬰穹廬恥』『深中欲有報，投軀未能死』，語意甚明。末語『引領望子卿，非君誰相理』，此指素相知者，或即指杜子美也。《西施詠》不知所指，若此詩出同時，即指肅宗朝新進用事者。

曰：韓詩《猗蘭操》，唐汝詢解得之，唯『子如不傷』句，『子』字指蘭，非是，『子』字仍指薺麥，謂濁世競進之人，不足指數也，如此直捷。

曰：唐人詩中，於朋友皆稱名，故退之集若籍、徹、湜、翺，皆素所善也，而不稱其字。他如崔羣、李宗閔輩，并爲顯要，亦止稱名。獨於老郊，則每曰東野；於盧同，則曰玉川子，又曰玉川先生。李滄溟作《五子詩》，皆不稱其名。獨於次楩，則云『盧枏起河朔』；於茂秦，則曰『謝榛吾黨彦』。古今人識量不同，有如此哉。

曰：古人聯句，若陶淵明、李太白，寥寥數韻，但取適意而止。韓孟鬭奇，梅蘇角勁，才力肆矣。近見有一二顯達，招集時彦，聯吟綴句，多則數千言，少亦數十韻，既無四子之奇勁，而刺刺不休，殊可厭憎也。

曰：　王阮亭譏韓文公『往取將相酬恩讐』，亦癡人前不可説，打你頭破百裂也。執此推之，則古詩中『何不策高足，先據要路津』『萬歲更相送，聖賢莫能度』『不如飲美酒，被服紈與素』，皆不無可議矣。

曰：　世言韓白同時，而有相輕之意，前人已多辨之。適讀樂天《酬張籍訪宿》詩中云『我受狷介性，立爲頑拙身。平生雖寡合，合即無緇磷。况君秉高義，富貴視如雲。五侯三相家，眼冷不見君。問其所與游，獨言韓舍人。其次即及我，我愧非其倫。胡爲謬相愛，歲晚逾勤勤』，則其傾折于韓張者至矣。

曰：　與潁叔論《琵琶引》『間關鶯語花底滑，幽咽泉流水下灘』，『灘』一作『難』，『難』字是。『灘』字與上『幽咽』不應，又不對也。又『水下』，或作『氷下』，益轇强矣。若『水泉冷澁絃疑絶』，『疑』字作『凝』字，乃董思翁信筆之悮，本不可通。至『别有幽愁暗恨生，此時無聲勝有聲』，真天妙知音語。接下『銀瓶乍破』『鐵騎突出』，極得神理。近見沈歸愚選本，妄言古本作『無聲復有聲』，此一『復』字，可謂點金成鐵，執三家村塾師訓詁時文之法以論詩，難矣。

曰：　宛如脱口者，詩之上也。然太率易，若稗官小説之詩，亦不可語於大雅，故錬意錬格錬句錬字，工夫亦不可少。若白香山，自寫天真，識界高而胷次清，雖用俚俗語無害也。苟無其識界胷次，而但能同其俚俗，則亦俚俗之人俚俗之詩耳，何足傳哉？　吾嘗言樂天詩，家中八十老嫗亦解，非謂即老嫗之欲言能言者也。若僅學得老嫗語，街談巷議皆可作風雅矣。

曰：香山詩好處曰達，不好處曰淺。然不能及古者淺也，所以可追古者亦淺也。使香山欲飾其淺，而貌爲高深，則必不能爲香山之詩矣。或問東坡謂白俗，或亦以其淺乎？曰淺非俗也，後人不甘於淺，正是俗處。坡公滑稽語，不可爲訓。

曰：問樂天心跡比柳子厚何如？曰子厚安能望樂天耶？樂天天堂，子厚地獄。問子厚詩比樂天何如？曰樂天遠不逮子厚，子厚如《騷》，樂天如謠。然樂天必曰明知不如，寧做我耳，此又是樂天高處。

曰：石桐先生評柳柳州《湘口館》詩『通首純似韋』，予謂不然。蘇州淡於世情，故其詩止有冲永，即言愁悵，實無愁悵也。若柳州則悒鬱悲侘之所成，看似閒適，乃多感傷。此詩與《南澗中題》等篇，都是一般情況。昔人謂子厚詩學《離騷》，此之謂也。

曰：歸愚譏張水部《節婦吟》與王仲初《當牕織》，以爲有礙貞節。固哉高叟，何以讀『野有死麕』詩？何以讀『南有喬木』詩？何以讀《離騷》？歸愚所疑不貞若此，則凡所作之貞女節婦詩，槩可知矣。此等語，邇來沿街匝巷，竟成通套，可厭。貞節豈非美德，然使冬烘傳之，反掩而不彰，何關風雅？何足興觀？吾所惡以温柔敦厚自命，而流爲卑靡，致壞詩教者，正此類也。兩粵士子爲詩者，大半爲此老所悞，不得不亟爲正之。若童正一九皋、葉亮功鶴巢胷中便已了然，知其庸妄矣。

曰：李義山詩『永憶江湖歸白髮，欲迴天地入扁舟』正學老杜。『路經灩澦雙蓬鬢，天入滄浪一釣舟』語尤加警快矣，然不可昧其來處。

曰：義山云『楚雨含情俱有托』，蓋自比湘纍也。僕謂《離騷》心志皆君國之事，而時以男女之情，迷離錯雜之。義山心志皆男女之情，而時以君國之事，迷離錯雜之。終不可強同耳。然則義山與飛卿、致堯，本是一家眷屬，而世之議者，動云『屏却温飛卿，逐却韓致堯』，乃於義山不敢有異詞，豈非墮其術中耶？

曰：賈長江詩云『涕辭孔顔廟，笑就禪寂室』，王右丞詩云『植福祠迦葉，求仁笑孔邱』，二人皆奉佛，而所言不同如此，良由長江得炙昌黎，雖不同道，胷中尚有分界。右丞則詩之外無所承也。

曰：皮陸律詩，皆不免襞績飣餖，沾帶俗諦，即如襲美《和壓新醅》云『秦吴祗恐篘來近，劉項真應釀得平。酒德有神多客頌，醉鄉無貨没人争』，是謂傖俗。《和魯望病中有寄》云『蝶欲試飛猶護粉，鶯初學囀尚羞簧』，是謂嫩俗。《謝竹夾膝》云『大勝書客裁成簡，頗賽溪□截作筒』，是謂淺俗。似此之類，併當取以爲戒。若以其前輩，而著蔡之，俗不可砭矣。

曰：五代人詩，雖不乏情致，然薄脆已極，所謂亡國之思，靡靡之音也。即宋初如徐騎省輩，猶卑弱無氣勢。

曰：黄涪翁《懷陶淵明》詩『司馬寒如灰，禮樂卯金刀。歲晚以字行，更始號元亮。平生本朝心，歲月閲江浪。空餘詩語工，落筆九天上』等語，都落言詮，亦無特異之見。

曰：梅聖俞詩『野鳬眠岸有閒意，老樹着花無醜枝』，東坡云『大鵬六月有閒意，仙鶴千年無躁容』，蓋規撫其句法也。古今才如太白、子瞻，落落卓絶，乃尚不廢仿效，而輕薄爲文，蜉蚍之子，輙欲師心作古，則身名俱滅，又何怪耶？

曰：東坡詩云『山憶喜歡勞遠夢，地名惶恐泣孤臣』，此自滑稽爲嬉笑耳，公詩好處不在此，後學者欲以此等擬之，無不入俗。

曰：坡《過大庾嶺》詩云『一念失垢污，身心洞清淨。浩然天地間，唯我獨也正。今日嶺上行，身世永相忘。仙人拊我頂，結髮受長生末二句本太白詩』，此豈小儒鄙夫所能着喙？

曰：東坡《跋李西臺與二錢維演、易倡和詩》云『五季文章墮劫灰，升平格力未全回。故知前輩宗徐庾，數首風流似玉臺』，蓋謂國初如楊大年、宋子京輩，務爲艱澀隱僻，即以風流自命者，亦不過俎豆徐庾，學爲纖艷之體而已，豈獨爲二錢與西臺惜哉？

曰：唐李太白詩大概是提筆直書，似不經意，然自如絳雲在霄，可望而不可即。後來歐陽永叔、蘇子瞻極力追摹，亦非不空靈縹緲，然總覺與人相近。

曰：偶共論放翁《成都萬里橋贈譚德稱》詩，予嫌其中一字，問詒璋，能指出，衛之次亦得之。蓋『烏犀白紵謫仙樣』『樣』字也。無論唐人、坡、谷，亦不肯草草如此。

曰：無己在西江派中，冣爲傑出。任淵謂讀其詩如參曹洞禪，不犯正位，切忌死語，信然信然。無己得力，尤在處處踹寔，不事花斧。黄山谷謂其讀書，如禹之治水，知天下之脉絡，有開有塞，至於九州滌源、四海會同者，作文如古人關鍵，其詩深得老杜之法云云，正是嘉其篤實，即如其贈山谷詩，已可見也。

曰：無己之於坡公，詩迥然不與相似，故能與之馳騁。即於黄太史，亦有自用意處，不盡規步也。故某近作《論詩》有云：『善學孰如陳正字，牽連玉海已藏家。的知不可魯男子，麥飯能爲雙井茶。』

曰：後山詩冣爲奇崛，清妙無一點塵堁，秦、晁、張皆當避之，然亦不免俗句，如『窮多詩有債，愁極酒無功』，又《咏雪》云『漫山塞壑疑無地，投隙穿帷巧致身』之類，直屠酤語耳。詩有不傳之妙，非關學與理者，後山頗能參及之，絶勝其師。然似此俗累之句，即南豐亦不道也。

曰：王元之詩云『本與樂天爲後進，敢期子美是前身』，予按其《酬种放》諸作，頗用杜格，而不見《陽城驛》等篇，酷似樂天。古人不妄自許如此。

曰：詩有自然流露，具見平生者，如韓忠獻公琦《苦熱》詩云『嘗聞崑閬間，别有神仙宇。雷散滌煩襟，玉漿清濁腑。吾欲飛而往，於義不獨處。安得世上人，同日生毛羽』，又《觀胡員外畫牛》詩『諸牛之態雖盡妙，尚有所遺思未熟。牛於生民功冣大，不畫牛功牛亦辱』，皆不問，知爲賢宰輔語也。

曰：近來詩人，獨推黄仲則景仁，凌厲雄視於大江南北間，不幸未及中年，賫恨以殁。畢制軍沅刊其遺詩，未足盡之也。予舊時好作小詞，祝同年厚臣堃愛之，曰『邇來工此事者，尚有仲則』，時仲則已出都，無從索觀，因悔前與仲則知之未盡也。今夏在桂林，敬之適以仲則詞集見示，予爲感悵久之，回乞得其集自隨，澄江返櫂，取而讀之，大概抑塞鬱勃之氣所發，略如其詩感之所同，爲和二篇，仲則有知，當爲默擧矣詞别見。嶺外游客作詩者多，作詞者少，唯韋蒼梧佩金，字書城爲詞專家，亦實嶔嵜有奇氣，蓋仲則之友云。

曰：祝厚臣詞學姜白石，潘蘭公詞如行雲流水，自爲天機。蘭公稱吴穀人之詞，未及見也。

曰：董曲江元度將刊其舊集，而不忍盡芟《春柳》之什，商之予，予曰『若以此情致作詩餘，則大妙也』，後曲江遂附數詞於詩後，轉不見長。

曰：望溪集中韻語如《悵春華》《七夕賦》等，殊乏精意，當是少時之作，不足存，故刊本中亦未入。

曰：看詩論詩，廉夫真是了不得。敬之既服其評論之當，尚以未見其自作爲憾也。一日忽讀其五古一首，及『衆紛如未遣，一字亦難能』，喟然歎曰『非苟知之，亦允蹈之，獨此人！獨此人！』新、潁、希三子，才也、情也、思力也，皆有過人者，獨惜古今著作到眼前，斷不出生死來，所以自己也做不得主。蜀子却高，但於詩中，仍不免摇摇，不若論文有把鼻。子和可與知詩中之聲色臭味，然每到釘砍實打處，却又遲疑。

曰：廉夫《子迟詩後序》後段云：『獨是江西衍而學杜者疑矣，錢劉唱而西崑濫矣，后村、四靈之徒出，而晚唐靡矣。創之者足以名家，沿之者遂以生弊，此皆古詩人之極至，猶且不免，而况近代哉？積讀書窮理之功，具兼收博採之量，殫精研思，至於皓首，定一編以爲一家之詩，而學者乃執一編，以求之形似耶。迨乎流弊既出，而投瑕抵間并所師承而詆訕之，又豈公論哉？諸後子迟而起者，亦惟務讀書窮理之功，兼收博採之量而已矣。子迟信之於始，其識足貴，若夫勉之，則尤在後之學人。』

少鶴□□□持論堅確，不可易也。朱子云『江西之詩自山谷一變，至楊廷秀又一變，以斯知一代之詩，未有不變者也』，竊謂派之相沿，久而必變者，皆其流弊也。廉夫識論，踞萬仞之頂，乃能砥百川之流，其有功詩運甚巨，五星、熙甫諸子，當各書一通懸之，必能悚然而頓步，恍然而改觀，超然而加進，孳孳然而不能已也，不然必漸哀矣。予與阮樹南論書，樹南意不喜董思白，予與辯論不已，樹南曰

『吾豈薄思白，薄思白之流弊耳』，予曰『吾鄉馮大木詩云「亦有南士學元宰，鋭頭果腹誇丰采」，君所惡者，殆「鋭頭果腹」者耶？』樹南拊髀大笑，曰『然，然』。昨小癡亦言，『近見南中宗法《主客圖》者，多止用山雲竹石等物，及「一生五字求古合，少人知」等話頭，而以按桐、鶴全集，却不盡然也』。頃見熙甫門人，多有未出書房學生，輒云『業背於時，世莫己知者』，真是可笑也，吾故謂廉夫是文壇宿將、詩門功臣。

曰：敬之問『作古詩苦無進境，其病安在？』予曰『語句太妥適，章法太完全處，便是病』。又問『然則不妥不完可乎？』曰『韓退之、黄魯直詩，無一字不是擷撲不破，然讀去却不同世俗之所謂妥適；老杜、蘇子瞻詩，無一篇不是格法天成，然讀去却不同世俗之所謂完全也。此中錘鍊裁剪，総以求古則進，求今則退』。

曰：敬之寄熙甫詩云『相慕不相識，唯應夢見之』，有二人共讀，其一曰『既不相識，如何得夢？』其一曰『孔子夢周公，亦舊相識耶？』此人頗潁捷，惜未見其詩耳。

曰：《韋廬集》除石桐評選外，五言如《贈李桂山》云『寧拚五斗米，不换一舩書』，《和雲谷》云『暮雲揮手易，遠道寄書難』，《送人歸武昌》云『遠水連空濶，孤帆入杳冥』，《早發襄陽》云『猿聲初到枕，客夢未離鄉』，《晚眺》云『風笛不知處，沙鷗相與閒』，《過徐灌湖所居》云『書聲當午静，秋色隔簾明』，《秋日訪廖孝廉》云『野田收晚稻，老樹雜秋花』，《春興》云『池添一夜雨，緑過小橋西』，《南樓》云『一水到門静，兩山終日閒』，《中秋夕》云『烟空秋在野，夜静水明樓』，《登補陀巖》云『亂紅烟外樹，浮緑雨餘山』，《聞蛩》云『一燈昏夜雨，四壁亂秋心』，七言如《春江贈周太史》云『晴江天遠孤篷杳，漁浦風來水氣腥』，《池塘》云『春從細雨聲中盡，蝶向餘花落處飛』，《登定粤寺》云『曲崦人家秋色裡，西風臺榭翠微間』，《和張江亭》云『千里月明横笛夜，一樓山色捲簾時』，《登壘采山風洞》云『紅樹人家秋瑟瑟，夕陽亭榭烟濛濛』，《見燕子有感》云『嶺外不堪人久别，天涯争羡爾先歸』，《楊溪别墅》云『對月莫辭深夜酒，還鄉猶是暫時人』，《夜坐呈王竹塘》云『鴉聲翻樹月卓午，燈影隔簾人讀書』，《和石墟先生》云『壯心猶在空看劍，鄉思方深莫倚樓』，《九日登棲霞寺》云『秋盡湘南無鴈到，菊開籬落幾人還』，皆澄净遠曠，不失唐賢風格。

曰：　高響山廷樞知詩，甚有見觧，超於俗人時習。自吟《全州山谷間》句『路外無曠土，山中多老人』，殊得《篋中集》意。又言詩格清超推松甫，因誦其句『明月忽在水，荷香生我衣』。又稱時賢非無佳句，但不能自擇自知珍愛耳，曰吟朱心池句『扶我下山去，江風吹不醒須是吹醒乃妙』，紀小癡句『乞米得五斗，種花開幾枝少深味』，趙式曾句『有客坐層閣，看人行遠林「行」字呆板』，數語果清疎可喜。余謂此諸子之好處，不若響山眼力之真處。再除響山二句及松甫二句擷撲不破外，餘尚未能到家。然視其平時所作，已較然如出兩手矣，且氣格漸近唐人《主客圖》，亦似爲韋盧點化使然，癡、池二子果從此皈依，尚不至終作野狐禪也。

曰：　響山論袁子才詩，亦極確，正同小癡指摘歸愚，亦確。

曰：　響山又有七言云『吾家飽食元過分，一百年來不種田。一日一餐唯薄粥，三朝三度見炊烟。官厨乏食猶如此，茆屋啼飢更可憐。欲仰天閽呼上帝，與民來歲乞豐年』，雖俚淺，却得詩義。

曰：　余有《戲答北海》詩『豈有清詩同孟浩，灞橋風雪総相随』，北海以爲疑，盖孜浩然本傳，并作浩然，字浩然，無孟浩之説也。後乃查得一本，其集敘乃宜城王士源撰，撰時在天寶年間，傳首即云『孟浩，字浩然』，以下編次，并云『《孟浩然集》，襄陽孟浩撰』，即其爲一字之諱無疑也。特初盛間，朋友酬贈多稱名，而李杜集中，并云浩然，無孟浩字，則豈本一字諱而後乃以字行歟？既以字行，而史遂據爲諱某字某乎？要之《唐書》成於宋時，而此集敘，去浩然未遠，則必非傳聞之訛矣。

曰：或問予『枯松久絶烟』此句有出否？曰『王建詩云「荒松老栢不生烟」，前人多如此説』。

曰：或問石桐《除日》句云『正欲安排原命定，不曾防避又年來』，似非本體。曰『石桐律詩，総出張王，王建詩云「一向破除愁不盡，百方回避老須來」，正是本體也，然當時却非有意撫擬』。

曰：予舊有《題海廟》詩云『慘澹長空暮，時聞叫海鷗』，或疑鷗鷺不聞鳴叫，予無以徵之。後見《禽經》：鷗，水鳥也。張華注：其鳴嗜嗜。則知謂鷗鷺不能叫者，非也。

曰：予嘗有詩贈松甫云『勿聽我語自作活』，取佛經『有須自作活』之語。每見世上有一種高興人，見人作詩，也隨作詩，見人作字，也隨作字，亦不無可觀，無奈才辨得路徑，便已淡興，或見無人提掇輙便丟棄。此即屬無志之輩，不能賢於醉生夢死者也。

曰：石桐先生論『俗』字最爲篤確。東坡叱徐凝爲惡詩，而以『賽不得』三字，斷爲非樂天語，真千秋巨眼人。試思天地間，同此六書之文，而有雅有俗，正以用之不同耳。不然，古人詩中，豈遂廢『賽』字耶？金正希作制藝，所論『奇』字，正如是索解。若劉棻所學之『奇』字，未必不正是俗處。

曰：予贈胡茂甫進士句『學在登科後，書來識面前』，敬之擊節不已，或遇時下詩人，敬之輙爲誦之，而其人每悵然，不得其佳處安在。

曰：　或言李子喬集中，如《送蔣侍郎》云『聖主教歸里，門生送出城』二句，直致有何好處？　敬之云『好處正在阿堵』。

曰：　余兄叔白曰『彈琴不難聽琴難』，余亦曰『作詩不難讀詩難』，大槩讀書能知味，則庶幾思過半矣。近見人往往不肯細心咀嚼，秖辨一攬丹黄，急捷判語，若如此而遂得其妙處，則其爲詩可知矣。

曰：　讀詩譬之食味，平心定神，從容咀嚼，曰此鹹也酸也，或曰此鹹多於酸、酸多鹹也，此雖鹹與酸，而未爲極致也，此鹹酸之極致也。然後辨其品，爲薑桂，爲櫻筍，爲駝峯象白，久之則能知此爲某庖之作法，此爲某庖之變法，此學某庖而未至，此雖學某庖而或過之。嘗之津津，辨之歷歷，其樂真有符節之合、塤篪之應。今人往往一物未到口，恐人誚其不知味，輒曰此自某庖來也，此不如某庖也，其實於此味之酸鹹尚屬茫然，尚安問其品目乎？

曰：　讀書而先慮何時讀盡天下之書，此必不能讀書；　欲學字而先慮何時見盡天下之帖，此必不能學字也。行萬里者必自一里起，一日百里，百日亦可到。若舉步即先有萬里之憂在胷中，恐起程日期亦遲疑難定矣。僕老矣，不能更讀書，每有暇輒温習舊書，比小時所讀，益親切有味，始悟向時鹵莽涉獵之無用，即學字亦然，『臨淵羡魚，不如退而結網』，同一義也。然其志則必蘄至乎古人之所至，不以得少自足、淺近自畫，方可有成，不然亦祇爲窑頭坯耳。所行一里，所期亦止一里，則與不出户庭者何異？　此説既常以告童正一等，更出之以示學者。

曰：　憶予年十八時，在濼源書院，同學于古芬，告以陳賢良讀書法，每日祇讀一百二十字，後遂無書不讀，意頗笑之，不信。迄今回思平生捨業以嬉之時居多，方思前輩爲閲歷之言，可勝悔耶？

曰：　作詩如造酒然，平日所讀之書與詩，即秫稻也，秫稻必齊。平日所講求之格法，即麯蘖也，麯蘖必時。然後即當前所值之景，所感之情，入以和之，釀以成之，乃水泉也，水泉必香，香無穢氣也。然後即當前所發之機，所得之興，急以追之，鍊以出之，乃湛熾也，湛熾必潔，無穢跡也。若無書與詩積蓄於胷中，而但空講格法，猶無秫稻而專存麯蘖，止有苦耳，豈成酒耶？有書而不求格法，猶秫稻多而麯蘖少，酒必不醲，且有酸薄甜臭之弊矣。有書有法，而無真性情、真意興，猶秫稻、麯蘖合放一甕，而不加水泉、經湛熾，豈能成酒而可飲耶？但專恃自己性情意興，而不本之古書古法，猶無秫稻、麯蘖，而單着水，翻來倒去，止是水耳，亦豈能成酒而可醉人耶？

曰：　凡作詩文，急圖人道好，先怕説不好，此即可決其無成。但須知人字中亦有分别，若遇同志合道之人，自不廢講習攻磋，惟於世俗泛常之人，則或臧或否，均不足介意耳。

曰：　予初讀歸愚《别裁集》，意大不喜之，曰何其靡也！其所謂温柔敦厚者，皆糟粕耳。及見袁子才《詩話》所載，乃多鄙悖猥瑣，于是轉歎是尚不如歸愚之爲愈也。可知文章千古事，不容自爲成見，必需秤稱後，然後可以定其分兩輕重耳。每見時下人，一味耳食，於衆所共推者，開卷便蓍蔡，適適然驚之。於衆所共詆者，開卷便雌黄，望望然輕之。試問其何以驚之輕之？當自啞然也。吾友有求真子者，長往來天台、鴈宕間，平生不好著述，而喜爲道情小曲，每過衢市，輒放聲歌之，羣小兒笑和而逐其後，求真子亦不知也。猶記其二曲，詞雖俚，可以砭俗也。其一曰：　或説豹胎勝於紫駝峯，或道猩唇不如鯉魚尾。随人亂帮帮，幾曾得入嘴。勸君聽了且莫忙，作箇商量，真箇是臭還是香，嘗嘗。其二曰：　或説象耳酷似蓮花葉，或道象牙酷似羅白根。随人瞎摸摸，何曾見全身。勸君聽了且慢贊，作箇打算，真箇是長還是短，看看。

遇物到口，真正嘗過才説話者，單廉夫也。遇物到眼，真正看過才説話者，潘蘭公也。凡二子所評點，雖筆墨不加處，都有他眼耳鼻舌在。或云： 廉夫能嘗者，以其嘗於古者，口中滋味已多也。蘭公能看者，以其看於古者，眼中光景已多也。若時下人，口中本無正味，眼中本無正色，叫他如何去嘗？ 如何去看？ 曰： 此言誠是也。然既不能嘗得真、看得真，可且漫去瞎贊歎、胡評論。

曰： 『「清晨登隴首」羌無故實』，言好詩不在用典也。要知即用典，亦必取與自己意思相發，質言之則無味，借古事言之乃有味，此用典之妙也此等須于蘇黃集中體貼。近今之人，詩中所用故實，率皆貪常嗜瑣，徒自滯累，如有好女子，用土粉塗抹，幾如花面逢迎，何如頭光面浄之得本色耶？

曰： 爲學以志爲主，志之所至，氣必赴焉。嚴滄浪云『學詩以識爲主，入門須正，立志須高』，無識不知門徑，志無所向，既識得正路，而悠悠忽忽，不思造到第一詣，乃志之不立，志不立，與懵然無識者，相去不能一寸。

曰： 待文王而後興者，凡民也； 若夫豪傑之士，雖無文王猶興。爲詩亦然，古人派别，自我眼覷出，一一認証，自然真切，若止隨人作活，難免目論耳食。每見近來學生，有見大家作詩高興，便爾孳孳講求，及大家興闌，遂都棄歇了。此亦詩中之凡民，何以能有成立以垂不朽耶？

曰： 余兄石桐先生作詩，專攻五言。嘗謂古體柏梁以前皆五言，近體則唐以五言試士，學者肆力所在； 若七言，非才長而學裕者，不易工也。余自知才鈍，故不敢強作。然初學入手者，亦當準此例。兄言如是，知其于爲詩，守約而法嚴矣。憲喬初從先生學五言詩，後始稍稍爲長句。兹以吾家松圃員外訪先生近作，敬録一本，計古體十首，近體二十首，宗承所主，借質高明。其古詩，或疑學選體、擬三謝，近體或疑擬王孟、擬錢劉，皆非也。李憲喬識。

曰：周松幹謂『十桐先生五言古，已超張王，一間即至三謝矣』，其有所聞耶？其真有所見耶？要之松幹才識，非塵中所有也，故時人多不能知之。

曰：阮亭尚書云『若解無聲弦指妙，柳州那得並蘇州』，知言哉！柳州之妙易知，蘇州之妙難言，蓋非真性恬澹、能無外物累者，莫得造也。

曰：韋郎少爲倜儻不羈人，後乃折節向學，故所得冣堅衛卓犖。若第以清遠閒曠目之，尚貌取耳。松圃深於韋者，故敢以爲質。

曰：李杜優劣論，《唐書》以爲不易，而韓退之極斥之。僕謂初學爲詩，易慕虛浮，未見得杜之優於李，則所見終欠切實，所詣不到沈著。洎涉歷既多，却知二子固同心事而一才力，其必讀三吏之别，始爲憂國，讀《北征》《哀》始爲不忘君者，陋矣。李陽冰序白集云『不讀非義之書，恥爲鄭衛之作』，東坡詩云『開之有道而少留，縻之不可矧肯求』『平生不識高将軍，手得吾足乃敢嗔』，似此真氣骨真肝胆，何嘗是如世俗所傳之謫仙耶？憲喬近與人論古飲者，或稱太白，曰作《太白》詩云云。

曰：太白七古出於鮑明遠，故特工長句。老杜云『爾來海内爲長句，汝與山東李白好』，蓋自云弗如也。後來如貫休、任筆益濫汰，不足道。才大如蘇黄，每到長句，輒形拙躓。

曰：七古當以老杜爲初祖，韓爲正字，梅歐蘇黄次之，陸務觀、裕之又次之。其餘若王右丞、劉文房、高岑、元白、石徂徠、孔毅父、秦、晁之屬，衹須涉獵及之，薩天錫以下，可暫勿讀。所謂『取法乎上，僅得乎中也』。有明前七子，非不氣盛詞華，然學之便易鄙淺，何况後來？

曰：　僕嘗謂讀古人詩，當如蒸地黄然，須用上等好酒，蒸極透，暴向日中，晒極乾，如此算一次，比及九次，自然堅寔力充味足。若初次蒸不透，晒不乾，到底不免離生。僕讀蘇黄詩亦然，僕教單菱浦亦然，萬勿瞥見古人幽光古色，自己不了亮處，便思一步跳上去也。薪亭兄第一等聰明，定知僕不是亂道。

曰：　單菱浦嘗云『從兄教讀山谷詩，篇篇都有味』，僕云『不消如此説，且先去讀《演雅》《聽琴》等篇看』。

曰：　都下談詩者，曰紀曉嵐、翁潭［覃］溪、錢籜石三人而已。然曉嵐博而時俗不可耐，覃溪有志而無實得，亦不能免於俗尚，籜石文尚不如其人，是所謂晨星者不過爾爾，未足一探求也。江南走名者，又有『七才子』之目，時從予游者，有南通州錢生、巢縣許生、無錫秦舍人，則皆知鄙之爲不足傳矣，不待北人言也。

朝鮮人學詩，取經都在晚唐北宋以下，然確求其心得，非漫然而爲者。中國人開口便講漢魏盛唐，早知非真心有志之士。

曰：　《隋書》謂南北異尚，『江左宮商發越，貴于清綺；　河朔詞義貞剛，重乎氣質。氣質則理勝其詞，清綺則文過其意』。若徂徠先生，可謂不失北人本色也。

曰：　居山須鍊得出門人情，出游須留得還山面目。

曰：　聽言聞過，衹取其長，益於我，不可有高下賢愚分别之念，尤不可計較進言者品行何如。

曰：真好名者必不好勝，真好勝者必不惡人攻其短，必不事事求勝於人。

曰：凡言語舉動太盡情，則易失實。

曰：立意説謊人亦少，多曰一時要説得好聽，便生出無數虚誕。

曰：聽人談論，於吾所謂是者，不可遽爾贊歎，所謂非者，不可遽爾辨駁，要須仔細體認一番。

曰：人稱其好時，便欣欣有喜色，此便是好諛之根。

曰：作古詩須得古題，古題須得古人，求田問舍之侶，貪常嗜瑣之輩，豈能觸發清興？

曰：朱子稱淵明是負性帶氣人，千秋隻眼，故學陶韋詩，須看其凜然不可犯處，後來江文通擬陶詩絶似，樂天、子瞻擬陶詩皆不似。靖節有知，所取當不在似者，而在不似者。石桐詩『天臨大江曉，峯出小孤寒』，正得淵明骨力，不唯能寫雪意也。有一南士，問作詩法於子喬，子喬云『恥讀非聖之書，乃有天仙之作。乞君飛霞之佩，坐我凝寒之閣』，蓋前二語，本李陽氷贊太白詩。凝寒閣，子喬取右軍《積雪凝寒帖》以名其書閣也。

曰：孟東野以掐擢鈎棘酸寒僻苦之作，而昌黎推本於天，謂將和其聲，以鳴國家之盛，此李元賓謂爲平處，下視二謝，非虚語也。彼二謝者，其能免爲天魄，其德而爲不善鳴者乎？二謝尚如此，況其下者乎？

曰：學劍南者，多樂其淺易，遂忘其爲嶺崎之骨，輪囷之胸也。卑卑常瑣，所在皆然。

曰：真能得古人之意，而規撫逼肖者，同社之中，無過王子和，但有一點向外，所以每到著實處，便立不住根。若五星，則全是鞭辟向裡，即尋常語句，都有一幅真心臟真骨力。古人云『作詩須有自家安身立命處』，又曰『詩中有人在』，五星可語此矣。

曰： 五星當取元道州所選《篋中集》及東野詩讀之。

曰： 侯朝宗傳馬伶奏《鳴鳳記》，自恥扮嚴嵩相國，不如華林部，遂走京師，求爲顧秉謙門卒，三年盡得其舉止言語，復歸奏，其技天下無比。論曰： 崑山今之分宜也，以分宜教分宜，安得不工哉？某謂近代以來作詩者，皆自託高人逸士者也，然衹能演其形似耳，若華林部之嚴相是也。至吾五星，則高逸其本性也，嚴潔其素履也，一身即孟東野也，以東野學東野，安得不工哉？ 此其所以敻然㵎然而不可及也歟。

曰： 『詩骨聳東野』，這便是他安身立命處，但又當推《唐書》所言，韓賞孟詩有理致，理致深一分，詩便也高一分，看得到，信得確，低視二謝，何足詫哉？

曰： 諸同學讀五星詩者，當看其箇箇字是現成的，却箇箇字是他自己鑄出來的，其中逼古處，無一字不是尋常，無一字不是驚心動魄。

曰： 每見五星詩，喜其有書，試看五星作，句句是白話。 而所讀《史》《漢》，暗地裏爲他用力，即本人亦不覺也。

曰： 每思倩人作一貞曜小像，題曰『清峭養高閒』，近來更思以贈吾家五星。

曰： 讀文昌集，似爲平和恬静，不露圭角人，而東野稱以志士壯懷，正與退之『腦脂遮眼卧壯士』語相應，意文昌爲人，必極伉直冷峭，觀與退之二書，亦可見矣。

曰： 六義中興最難識，似比而不盡是比，似賦而不盡是賦，如雲之忽合，風之偶過，若粘若不粘，若有意若無意，乃爲人心之真感，自然之天籟，唐人中唯東野集中多，須細審之。

曰：　作詩須以古人爲準的，亦不可説得來太輕易，太易便是學現成話。韓子云『歸愚識夷塗，汲古得脩綆』，要尋他『脩綆』在那裡，然後鞭以古心可耳。

曰：　子和、熙甫、丹柱學古詩，才識亦好，前見所作，似讀韓集，自非漫然，而排塲聲韻，尚不入格者，仔細想來，還少得前一步工夫。學古詩須先取十九首、蘇李、三謝、淵明詩選出熟讀，再取張王樂府，時時諷誦，使古味盎然在胷，古調朗然在口，然後以次去看杜韓歐蘇，方有着落真正把鼻。

曰：　每見邑中後生，開手須要學杜，到底弄得來，混沌支離，不成形質，衹算他不曾見過。問漢魏樂府及《文選》不宜先讀耶？　曰所謂十九首、蘇李等，即乢選體中之蔺而易致功者耳。若精神有餘，多讀全覽，更妙。漢魏樂府，李天生評本冣善。初唐及陳子昂、李太白古詩，且莫動。

曰：　石桐先生《主客圖》例，屏除温李，其實亦視其性之所近，不妨參閲，但具正法眼藏，自不至吹墮羅刹鬼國。

曰：　陳鴻賛樂天『深於詩，多於情者也』，故古今詩人，皆古今情之所結，此所以能深耳。僕嘗有贈王顥叔詩，中云『當春花自發，欲語淚先垂。我看如張祜，人言似項斯』云云，并可移贈單子固。

曰：　或問游移與真卓之辨，曰譬如賈兒開鋪，真卓須是自己本錢，自己開張，立意要發大財，不論傍人。游移須似替人看管，若在鋪人多，一時高興，帮手。假使本主不在，便各自溜回家去睡覺，到底做不成買賣。

曰：　吾邑中如『後四靈』之才學者，尚不乏人，而不免讓四子之有成者，信不篤而業不專也，則亦終不免爲鄉人而已矣。

曰：宋步武做人却好，真真不怕被古人哄了，自能卓拔於流俗之中，文章小技也，須恁般方得不磨。若隨緣逐對，將就得過，便悞了大事。

曰：丹柱英妙，江夏無雙，桂舟風流，靈和第一。然光景近易，未得獨當一面者，正坐少讀書耳。

曰：嚴滄浪論詩曰『詩不關學』『不關理』，然非多讀書窮理，不足以極其至。若但從五字搜求，雖日拈千章，亦不能别開境界，須於古人之作，自己有些體會，方得日出日新。再誦詩之餘，尤要多涉古書，若史鑑，若諸子，若漢魏唐宋各叢書，見多則識不陋，深習則意不客氣。或問宋蔺齋好讀書，而迄無成就，豈才有欠耶？曰才甚高可用，正坐不肯讀書耳。所讀書如江湖客人看小説篇子，隨看隨唱，算得什麽學問！

曰：《史記》、兩《漢》家家擺在案頭，當酒散欲眠時，任扯一本來遮眼，旁人説起，亦略能記述一一，而中實茫然，無獨見真得者，不得謂之讀。讀書若希江、蜀子、菱浦，三君者可法也。須知古來也没有逸居飽食、無所用心，便做得神仙底，諺云『神仙還得神仙做』，此不學無志者之飾詞耳。

曰：石桐先生本張爲『主客』之説，衡準中晚唐五律，爲兩派，各有承受。末學後生，多不能心喻其解，以爲添設，即嗜古如于惠翁，且致疑焉。頃讀韓維持國《贈梅宛陵》詩云『唐之衆詩人，區别各異派。一經君子評，斂鑿弃秕稗』，始知宛陵得力處，全在辨認派别，故宛陵律格，在宋最爲翹出。宋初汨於西崑，幾泯唐賢真諦，宛陵發之，所謂二百年無此者，嘉其爲正派也。鄙薄之子，矢口吐音，輒擬古人，亦漫無宗主，何其淺陋可笑耶。懷集令宗人鳴壎論詩，謂予曰或言五七言古詩，亦衡平仄，此好事者爲之耳，其果信耶？予曰不多見古人之作，不能不疑；既多讀古人之作，不得不信。此固難以懸空置喙也。古詩之聲調，世且多疑之，况派别哉？

曰：予初持石桐『主客』之説語菱蒲，菱蒲憬然以爲誠然，曰舉其平日所讀詩，區分之，某當屬某派，皎然不爽。復舉以語蕘谷，蕘谷徘徊，笑而不信。後强附之，以媚菱蒲，間爲擬作，亦終不似也。慧業之與鈍根，相遠如此。

曰：於唐律中，求得無可諸人，菱蒲之功也。於宋律中，求得四靈諸人，子和之功也。

曰：宛陵云發難顯之景，留不盡之意。可謂發唐賢之藴，即發千古詩人之藴。

曰：或謂任子千書學鶴翁，子千瞋目曰『吾自學涪帖耳！』鶴翁聞而善之，舉語學者曰：『此之謂善學，以人望人則易，然學人而不求其宗主，則於真處無所見，而所得祇其病耳。以近言之，吾邑如寒香老人、紹公、愚溪諸先生，書法並重於時，而子弟之規撫形似者，予槩不許，正遺其美而受其病者也。何若求寒香於鍾、索，求紹於十七帖，求愚於《寶晋》《戲鴻》諸刻，久之自識其竗矣。』右論一段可通於學詩焉。

曰：杜贈李云『李候有佳句，往往似陰鏗』，又云『清新庾開府，俊逸鮑參軍』，皆明所學也。

曰：阮亭尚書《論詩》有云『元白張王皆古意，不曾辛苦學妃豨』，知音哉此翁！此之謂善學。

曰：世皆知東野所長在詩，而昌黎與浪仙皆賛其行，所以爲深知，而詩之高又不待言。

曰：古人詩寫景必有情在，故即其詩，可以想見其生平，想見其時世。孟子曰『是以論其世也，是尚友也』，可謂善讀矣，然亦必其中原有感寓。若近今人作詩，秖圖眼前塗抹點綴，人人可以通用，何足爲後來之追想哉？　此不惟唐詩也，自三百篇後，若漢、魏、六朝、唐之後，若五代、宋、南宋，無不皆然，故皆不可滅没。金元以後，或離或合矣，然其卓卓者，亦必主乎此，聊于此發凢云。

曰：　浪仙句『遥峯出微草』，此碍而通也。《文心雕龍》有云『碍而實通』，故凢詩句中有乍看似無理，細思確妙者，乃謂之碍而通。

曰：　浪仙句『鶴似君無事，風吹雨遍山』，不曰『君似鶴』，而曰『鶴似君』，加一倍寫，乃逾高。上句奇妙，得未曾有，下句却止以極尋常語對之。試去合看，無非奇也。後來李洞詩『千年松繞屋』，止對以『半夜雨連溪』，正得此訣。

曰：　李才江句『天定着常新』，到家語。凢於人情物理透闢，確不可易者，乃到家語也。其不到家者，擷撥易破，理不足故也。嚴滄浪云『不多窮理，不足以極其至』，正此之謂也。

曰：　裴説詩『投人言去易，開口到貧難』，此所謂有箇安身立命處。若後人感遇，不過自道窮苦耳。

曰：　老杜云『不廢江河萬古流』，王逢原云『不信吾無萬古名』，唯有詩人真氣骨、真精神，則可以決之大雅。

曰：　唐賢志趣，本自不同，所慕者非浮世之榮也。老杜説『儒冠多悮身』，老韓悲二鳥，多少凄凄嗟嗟。然已得拾遺，反生曲江之感喟；　才擢侍郎，便甘潮陽之謫遷。則其向日之嘆老嗟卑者，豈俗人所得知哉？

曰：　水部《酬韓庶子》詩，此皇皇泰山之韓夫子也，乃衹用家常閒話，淡淡酬之，更不作意。不知不作意處，正是高處，一時之胸次交情，莫真切於此矣，在後人反不知添多少矜持張皇，都成客氣。

曰：　送行詩，將以道彼美而樂乎往也，雖題類不一，要以此意爲主。省親，爲人子之常情，故凡唐人送歸覲歸寧之作，不過或起，或結，或中間一點便是，而其餘則仍言到家載之景物，其體例應如是也。在後人，則有許多贊孝贊悌、至仁至性膚語，不知反成濶泛。試執此以考之，可定古今之分。

曰：　長江《早行》句『主人燈下别，羸馬暗中行』，唐隱居求《曉發》詩云『幾處曉鐘斷，半橋殘月明』，二詩合看，極淡極常語，却有深味。若温飛卿『鷄聲茅店月，人跡板橋霜』，非不佳也，然有意渲染，不免俗人悦矣。譬之近代畫品，此如麓臺，而飛卿則王石谷耳。此中色味分寸，能辨者秖數人，若廉夫、潁叔，及吾家松甫、五星，其庶幾乎！

曰：　退之同時，若裴中令之勳業，李凉公之勇略，白太傅之歌辭，李習之之文筆，皆卓越不可磨滅，然高明如盧仝，狷直如張籍，鎮定如孟郊，尤世所難得者，故退之尤愛重之。時冬夜讀退之詩，有感如三子者，不可得覯，聊書以寄五星。

曰：　五星邇來所用何功？所讀何書？阿叔雖不廢披讀，然老不能入，獨稍異於少時者，讀少而有所感悟，雖不能如程子之讀《論語》，然若趙中令輩，間以所讀舉而用之，亦有一二之合焉。趙中令佐宋太祖，以文臣代藩鎮，以轉運掌財賦，奪諸将兵柄，大槩皆用權術，殊見小様，《論語》未必爾也。所以讀書人不可迂，迂則愚矣，尤不可乖，乖則詐矣。愚不過固執不通，詐則流於市儈之小人。其不讀書者無論，往往見有讀書者，以權詐爲權變，其所行事，亦遂破敗決裂，皆不察於此也。或謂以實心待人必上當，以實話告人必受欺，我意却不以爲然，畢竟實心實話占便宜此爲他們説，試看孔明之待孟獲，羊祜之待陸抗，何嘗不能成功？ 所以我此時，雖日與世俗之人交接，亦不肯爲虛情、作誑語，後來亦無所致悔。 此向來試之而信益堅者，敢以告同志。 陸宣公告唐德宗之言，字字金石，某嘗謂此即後來論孟。

曰： 步武《憶九仙舊游》見寄，丹柱送我南行詩，皆極得古意，未及和之，興未動也。 步武詩尚有欠剪裁處，已爲節之。 熙甫應已赴部，光景若何？ 見蘭公、書昌、宋小坡、秦小峴若何？ 蘭公已改御史，小坡亦保舉御史矣。

曰： 桂舟若何？ 倘所謂吾過矣，吾離羣而索居，亦已久矣。 所以爲學要打得底子結實，結實則風雨亦不能摇得。

曰： 作古詩結搆散緩，鋪敘繁冗，総是讀古人詩不熟。

曰： 淵明《詠貧士》，七首中多頭巾語，却非頭巾語，正是真真見得如此，所以難得。

曰： 我向來作詩，多不去安排，止意之所動，直直寫出，便罷。 正如世俗人，所謂我自有性情，何苦學古人之説，然這話却不許他們説，諸君以爲然否？ 要之亦多率處，不可盡存，去耴告我。

曰： 施晉進之云『少鶴先生學韓，要於穩妥質實處觀之』，四字似泛常，然予甚許爲知言。 黄山谷云『韓杜無一字無來處』，無來處則不妥，張文昌云『獨以雄直氣，止是質實』。 進之又云『先生《歸順書感》是學「峩峩進賢冠」篇，《龔生行》是學《劉生》《區弘》諸作』，亦煞有見，然當作此詩時，却無意。

曰： 一向在桂省，以詩來求政者甚眾。 一戴舍人，湖北人； 一胡進士，江西人； 一關孝廉，臨桂人。其餘零星未成家數者，不勝紀也。大槩追逐時好，苦乏入格之什，雖略爲指授，未審能變化否也。歸舟覽吾姪約言《鷺鷥》二詩，乃不禁叫絶，可知學詩全在性靈，渠等胸中各有數千卷書，而難一句合者，不得竅也。約言胷中無一卷書，而通首無一字不合者，得竅也。前與松圃共評其詩，松老亦言約言清婉于兄。

曰：約言詩所以勝於諸人處，約好吟諷，潛玩其意味，不似他人逐日不用功，臨時却要強捉來，然用功須知亦不專在詩也，其餘古書，也該讀得些子，識見方有定準，吐屬方有根柢，方可以參諸古人，方可以示天下後世之人，無疑無慚，不然，所事不過在山水月露幾箇清字上翻弄，纔一沾着議論情事，便陋矣鄙矣，孱弱而支離矣，此終是不成之器也。但讀書亂來也不中用，不如從我來，我指與你讀書法，其是非得失離合，全要翻盡一向眼孔心孔，乃覺别有天地也。而詩亦自益矣。

曰：顒叔前讀蘇詩，何不下手一爲之？吾輩皆老矣，此中正有樂趣，不可以眼前人之或賛或咲爲意也，照顧眼前人，悮了生平大事。詒璋向於作詩，頗見熱腸盛氣，然要一邊做一邊讀，讀了又做，方有進境，不可貪圖與眼前人熱鬧道好，冣是没幹。須於古人中討出滋味，好之不可懈，則命題、設意、措詞都不肯苟且漫然自欺矣。看蘇黄用典處，每令人心花都開，若朱竹垞、王阮亭之鋪敘逞博，已無味矣，乃向來所謂廣東派、書稟體，止借古典來作替身字眼，如直言不識而可矣，必曰不識荆奉來書可矣，必曰奉還雲之類，在詩文中，最爲可厭，又朱、王之所不屑也。不但用故事，即下一字亦然，務求直達，使心口了然，乃可日進於古也。向來九皋在此，作詩頗有不卹眼前人之意，大槩當講論古人時，忽發興，作一首，有傍人道好，而我不許者，力即去之，有我極賞賛，而傍人殊不解其好處者，九皋乃自謂有得也。昨晚我已倦卧，九皋忽然朗吟十九首數過，即續和一首，甚覺天妙。予謂作詩得興，必是如此乃佳。

曰：世人笑吾輩做不朽事業者，恐朽不朽不可必，不知存此一念，是合下已拚得朽了，後日却如何得不朽？

曰：石桐先生云『世所謂率真，秖是率俗』，妙絶。

曰：余《道中感懷寄約言》詩云『入時各殊味，及子共初心』，石或變而玉不變，鉛錫可變而金不變，故九天下久而不變者，皆質之美者也。約言從吾游二年，嶔嶇萬里，而質性了然不變，外習一點不needed，知愛之意，久而彌篤，此其所以能爲五星之弟，爲世所難也，故於行役感念，寄贈此詩。

曰：九皋立志擬古題、擬古詩，誠可嘉矣。然亦必時刻誦讀古人之詩，又細解、細參、細思、細講，遇有會悟感動處，自不能不撫擬，或即同其題，或另用一題，其擬一也。若平時不去講讀，猝然捉住，要强撫擬，也不能有入處。

曰：王閒雲句『遠聲夜灘静，孤焰冷螢微』，『遠』字生『静』字，『孤』字生『微』字，此即唐人格物之學，所謂理明而詞達也。

曰：梅宛陵云『發難顯之景如在目前』，『難顯』須顯出乃佳，故又加『如在目前』四字，若深入而不能顯出，畢竟是隔壁障。

曰：鄙俚至土歌、木魚歌，有何文理？但其吐屬必須一氣説話，且必有入情之語，結意之處，則殊勝今之士子爲詩者，既無忄又無意，榛梗充塞，泥塗汩没，皆土歌、木魚之不如也。

曰：　明之歷下派、公安派、竟陵派，國初之漁洋、竹垞、初白等，非已有十分定見，十分定力，切不可即寓目雜看，致便淆惑，且不能得其底裡、用其功夫，而僅浮慕虚襲，亦必不能相及也，歸根到底是無所成就，滄浪謂『正法眼識第一義』，正是這箇説話。

曰：　凡作詩，布局、鍊句、下字、押韻，先求老妥，攧撲不破，然後再生變化。

曰：　詒珩讀杜工部《北征》詩、《感懷》詩，小子開章第一作古詩，便能卓犖如此，正似大家兒，墮地不作寒乞聲也，坡云此咄咄來逼老夫矣。胷次槎枒有物，冣爲可喜。闒茸鄙猥者，雖讀盡萬卷，不能吐得一字，其氣餒故也，勉進之。

曰：　詒璋《畫馬》詩，才筆犀利俶儻，當亦不減小坡，惟胷次更加光明，眼界更加高濶，則可以讀老坡矣。老坡詩妙處，不要但賞其妙於語言，令人解頤，須能識得其光明灑落，於人世俗情瑣態，超之高萬萬丈，故隨其嬉笑游戲，無不爲不朽而可傳。昔人言東坡胷中有萬卷書，筆下無一點塵，須思其所以無塵者若何。近時世俗人作詩，直是泥裡洗土塊，那有光明境耶？東坡云『能了然于心，又了然于口與手之間，而文之能事畢矣』，此説冣好，故學蘇詩，也須看其了然心與口處，至其用典，皆有恰妙處，不然，則語直而少味，非借古典以騁奇也。初學萬萬不可張皇其用典，而強效之，反使言語不得清醒，冣忌冣忌。讀黄詩亦然。蘇詩中如『汲黯少戇寬饒猛』『張禹雖賢非骨鯁』，以之評茶，絶倒千古，此等皆不得不用，非强用也。他如『佳人未肯回秋波，幼輿欲語防飛梭』，止可押『梭』字成趣耳，若不押『梭』字，此事便可不用。

曰：　詒璠作詩，皆能清妥，詒璵詩，更清冷可愛也。然向後作詩，却以心思、才氣、筆力、光燄爲尚，在少年須具攀龍附鳳之志，上下千古之槩，驚才絶艷之觀。若學《主客圖》，而但得清漿，此敦測輩所以無成，而菱蒲表叔所以笑橋東諸子，拘而未化也，此不可不知。張桂舟之清才，不若宋步武之寔功。

文中子論詩

李百藥見子而論詩，子不答，百藥退曰：吾上陳應劉，下述沈謝，四聲八病，剛柔清濁，各有端緒，音若塤篪，而夫子不應，何也？說來可憐，詩止此乎？須知自沈約以來，所見所尚，亦不過爾爾。薛收曰：吾嘗聞夫子之論詩矣，上明三綱，下達五常，於是徵存亡辨得失，小人歌之，以貢其俗，君子賦之，以見其志，聖人采之，以觀其變，今子營營馳騁乎末流，是夫子之所痛也，不答則有由矣所論是已，然尚是膚廓，未有以見其親切處，即觀其評定後來之詩，亦可見矣。子謂文，士之行可見。謝靈運小人哉，其文傲，君子則謹謝詩如云『彭澤裁知恥，貢公未遺榮。或可優貪競，豈足稱達生？伊予秉微尚，拙訥謝浮名』『戰勝臞者肥，止監流歸停』云云，豈有傲哉？止是忸怩掩飾處多耳；沈休文小人哉，其文冶，君子則典；鮑昭、江淹，古之狷者也，其文急以怨；吴筠、孔珪，古之狂者也，其文怪以怒；謝莊、王融，古之纖人也，其文碎；徐陵、庾信，古之誇人也，其文誕；問孝綽兄弟，曰鄙人也，其文淫；問湘東王兄弟，曰貪人也，其文繁；謝朓淺人也，其文捷；江總詭人也，其文虚。皆言之不利人也。子謂顔延之、王儉、任昉，有君子之心焉，其文約以則顔詩除《五君咏》外，如《贈王僧達》《呈從兄敬宗》《答鄭鮮之》《和謝監》等，皆不免於煩，亦未見有則處；君子哉陳思王也，其文深以典。

按所論，廖濶若河漢，如鼓無絃之琴，如定無法之律，使人茫然，莫知所循也。謝靈運之病，在曖昧而不光明，沈休文之病，在纖近而失遠大，曰傲曰冶，尚其貌耳。顔延之與謝同蹊徑，而悶滯可厭，尤不如謝，乃歟取之以爲則耶？以陳思爲詩之周孔，自是鍾嶸之見如是，亦當時之崇推有然也。仲淹似不免仍其緒，若李太白則云『自從建安來，綺麗不足珍』『前聖如有立，絶筆於獲麟』，此是何等見識！

問陶元亮，曰放人也，《歸去來》有避地之地焉未論陶詩，而論其人，《五柳先生傳》則幾於閉關矣。

按以淵明爲隱逸，夫人而知之也，其實淵明不止於隱，朱子云『淵明是負性帶氣人，乃欲有爲而不得者也』，知言哉！以是觀之，仲淹尚衆人之見耳《法言》：或問公孫弘、董仲舒，孰愈？曰仲舒欲爲而不可得，弘容而已矣。朱子評陶，亦用《法言》語義。

又問劉伶何人也？曰古之閉關人也。曰可乎？曰兼忘天下，其亦可乎？

按然則仲淹視淵明，與伯倫類也，豈不淺乎？

陶淵明詩甲子辨

眉批：戴爾癡，湖南人。

明人潘璁編次陶集，有言：《文選》五臣注云『淵明詩，晉所作者皆題年號，入宋所作，但題甲子而已。意者恥事二姓，故以異之。嘗攷淵明詩，有題甲子者，始庚子，距丙辰，九十七年間，祇十二首耳，皆晉安帝時所作也』。按其詩中書甲子者，《游斜川》序内『辛丑正月五日晉安帝隆安五年』、《庚子歲五月中從都還阻風於規林二首隆安四年》《辛丑歲七月赴假夜行塗中還江陵隆安五年》《癸卯歲始春懷古田舍安帝元興二年》《癸卯歲十二月中作與從弟敬遠元興二年》《乙巳歲三月爲建威參軍使都經錢溪安帝義熙元年》《戊申歲六月中遇火義熙四年》《己酉歲九月九日義熙五年》《庚戌歲九月中西田獲早稻義熙六年》《丙辰歲八月中於下潠田舍獲義熙十二年》，以上十題十二首詩，淵明以乙巳秋爲彭澤令，在官八十餘日，即解印綬。後一十六年，庚申，晉禪宋，晉恭帝元熙二年也，寧容凝勒，鶴謂衹容一字可勒，餘須辨明，乃可責之晉禪宋前二十年輒恥事二姓？所作詩但題甲子以自取異哉。矧詩中又無標晉年號者，其所題甲子，蓋偶記一時之事耳凝勒，後人類而次之，亦非淵明本意。按宋武帝代晉，永初改元，共四年，庚申、辛酉、壬戌、癸亥，又廢帝景平一年，甲子仍算文帝，又文帝元嘉改元，共在位三十年。甲子、乙丑、丙寅、丁卯淵明以此年卒是晉禪宋後淵明身歷者，僅八年耳，而八年中，甲子無入詩題者。秦少游嘗云『宋初受命，陶潛自以祖侃晉世宰輔，恥復屈身，投劾而歸，耕於潯陽，其所著書，自義熙以前，題晉年號，永初以後，但題甲子而已』，黄魯直詩亦有『甲子不數義熙前』之句。然則少游、魯直尚惑於五臣之説，他可知矣，故著於三卷之首，以祛來者之惑云。右潘璁之言止此。凝評：縱惑何碍（鶴勒）？此所以到底不明白。又評：傳曰『君子成人之美』（鶴勒，開口先鶻突），又伊尹割烹事，孟子辨其誣，所以明古賢出處之正也（辨方得明，不辨如何爲斷）。其餘古賢之盛事，豈少傳聞過實者，無論可也（此便是心地不明）。兹靖節恥事二姓之心，千秋已共信之矣（也必明其事方可信）。試問劉裕受禪以後，淵明不以甲子紀，當用如何紀之耶？縱令無其事，亦必有此情理，况明明五臣、秦、魯（姓黄，粗心至此）鄙儒每每自矜考据精細，于古人之大經大法，爾能一一定之耶？即『春，王正月』一筆，議累千萬，爾又將斷誰是耶（且須就事論事，以其昏昏，使人昭昭，如何斷得倒）？

按靖節不肯屈於劉宋，故不稱其年號，但記甲子，此説世間相傳已久，但耳食耳。新都潘子玉，據史以証陶詩所紀甲子，皆在晉時，竝非入宋後始然，所辨未爲無理，乃戴爾癡并不細心參考，輒以武斷慢罵之，正所謂『不得於言，勿求於心』，告子之學也。持此以爲詩文，必多自欺之弊，難求真得矣。予嘗謂天下惟粗心浮氣人，㝡是没幹，當先爲爾癡箴之。問潘璁所辯既是，則五臣、秦、黄，豈皆未見陶集而慢然爲是妄言耶？曰其説本是，璁却有不細心處，特非爾癡所能駁之耳。璁止引五臣之註，其註實本於沈約《宋書》。按陶本傳云『潛自以曾祖晉世宰輔，不復屈身後代。自高祖劉裕王業漸隆，不復肯仕，所著文章皆題年月，義熙已前，則書晉年號，自永初以來，唯云甲子而已記廿年前，曾與先叔白論此事，即同《宋書》之説，惜今無檢處』。按約之去潛未久，所傳必真，蓋其不屈之意，自在晉安帝時，見劉裕自加中外大都督，又受宋公九錫之命，已早知有不臣之志、篡逆之事矣，故以乙巳解印，時則晉也，勢已宋也，不屈於安帝也，正不屈於裕也，看史中『王業漸隆，不復肯仕』八字，已了然矣。明此則知潘璁所謂『寧容於晉未禪宋二十年前輒恥事二姓』之説，真不達時勢也。再史中止言所著文章，皆題年月，未嘗專言詩也，即五臣註《文選》亦如此，而璁臆改爲『淵明詩』三字，遂專於詩中求之，不思詩中從無書年號者，文中乃有之耳。應有而不書，所以明志也。今試取陶文按之，如《桃花源記》，首云『晉太元中』，《祭程氏妹文》，首云『維晉義熙三年』，此所謂義熙以前書晉年號也。後《自祭文》，首云『丁卯』，丁卯，宋文帝之四年，而不書『元嘉』字，即凡集内文與詩，亦絶無宋年號，此所謂『永初以後，唯云甲子』也，是淵明之志本明，即五臣、秦、黄所傳亦本不謬，曰璁妄爲改臆，遂至自棼耳。即所引秦少游語，亦止言所著書，非云所存詩也，且即所存詩，當時必尚不止此，不然，庚申以後，豈遂無一篇耶？

集中《於王撫軍座送客》詩，據年譜言，此於宋武帝永初二年所作，撫軍爲王弘，亦難以定爲必然，且題中固無年號亦無甲子也。

四家古詩選敘

諸生求學爲古詩之法，曰當得樂府之意。問樂府尚矣多矣，安所從？曰先從其易明者。吾鄉王新城尚書，爲詩不盡合古，而其云『元白張王，皆古意有味乎』知言哉！予惡元相心跡，亦不喜其詩，故改以東野冠之，次樂天，次張，次王，諸生試習其詞、繹其意、度其格、嘗其味，無論五言、七言、長句、短句，皆可有得焉。以合乎三百篇、二十五騷、十九首之遺意，或有病其質淺者，曰質以受文，淺以入深。無質而文非文也，乃污穢也；不能淺而求深，非深也，乃汩晦也。汩晦自欺也，污穢自辱也。自欺自辱，無可自愉，安能感人？當時之人已輕之，安能見重於後之人？吾見此蓋多矣，吁可憐哉！鶴翁書。

選孟東野詩評

東野之詩，退之、元賓贊之盡矣。他如白樂天爲廣大教化主，而平生服膺，尤推東野及張文昌。世人於樂天之詩，類皆好之，至於東野，則目爲酸苦，避之惟恐不遠，豈不爲樂天所笑罵哉？且於此知其所好樂天之詩，亦第取其俚淺，或耳食口熟，正如樂天所謂『時之所重，已之所輕』，時俗人之所愛者，不過雜律詩與《長恨歌》以下耳，宜乎其於東野詩，不免衆誚虩虩也。近有一朝士某，寅好石桐、子喬五言詩，因叩僕所宗主，授以張、賈《主客圖》。某携入直廬讀之，三日，既出乃曰『吾觀兩君所取唐人五律，殊平平，不如兩君之自作也』，如此識見，一何可笑，故必有超乎此識者，乃可與讀東野詩矣。

退之之稱東野曰『古貌又古心，嘗讀古人書，謂言古猶今』，其性情可知，『作詩三百首，窅然咸池音』，其詣力可知。又《薦士》詩云『冥觀洞古今，象外逐幽好。横空盤硬語，妥帖力排奡。敷柔釋紆餘，奮猛捲海潦。榮華肖天秀，捷疾逾響報』，所以推其學與才者至矣。『行身踐規矩，甘辱恥媚竈。孟軻分邪正，眸子看瞭眊。杳然粹而清，可以鎮浮躁』，所以推其品者至矣。細繹退之之言，親切堅寔，豈漫爲黄諛者比？而蘇東坡、嚴滄浪等顧若未能深信者，得非才大心粗，未嘗一歷此言耶？

唐張爲以東野爲清奇僻苦主，其奇處、苦處尚可及也，其清處、僻處不可能也。東野詩中有云『惟予心中鏡，不語光歷歷』，吾謂學孟詩者，勿徒張皇其劖削奇闢，而當静求其歷歷不語鏡也。

選韓昌黎詩評

王荆公選詩例，杜詩須全讀，予謂韓詩亦須全讀，然欲約取而熟讀之，則此六十首者，亦可見韓之真面目矣。《元和聖德詩》當與《平淮西碑》并讀。五古中不選《送靈惠》諸作，七古中不選《石鼓》《青龍寺》諸作，皆別有意。亦有素所心賞而可不選者，如五古之《送元協律》《南溪始泛》，七古之《感春》是也。

李習之譏昌黎嘆老嗟卑，後人総不免以老卑爲嗟嘆，不知自十九首已開之矣。其云『所遇無故物，焉得不速老』，又云『人生非金石，豈能長壽考』，但所嗟嘆者，期有爲於當世，立名於萬世，故可尚也。若僅庸庸無志，則貧與賤以至衰老，正其宜耳，可勝嗟嘆哉？孔子曰『疾没世而名不稱』與楚詞所謂『恐修名之不立』，正是一樣意志。此名即德業之不朽，非世俗之浮名也。李習之譏昌黎，後人亦多襲其説，以詆中晚唐詩人。大概以老卑自傷，不知所感，實有如此，亦正不必自諱，而作吉祥怡愉語也。況十九首中，如此等，非皆嘆老嗟卑之言乎？世人何以不敢譏之？

黄涪翁亟贊退之《宿龍宫灘》詩，所謂『浩浩復湯湯，灘聲抑更揚』者，非諳客裡夜卧飽聞此聲，安能周旋妙處如此？又《和張侍郎馬尚書衹召途中見寄之作》『暖風抽宿麥，清雨捲歸旗』，張文潛歎爲警句，是集中第一。按數句并無佳處，二子强解事耳。退之律詩如老杜絶句，别存一體可也，若欲與張、王、賈島等較工拙，則不必矣。格律之工自屬張、賈諸人，絶句之妙自歸李供奉、王龍標輩，然韓、杜豈以此貶損哉？

九公贊東野處，皆到至處，真實不虚，是真巨眼，是真相知。

公詩多用疊韻，古詩不許疊用韻，自明季『七子』始有此等論説，在前固不聞有此禁忌也。

平韻栢梁體，入後仍轉平韻，唯公多有之。

千古游山詩，五言以謝客爲祖，七言以公《山石》詩爲祖，後蘇子瞻極力擬之，終莫能及也。李、杜如《登太山》《夢天姥》《望岱》《西嶽》等篇，皆渾言之，不盡游山之趣也，故不可一例論。子瞻游山諸作，非不快妙，然與此比並，便覺小了，此唯子瞻自知之。

公《縣齋有懷》詩，前云『肯學樊遲稼』，後云『閒愛老農愚』，語意似相矛盾，何耶？曰：此正可見古人用心處。如陶靖節多田家之作，而朱文公謂是欲有爲而不得者也。靖節於先師『憂道不憂貧』之旨，亦每及之，是豈真心作田舍翁者？　田舍乃其寓耳。故凡讀古人田家詩者，皆當作如是觀。然則公此詩中所言，可并行而不悖也。

退之七律祇十一首，吾獨玑《答張十一功曹》一篇，爲能真得杜意。

韓派屏棄常熟，黜新見奇，往往有似過情語，然必過情，乃發得其情出也。如公《鄭羣贈簟》詩之『卻願天日恒炎曦』之類是已，後來歐蘇以下多主此。王逢原《原蝗》詩云『兒童跳躍仰面笑，却愛甚密嫌踈稀』云云，即用此法也。

文之與詩，義自各別，故公於《原道》《原性》諸作皆正言之，以垂教也。而於詩中則多諧言之，以寫情也。即如公《謁衡嶽廟遂宿嶽寺題門樓》詩，於陰雲暫開，則曰『此獨非吾正直之所感乎？』所感僅此，則平日之不能感者多矣。於廟祝□禱，則曰『我已無志，神安能福我乎？』神且不能强我，則平日之不能轉移於人可明矣。然前則托之開雲，後則以謝廟祝，皆跌宕游戲之詞，非正言也。假如作言志詩云『我之正直，可感天地，世之勳名，我所不屑』，則濶膚而無味矣。讀韓詩與讀韓文迴別，試按之，然否？

白戰之令，雖出於歐盛於蘇，不知公已先發之，《咏雪》諸作可按也。

貞曜詩，須是公論定，次則李元賓耳；　文昌詩，須是公論定，次則白樂天耳。餘子多不能識之，東坡直是粗心亂道，而後人又啜其醉醨也。

聯句不必盡讀，然不可不觀玩，蓋韓、孟奇變處於此見之，若《城南》《鬬鷄》等，尤卓犖，與正集相發也。

王荆公絶句一派，即從公《池上絮》等篇脱出。

盧仝、劉乂，非退之斷不能識之。

公《李花》詩『清寒瑩骨肝膽醒，一生思慮無由邪』，問古今如此詠李花者，更有第二首否？ 中間似有意學玉川語，皆游戲耳。而公一生浩氣大節，不覺流露。

《石鼓歌》自國初以來，諸公爲七古者多撫此篇，其實此殊無甚深義，非韓詩之至者，特取其體勢宏敞、音韻鏗訇耳。

《石鼎聯句》侯喜句『直柄未當權，塞口且吞聲』『在冷足自安，遭焚意彌貞』云云，其剛果之槩，亦似與韓同趨，而公重鄙之，一曰『竟不能奇』，再曰『此皆不足與語』，何也？ 曰張文昌其知之矣，文昌之贊公曰『獨以雄直氣，發爲古文章』，蓋所重者，雄直之氣，即孟子所養者也，有此氣則有此言矣。若僅學爲方正嚴厲之言，将内多慾而外嗜仁義者，皆得以僞爲矣。故苟得其氣，則正言之可也，如『豈非正直能感通』『一生思慮無由邪』之類是也； 慢言之可也，如『往取將相酬恩讐』『二雅褊迫無委蛇』『周公不爲公，孔邱不爲邱』之類是也。苟不得其氣，則所言者皆膚濶也、虚憍也、陳言也、客氣也，何足算哉？ 阮翁尚書所師奉之人，其學杜、韓處，正坐此病。近來又有以風雅自任者，開口便言三百篇温柔敦厚之旨，及觀所作，不異土苴，皆無其氣而強爲言者也。若使遇有彌明其人者，豈僅如劉、侯之醜態耶？

自蘇子瞻有『郊寒島瘦』之謔，嚴滄浪有『蟲吟草間』之誚，世上寡識之流遂奉爲典要，幾薄二子不值一錢，宜乎風雅之衰靡日下也。試看韓、歐集中推崇二子如何，豈其識見反出蘇嚴下耶？再子瞻詆樂天爲俗，而其一生學問專尊一樂天，此等處，須是善會。黄泥摶成人，多是被古人瞞了。

五絶，王、李之外端推裴、王，老杜已非擅長。至昌黎諸作，多率意爲之，實不足以見公本領。讀者當學孔門弟子，汙不至阿其所好也。即求其好處，亦祇平實説去，不矜張作意。後來文湖州與蘇潁濱和詩，似祖此種，中唯《鏡潭》一首非公莫能爲也。

公《寄崔二十六立之》詩，按立之學雖不醇，然亦嶔崎磊落之士，又與公同所感，故公實深契之。其中若『贈綵緋』『酬銀䤘』皆常瑣事也；『女助絖幮』『男守家規』皆常瑣情也。正欲使千載下見之，知與崔親切如此，慨然增友誼之重，則常瑣處皆不朽也。後人非公之交，無公之感，泛然投贈，動摭常瑣情事，堆填滿帋，但覺人爲時人，語爲時語而已，其不朽可立而待也？於此而猶曰『吾宗老杜也』『吾法昌黎也』，不值識者一唾矣。杜詩中亦多有入常瑣處，愈常愈妙，愈瑣愈妙，故并言之，以告世之不善學杜、韓者。杜詩如《北征》中『嬌兒勝雪』『垢膩不襪』『小女補綴』『顛倒紫鳳』『粉黛衾裯』『學母畫眉』『問事挽鬚』等，常瑣極矣，然則前云『恐君有遺失』『臣甫憤所切』，結則云『煌煌太宗業，樹立甚宏達』，可知憂國忠忱與室家恩愛，都是一樣真摯、一腔熱血流出，所以能上追風雅。試看《七月》《東山》詩中，何嘗不曲盡俗情，餘可類推也。

陸子静云：陶淵明、李白、杜甫皆有志於吾道，然真能明道，接孔孟之傳者，昌黎一人而已。

李元賓稱東野詩『高處在古無上』，韓退之稱張籍詩『文齊六經』，皆非過量之褒，祇是見得真切。

《琴操》十首，皆勝原詞，皆能得聖賢心事，有漢魏樂府所不能及處，唯《越裳》《岐山》二操，不逮周公雅、頌耳。

彼讀韓詩，專取『傍砌看紅葯』等句，以爲善學選體者，真摸象之見也。

《六一詩話》：『退之筆力，無施不可，而嘗以詩爲文章末事，故曰「多情懷酒伴，餘事作詩人」，然其資談笑、助諧謔、敘人情、狀物態，一寓於詩而曲盡其妙。』按自宋以來，多學韓體，然無逾歐、梅，梅得其骨，歐得其神也。即如此所言，『資談笑、助諧謔、敘人情、狀物態，一寓於詩曲盡其妙』數語，非學昌黎之詩，而識其用意之所在者，不能道得如此親切。

櫻桃詩，摩詰冣工，亦冣得體，杜次之，公詩又次之。

選蘇長公詩評

公以至大至剛之氣，發爲海濶天空之文、掠風繪水之妙、金玉琳琅之音，謂非李太白後一人不可也。然欲學其文，須先求其氣，得其氣一分便有一分殊絶。俗子不識，衹摭其『三梧軟飽』『一枕黑甜』及『真一酒』『元修菜』之類，一切游戲瑣細之作，自翊爲得蘇派，何翅螘視六鼇耶？

『玉樓』『銀海』，坡云『唯荆公知此出處』，此亦戲語耳。若以人不知出處爲公見長，真羣瞽摸象矣。公詩喜用事，固以才富學博，抑有必須借古以發其妙耳。若後人生吞活剥，自翊博奥，正不值作者一嗤。

既讀公詩，便宜将其一時酬和之作，若次公、豫章、太虛、无咎、文濳、方叔、述古、毅義、枀寥之屬取來比對，便可得其品第高下。

凡古人詩，無不可歌，歌必有聲有調，不唯樂府樂章，始可被之管絃也。若七言歌行，尤以聲調爲先，看坡公諸作，纔一入手，便高唱而起，何嘗是將白話填上韻脚，便算一首古詩耶趙秋谷《聲調譜》特取《石鼓歌》《韓碑》二詩爲七古正律，即知蘇、陸諸公聲調所從出也？

嚴滄浪論詩，先辨體，如陳子昂體、李體、杜體、大歷十子體、元白體、皮陸體、韓體、孟東野體、蘇體、黄體，格意既别，聲調各判。唯時諷吟，當自得之，難以臆説。

于古芬傳其祖秋溟先生論云：『看時人詩，他病不消講，先是鶻鶻突突，不知是何腔調。』知言哉！蓋秋溟爲秋史先生高弟，而秋史即阮亭集中所謂王黄葉也。

古人云『作詩須有箇安身立命處』，試求公安身立命處安在。不得其觧，即無論詩也，即公之治蹟奏疏，皆不免爲翫物喪志。苟得其解，即亦不但詩也，竝戲播爲詞曲書畫小技，皆有關於世道人心。

《鳳翔》八詩爲公出山象，無一篇不精悍卓犖，洵巨觀也。

《百步洪》詩當與老杜《渼陂行》並讀。

《登州海市》詩非有真骨、真氣、真學、真力，豈能假得一字，此詩及韓文公《衡嶽廟》詩當與北海、南山並峙人寰。

《鶴嘆》詩，或言題中原有一『病』字，以『三尺長脛閣瘦軀』句爲証，真小兒強作解事。

《古纏頭曲》，此詩所感與白樂天同，至敘筆之工，則不如也，亦有意讓之，不肯樹下種樹耳。

《贈寫真何充秀才》詩，就寫真生出感慨，覺視老杜《丹青引》，結處尤爲深情無限。

《大雪青州道上有懷東武園亭寄交代孔周翰》詩，『城郭山川两奇絶』句，絶世才筆。王阮亭窃之爲『緑楊城郭是揚州』，便亦風流一時，竊非取其字眼，耽其句意耳。不然『城郭山川』何必是雪，『緑楊城郭』何必是楊州耶？學詩者知此，自當無『春江水暖鵞先知』之疑。此詩之工，不及《聚星堂》作多矣，好是能寫得出，古今所謂才子，正此之謂也。若杜、韓、歐、梅、山谷，格力俱高於此種，亦須知能有此詣，然後得造彼境，不然祇爲曾子固耳。

《聚星堂雪》詩，余於雪詩中最愛許用晦『珠翠發寒光』，及公『眾賔起舞風竹亂，老守先醉霜松折』二句，擬倩好畫手，若錢舜舉、劉松年輩，作二圖，不遺周昉、趙千里著手也。禁體物語，此令雖發于歐，其實鼻祖於韓。韓、歐氣魄皆大於此，至思之鋭、才之捷、筆之工，則公乃空前絶後一人而已。曾南豐非不有慕于此，無奈思遲才鈍而筆拙，寫來都覺隔一層障，令人意思不慁快。世言子固不能詩，有以哉！

選陸放翁詩評

放翁詩，博大不及東坡，奇險不及魯直，親切不及聖俞，瘦硬不及介甫，雄直不及石徂徠，豪縱不及蘇子美，然其胸中自具一段滃滃勃勃之氣，筆下自有一副轟轟烈烈之才，言中自得一番不可闕折、不可方物之妙，前輩推爲南宋一大宗，洵非范石湖、楊誠齋、王梅溪諸君可與比肩也。

放翁《自題詩卷稿》有云『剪裁妙處非刀尺』，須知唯運刀尺成熟後，有此境界，善學柳下惠，無過魯男子，若無佪規改錯爲之，日見其遠矣。

《長歌行》，此詩在劍南七古中當爲第一篇。

《風雨中望峽口諸山奇甚戲作短歌》『平日乃與常人同』句，或言此從李太白《梁甫吟》『當年頗似尋常人』句來，陋哉！　須知學人説話者，必不能挺然自樹。

《錦州録參廳觀姜楚公畫鷹少陵爲作詩者》詩結句『詩成肝膽空輪囷』，正與『王師北定中原日，家祭無忘告乃翁』相同，可知此老一生心事全在此。

《岳陽樓》詩，坡公氣骨純類太白，獨其詩之擬太白者皆不似也。放翁氣骨不逮坡公，然時純得太白之神采，如此詩起處是也。此固有近不近耳。坡題李太白真能贊得太白出，然詩仍其自體，非太白詩也。若歐公以太白自負，去之尤遠。

《隴頭水》詩結句云『夜視太白收光芒，報國欲死無戰場』，一食不忘君，老杜所獨也；一食不忘恢復中原，放翁所獨也。此謂有箇安身立命處。

《夜聞松聲有感》詩，此詩如杜之《渼陂行》、蘇之《百步洪》，二篇平排在那裡秤量，便見一格降一格。至本朝王阮亭『登高邱而望遠海』之什，直下堆若培塿矣。

《樓上醉書》『三更撫枕忽大叫，夢中奪得松亭關』，二句真心、真血、真氣，如何假得來？

《送張野夫寺丞牧滁州》詩，要寫滁州戰事，先提筆『憂九州裂』四字，可想此老無限悲憤，蓋作詩時南北分據，中原破碎，視國初時，何如也？《送人官滁州》遂及當時太祖擒暉鳳平滁之始，此人人能道者也，妙在纔提開國之模、蕩平之業，便將平日北定中原一腔義憤，鬱鬱勃勃激發起來，與老杜每詩皆關君民、元遺山開口便悲故國，一也。此便是他安身立命處。讀放翁於此着眼，方免爲尋花問柳、求田舍技倆。

七言古聲調

七古平韻到底者，自以《石鼓》《韓碑》以後聲調爲正。吾鄉秋谷先生發之，而不知者尚多，即前校《公復集》，亦有乖錯，及看外間所作，大都皆合，可知吾鄉之僻也。偶即所見，録數首，有意聲調者，可条焉。

眉批：敘所以補繪之故，頗奇警，筆亦簡爽。

李敬之郎中屬予補繪普陀寺雅集横卷書後　關瑛柰原

七星巖背西南峯，普陀鬱起堆嵸巃。青藤翠篠倚絶壁，磴道拗折盤虚空。東有邃穴洞山腹，鬼恠惚恍無由窮。梵聲飄出古蘭若，樹杪金碧青濛濛。桂林之勝此第一，石湖已去留遺蹤。破壁嵌空數大字，七人姓字烟霞中。臨川比部謫仙後，招携同志追高風。酒酣賦詩互贈荅，更拂絹素圖其容。圖者誰與朱布衣，意匠早與山靈通。幅巾野服各有態，清臞髯碩殊纖穠。松閒一鶴向空立，遠唳磔磔連蒼穹。詩成畫就玉爲軸，鶴飛啣去山之東。時移境换忘不得，命我更試描摹功。龍眠無人畫手拙，才短自覺難爲傭。諸公此游儻可再，青鞋布襪吾當從。

柰原筆亦老重，而每失之平板，時從予問詩法，予使去讀《離騷》《莊子》《史記》，後再來告予。

讀少鶴集書後　施晉雪颿

桂林諸峯絶倚傍，拔地直上青巉巉。正如君詩空諸所有出奇峭，搜卻劚竅成空嵌。君家住東海，泰山古巖巖。不知高處去天幾尋尺，其上乃有七十二代金泥函。靈壇夜聞吟轉苦，鐵壁畫裂歌方酣。

乾坤萬古此元氣，那堪旦夕窮鎸劖？倏忽二帝勅六甲，長風送置天之南。天南銅柱折垂盡，魯公遺跡荒松杉。愚溪石湖又已遠，瘴茆露菌誰爲芟？地祇上愬闢荒穢，請君健筆爲長鑱。君家第五好身手謂敬之，日夜霍霍磨刀鐮。我手無斧柯，縋幽怯孤探。待君抉剔刻露真面目，坐看千峯破曉清氣生虚檐。

雪颿亦黄仲則之友也，故在江南詩人中，最爲矯矯，獨惜其從高青邱入手，將筆放低了，後雖極力騰踔，而故習尚在。故予教人學詩，耳目不可令雜，志趣須求其上，五古不究陶謝，七古不究韓蘇，便不成地道藥材，半路轉販，難得真貨。此詩前投贈時，予意頗嫌其冗而不遒，須更芟之。後一年，忽繙故篋，得其原書，覆閲之，其中亦自有軒拔之句，且見沈歸愚所選《國朝别裁集》中，七古除數大家外，不能盡高於此。此若在爾時，亦必入選無疑也。其爲長句亦有累贅處，而聲調却不錯。

眉批：坡公作長句，如『山中故人應有招我歸來篇』，又如『獨於維也斂衽無間言』，皆不免孱冗。予幼學太白樂府，擬作長句，頗能遒勁，今其詩雖多，已芟去，然每一思之，其中長句，殊不似坡公之出醜也。

長句自是鮑照、李白擅長，須以逸氣貫之，不然則堆叠可厭。

爲黄仲則題馬負圖山水　施晉

黄子朝來得名畫直起是，挂向雪壁寒光生。畫中山色慘不晴，雨脚欲垂雲欲興，一氣上下紛鬥争。龍潭陰森洞府黑，金支翠旓動杳冥。誰其畫者馬氏子，當日闗門爲老兵。想見枕戈卧壘下，殺氣夜壓咸陽城。終南西走接劍閣，戍樓一望荒烟平。黑龍卧地爪甲動，陰火燒木秋燐明。胸中鬱律閟百怪，筆底幻變無全形，但恐已作飛龍騰。黄子寶此慎勿輕，誰其論者無李成。

此較前篇尤排奡凌厲，在國初時與諸公騁逐，亦未知鹿死誰手。原篇尚長，予爲節去四五句，乃益遒緊。雪颿又有《憶兒》五律，中云『書至知能語，家貧定不嬌』，《弔馬伏波》七律中句『本甘馬革寧辭死，不爲犀珠也見猜』。

眉批：此有意坡公《焦山》詩，而未求得其所以妙也。

寄萬蘅皋 彭元瑞雲楣

清和上浣稽山道，烏蓬七尺張孤帆。君來別我縣西郭，驪珠出袖詩開緘。別君荒鷄正膠角，菰蒲柔櫓波涵涵。舟與三易厭煩雜此等儘可省，到及落景高峰銜。虎邱草樹排隱隱，金山樓觀雄耽耽。涉江浮淮渡河北，四瀆十日經其三。板篷低首展詩卷，風清日美高興酣。武陵九驛八百里，達於淮海君所諳。真詩真境兩對勘，一一似向喉中探。君於作詩有深嗜，務得不笑貪夫貪。篋中舊藏一千首，六丁收拾歸琅函。到眼忽復得此帙，速成有似八蠒蠶。摹山繪水揬天藻寬泛腴詞，金鏞大吕聲鐟鐟。詩雖小技古所重，寸心有疾徐苦甘韓句。後世誰定吾文者，子桓之語非虛談。顧我淹陋益荒落，執筆未下中懷慙。蛟螭蚯蚓莫相雜，美竹欲上繁枝芟。還君此卷附急脚，刼刼明日駕兩驂。作詩藉口報仲氏，心送客子排郵籤。

近見士子學作古詩，多是填砌汨没，并不能達其意所欲言，而句孱韻鬨，竟不能得妥當，因誡學詩者，先求明白、先求妥帖，然後可進於古也。此老詩却甚有規矩，不敢亂道，詞足以發其意，韻足以載其詞，皆無枝撑䡆杌之病，可爲後學標則也。無柰其體格不能高、意境不能濶，眼前局面、家常茶飯，可以待常客，而不可以享大賓也。此豈盡時代壓之哉？當亦師古不肯十分認真耳。

聽汪太守述衡山之游

天下山之高者，無過衡嶽。衡嶽峯之高者，無過祝融。至祝融而天下無山矣，非謂衆山小也。祝融峯上有鐵瓦殿，内像祝融之神，以其地高風罡，使土木爲之，必即潰裂漂散，故瓦以鐵也。昔歲庚子，與兄叔白夜游衡山，平明至天門，望此尚在霄漢，鼓氣而登之，盡失七十二峯所在，曰共歎爲希有，作詩笑退之云『仰見孤撑何足喜，吾今已在孤撑中』，即此祝融是也。然其地太高、風太罡，僧不能舍、樵不能留，求水火無所得，廩廩乎不可久也，遂還天門，此心猶慄慄然。

太守乃於庚戌八月杪來游，至上封寺，不已，遂乘祝融峯鐵瓦殿而宿焉。是時秋霖晦冥，陰飈獰攪，壑淙悽愴，毛髮森竦，一夜傢束，幾凍死。次日，暫旋上封寺，具食，乃復往宿於鐵瓦之殿。既夕，晦昧如故，屏氣斂息，不敢悶且怠焉。時將夜半，劃然開爣，上下澄澈光明，若日月五曜同懸，并綴玻璃珊瑚火齊之屬，争迸争炫於前，而不可迫視也。神少定，俯視其底，則雲之奔也、風之驅也、電之掣也、霆之砯也，鬱鬱魂魂、隱隱隆隆於數萬千仞之下也。然則道家所謂『珠宫貝闕』『五城十二樓』者，果其有之，不過如此，而又不能如此之親切而神妙。惟太守堅志定力，必求有得乎此，此予所以歎息而爲之詩詩別載也。予詩所傳，尚不能及其自述百一之妙，然已非太白《天姥》、杜陵《渼陂》所曾歷矣，則其所得愈可想矣。彼世之知有衡嶽而不能游，游衡嶽而不見祝融，見矣而不能登，登矣而不能留矣而不能有所得以去者，皆唯阿也。可勝道哉！可勝道哉！

凡爲學，宜若登山然。所謂游者，非克至之之謂也。藏焉、修焉、息焉、游焉，不持之以急，而持之以緩，不應之以躁，而應之以静，使其精神氣脈與吾相親浹，欲去而不能，斯所謂游矣。往時與新、潁諸子游山，新則頽然不蕲一到極處。若予與潁老，遇其峯巒之好者、奇者、峻而險者，必盡力登之，然亦一登之而已，不更玩索也。又每見人之游山者，訪名勝於衆口，亦必一一身造之，既至，則曰『是已，可遄歸而會飲矣』，其於此山之精神氣脈，漠然如秦越人之不關痛癢，是得謂之游哉？故予亦深悔前跡，更與吾友爲游山之約，令奇有不必盡探，險有不必盡搜，世之所傳名勝古跡，亦不必盡爲按索，但於興之所會，吾心以爲佳處，便優游泰定，往復饜飫，以領其早暮霽晦之氣候，與夫烟雲月露之變態，不限以期，不攖以事，即尋常皆可有得，每游過一山，如讀熟一卷書，其意味長在胷次，歷久而不能忘也。此則能得山之真精神、真氣脈，而不僅一至之爲談柄耳。因感吾鄉之爲詩者，若趙玉文、張陽扶，其學識皆卓絶也；若方叔駒、封魯山，其才志皆横絶也。近如綦洛吟、王東野，其學與才亦豈易得？後乃有『五子』，所謂新亭之才筆，蜀子之識力，希江之刻思，穎叔之深情，子和之善學，駸駸乎視諸老輩，又欲過之矣。乃自數年來，内除洛吟、希江已往，不必言矣。即現在之數子，且復如何？勿亦如游山者遄歸而會飲耶？不然，何更無一山間跡耶？五星、熙甫、丹柱，志尤堅強，力能復古。然石桐先生書來，言五星近不多作詩，而丹柱亦云作詩無題。然則崛强未退者，尚有熙甫，而其餘皆恐不免有游山歸飲之漸矣，豈不重可惜哉？故曰汪太守之游衡山而附記之，以俟吾友之見之而致思焉。

摘汪春田句寄随園韋廬

《秋夜舟中聞鴈》云『秋月一江白，蘆花滿釣磯。誰家砧杵急，何處稻苗肥。我本無兄弟，天涯久未歸。鄉心寄湘水，迢遞到庭闈五六不對，意是學盛唐，然其氣味却正似《主客圖》，吾愛其淺直而有味』，《秋烟》云『寂寂江村暮，蕭蕭落葉繁。隔溪人語近畫，高樹鳥聲喧。鼓角動荒戍，瓜花生斷垣畫。秋心寄篇什，獸立向黄昏中間乃四幅秋烟圖』，《蛩》云『易入愁人耳，難禁少婦情。園林秋草徧字妙，燈火夜窗清。隔院聞刀尺，中天正月明。此時那能寐，孤立向前楹五六句中蛩声令人深感』，《紀事》起四句『瘴嶺雄風在，將軍功業新。初聞洗兵甲，猶有未歸人蓋指安南之役』，《螢火》句『生憐腐草同三徑，死有餘光在六經』，《蚊》句『薄質惟依草，虚名説負山』，《雪》句『當户亂垂珠落索，隔簾齊挂玉丫叉』，又云『一年往事隨流水，十日餘寒在鳳城予最喜此第二句，而嫌首句不甚對。此當時在郎邸時作』，《楊花》句『紛紛半引春歸路，漠漠還霑水際扉』，《蘆花》句『曾看鮮籜抽烟浦，幾見成簾上竹鈎』，《紅藥當堦翻》句『無多春影殘陽裡，不定離魂玉鏡中』，《鶴》句『遼海三秋月，青蒼萬古雲』，《舟行苦熱》結句『記得十年從豹尾，分氷賜果侍山莊』，《蝶》句『芳草斜陽春寂寂，玉鞭珠勒馬遲遲』。又散句，《懷思恩》云『竹屋如舟吹欲去』，《將之鎮安留别查厚之》云『載得圖書去守邊』，又『收拾烟霞政自成』，《釣絲》云『蜻蜓欲立鷺還起』。

《書春田太守詩卷後寄子才翁》云：『曾聞如命重憐才，收拾奇珍入海來。尚有一編公未見，道山已去定須迴。』太守云：『吾爲詩，苦乏師授，不敢自信，故從未出以示人。年十八九時，曾拜子才先生于虎邱山下，後又奉太夫人命，乞子才序先子《東皋集》，今其文已刊《小倉文集》中矣。但未敢以詩贄獻也，今吾詩乃可爲子才見哉？』予曰：『若論詩之典博縱横，則閣下當輸子才。若論清質幽詣，則子才尚當避舍。何畏彼哉？』太守遂屬代作一札致之，而呈其詩。

太守蓋真得詩中滋味，而喉齒間天然清越之韻，若肯竟學，吴蓮洋、洪昉思未足以當之也。太守屬予討論其集，予亟賞其才筆，太守皇然不敢占，且曰：『吾以實求，君勿以虚應。吾久知少鶴，豈復存世故見哉？』予笑曰：『若論上官，則郡守之上有司道，司道之上有督撫。假於一本府前，即違心妄贊，以爲貢諛。儻督撫使論其詩，尊無二上，又當何如推奉？乃喬於當時之歇後宰相、龍褎將軍，經亦多矣，固未敢一言妄許也。即前如孫春臺撫軍，於喬有知己之感，而其詩則不敢阿好，故喬有寄劉正孚詩云「遂如列大夫，謬致當途敬。察吏公所專，考詩我爲政」，蓋爲春臺言之也。公詩於此地，秖讓李松圃一頭地，餘子則莫與爭先。儻以其言不信，請質國門。周旋世故，詩道中斷然不容也。』太守亦笑。

太守問：『吾詩之病安在？』予曰：『在不成。如得雋語，而對有不稱，如得妙聯，而上下安置未善，皆不成之故也。遠習於時彥，求格於古人，則無此矣。』太守曰：『誠然誠然，當謹奉之。』

太守又嘗自覽其詩，蹙蹙曰：『吾詩可恨，衹是一味滑，不能澁耳。』予曰：『此言却高妙。澁者，世人之所嫌病者也，而公乃以不能爲恨，則其度越時人，不已遠哉？』

袁子才深惡黄山谷詩，而子喬寂好之，時以一編自隨。或問端的有何好處，曰『吾秖愛其澁』。太守自言素無師友講習，予不信，曰：『資性本於天成，然其吐屬不入浮囂，此必所與往還者孤潔自好，不肯走熟路者也。公何欺予？』固問之，乃曰『在都門時，唯與吴穀人寂相善，以詩相質』云。

與桂未谷書

前與未谷談及詩中聲律，未及畢詞，寒夜無事，敢竟陳之。論詩之得失，不關聲律。然律不諧則無以成音節，故亦不可不明。詩之有律，雖云起於沈休文，然其時與唐所用尚多有不同。律之定制，斷自初唐始，歷盛、中、晚而益變益精，即今所奉平起正調、仄起正調者，此夫人而知之也。唐律之變，變以拗；唐律之精，亦精以拗。故有單拗者，如明皇之『鳴鑾下蒲板』、老杜之『君王自神武』是已；

有雙拗者，如老杜之『斫却月中桂，清光應更多』、李白之『此地一爲別，孤蓬千［萬］里征』是已；有下句中一平字拗、上句全仄者，如高適之『漸與骨肉遠，轉於僮僕親』、李商隱之『高閣客竟去，小園花亂飛』是已。此漁洋、秋谷已略言之，亦人所易知也。尚有所謂大拗者，若孟浩然『挂席幾千里』、李白『我來竟何事』之類；又有平起而下三字可全仄者，若王維『樓開萬户上，輦過百花中』、李商隱『池光不受月，野氣欲沉山』之類；又有上句不拗而下句中字自用平者，若常建『曲徑通幽處，禪房花木深』、許渾『曬藥山齋暖，搗茶松院深』之類；又有首句拗而次句不以中平字應之者，若孟浩然『户外一峯秀，堦前衆壑深』、王建『避雨拾黄葉，遮風下黑簾』之類；又有平起一三四五皆仄，祇第二字是平，而不爲單平者，若宋之問『漢皇未息戰，蕭相乃營宫』、賈島『鳥從井口出，人自岳陽過』之類；又有仄起祇中一平字，一二四五皆仄，此謂拗中拗，亦祇用下句中一平字救之者，若李白『八月枚乘筆，三吴張翰槎』、張籍『夜静江水白，路迴山月斜』之類；又有首句同此拗中拗，而下句並不用一平字救之者，若賈島『身愛無一事，心期往四明』、張籍『失意還獨語，多愁祇自知』之類。凡此數者，併是唐人拗法，而音節出其中，宋元人皆曰之七言亦由此推出，若梅、歐、蘇、黄、陳無已、陸放翁、趙子昂輩，皆精于唐人拗法。今人多不知耳，惟次句『仄平仄仄平』乃爲單平落調矣。諸名家集中，所必不用，即檢全唐之詩，亦祇有一兩句犯者，然或一時錯簡，未可爲訓賈島單平落調句『瀑布五千仞，草堂瀑布邊』，又『風宿驪山下，月斜灞水流』。又有以『仄仄平仄仄，平平仄平平』爲雙拗者，乃大謬也，古無此説，又或妄爲矯正，謂三平字不可連，三仄字不可連，平字不可對平，仄字不可對仄者，皆强作解事，不本於古，荒陋之談也。近聞學使委未谷訓正諸生詩中平仄，故即平時所考証者，敬進左右。若但作今時應制詩，祇用正律，無事拗也。然諸生既諷誦唐宋人詩，似亦不可不知。且即正調中，亦不必如前荒陋者之拘也。未谷云『林汲先生近有《聲律考》，至都當一□之』。然果爲真知音者，亦不能易吾言也。

愧恨示志南書

喬少薄怙，伯兄歿又在前，離經以來，唯從仲兄石桐、叔兄叔白學。石桐爲人高伉踈豁，叔白嚴切沉毅，蓋皆非常人也。故其爲學，皆能求得古人之所得，鄙弃凡近，磊落而光明，喬日夜黽勉趋赴，即不得與之參并，亦庶幾同其臭味嗜好者矣。獨是從二子游者，雖以平日不知好學之人，皆勃勃有進取志，吐爲文詞，斐然可觀。從喬游者，雖以平日志高質美之士，寖就頹散，了無所表見，語云『近朱者赤，近墨者黑』，夫其頹然無所表見者，豈非戢予不好學之故，無以倡之耶？否則，見予之所學者，浮薄不寔，濶踈無用，始悦而終棄之耶？不然，何以志高質美如某某，而頹然無表見若斯耶？則喬之不及吾兩兄，又可勝計哉？每念及此，輒閉目自撾，愧恨無已。雖然，幸吾之年方在壯與強之間，其從吾游者，尤在弱與壯之間，翻然興起，猶可及也。倘共勵其志，以成其學，而使喬得無愧吾兩兄焉，其樂何如？故既書此自砭，更以進諸所從吾游者。

與秦希文書

足下來詩中論詩之旨，與僕外符而内岐，僕所謂以古爲法，法古人之氣骨，非必侈言漢魏盛唐也，謂詩必學漢魏盛唐，不可落中晚宋元者，此世俗掎摭道塗之言，僕不敢爲是言也。即本朝詩，寂推阮亭，乃其詩云『元白張王皆古意，不曾辛苦學妃豨』，是不以漢魏薄中晚也，又云『耳食紛紛説開寶，幾人眼見宋元詩』，是不以盛唐薄宋元也。近來能詩者，僕謂蔣心畬頗爲傑出，其詩亦云『唐宋皆偉人，各成一代詩』。奈何愚賤子，唐宋分籓籬。侈口崇唐音，羊質蒙虎皮』。習爲廓落語，死氣蒸伏屍』。袁子才與沈確士論詩，亦力闢門户之説，僕謂二子皆不無所見，至其所造之淺深，各隨所得耳。夫必學漢魏盛唐，不可落中晚宋元之説，此自有明前後『七子』倡之，崆峒樂府，吞剝漢餘，王、李舉口便是『萬里』『九天』，以規橅盛唐潤壯，重自標引，故其言不得不爾。若足下既未嘗吞剝漢魏，又未嘗規摹盛唐，而取此已焚之芻狗而更陳之，尤無謂矣。足下年方盛壯，學贍而才顯，果能虚心篤志，即僕之所言而審思之，不難爲嶺表維持正風，與中原諸公相騁逐也。幸勿以道塗之言而聽熒焉。是否？候指喻。

再答秦希文書

反覆來書，具見深至，徵諸重言，核求至是，勤勤切切，不爲世俗面從强附之習，此僕所亟望也，幸甚幸甚。惟其中引嚴羽之論詩，似知其言而不知其所以言，羽所謂『以識爲主，入門正而立志高』者，正時下切砭耳。時下人作詩，志先卑靡，識已瞀眩，雖言入門，何有於正？若『不作開元天寶以下人物』，乃極言抗志之高，取法之上，猶言不讓第一等與人做耳，豈謂自至德、寶應以還，便等諸自鄶也哉？果爾，則羽之列敘詩體，斷自李、杜、王、孟諸人止矣，何復及大歷十子，復及元、白、張、王，復及盧仝、李賀、孟郊、賈島之屬，并蘇黄等各派耶？且梅聖俞自謂詩追二雅，豈楚騷、十九首皆不足法歟？李太白謂『自從建安來，綺麗不足珍』，而其詩多擬鮑昭、謝朓、陰鏗、庾信，非自攻其盾歟？韓退之言『逶迤逮晉宋，氣象日彫耗』，豈陶淵明亦在凋耗中耶？ 凡此皆不當以詞害意，羽之言豈可以辭害意乎？ 大要詩之爲道，貴虛，忌下死語； 又貴實，忌落空語。 羽言如『水中之月，鏡中之花』『羚羊挂角，無迹可尋』，此貴虛之説也； 又言如『那吒太子，拆骨还父，析肉还母』，此貴實之説也。羽之旨實如此，後人不深思其故，而漫以漢魏盛唐，紛囂張皇，遂欲抹倒中晚宋元以下，過矣！ 若明季王、李諸人，在國初已極詆之，不俟予辩也。 足下精思博覽，當不肯爲道塗之説，然其流弊不可不鑑，一或聽熒於彼，則必無卓識正向，入無門矣。 來書又云『度某之才，量某之力，當以何者爲楷模？』昔人云『未知古人心，且求性所悦』，足下亦即素所玩者，深思而撫擬之，其有不能至，或未盡釋然，然後就師友講求討論之，此所以學也。 若在傍人空空泛泛，謂足下宜學某家某派，則安知其心之好否耶？ 不好而強攝者，必無功，足下其留意。

李松甫書

得松甫書，書中所言，皆懇切深至，可觀可感，中論随園翁一段尤精確，略云： 随園惟不講義法，故受病在一『淺』字子才博衍而詭辩，易於震動庸妄之人，即有知其失者，但議其滑稽亂道耳，斷無敢以『淺』字目之。 韋廬獨指爲淺，真巨眼也。 要亦無難，惟能覰其深者，故見爲淺耳。 若見有一分不到，亦不能爲此言。 觀往返辨論諸條，支離牽合，真如鼯鼠五技而窮。 夫人不可自聖，切磋嚴憚，所以輔德也。 此公護前而見理不透批卻導窾，真論詩中之庖丁也，其前後論説不但以矛攻盾，兼有猥瑣齷齪之語抉摘真透乃爾，萬不可以示人者。 若夫我輩心事本自磊磊落落，不以標榜名高，不以沽弋取譽，摘其瑕正以惜其瑜也，裁其僞正以判其真也真正學人，自滄溟、鳳洲、竹垞、阮亭以來，此義不明久矣。若執莫子之中，據模棱之見，斤斤焉唯耳食是貴，則幾何不爲蝦之水母所竊笑也耶此一層尤妙，妙從前人從未抉發到此。然欲明詩教，不根究到此，終是隔壁障。抉摘真透乃爾。嚴滄浪云『最忌隔靴搔癢』，必如此，乃真能道其所以然？古人異同，如朱陸可謂攻訐無餘力矣，而於公是公非之地，卒亦無所增損，何也？象山以徑路達大道，及其至之則一子静心境心明，學力強毅，固是聖人之徒也。然謂『至之則一』尚似未允，蓋由徑斷不能達大道也，故二句尚須一商。第後之宗其學者，往往墮入歧趨，其流弊遂至於不可挽，此則子朱子所深懼者，是以君子貴遵道也。此一段不但有功詩教，即以講學，亦是拔本塞源之論，擷撲不破。時俗豈惟不能説到此地位，即得聞此，能真解此者，已是豪傑之士。

書韋廬續集後

門人吕錞問曰：『每見先生閲《曝書亭集》，不數頁輒屏去，歎曰「没箇安身立命處」，及得韋廬寄到篇什，則讀之忘倦，且於擬陶之作云「此是敬之安身立命處」，然則韋廬之詩豈勝於竹垞耶？』答曰：『竹垞學富而才雄鷙，辭華而調鏗鏘，攀謝援沈，規撫盛唐，爲一代作手，夫豈韋廬所能逮？雖然，古所謂「詩言志」者，非僅鑄爲偉詞，揚詡盛氣已也。必將有生平心力之所注，至真至確，不肯以庸靡自待者，宣寫流露於吟咏之間，乃所謂志也。試問竹垞之志何志乎？自《村居感遇》而下，八九卷類皆疾貧傷困之作，甫一通籍，但有頌謝，中情快足，略無表見之處，報稱之志。官既去，則又疾貧傷困如故。夫晚以薦徵入翰林，事非希奇，而竹垞之志，量已爾爾。若韋廬之所處，弱冠爲郎，年未五十，兒子已如竹垞之遇，乃觀其詩，超遥蕭散，舉世俗所爲驚喜誇張者，渺然不芥於其胸中，且以學未聞道，跡未離俗，自視欿然，重有不自得者，此吾所以愛之、重之，許其詩可進於古也。』又問：『詩中何以爲安身立命處？』曰：『難言也。姑即所易明者，世有恒言曰「李杜韓蘇」，夫杜之嗟嘆卑老，似與竹垞無異，乃官爲拾遺，貴矣，而《曲江》諸作，鬱鬱不得志，以不能行其道也，許身稷契，救天下之饑溺，雖不能至，志則有然，此少陵安身立命處。李之激昂不遇，亦似與竹垞無異，乃受明皇厚知隆禮，爲朝士傾仰，而密疏姦邪，如楊李之輩，睨視嬖倖，如貴妃、力士之類，以致終身坎軻，不得一官，卒以流離佯狂，傲然而不悔，風雲屠釣，大人桯杌，此太白安身立命處。若韓《悲二鳥賦》《三上時相書》，啼飢號寒，大聲疾呼，竹垞似猶未至於此。乃甫爲近侍，即激切諫争，患難死生，不爲移變。及後還朝，而峩冠玉佩，反引爲愧。然後知昔之皇皇無君，今之鑿枘不入，皆與孟子同揆，即能志孟子之志者也，此昌黎之安身立命處。若蘇則進身最早，得遇甚隆，是與三子不同，故初無抑鬱憂幽之感。然當召入爲翰林學士時，两宫述先帝之旨，嗚咽纏綿，歎爲奇才，許以宰相，使他人當之，不知若何慶慰，以蕲保全，而至大至剛之氣，不以少屈，嬉笑怒駡之態，不以少斂。萬死投荒，甘之若飴。乃與韓子同揆，即能志韓子之志者也，此東坡之安身立命處。』又問：『唐宋迄今，詩人多矣，必如四子，然後爲有安身立命處乎？』曰：『亦不必然，人之所處有不同，若元道州之志，在存恤，恥與躁進；韋蘇州之志，在恬淡，不爲物牽；姚武功之輕心塵爵，爲文致功；司空表聖之亮執高節，深究詩味；林和靖之追琢小詩，傲睨葛謝；陳後山之矢音酸苦，鄙夷權貴。是皆不渝其志者，餘可以此推之。即我朝如施愚山之愷悌，高念東之真率，陳恭尹之貞毅，趙秋谷之清刻，查初白之坦易，厲樊榭之冲静，吴野人之幽冷，馮大木之孤峭，其志亦皆有足尚者，餘亦可以此推之。又問：『《韋廬集》中何所見？』

曰：『在性情，不可以章尋句摘。然如《書懷詩》《雜詩》及云「雪中有高士，蕭然自怡悦。愛此衆喧歇，脈脈懷古哲。披襟足怡暢，接物無新故」「秖娱几目畢今生，千古才人同一淚」「祇解承迎工折腰，寧惜疲勞逼暮齒」「獨夜不成寐，經時同此心」「從教歲月閒吟過，不逐紛華睡味清」「定知冷味無人領，移向齋頭獨自看」「勘破世情勘一笑，相親祇有讀書燈」，亦可以見其志矣。』又問：『前如阮亭尚書，近若歸愚侍郎，其安身立命處安在？』先生笑而不答。

上平聲

眉批：昌黎已江並入陽，庚青蒸，他人罕用，可不遵也。

一東古通冬，轉江，《韻畧》通冬江。

二冬古通東

三江古通陽

四支古通微齊灰，轉佳，《韻畧》通微齊灰佳。

五微古通支

六魚古通虞，《韻畧》同。

七虞古通魚

八齊古通支

十一真古通庚青蒸，轉文元，《韻畧》通文元寒刪先。

十二文古轉真

十三元古通真

十四寒古通先

十五刪古通覃咸先

下平聲

眉批：蕭肴豪三韻通用，古間有入歌麻者，不可漫用。

眉批：尤韻古體間入魚虞，亦不可漫用。

一先古通鹽，轉寒删。

二蕭古通肴豪，《韻畧》同。

三肴古通蕭

四豪古通蕭

五歌古通麻，《韻畧》通麻。

六麻古通歌

七陽古通江庚，《韻畧》獨用。

八庚古通真，《韻畧》通青蒸。

九青古通真

十蒸古通真，《韻畧》通青蒸。

十一尤古獨用

十二侵古通真，《韻畧》通覃鹽咸。

十三覃古通删

十四鹽古通先

十五咸古通删

上聲上去通轉，皆同平聲。

一董古通腫，轉講，《韻畧》通腫講。

二腫古通董

三講古通養，轉董。

四紙古通尾薺賄，轉蟹，《韻畧》通尾薺蟹賄。

五尾古通紙

六語古通麌，《韻畧》同。

七麌古通語
八薺古通紙
九蟹古通紙
十賄古通紙
十一軫古通梗迥寢，轉吻，《韻畧》通吻阮旱潸銑。
十二吻古轉軫
十三阮古通銑
十四旱古轉銑
十五潸古轉銑
十六銑古通阮琰豏，轉旱潸感。
十七篠古通巧皓，《韻畧》同。
十八巧古通篠
十九皓古通篠
二十哿古通馬，《韻畧》同。
二十一馬古通哿
二十二養古通講，《韻畧》獨用。
二十三梗古通軫，《韻畧》通迥。
二十四迥古通軫
二十五有古獨用，《韻畧》同。
二十六寢古通軫，《韻畧》通感琰豏。
二十七感古通銑
二十八琰古通銑
二十九豏古通銑

去聲

一送古通宋，轉絳，《韻畧》通宋絳。
二宋古通送
三絳古通漾，轉宋。
四寘古通未霽隊，轉泰，《韻畧》通未霽泰卦隊。
五未古通寘
六御古通遇，《韻畧》同。

七遇古通御
八霽古通寘
九泰古通寘
十卦古通寘
十一隊古通寘
十二震古通敬徑沁，轉問，《韻畧》通問願。
十三問古轉震
十四願古通霰
十五翰古通勘
十六諫古通陷，轉霰。
十七霰古通願豔，轉諫。
十八嘯古通效號
十九效古通嘯
二十號古通嘯
二十一箇古通禡，《韻畧》同。
二十二禡古通箇
二十三漾古通絳，《韻畧》獨用。
二十四敬古通震，《韻畧》通徑。
二十五徑古通震
二十六宥古獨用，《韻畧》同。
二十七沁古通震，《韻畧》通勘豔陷。
二十八勘古通翰
二十九豔古通霰
三十陷古通諫

眉批：前輩有入聲十七韻皆通之説，雖似無理，亦有所據而言。

入聲

一屋古通沃，轉覺，《韻畧》通沃覺。
二沃古通屋

三覺古通藥，轉屋。

四質古通職緝，轉物，《韻畧》通物月曷黠屑。

五物古通質

六月古通屑葉陌，轉曷。

七曷古轉月

八黠古轉月

九屑古通月

十藥古通覺

十一陌古通月，《韻畧》通錫職。

十二錫古通職緝

十三職古通質

十四緝古通質，《韻畧》通合葉洽。

十五合古獨用，《韻畧》通葉洽。

十六葉古通月，《韻畧》通合洽。

十七洽古獨用，《韻畧》通合葉。

此俗韻混通，不可依從，但其中亦有本吴才老之説者，要亦不可從也。如『侵』之不可通『真』，『文覃鹽咸』之不可通『寒删先』。歷考漢魏以來，詩無叅用者，即三百篇亦無叅用者，可知所謂通者，乃後人審音不精之故，故即才老亦不精也。孔子曰『無徵不信』，試即古來徵之，則爽然矣，吾於此確信邵子湘其説不可易也。□以『真』而通『庚青』則吴下時人之悮，非古人之悮也。

凡上去之通轉，皆依平聲。江陽可通，子才翁多爲引據以駁子湘，予終未之敢信，不若依子湘仍作叶可也。

尋常作古詩，衹宜用通，不宜用叶，即偶用之，亦不過二三字，其餘若銘、誄、贊、誌、祭文、哀詞、碑版、雅頌、騷七，以及雜文之有韻者，通、叶皆可用，無害也。

詞有詞韻，視詩韻較寬，然如『珍針』『言嚴』『山杉』亦決不可通也。

曲但遵《中原韻》，其中多從土音，視詞韻又寬矣，然亦不得亂用。以詞韻而作詩，以曲韻而作詩詞，皆是荒傖。『歌麻』通用，古詩與古曲合，今近多不用矣。『沁』『勘』以下四韻皆閉口字，所以不與開口字通，平上亦然。入聲之通，其說不一，子湘以老杜爲証，亦不無有見，東坡、山谷又是一樣用法。

詞韻上聲與去聲相通，惟中間一定之字，俱照詞律填之。本朝韻學以顧亭林爲第一，然其說頗迂遠，愚意不如即主子湘。《韻畧》之所遺漏者，吾亦可用古人用過者補之。若從此俗韻通轉，必見笑於大方之家。

壬子二月十七日三鼓鶴道人識於寧明之画鶴軒。

家書摘録都中

四哥家書中述在濟南呈呂仙詩，及到辛置道中感傷之語，弟時正在煩鬱自註：包羅甚廣，大槩時人不解所爲，無與同志，而已又無確乎之操，卓然之識也，適於案頭取過，重讀三四遍，不覺泫然欲涕。後復閱五哥醉語，雖雜嘲鬧，而言外之意，則固大丈夫不得志於時者之所爲作也自註：此他人不知，唯喬知之。以此慨然與兩兄約，時文竟不必作了，科場也不必下了，這官看來也没甚做頭，爲母親期望，不得不上場，草草一二年，便重修花菓山，再整水簾洞，照他們易堂體例，招幾箇閒散朋友，或在荒村，或更卜居山墅。幸逢太平有道之世，吾母康健之時，正好逍遥受用，也不出門，也不結交，也不求名，也不求利，任他們説好也罷，説歹也罷，千秋事業，不朽文章，你們信也罷，不信也罷。于中堂加了十錫也不管他，戴衢亨中了状元也不羡他，揚同任大頭記得三部念一史、五部十三經也不理他，但守這箇本分學問，寔落心得，此爲兄弟三人無上等等咒。是日讀《易》，履之初爻，孔子曰『素履之往，獨行願也』，孔子解得真真好。蓋素履而往則可獨行其所願，我願做詩就做詩，願彈琴就彈琴，願學聖學賢就學聖學賢，孰得而禁我哉？纔一不素履，便有多少不如願處，即如考試能如你願么？如求官能如你願么？此無他，在人故也。即出門教書，也不免招些是非，惹些閒氣；即招徒會課，也不免招□□非，惹些閒氣。総吃虧，不免有借于人，総算不得素履，所以総不得獨行其願也。假如閉門修養，彈琴賦詩，喬之所需唯兩兄，兩兄之所用者爲喬，外此於你們世上一無所需，一無所用，看你們又待奈咱們何？二爻，『履道坦坦，幽人貞吉』，孔子曰『幽人貞吉，中不自亂也』，此二句解得又真真好，惟其履坦坦，所以能不去張皇，作箇幽人。惟不厭此幽貞，則中心定靜，任你說天論地，百般呌呼，他都不管，此乃真有得也。石桐家書及呈吕祖詩，子喬家書及《野鶴賦》，皆不免於自亂也。吾志决矣，夫何疑哉？

《榕村詩選》於陶詩《示周續之祖企謝景夷三郎》一首所謂『周生述孔□，祖謝響然臻』『馬隊非講肆，校書亦已勤』也評云『譏苟就也，公之學行志節，見於此矣』。《戊申歲六月中遇火》一首評云『形跡憑化往，靈府長獸閒，即形骸已化，心在忘言之意，而加警策』。此不唯不得陶公詩中意，語亦甚不著痛癢，不能不疑相公之圓通也。於古詩十九首不下評語，却高老。

五哥所說，静動之不相爲用，弟時下所苦正坐此，故爲銘于牕上曰：慎爾動，定爾性，淑爾止，免爾悔，動不保，須返考，式愔愔，作爾心。次日晨起，即見希江，得家字，亦奇矣，遂舉以示揚扶。

有甘州趙生雲鴻，與弟比屋而居。月餘，或導謁時相，趙謝不往，而以二詩相示，詩未能工，然歎其遠方少年，有志如此，故與爲吟四十字，以勉成之：寳劍未出匣，精氣已可識。期爲吾輩人，海上釣鼇客。舉舉韓詩，好容止也遠方子，求名來京華。一枝看獨秀，恥爲没骨花徐熙不畫没骨花。。

趙生年二十許，見四哥畫，及吾輩所爲詩，欣然企向，惜學有不逮耳。每燈下促膝，談娓娓至夜半。趙所居處，即古居延城也。伊言青海、榆關、天山、祁連山、黑水、弱水，凡前人詩中西北邊塞之地，皆如吾家。説丈陵，易湯見大鵰及沙漠荒凉，亦差不以爲怪耳。頗覺有趣，打算爲一詩贈之，未屬也。

又一書都中

虞翻云『得一知己，可以不恨』，又云『死則以青蠅爲弔客』，憤時無知己也。甚矣知己之難也！若喬者，時人雖冒以浮譽，而知己幾何？東皋翁許爲狂狷者流，可謂隻眼，而於其詩文，或未能深知之也。前以二詩呈翁，翁方較館中元白詩，遂以長慶目之，豈知子喬詩者哉？方叔駒可謂愛之篤、好之至者矣，然或疑所守之太狹，所執之太固，而不能無摇于浮沉圓通之説，則知之亦未盡耳。其餘若羅中丞、韋方伯、德尚書，不過賞其字畫端好，經笥博洽。夫經笥博洽，字畫端好，是豈喬之所長哉？要而論之，能真知確見喬之所短長者，兩兄之外，無一人焉。故爾來名心甚淡，務爲韜晦，一檄五斗，不過藉以報吾之望，一年半載，便當收拾歸山，上奉慈顔，下與吾兩兄讀書論詩，益勵其志，而懋其學，逍遥斯世，寤寐無恨，神鑒斯語，不敢昧心。

四哥來書中一段，五哥所謂當書座右者，弟讀之怦怦心動，蓋弟之心事，不惟母親不及知，即在都之人皆不能知，所以不能知者，不同趋也、不同志也，所以目下行事，舉止多不免爲同輩僕屬所疑，坐此常鬱悶不快意。又或不得已，從若輩一二事，亦過而輒悔，益鬱悶不快意也。嘗一夕訪李儀曹，聽其一談，與吾三人之見，不啻乳合印符，兼之朴質平寔，絶無一矜張客氣語。曰及作令之法，有不必與時人異者，有確不可與時人同者，云云。又云目下吾輩，所自效者，唯有立心求濟于人，而無害於民，再則『自喫苦』三字而已。弟感斯人言，是夕始覺豁然心開，向之鬱悶者全去矣。何以故？向時怕者人多，怕妻子、怕僮僕、怕親戚、怕外路朋友、怕時道人、怕其私地窃議也。自此都不怕了，秖怕四箇人，天之下、地之上秖有四箇人可怕，豈不寬濶哉？若我他日千萬人都説好，這四箇人鄙而笑之，死有餘恨矣。若千萬人都説不好，這四箇人知聞之而喜，榮于華衮矣同人揣此四箇人爲誰，其見大抵相同，且不必説破，待千載後共知爲誰，如何？便令先生怕，方是真正四箇人也。若常得李儀曹在弟之旁，則弟之氣常揚而心常泰矣。不然，則亦何有濟耶？豈惟無濟，且恐病心矣。弟之欲與兩兄俱者，非第爲椿津之觀、兒女之情也，亦猶之欲得儀曹之意也。弟性窄而少斷制，然有一信而可恃之人在前，則無所疑阻，而心寬綽矣。不然，豈非苦海耶？

寧焯按：觀此數則，先生在都中，蓋李儀曹外，無一人可共語也。先生所常往還者，周書昌、方叔駒、趙志南、祝厚臣、秦小峴、侯素軒，而皆不能與于此，安得不動歸山之思乎？李儀曹當即諱潄芳者。

桂林家書摘録

四月南行　兄石桐註

松圃相重愛之情，久而彌篤。弟到，松圃即來舟中，言吾爲兄定鶴巢矣，趣即搬入，乃其宅之後身，房舍高凉，而潔浄寬敞，供給無不盡心此樓舊名凝翠樓，後聞子喬將至，除左右廊舍居家人，以此樓居子喬，更名棲鶴樓，樓下爲湖，樓後爲獨秀山、伏波巖。蓋松圃於吾兩人，乃真心傾服者。弟未到之前，時時盼望，凡在省之官員幕友等，無不盼望者，皆松圃之故也乃少鶴竟以詩名傾動上官，到省未彌月即委署大州。酸呻五字，竟成仕宦捷徑耶。呵呵。然此亦可驗篤功致效之報。四哥爲評詩，松圃奉爲金石，逢人誇示。前梧州太守、今陞山東按察使陸公友仁此即岑溪本府，與子喬共事最久而最相契，當時殊不知少鶴之能詩也見之，嘆曰『必如此乃真作家，似吾輩所作詩，真門外戲耳』。劉松嵐名大觀，東昌人，好作詩，并好爲古文詞。現任廣中州縣，近不知調何處。想曰公在省耳，與子喬最相善亦求評其詩，如石桐先生改定松圃詩，松圃私語人曰『松嵐言何易也！』蓋謂其詩可改，而松嵐詩難改也，故詩中所改刪，心悦之至。將來弟在嶺外，不至困頓者，賴此友也松圃有言，歸語四哥，少寉在南，有松圃在。外此寅僚，亦相好者多，大槩此時廣西官吏，如查太守、孟臨桂孟君好爲詩，自言石桐先生門人，雖時人貲郎，皆有士人風氣，此其可喜幸者也。再此地自松圃好吟，遂多吟人自袁子才烘動以後，桂林輙尚詩咏，不獨因松圃也，借此筆墨消遣羈懷，亦正不惡。

石桐云：　此家報中二帋，抽出寄同人，使知子喬在南中安便，并悉松圃繙之誠也。

評兄石桐先生詩

《别後詩話》一卷，讀之中懷棖觸，申旦不寐者。

《宿南山贈新亭兄弟》，感傷極矣，諸君能無作田家泣耶。

《過雨蒼舅故居》，看似尋常懷舊語，而冣深感，正與李東川同。

《熙甫曉雨寄丹柱詩見示因感子喬南行》，此景此情何人識得？

《哭子庸詩》，所以壽之矣，五星作亦不朽，皆不得以腐論。讀之如身到家，思歸轉深者。

《雪中喜子喬書至》，村寄時想是如此，寫來宛然，然此前後無限感矣。

《携兒輩游村市寄子喬》，此詩果甚佳，敘處結處，皆不尋常，皆極可感念。潘蘭公賞予《新年》詩，歎爲特識。廉夫更能識此詩，以爲絶作。真不易得也，予故謂蘭公、廉夫二子，識力精卓相類。

《與五星丹柱東亭會飲懷子喬南行》，此學韋蘇州之淺顯者。

《送熙甫之官吏部》，必是如此，他語都説不着。

《孤山憶昔行》，正以淺而可感。

此卷擬寄示松圃，又恐不能盡領，須相見時一指喻之，乃得也。然松圃邇來學術果進矣。

評兄蓮塘先生詩

兄於爲詩，從《選》入，他如庾信、徐陵、杜審言、沈佺期、陳子昂、李白、王維、白居易、韓愈、李賀皆嘗究涉，獨不喜規撫形似。故張、賈門下人無以定其專主。不知意興之超，骨力之卓，古人本自相入。喬及兄石桐每詩成，輒就兄推勘之，然後定。則能好二子之詩者，必能好二子之所好者也。

戲題袁子才來書後二絶句

來書云：『泰嶽居五嶽之首，一登而可以小天下矣。然有人焉，終其身，結茅棚於泰山之頂，而其餘武夷之幽深、羅浮之奥妙，至死不知，豈得謂之善游者乎？』蓋譏僕專法杜韓，狹而不廣，不能俛仰近代時賢之詩也時賢如查他山輩，尤恨予詆其詩話。

子才罵我我不恠，下走他山真不能。便好寫作道人像，泰山頂上一茅棚《集韻》音朋。

書又云：『足下少時用力於杜韓，而精思大力，又足以副之，遂至能入而不能出，以爲取法乎上，僅得乎中，此外可一切决捨，且「上」之一字，亦頗難言，杜初學庾鮑，後取法乎二雅，韓初學李杜，後得力於三頌，此又取法乎上之上者也。足下如悍將用兵，何以捨是而不窮追之哉？』

明季文章已劫灰，滛哇紛逐格尤頹。正思往問子才子，還我三頌二雅來頌，依楊子雲《河東賦》讀作墻容切。

與紀小癡論詩

往時有持沈歸愚詩集者，質於予，予使小癡論之，批郤導窾皆能得其膏肓，予曰語人『小癡於歸愚，可謂太真燃犀炬也』，小癡遂以此自負，於國初諸公多所詆呰，而不得其當。偶閲予《歸順示父老詩》，小癡濍然欽拜曰『此真韓子矣！』予曰：『吾兄石桐及單廉夫，皆以爲似元次山，而某自揣，尚未能逮施愚山之氣量，特均爲次山一路耳。』小癡曰復痛詆愚山一錢不值，奚足以當少鶴而希次山耶？其論殊浮妄，不中繩理。

小癡於明詩，推尊徐青藤，強予和之，予曰：『青藤之詩，與吴小仙之畫，某皆量褊，喫不下，不敢附同。』於本朝詩，亟稱吴蓮洋、馮大木，謂可涵蓋一切，又雜及高念東、趙秋谷、明之楊升菴，皆可懾服也。然所以取之者，亦不確實，大槩欲龘衆人之耳目，而無所折衷者耳。

小癡極詆李松甫之詩，且曰：『少鶴欲以待松甫者，一例視之，小癡不甘也。』予曰：『松甫詩清貴有法承，故嘗取之。若近來作詩者，多是亂道，豈敢濫許盡如松甫耶？足下勿過疑。』

又云：『松圃藐視小癡，竟似絶無所解，其意欲使小癡執贄爲弟子，豈不屈耶？』予笑曰：『松甫嘗言之矣，小姐何用張生爲兄？小生乃真不用小姐爲妹。足下果有志，各自尊所聞行所知可也，何用取不同道、不同術之人如松圃者與相挈競門墻，呶呶不已，豈非自苦耶？且小癡談詩力攻松甫，而松甫談詩從未及小癡，則其分量已可見矣。』

小癡又論韋蘇州詩，以爲其妙在寬，柳子厚詩妙在厚，黄魯直詩妙在麗。予曰：『此正相反。韋之得力在仄，柳之得力在削，黄之得力在凈。』小癡揚目曰：『倔强哉此翁。僕一肚皮狂論，嘗歎世俗人不能知之，故特進於少鶴之前，期一吐氣耳，乃屢見困，何耶？』予曰：『某一生不敢作違心語，若少鶴而隨人俛仰，則亦不足爲少鶴，足下安用求之？』

眉批：　叔白原批云：　此詩子喬之用韻調，太白後一人而已。『匠人職廢』二句尤難看。『小試』指用水車于膠水，非指爲縣令，『吾農』指佃户，非指岑溪之民，冣宜混目。『謀近』指『小試』，『舍遠』指『大用』。然子喬於張子買田晝井之事，有未能深信之意，故言之不免游移。井田封建，人間無此事，不可無此理。

因繙得桐、鶴古詩卷，曰：『必如石桐先生，乃現世羅漢，三千威儀，是真韋蘇州，羣輩何敢異言？』予曰問：『石桐詩佳處安在？』小癡云：『即如「罷畊牛自鳴，田大負耒歸」「始見水禽集，或鳴沙草中」皆無上等等咒，即朱子詩亦遠不逮，何論松甫？松甫若能爲此一句，我便五體投地。松甫之學得石桐「緩步躡石蹬，倚杖聽磵泉。時見山中人，動作亦蕭閒。豈無人事勞，幽興此中偏」此等語耳。』予曰：『足下於石桐詩，去取乃爾爾耶。』

又稱義堂集《水車行》一篇，曰：『若得如此三二十篇，便可充一代，韓蘇皆當避之。』予聞之，慨然曰：『此詩用心處，友人潘蘭公、韓公復皆不及見之，先兄叔白乃真切指出，今又得小癡一知己，可無恨矣。』再問：『此詩好處安在？』小癡但摇首長吟『引水週舍插秋荷，間以其餘溉黍禾』數句。細察其意旨，似於叔白之所論者，亦尚未能有會也。

小癡與朱心池倡和甚相得，而不肯明言，予因問：『現今西粤之爲詩者，足下獨無所取乎？』小癡曰：『高廷樞、楊懋珩、李傳燮三子皆予所心服也。』予曰：『高集未見，若楊、李作，固不及松甫，再如心池之詩若何？』小癡曰：『大概亦與松甫比肩耳。』予曰：『足下知石桐爲正法眼藏，請以石桐決之。松甫之詩，石桐取入選者十之四五，而心池之作，石桐一字不能收，則足下之辨二子踈矣。』

小癡忽自言曰：『松甫之所以輕我者，因少鶴謂我詩雜，遂眾爲咻之。夫我之雜，祇可少鶴砭之，他人則何足知？且吾詩固未嘗雜也。』予曰：『桀紂之飾非拒諫，因不自知其惡，尚屬可恕。若小癡明明自知其病在雜，正可勉而改之，何反預爲拒諫之地，豈非桀紂之不若耶？』小癡亦不覺大笑。

小癡記醜而不擇，才高而粗莽，多與任子昇相似。子昇後來漸有進處，惜乎不永年也。

癡又云：『世人讀少鶴詩，豈能知之，吾有一字評，曰律。』予曰：『此評誠高，然予則何敢當？請以移之山谷替君前「麗」字之失可也。少鶴豈無短處乎？』癡曰：『亦一字評，曰隘。』予云：『此評誠當，謹受教。然亦幸遇此隘者，不惜與阿癡折辨。若所遇不恭者，則小癡之言如響矣，足下安所聞其失耶。』小癡於是始微有撫然之意。

小癡亦書《詠鶴道人占四明山事》詩，囑寄阮樹南，使同書於卷内此事見《續粵西叢載》，道人阮君，靳翁、朱農二秀才皆有詩，阮擬書一卷，傳示浙中，詩云：『東海有一鶴，翻然向四明。化爲臞道士，貌似楊容城鶴道人圖酷似容城椒山先生塑像。徑來此山住，主者不敢争。袖中出一紙，得之阮刺史。老鶴預乘軒，游戲偶然耳。阮來與交替，醉後强書此。何以椒山翁，亦有此恢恑。道士笑不顧，一去九千里。結茅晏坐四明顛，住山不費買山錢。上天下天鶴一隻，一一鶴聲飛上天。』即此詩，便是徐文長支流。其中亦有雜處，如『楊容城』一節，雖紀實語，然在此終覺無着，使加節制，小癡未能也此題本屬游戲，姑且聽之，其才氣亦非時下詞手所能。

與袁子才論詩教

簡齋來書

胡甥從桂林歸，接詩冊，恍如面晤，見《和生輓詩》《告存》諸作，如異樂仙音來自海外，迥非人間几響。所説春田太守，乃僕世交，十年前在姑蘇相遇，猶以清門公子目之。不料去年寄詩一册，獨杼懷抱，自寫性靈，真後來作手也。且有『先生宗白我宗袁，萬古心香此一源』之句，沈休文遲暮之年，忽得王元禮，出而張之，可勝欣喜，其佳句久已梓入詩話，得足下從而附益之，固所願也。來札憂近今詩教，有以温柔敦厚四字訓人者，遂致流爲卑靡庸瑣，屬老人起而共挽之。此言誤矣。夫温柔敦厚，聖人之言也，非持教者之言也。學聖人之言而至庸瑣卑靡，是學者之過，非聖人之過也。足下必欲反此四字以立教，將教之以北鄙殺伐之音乎？毋乃由之瑟，奚爲於某之門矣。嚴滄浪論詩，笑坡、谷二人如子路侍夫子，未免有行行之氣，此語殊解人頤。才如坡、谷，尚不免人譏彈，而况於不如坡、谷者乎？夫温柔之與卑靡，剛健之與粗硬，似是而非，差之毫釐，失之千里，不可不察也。然而天下物，未有不以柔爲貴者，金銀銅鐵，紬羅紗絹，觸目皆然。雖太阿純鉤，天下之至剛者也，亦以能屈能伸爲貴，而况於聲詩一道，將含商嚼徵播之管絃者耶？大凡人之於詩，如口之於味，嗜各不同，或嗜羊棗，或嗜菖蒲菹，仁者見之謂之仁，智者見之謂之智。杜少陵不喜陶詩，歐公不喜杜詩，竟陵、公安、七子互相詆娸。王阮亭痛訾元白，專主中唐；蔣心餘、錢嶼沙痛詆阮亭，專主他山。僕以爲皆是也，皆非也。是者，是其獨得之見，不隨人爲步趨。非者，非其所見之偏，不平心而察理。范蔚宗所謂『能識同體之善，而忘異量之美』，莊子所謂『蔽於古而不知今』，此學者之大病也。足下不喜查他山，以爲卑靡之習，自他山開之，此言又誤矣。夫他山以前，詩之卑靡者，無萬萬數，不過不傳於世，故足下未見耳，非自他山濫觴。他山是白描高手，一片性靈，痛洗阮亭敷衍之病，未可菲薄。若以流弊而論，則槎枒粗硬之弊，亦何嘗不自老杜開之？韓昌黎之『蔓涎蝸出殼，角縮頭敲鏗』與《笑林》

中所云『蛙翻白出濶，蚓死紫之長』，又何以異乎？足下之詩酷摩韓杜，故縱筆及之，爲思患預防之戒焉。近今詩教之壞，莫甚於以註疏誇高，以填砌矜博，捃摭瑣碎，死氣滿昬，一句七字，必小註十餘行，令人舌縟口吐而不敢下，于性情二字，幾乎喪盡天良，此則二千年來所未有之詩教也。足下何不起而共挽之？

又一書

再白者，足下又嘗疑我議論，似乎三教皆不歸依，到底歸依何處，此言亦非知我者。我輩墜地後，捨周孔何歸？但歷來歸周孔者，荀孟朱程，俱有流弊，有習氣，我不以爲然。譬之到人家，敬重一長者，丈人而已，其旁子弟侍從之煩言贅語，我不能隨聲附和也。至於佛老二家，何嘗無可取處？奈其習氣更重，流弊更多，故不得不淡漠視之，而有彼哉彼哉之歎。曾自嘲云：『鄭馬門前不掉頭，程朱席上嬾囬眸。一鞭直造尼山下，文學班中訪子游。』此是我歸依處。老鶴行將飛矣，不得不留此一詩，望君爲作傳。

再與袁翁子才書

某之爲文也，性僻守狹，不敢與當代鉅公聞人馳騁而角逐，沾沾自好而已。前歲奉書，偶肆狂喙，遂遭先生棒喝，示以第一義，於此見先正古直之風，雖於所好者不相狥暱，俾淺學者自鏡其失，愚得砭而頑得鍼，此感當且不朽。惟是鄙人之臆，有未能達，不得不覆白於廣大教主之前。向所謂以温柔敦厚訓人爲詩者，某即無學，寧不知此出經解耶？獨是神農之教天下，夫子以之贊易，而有爲神農之言之許行，孟子則力闢之，擯爲荆舒蠻夷。聖人之教人，唯忠信，又曰古之矜也廉，而取不屑不潔之士。

忠信廉潔本當尚也，而居之似忠信，行之似廉潔，則目之爲鄉愿，深惡而痛絶之，何也？惡其妄附假託，而非真也。來書云『學聖人之言，而至於庸瑣卑靡，是學者之過，非聖人之過也』，正同此旨，非有他岐，不然，許行之教亦神農之過，而忠信廉潔爲不當法與？某論近來學詩之弊，必懲乎此者。因見有一大老，負當世重望，觀其所著，庸瑣卑靡，而其選詩與持論也，必曰温柔敦厚。夫其所謂温柔者，乃沓泄也，敦厚者，乃媕婀也。後生小子，既震乎其名，又見其稱述之不謬於聖人也，遂翕然奉之相率而成庸瑣卑靡之習，而詩幾亡矣。此其爲詩害，尤甚於許行之亂治，鄉愿之賊德也，故不可以不辨。若先生之爲詩也，獨主言情，不肯循跡，鄙儒小拘，掉厲古今，其與此老，正如甘遂甘草之相反，即觀《倉山詩話》中，亦似不以此老爲韙，乃反爲攘臂而争之，不亦過乎？至援嚴羽之論，謂坡、谷二子如子路行行氣象，此視陶淵明、張曲江、韋左司輩固不免發揚蹈厲矣。然其骨力則正足相扶，似乎世風日靡，興頑立懦，尚賴有剛鯁之氣，善乎陸務觀之言曰『氣骨真當勉，規模不必同』，前次若陳子昂、李白、杜甫、元結、韓愈、孟郊皆然也，何必二子哉？先生以某嘗從事韓杜，而預戒其槎枒粗硬之病，是則學問不能變化氣質處，謹受教矣。某於諸前輩，不敢妄訾，亦不能隨人俯仰，其有來學詩者，問及歷下、公安、竟陵及新城、秀水諸公，則槩云『姑捨是，取法乎上』，不敢以近自囿故也。鄙性實不喜查初白，亦不能以先生之言而曲附，然初白自有真慇處，而常瑣亦不免，但氣體卑靡，尚未至若後來詩老之甚，後來之卑靡，莊子所謂『況愈下』矣，此所以亟望大雅之起衰也。若以考据爲詩，以疏註誇高，以填砌矜博，誠如明訓，無關于性靈，無當于風雅，雖日著萬言，不值一吹吷也。《書》云『詩言志』，此本無志，《大序》云『詩發乎情』，此本無情，『觚不觚，觚哉！觚哉！』即其人自珍如太玄，亦决後世必無更有楊雲肯好之者也。此如野燐，不待撲而自滅矣，先生以爲何如？　某待罪下吏，遠滯南交，每承書問，經歲始能往返，不勝耿耿，附候鮐祺，爲詩教自愛，不宣。

又一書

自楊子雲論性後，世間學術流弊，常苦一『混』字，近如周林汲輩，動稱三教歸一，正是混處，某意甚不取也。先生獨能灑然脱棄常習，若戴晉人之鄙二子，若釋家所謂即心即佛、非心非佛，未始不足以相印耳。來書及詩乃自明小拘之旨，仍爲大德不踰之教，南吴、東魯同一淵源。命不肖異日爲作傳，野賤小生安敢任史事，即將來史臣，亦恐難爲定論。此段公案，須質百世後之聖人，看其惑不惑耳。呵呵。奉和小詩可再發一哂，詩云：『每見鄙儒如漆園，因疑佛外别稱尊。小生敢道前言戲，好待尼山是偃言。』

又一書

《書》所謂『詩言志』者，非開口便講孔孟，下筆便引忠孝，此現成説話，不得爲志也。然如小説所云『腰纏十萬貫，騎鶴下楊州』，此等妄想，亦不得爲志也。志者，平生心意之所向，而力必求以赴。人之志亦有不同，若陳伯玉之志，在復古；　太白之志，在删述；　少陵之志，比稷契；　陸放翁之志，存恢復中原；　元遺山之志，不忘故國。即足下之窮研山水，志謝監，怡適性情，志陶令，皆是也。鄙人初取汪春田太守與吴穀人之詩，皆以其清雋，而两君之志事，尤卓然可觀。穀人當轉御史，力辭，或問其故，曰：『某今具官，後世不過目爲不通之翰林而已，若在言路，而碌碌隨衆，使後人指出，爲某朝某年間，某爲御史，真愧死矣。』僕在柳州時，或傳太守上制府書，力抉廣西之蠹弊，民生之困苦，皆由於上之作不順而施不恕也。其言峻切，犯時怒而不顧，皆可謂今之有志者，故有芻言紀之，因借以發明古今爲詩之解，寄呈左右，未審河漢否也？

眉批：雖不必然，其言亦自雋快可喜。

眉批：説出栝蛇之疑，可知從前來書力拒，明是護前。

眉批：説來正自可憐，無奈此間多庸陋之士，而其書已行，不免共爲擅奉，故不得不爲指迷，非不知此老未值一攻也。

眉批：舌劍亦自可人，不負辨才。

眉批：此正是敦厚處，須看本文。是詩之教也，亦如思無邪。何嘗無淫奔詩在内，而思則無二也。

眉批：二物不切山谷，須知即二物無味，亦勝于霜柿之有甘。

眉批：山谷豈可以對他山，太覺擬不如倫。

眉批：此阮老自討苦喫，亦如以『往取將相酬恩讐』，執爲退之短處，皆不免懷私，而自形其陋也。

眉批：此亦妄言，若老杜詩祇如此一絶，則杜詩亦可廢矣。

眉批：不是筌詩，即不可歌乎？

眉批：此有理，須知即一日之志、偶然之志，亦必與終身之志相符合也，若有不合，即亦不得謂之志矣。

眉批：僕於韓詩稍涉其藩籬，若杜則尤在籬外，雖欲抑先揚，亦似失當。

眉批：此是妄襲其名，如何謂之取法？太麄謬矣。若果能法，則陳良亦可學周公、仲尼之道。若非其真，則有若似孔子、曾子尚不許也，况庸妄之人乎？得失寸心知，此固難爲輕心負氣者道也。

眉批：然則七十子何不捨孔子而向孺子北面哉？

眉批：聖人有取於物類，以見道無不在，亦如莊子所謂『道在螻蟻』『在稊稗』『在瓦甓』『在屎溺』一様説話，非遂奉以爲師也。如若所言，則屎溺亦可師與？

眉批：須辨是如何之我，稗官小説詩，亦各有我在也。

眉批：何嘗不是如此？然杜詩『輕薄爲文哂未休』『爾曹身與名俱滅』亦皆不肯随人後也。

眉批：此一段仍前自己回護之説。

眉批：強詞奪理，不思人小時骨柔，既壯乃硬。初死時硬，移時即濫，亦柔矣。安有硬之常存耶？

眉批：此亦時俗常言，『天下幾人學杜甫，誰得其皮與其骨』，不先識其面貌，安能得其骨骼？

簡齋復書

冬至前七日，汪太守役來，接手書，知起居平善，爲慰。且知在邊方與春田太守，以吏術相推崇，以風雅相砥礪，可謂古之人與古之人也。讀《秋水篇》，鋪序曲折，昌黎以文爲詩，少陵以詩爲史，兼而有之。僕所最愛者，痛斥『三教同源』四字，罵爲蒙混，真乃探鄙人心中所欲説之言，而爲之代出諸口，能無距踊三百，曲躍三百耶？僕常云『夫道一而已矣』，凢有所慕于彼者，皆無所得於此故也。然而宋之大儒，亦往往暗通彼教，其初心所以讀佛書者，葢入虎穴得虎子故耳，久之竟作牛哀之化，而不自知，此韓、歐二公之所以到底不錯也。繼之者，其在明府乎？至於論詩一節，各□入手處，亦各有得力處，正無妨君子和而不同也。故别有荒言，教兒子録之，奉呈台教。

來札談論風騷，洋洋千言，將所蘊蓄於胸者，傾葢出之，仕途中足下奇男子哉！但莊子云『辨生於末學』，孟子好辯，鄙意尚覺其多事。以秦始皇之威力，焚書坑儒，卒不能損周孔之教於萬分之一，况區區之楊墨哉？便當時無孟子，楊墨之教亦至今不行也。所指摘詩教卑靡，爲後學累者，初讀之竟有梧弓蛇影之疑，今蒙明教，方知爲歸愚一翁，則尤不必矣。當歸愚尚書極盛時，宗之者止吴門七子耳，不過一時借以成名，而隨後旋即叛去。此外南方風氣柔弱，偶有依草附木之人，稱説二，人多鄙之，刻下如雪後寒蟬，聲響俱寂矣，何勞足下以摩天巨刃斬此枯木朽株哉？老人與歸愚鄉會同年、鴻博同年，最爲交好，然平時論詩，向彼嘿無一語，知其迂拘自是而不可與言也。然深知其居心忠厚，行己端方，未發之前，《竹嘯軒集》中頗有佳篇，亦未可一齊抹殺。况此時墓木已拱，家無負床之孫，往澆一盂麥飯者，言之傷心。足下何忍射死虎而慮其咆哮，斤奄人而禁其生育哉？亦可謂私憂過計，而用心於無益之地矣。

此論雖似與僕異旨，然却有見，仇者快意，蓋袁翁與此老本不相入也。《禮記》一書，漢人所述，未必皆聖人之言，即如『温柔敦厚』四字，亦不過詩教之一端豈有此理，不必篇篇如是。二雅中之『上帝板板，下民卒癉』『投畀豺虎，投畀有北』，未嘗不裂眦攘臂而呼，何敦厚之有？故僕以爲孔子論詩，可信者興觀羣怨也，不可信者温柔敦厚也亂道。或者夫子有爲言之也，夫言豈一端而已？亦各有所當也。

前書因恐以此譏己，遂云温柔敦厚，聖人之言也，此知非以譏己，乃云不可信者温柔敦厚也，顛倒若此，夫子得毋耄乎？

元遺山論詩，有『詩到蘇黄盡』之語，似不滿此二人者然則謂遺山之詩勝于蘇黄□□不可，然東坡天才超邁，落筆成趣，不過工夫淺耳此八字已道不著東坡，至謂工夫淺，陶謝李杜韓工力則誠遜矣，然以較餘子，何以見淺□所□不過後來之人，何以深于坡乎，豈可與山谷并稱？山谷詩佳處，老人至今茫然肯直説却見胸懷坦白，然未便因不解遂罵，《世説》云張茂先我所不解，此之謂也。宋人詩話，説東坡如宦家女，大脚步便出，涪翁詩如小家女，拗項折頸，有許多做作扭捏處。元人《就日録》比之驢夫脚板、鉄匠火鉗，僕則以爲如食刀豆、嚼芋皮，始終無味。然嗜好不同，蔣心餘好山谷而不好楊誠齋，僕好誠齋而不好山谷，猶之足下不喜他山詩。所謂人心不同，各如其面，食肉不食馬肝，未爲不知味也。若夫阮亭之不喜少陵、香山，則又有説，阮亭一味修容飾貌此實有之，怪不得説，所謂假詩是也。惟其假，故不喜杜、白兩家之真。以己之短，妬人之長，甚至駡杜甫爲無恥，以其獻《三大禮表》，稱楊國忠爲司空元老故也。殊不知，考之唐史，杜上表時，首相並非楊國忠耶。

宋時譏詆山谷，大概魏泰之輩，不知泰以無賴門客，附倚王荆公、章惇，其品冣爲下下，其所言豈止蜉蝣撼大樹已哉？後來王若虚等毁之亦不遺餘力，乃觀所自作，直糞土耳，又何必拾其唾餘以取憎耶？

足下論詩，講氣體二字，固佳，僕意神韻二字尤爲緊要。葢氣體是空架子，可學而能，神韻是真性情，不可強而至。前明何大復，言古人詩皆可歌之賔宴，杜詩衹《錦城》一絶可歌，餘皆不入律此正宋人習爲靡曼之音，故有此説，故宋人稱爲□□子，此言亦係偏見。三百篇，變風變雅，原不入笙歌也，然於情韻二字，却有□到處，而今人不知。

神韻二字，又取阮亭語，何耶？其爲氣也，至大至剛，以直養而無害，亦空架子乎？來札所講『詩言志』三字，歴舉李、杜、放翁之志是矣，然亦不可太拘。詩人有終身之志，有一日之志，有詩外之志，事外之志，有偶然興到流連光景，即事成詩之志，『志』字不可看殺也。謝傅之游山、韓熙載之縱伎此處有掩葢自占地步處，豈其本志哉？『多識於鳥獸草木之名』此等如何可以志論？，亦夫子餘語及之，而夫子之志豈在是哉？

足下少時用力在杜韓兩家，而精思大力又足以副之，遂至□入而不能出，以取法乎上，僅得其中，此外可一切決捨，不知此二語，是學究□□所願則學孔□也，不許乎不可奉爲定論。當時燕噲取法乎堯舜，王莽取法乎周公，亦可謂上之至矣，不圖求爲下下，而不可得者，何也？且『上』之一字，亦頗難言，杜初學庾、鮑，後取法乎二雅。昌黎以文爲詩，初學李、杜，後得力於三頌，此又取法乎上之上者也。足下如悍將用兵，又何以姑捨是而不窮追之哉？今夫山，泰岳居五嶽之首，一登而可以小天下矣。然有人焉，終其身結茅蓬於泰山之頂，而其餘武夷之幽深、羅浮之奧妙，至死不知，其得謂之善游山者乎？僕道取法者，師之之意也，師豈有一定哉？孔子曰『三人行，必有我師焉此則言各有當也』，《尚書》云『德無常師，主善爲師』，杜少陵云『轉益多師是我師』。孔子有取乎滄浪孺子之歌，則孺子即孔子之師也。孟子有取乎夏諺齊言，則夏諺齊言即孟子之師也。甚至聖人師螻蟻而立戰陣，師蜘蛛而制網罟。螻蟻、蜘蛛，可謂下之下矣，而聖人不曰『姑捨是者』，何也？取其有益於人，而不計其物之微細也。以故僕之論詩，豈特不敢薄古人哉，即足下有一篇之善，一句之佳，僕必師之，而終身不敢忘也。夫豈特如足下之大賢哉，即後生小子、女流、末學，有一言之善，一句之佳，僕必師之，而亦終身不敢忘也。自苦衰老，不能省記，此詩話之所以作也，及到落筆時，却要處處有我在，不肯爲古人所囿。孟子曰『待文玉而後興者，凡民也』，若夫豪傑之士，雖無文王猶興須要對得文王纔是，祖孝徵曰『大丈夫當自出機杼，不可寄人籬下』，韓文公曰『惟古于詞必己出』，陸放翁曰『文章切忌隨人後』，顧寧人規一友云『足下作詩，胸中總放不過一箇杜少陵，此詩之所以不至也』，僕詩話云『抱杜尊韓，托足權門；苦守陶韋，貧賤驕人』二語當與敬之分任之，亦是此意。捻之善爲詩文者，平日讀書，不可一日離古人，臨期著作，不可一念仿古人。偶有無心而暗合者，則又不在勦説雷同之例。『終其身結茅蓬』一段却説得妙，在先生意極砭之，而僕乃甚自得也，因題一絶云『子才罵我我不怪，下走他山實不能。便好爲寫道人像，泰山頂上一茅棚』。時人於他山輩，未必足爲武夷、羅浮也。我乃□，梅聖俞爲武夷，黄魯直爲羅浮，不亦可乎？其如足下，年已及耄，而不知何。直吐出詩話之所以作句，然後知才翁之動毛髮來酣戰者，以僕嘗評讁所著之《小倉詩話》也，不知此正可爲翁功臣，不然若待身後後人之誚詆，豈僅如僕所云耶？

凡作詩，尤貴相題行事，古人剛克柔克，清奇濃淡，各成一家而去。我輩生於今世，則十八般武藝，不得不抱負齊全，有宜剛者，有宜柔者，有宜濃者，宜淡者，総須認準題目而爲之，不可徒抱一副本事，狹而不廣，拘而不變，此又《春秋》責備賢者之意，不敢不望之於足下。蔣心餘見贈云『古來衹此筆數枝，怪哉公以一手持』，僕雖有不及，不敢不勉，一題到手，如選將出兵，方能制勝。遇應制則遣沈宋，誇力量則遣杜韓，入山林則遣王孟，敘情事則遣元白，作綺語則遣温李、冬郎，鬭險恠則遣盧仝、長吉，此其大概也。寧可丹蜂釀蜜，采百卉以成甘，不必節婦含貞此卻心樂之，抱一夫而不嫁。然又必自出心裁，不襲其皮殼，方爲大家。

説得自快，但恐杜韓王孟不受調遣何？

嚴滄浪笑坡、谷詩如子路侍聖人，有行行之氣。此言未嘗不是，然子路亦是聖門高弟，聖人亦不必強之以誾誾，及讀『由也不得其死』，然則□□□□有不□□處。前奉寄札中，論天下物，一切貴柔，豈特黍稷稻粱，綾羅紈緞羽毛皆柔者價貴，硬者價賤哉。人活便柔，人死便硬，此尤明效大驗也。故光武云『朕治天下，亦欲以柔道行之』，真悟道之言。然而剛是剛，硬是硬，柔是柔，弱是弱，四字不可蒙混。柔在三德中，弱在六極中。漢文帝是柔也，漢元帝是弱也。詩文亦然，韓杜是剛也，山谷是硬也，元白是柔也，歸愚是弱也。梅聖俞亦有弱病，不能以歐公之欣賞而附和之。

歸愚之弊，亦不止於弱，且與元白、山谷并衡，亦太不倫。聖俞不到二雅不肯捐，子才言今如此，所以不能入於古也。

書家學書，亦須取法乎上，故歐、蘇、褚、薛、顏、柳、趙、黄□□□□然其風格氣味，都自成一家，不襲二王面貌。唐人李義山、杜牧之、韓昌黎、白香山都是學杜，俱能脱盡藩籬，自樹一幟，此四人詩之所以傳也，歐公學韓文，而所作絶不似韓，此八家之所以自成一家也。學韓詩而集中詩竟似韓詩，此詩之所以無人讀也。莊子曰『循迹者，非能生迹者也』，足下之詩太似韓杜，何不獨樹李岑溪一幟乎？惜乎我二人相見之遲也。

歐公詩，當時有聖俞、蘇子美讀之，後有東坡、山谷讀之，今有少鶴讀之，何以言無人讀？其人之不讀者，不過庸奴飯豎，此等但知讀《千家詩》，俗明易上口耳，豈足爲定論哉？僕又題一絶附寄云『明季文章已劫灰，淫哇紛逐格尤頽。正思往問子才子，還我三頌二雅來』「頌」字從楊子，讀作平音。

書稟幕友詩

奉上官

帡幪仁宇荷栽培，得遂凫趨燕賀來。恭仰大人韓范績，竊維卑職櫟樗才。多承提命慈雲蔭，幸察微忱德鑑開。□□自合加勉勵，酬恩萬一效涓埃。

贈寅僚

久慕芳型未識韓，辱叨雲朵幸先頒。菲材謬荷訂蘭譜，雅望遥欽重斗山。争羨鶯遷指顧事，早聞器重上游間。定知一一符心祝，不盡馳依望覆還。

學究先生詩

誠意根源在致知，知猶未至意多欺。爲仁端屬無私者，力學惟當時習之。須識異端非聖教，共遵達道本天彝。五經論孟書真好，誦讀工夫是所宜。

荒傖詩

作詩莫要等閒論，詩要温柔厚且敦。常把孝心酬父母，獨留忠義在乾坤。松筠難比真貞節，花萼相聯好弟昆。人品五倫稱首重，誰能及此便爲尊。

附録

附録一　三李詩鈔所載序跋等資料

李石桐先生詩集序

單鉊

石桐先生之病也，當乾隆癸丑之仲冬。余時亦感劇疾，遣族孫孟堅往問，二日而孟堅返，曰：『先生昨夜歿矣。歿時告其家人曰：「身後事無足言者，惟吾詩集，尚須料理。吾歿，可向單廉夫索序。」旋又曰：「此自廉夫事，吾無與也。」遂瞑。』悲夫！悲夫！先生何信鉊之深也！

先生歿，既葬，其子貽璠持全集來道先生遺言，一如孟堅語。余哭而受之，告貽璠曰：『余豈真能知此詩哉？少鶴在，余不得獨任，待其歸，與共論訂，庶無憾耳！』又五年，而少鶴歿嶺南，余於是無所復待矣。發其全集讀之，録詩如干首，爲之序，而并以原稿付貽璠，使藏於家。

詩自明代以來，聲氣門户之説紛然淆亂，其變極矣！先生當虞山、漁洋主盟之後，獨能奮袂其間，刮磨湔洗，一舉而空之，雖其説未能大行於天下，而十數年間，清才之士亦有聞而信之者，則先生廓清之功，顧不偉與？先生天資高妙，而措辭安雅，不事藻繢，其蕭然閒放之趣，有非他人才力所能彷彿者。至其會心愜志，足感人於性情之中，與向之相率而爲僞者，不侔矣！

間嘗論詩人，自宋南渡以後，若先生者，可爲豪傑之士矣！嗚呼！此豈可以聲光氣燄求哉？先生嘗謂韶曰：『吾詩自《岑江集》後，稍能自立，如得數年不死，以附益之，便可盡删前所作者，獨存此等數百首，頗可觀也。』言未久而先生歿。惜哉！惜哉！故《岑江集》以後多先生所自選，余又録《草堂集》以下十之五六，并列存之，庶覽者有以驗其先後功力之不同，而知其學之勤也。

國家承平日久，文教覃敷，通儒碩師綴文之士，莫不自致，希日月之末光，駸駸乎廟廊之上矣！而山林槁僻之人，猶能竭其心力，以息數百年如蜩如螗之響，後之人讀其詩，論其世，必將有反復流連生其異代之感者，此其人真足知先生之詩矣！先生之葬也，王君熙甫誌其生平頗詳，兹故不著。論其詩之所得者如此。同里單韶序。（光緒本《石桐詩鈔》）

石桐先生墓誌銘

王甯焯

先生高密人，姓李氏，名憲暠，字懷民，以字行，所居有十桐樹，因以爲號。祖華國，舉人，知直隸阜城縣，有惠政，去而民祠祀之。父元直，進士，由翰林改官御史。憲廟時，疏劾大臣，直聲震都下，號爲『戇李』。御史有四子，長高，進士，歷官至山西潞安府同知，再知絳州。次即先生也。

李氏三世以宦績顯，而先生暨兩弟復以文章著名一時。兩弟者，憲暠叔白、憲喬子喬，學者所稱蓮塘、少鶴兩先生也。先生早孤，與兩弟相師友。幼時即喜爲詩，每得一家詩，與兩弟效之，輒似，然自以爲非是，乃取《離騷》以下，迄國朝人所作詩，盡覽之。又十餘年，其詩遂工。先生古詩宗陶韋，律法中晚唐人。嘗教人曰：『唐律法備於中晚，所謂格律也。學律而不入格，唐音邈矣。』故尤自喜其五律。

初，先生以文受知學使者，與兩弟同補弟子員，一時『三李』之名噪甚。此後試，輒不利，戲效時格愈益然，乃盡焚之，一意於詩。嘗與少鶴依張爲《主客圖》例，蒐集元和以後諸家五言律詩，辨其體格，奉張籍、賈島爲主，而朱慶餘、李洞以下客焉，名曰《重訂中晚唐人詩主客圖》，學者遵奉之，因取先生與少鶴所爲效張、賈者，坿其後，曰《二客吟》。

所居待鴻村在膠水西涯，有沙水樹石之觀，偕兩弟日夕嘯咏，側近知名士時相過從，與縱遊海上諸山，流連唱酬，詩日以富。先生文亦工，以試不售，世遂無知者，徒稱其詩而已。

爲人高伉疏豁，疾世尚圓通，恒教人爲古狂狷，以此齟齬於世，老而益困。乾隆癸丑歲感疾卒，實某月某日，距生於乾隆戊午某月某日，亯年五十有六。

先生天姿敏妙，多雜藝，歌曲、鐃鼙之類，皆究其理致。晚年尤好作畫，得意者輒自題咏，曰：『吾畫不能悦人，如吾詩矣。』

初娶高氏，繼傅氏，子三人，某、某、某，女一人，許字周氏。

蓮塘、少鶴各有詩集行世，先生詩集若干卷、制義一卷，藏於家。某年月日葬於某地，甯焯爲之銘，其辭曰：

入海擘蚌月在手，出以投人駭而走。金縢石室閟深黝，防呵不慎雷下取，隱隱鬱鬱象徵斗，誰其

見者千年後，埋石幽宫俟永久。（光緒本《石桐詩鈔》）

定性齋集序

李憲喬

先生於爲詩從《選》入，他如庾信、徐陵、杜審言、沈佺期、陳子昂、李白、王維、白居易、韓愈、李賀，皆嘗究涉，獨不喜規撫形似，故張、賈門下人無以定其專主，不知意興之超，骨力之卓，古人本自相入。喬及兄石桐每詩成，輒就先生推勘之，然後定。則能好二子之詩者，必能好二子之所好者也。爲同學諸生鈔如干首，以資觀法焉。己亥九月一日早寒，弟憲喬識於都門興勝僧舍。（光緒本《叔白詩鈔》）

蓮塘遺集序

李憲喬

吾兄蓮塘先生，其號蓮塘，不言所取義。洎喬之官岑溪，先生與偕，既至，審其地有蓮塘山者，饜然惡之。逾年遘疾，遂不起。

喬之乞邑也，非先生意，既得岑，苦其荒遠殊俗，輒自惋恨。先生毅然曰：『柳子不鄙柳之民，韓子不鄙陽山之民，而鄙夷之，何耶？且有避而不竟其事，不勇；爲之而不盡之，不義。』於是悉本所嘗學，與不欺其心者，助爲理。其或格於勢不得行，嘗惓惓焉。先生之学，無所不究，而必蘄於致用。嘗深信张、周所言井田之必可復，與不復古禮、不變今樂之不可爲治。以語人，多不省，然或試之，輒能動變有成效。

蠻猺之俗，悍恑而重利，予爲作清風之亭、易使之橋。先生則以暇日，會萃其士夫，相與彈琴賦詩，而隱寓以鄉射、鄉飲酒之義，邑人翕然向之。殁之日，識與不識，無不哀嘆，察其意出於誠。嗚呼！於先生所抱以展施猶未也，而已得人心。震動格孚，不渝死生，有如此，況得假之手而盡出之耶？亦可知功名之士，薄有建樹而遽迂古制，以爲格扞必不可行者，皆妄矣。

先生既卒之五年，岑人念之不衰，且曰『蓮塘我有也』。喬校先生著述，古文四卷、古今體詩十卷、遊山記三卷、雜文一卷、《考辨古文名物制度論解》又如干卷，皆未及刊。先刊其文字之屬於岑者，以慰岑人。蓮塘巋然，甯魂魄猶思樂此，悲哉！乾隆乙巳仲春弟憲喬識於岑溪官舍。（光緒本《叔白詩鈔》）

蓮塘先生哀辭並序

受業同邑王甯焯熙甫

吾師蓮塘先生，姓李氏，諱憲暠，字叔白，别號蓮塘，侍御公之第三子也。伯兄潞安司馬荆南君，前卒。所謂石桐先生者，爲先生仲兄，而其弟則少鶴先生也。

先生兄弟少以能詩名邑中，十數年來，旁邑數百里外，言詩學者稱『三李』，而先生獨毅然以經術爲任，謂詩文小技，不足盡學者事。讀書必求實用，其於山川形勢，及古今郡縣、城郭遷徙、兵農屯聚之制，必務得其詳悉。平居默默不事論議，及臨事，無緩急輒能曲當。與濰邑韓公復友，思於四子之書，有所發明，講義數篇，鑿鑿有精義，惜乎其無全書也。

庚子春，少鶴先生以例授岑溪令，先生佐其治，越歲遘疾，卒於官舍，年四十有四。焯以乙未從學，丁酉先生遊南山，遂適岑溪，五年而先生殁，焯得朝夕於先生者，二年耳。先生讀書必日有課程，教弟子以静慎除躁妄爲主。岑溪故有清風亭，暇日與弟邀邑中學士及其子弟，較射、賦詩、飲酒其閒，而預定其儀節，揖讓酬酢之數、賓主位次、少長先後，秩然有分，序不亂，終日雍穆和暢。夫岑溪在嶺外，去京國萬里，猺獞雜處之地，而先生佐其弟治邑必以禮教。先生嘗曰：『人情無分今古，無不可學禮。古禮易復，人不用耳。』性素謹飭，勇於自克，近年始好酒，每醉歡歌狂呼，偃蹇不少立崕岸。觀其放浪，似中有不能自平者。而卒以致疾，悲夫！

夭不關童殤，壽不關期頤。陋夫得長年，身後固可知。先生學古經，强毅能自治。既成無所用，發憤託酒巵。稍憂致詫謗，豈至損膚肌。前歲炎州行，中路寄新詩。道德知素藴，瘴癘定不罹。南中文物少，將使蠻俗移。耑民獷且頑，秩秩有令儀。經世豈無具，鬱鬱至於斯。先生年未艾，先生壽千期。持此詔後來，豈爲門牆私。（光緒本《叔白詩鈔》）

題辭

膠西王克紹間雲

大儒事業本經術，播之爲文噫其溢。有韜不用乃勤述，屬望夐哉啟叔白。昌氣以志故所切，久乃彌醕見汲汲。出入仁義具綜悉，比類秤停不閒髮。不說無益緣有物，仲季分埸矜主客。君自屹屹提一律，水草所便行部外。虜不可犯等不識，越嶺文章益鬱崛。及愈宗元共掎挈，俛仰精靈歸欻忽。良金在土非久鬱，千秋萬歲此先掘。（光緒本《叔白詩鈔》）

李少鶴集序

單鋁

士有束髮勵行，較然不欺其心，而俛仰動息，與人無愧怍之色，及發而爲文章，其光明磊落剛正之氣，又足以震盪淩轢乎百代，此韓歐數君子之所以不朽者。求諸近世，若李子少鶴，可謂有其志矣。少鶴生有異才，年十九以選貢高第，當除令，天子見其幼，罷之。將歸，桂林陳相國慰曰：『君名臣子，終當以科第起家，一令不足辱君也。』後少鶴卒爲令，歿粤西。

少鶴受詩於其兄石桐先生，規模較闊，出入唐宋諸大家，能運以己意，雖巉削不傷真氣，他文亦簡勁有法度。宰岑溪時，袁子才太史遊粵西，見其詩文，嘆曰：『今之蘇子瞻也！』然性狷介，上官以其儒者，多假借之，終亦不能行其意。有所感觸，一寓之詩文，不苟爲炳炳烺烺者。

夫以少鶴之學，使得居清列，爲天子侍從之臣，陪輦驂乘以備顧問，其所表見應不徒文詞賦頌，如枚皋、司馬相如之所爲也。何遽煩以吏事，又不能行其意，而卒困躓死也。要其卓卓者，亦自不可磨滅矣。嘗試禮部，文已中式，以策語被黜。某公愛其才，欲延致之，辭不赴，翌日出都門。

獨善李公漱芳，李公爲御史，敢言事。及來岑溪，與趙刺史松川、李君松圃友。松圃從受詩法，以風節相砥礪。歿而妻子不能歸葬，松圃以千金送其喪。世有悻悻自好而行違其言者，視少鶴何如哉？

少鶴死，余爲校其遺文，得詩如干卷、賦頌雜文如干卷、《龍川雜記》一卷、《曇阿集》一卷，繕寫成帙。又著《詩經直説》未就。余既類次，並列其生平行事，以見致此之非偶然也。同里單鉊序。（光緒本《少鶴詩鈔》）

李子喬詩序

李秉禮

子喬知岑溪之三年，始與相知。其氣象屼嵂，應對多若率爾，而胸臆磊落可親。既與之習，見其所爲詩，益歎爲不可及。閒以詩質之，凡吾心有所得，或意有所未安者，子喬輒能指之，以是益相契合。其歸而再來嶺外也，相見無幾，即補官去。中閒書郵日月至，而會晤甚難。逮其由歸順將入都，重見於桂林，方冀得從容。而子喬與人誠愨，每爲黠者所悪，又以才高爲忌者所中，於是復有西隆之役，卒以瘴死。天果欲厄吾子喬而使昌其詩耶？抑其詩鑱削刻栗，窮形盡象，適足以召造物之忌，而至於此耶？嗚呼！可哀也已！

方其子之以喪歸也，嘗囑其編定先集，以待剞劂。逾二稔，王熙甫以書來，謀醵金刊其詩，予應之曰：『是予志也！是予志也！』亟慫慂之，且走書子喬之子，搜輯全稿，并其仲兄石桐先生集，刻於都門。襄其事者，邱縣劉君大觀也。夫子喬之詩，固必傳於世無疑，而余身乃得見其流播，爲可快矣！

子喬壯歲之作，已臻於古，而末年造詣尤深，幽憂惕厲，有騷雅遺音。余非能序子喬詩者，然自以與子喬知最深，乃追敘情契之始末，以弁其端。嗚呼！後之讀子喬詩者，亦可以知余也夫。（光緒本《少鶴詩鈔》）

刻桐鶴兩先生詩鈔跋

王甯焯

桐詩原自定十六卷，編年，不分體，今仍其舊。鶴詩舊有《秋嶽初集》《石谿集》《焦尾集》《蕭寺集》《過江集》《過嶺集》《縣居集》《澄江返櫂集》《凝寒閣續吟》之名，或編年，或分體，體例不一，後復合訂爲《少鶴内集》《少鶴外集》，則分體編焉。其後有《鶴再南飛集》編年，《龍城集》分體，《賓山續集》又編年。今則統以編年爲定。少鶴後在軍營，又有詩若干首，原稿未得見也。

桐詩廉夫有選本，今從之。所與異同者，不能十首也。鶴詩廉夫選内集未竣事，今所鈔廉夫選及者，亦多從之，餘則以鄙意爲去取云。外集不録。

此詩之刻，意起於崧嵐，謀定於松圃，梨棗剞劂之費，二君分出之，而甯焯任其校訂之役。王甯焯識。（光緒本《少鶴詩鈔》）

重刻三李詩鈔跋

李楹

先曾祖荆南公昆弟四人，公居長。早歲通籍，觀政秋曹，出爲潞安司馬。次懷民公，次叔白公，次子喬公，同補弟子員，於是『三李』之名噪一時。子喬公旋以選貢入成均。乾隆中，鑾輿東巡，召試第一，官岑溪令，累遷歸順刺史。

先曾祖既宦游山右，懷民公偕兩弟相師友，以文章著，富有撰述，詩尤工。懷民公居有十桐樹，因以爲號，亦曰石桐，所爲詩即以名集，同里單廉夫先生爲之敘。子喬公别號少鶴，其詩集亦經廉夫先生校勘，與石桐集並刻都門。叔白公之《定性齋集》，則子喬公序之以傳，而其《蓮塘遺稿》，又子喬公刊於岑溪者也。惟是歷年既遠，漫漶滋多。同治初，南捻東擾，舊鋟板毁於兵，遺帙流傳且寥寥不易得，小子楹中心惴惴，大懼先人手澤久而就湮，百計搜羅，迄無所獲。邇日服官秦輔，從故鄉寄有完編，校其舛訛，再付剞劂。先靈呵護，俾家傳賴以不墜，意在斯乎！

又先太高祖端甫府君，令阜城，多惠政，阜之人請於朝，祀之學宮，有詩集曰《存誠齋遺稿》。德州盧雅雨先生選入《山左詩鈔》，并云府君官阜城日，先生公車過，頌聲盈路，登其堂，盤餐供客，良吏風流，依依如昨，蓋爲所欽矚如此，謹並志之。迺知家學淵源，其來有自，且使後之人綿綿勿替世誦清芬焉爾。

光緒十二年歲在丙戌，仲夏之月，從曾孫楹謹識於西安郡齋。（光緒本《少鶴詩鈔》）

附録二　三李傳記墓誌祭文

李懷民小傳

李憲暠字懷民，以字行，號石桐，增生，與弟憲暠、憲喬文章學問名一時，尤工詩，世稱三李先生。選訂《中晚唐詩主客圖》，海内士多宗之。工畫，得王麓臺筆法。著有《十桐草堂詩集》行世。子詒璠字德乎，詒璵字魯欽，詩守家學。（余有林等修、王照青纂《高密縣志》，民國二十四年青島膠東書社鉛印本，台北成文出版社一九六八年影印版）

李懷民小傳

二十一世懷民府君，郡增生，磊砢不拘小節，兄弟怡怡，讀書切磋如師友。恥為世俗文，屢試不遇，無悔志。尤致力於詩，選訂《中晚唐詩主客圖》，學者宗之。工山水畫，法王麓臺。卒年五十八。有《十桐草堂詩集》《東齋課藝》行世。（《高密李氏家譜》，民國癸酉重修，第九冊）

皇清文學李君墓誌銘

表姪王寧焯譔

先生高密人，姓李氏，初名憲噩，後更名諤，又更名崿，字懷民，以字行，所居村圃有十桐樹，因自號十桐主人，而友人亦稱曰石桐。祖華國，舉人，知直隸阜城縣，有惠愛於民，民祠祀之。父元直，進士，由翰林改官御史，憲廟時，疏劾大臣，直聲震都下，號為『戇李』。御史有四子，長高，進士，歷官至山西潞安府同知，勤於職以死。嘗再知絳州，絳民亦祠祀之。次即先生也。

李氏三世以宦績顯，而先生暨兩弟復以文章學問名一時。兩弟者，憲暠叔白、憲喬子喬，學者所稱蓮塘、少鶴先生也。先生早孤，兄弟相師友。受制舉業于族叔無懷，而好為詩，每得一家詩，與兩弟戲效其體，輒逼肖，然自以為非是。自《離騷》以下，迄國朝人所著録，無不究覽。後讀張籍、王建五言律詩，曰：『此可學而至也。』盡棄舊作。篇章句字，向背離合之故，皆取則焉，以其法證他家，無不合，乃大喜自負。而古體效陶韋，見者驚其亂真，然自以為不如吾五言律也。

初，先生及兩弟以詩賦受知學使者，同補弟子員，一時『三李』之名噪甚。然此後試，輒不利，戲效時格求售愈益然，乃大恨，盡林之，一意於詩。時少隺方學賈喻律體，乃依張為《主客圖》法，蒐集元和以後諸家五言律詩，詳辨其體格，奉張籍、賈島為主，而朱慶餘、李洞以下客焉，名曰《重訂中晚唐詩人主客圖》，又取己與少鶴所為效張、賈者，附其後，名曰《二客吟》。

所居待鴻莊在膠水西涯，有沙水樹石之觀，偕兩弟生徒日夕嘯咏。側近知名士時相過從，招約縱游海上諸山，流連倡酬，詩日進以富。感憤不遇，每多悲凉激楚之音，而試終不售。世俗稱先生者，不敢訾其詩而已，無以先生為能文者。先生自戊子罷鮮，不為制舉文者五六年，後復稍稍為之，尤自喜其小題文，謂：『吾文用牆東老人法，與吾五言律詩類，雖屢黜，吾文無罪也。』己亥應遺才試於濟南，不録，故事遺才有續案，愛先生者私為關説，續列先生名，既詢得故，怒，亟治裝歸，同人尼之，不得已入闈，文猷不得意，歸行百里就旅舍，抽筆更為之，文成，復自喜也。

先生為人，高伉而踈豁，疾世尚通圓曲，謹恒教人為古狂狷，其議論行事，人多駭怪之，益齟齬不合於旹。授徒村塾，所指畫為詩文，皆有法度可觀，以應試亦莫售也。乾隆癸丑，為無賴戚某所窘辱，遂感疾，四日而卒，實十一月初三日，距生於乾隆戊午六月十四日年五十有六。嗚呼！詩人之窮久矣，歐陽公序梅聖俞詩，以為窮而後工。然聖俞嘗仕於朝，為都官郎，又得歐陽諸人為之友，而取士得東坡，名字籍甚，公卿間未竟所用耳。先生終老於諸生，而名不出乎里巷，一時所知，又無顯貴有氣力者為之闡揚。先生其何所藉以瞑耶？嗚呼！此唐之詩人所為拳拳於知己而不能自已者也。

先生多雜藝，謳曲、鐃鼙皆務，曲盡雖小誤人所不察者，必更為極工乃已。其為詩，或七八易稿，然後定，蓋其性情如此。善作畫，初不自信，晚年得王麓臺筆法，頗得意，而先生亡矣。

先生初娶膠州高氏，繼傅氏，子三人，詒璠、詒璵、詒琳，女一，許字周氏。蓮塘亦以諸生前歿。少鶴獻詩行在，召試入格，賜舉人，先知廣西岑谿縣，有治績，今知柳城縣，擢知歸順州，差達矣。從學詩者有族子經、膠州宋繩祖、同邑王寧焯、寧烶之徒，惟寧焯成進士，有官位於朝，餘皆未顯。而經以布衣隱居不仕。其親贊稱弟子者惟繩祖為諸生，先生歿，乃與寧烶相繼舉於鄉。詩集若干卷，《東齋課藝》一卷，藏於家。乙卯十月八日，葬於縣鹵祖塋之次，而寧焯爲之銘，其辭曰：

入海擘蚌月在手，出以投人駭而走。金縢石室閟深黝，防呵不慎雷下取，隱隱鬱鬱象徵斗，誰其見者千年後，埋石幽宮俟永久。（《高密李氏家譜》，民國癸酉重修，第十冊）

祭李石桐先生文

單鋁

維年月日，表弟單鋁謹以清酒庶羞之奠，致祭於石桐先生之靈曰：嗚呼！疇昔之日，先生謂鋁曰『吾少時氣盛，視宇宙閒幾無難事。今老矣，惟五字詩差足自信，使人署吾墓曰「清故詩人」足矣』。悲哉！悲哉！石桐以曠世之才，師唐友宋，淪性淑靈，作爲詩歌，一洗虞山、阮亭調停依附之見，而存三唐之遺軌，而不能爲文博主司一日之知。其篇章翰墨流播異地，能使荒徼傜疆之士引領東向，望之若天上人，而不能箝里左之口以息其訕議。是何能其難而不能其易，信於遠而不信於近耶？古之君子於其所當爲者爲之，不得爲者聽之，是非毀譽無所動於中。生未有所營，死未有所冀也。先生蓋傷其老而無用於世，豈有待於後哉？宋有林和靖者，負其小律詩，至欲傲諸葛孔明、謝安石，與之上下而不求身後之名，今且千歲，未有不知林處士者，此豈旦暮愛憎之口所得而顛倒之。先生故人每藉

此以紓其悲痛。嗚呼哀哉！尚饗！（單鉊《薖廬遺文》，民國十六年高密單氏上海石印本）

李憲暠小傳

李憲暠號蓮塘，廩生，少性剛使氣，稍長，痛自克制。讀書務實用，一名一物考核必詳。作詩初學選體，後徧撫唐宋諸家，尤工古文，有《蓮塘遺集》行世。（余有林等修、王照青纂《高密縣志》，民國二十四年青島膠東書社鉛印本，台北成文出版社一九六八年影印版）

李憲暠小傳

二十一世叔白府君，邑廩生。幼性暴躁好怒，稍長，痛自克制，不勝，輒病。與人交不苛繩，横逆來，退遜自反，垂三十餘年，僉謂性情和易，不知其剛暴之化也。讀書不貪多，不求奇異隐僻，惟務實用，一名一物考核必詳，然後安。作詩初學選體，後徧撫唐宋諸家，尤工古文。享年四十四。有《蓮塘遺集》行世，日記若干册藏於家。（《高密李氏家譜》，民國癸酉重修，第九册）

皇清文學李君墓誌銘

濰縣韓夢周譔　胞弟憲喬書石

乾隆四十七年，高密李君叔白以疾卒於其弟憲喬岑溪官署，問至，余愴然流涕。久之，其兄懷民以狀來請銘，發函則書存狀遺。及喪歸，將以五十二年十月十日葬於縣西祖塋之次。懷民、憲喬繼至，具狀致前請，乃按狀而銘之。

君諱憲暠，叔白其字也，邑諸生。祖諱華國，舉人，令阜城，贈刑部主事，清惠在民，祀名宦鄉賢。父諱元直，康熙癸巳恩科進士，歷官四川道監察御史、巡視臺灣，誥封奉政大夫，剛正敢言，直聲振一時。祖母孫氏，封太宜人。母宋氏，封宜人。君為侍御公第三子，幼工詩文，與懷民、憲喬有『三李』之目。既一擯不為，獨治經術，蘄至於用。考古典章，酌採宜時可設行者著為編，於山川扼塞、郡邑遷沿、農田兵制莫不詳究，得其要領。嘗言：『士不務實用，好言高簡，知其無以為也。』故每稱陶士行竹頭木屑事，又稱諸葛忠武有桑八百株、田十五頃，終身勤勞王事，没後不以累公家，此淡泊寧静之實效也。故其治家，米鹽零雜一立之法。少性剛使氣，既長，痛自克磨，力不勝，輒病，其懲艾刻摯如此。交君者以固温温君子人也。事親篤孝，兄弟友，與人壹，其行事載於人言者，皆可述。膠州王君夏稱之曰：『先生負經世之才，遇事無大小悉中條理，性情和易而志氣剛深，力行可畏。』人以爲實録。

憲喬令岑溪，君佐之，以刓弊利物為急，尤勉以仁愛。縣倉貯過多，猾胥出入病民，墨吏據以為利藪。又有狼兵狼田，沿於明季，有名無實，每查勘冣為擾累。君手為啟，使憲喬請上官撥倉貯三分之一，而歸狼田於民，語甚愷切，格於令，不行。嘗謂憲喬：『治民不在聽訟，在有以撫綏之。漢宣帝言「與我治天下者在良二千石」，今獨縣令為親民官耳，汝豈可忽？』暇日輒引邑士大夫彈琴賦詩，每讌會，輒習以鄉射、鄉飲酒之儀，邑人翕然向之。君慨然歎曰：『吾固知古禮之可復於今，彼以為迂濶難行者，皆妄也。』始君之赴岑溪也，載酒別余於程符精舍，所言為學之旨甚悉。既問余所以贈言者，余曰：『以君之才，佐治小邑，無足告者。』但語：『岑溪，君三年政成，可以歸矣。』君頷之。余意粤西水土惡劣，君體素羸，不宜久居，踰年竟卒。嗚呼！可哀也已！生於乾隆四年五月晦日，享年四十有四。妻單氏，子詒璜、詒琚，女三。

君彌留之夕，語人曰：『吾夜夢吞瀟湘水，覺胸中甚清爽。』因自道生平所得，力謂憲喬曰：『飭身涖事之方，所言已盡，汝其勉之！吾没後，取清風亭泉水濯吾體，斂以時服，勿張皇。』囑女曰：『善事祖母。』囑璜曰：『勿誑語。』言訖而卒。嗚呼！君於死生之際可謂有定力者矣。

所著文集八卷、詩集十卷、日記若干卷、《考辨古今名物制度》若干卷，藏於家。《蓮塘遺集》若干卷刊行於世。

銘曰：孰操之狹，君闢其疆；孰力之脆，君執其剛。其將以有為而中道僵。噫吁乎君，我銘不亡！（《高密李氏家譜》，民國癸酉重修，第十冊）

李憲喬小傳

李憲喬號少鶴，乾隆乙酉拔貢，獻詩行在，召試賜舉人，任岑溪、柳城知縣，有治績，擢歸順州，從辦西隆軍務，以勞疾卒，恩賜祭葬。子詒珩字君衡，詒璋字達夫，俱以詩名著。（余有林等修、王照青纂《高密縣志》，民國二十四年青島膠東書社鉛印本，台北成文出版社一九六八年影印版）

李憲喬小傳

二十一世少鶴府君，以拔貢生獻詩行在，召試賜舉人，授廣西岑溪令，三年將調蒼梧大邑，以太宜人就養厭煩亂，作志感陳情詩上杜提刑，力辭不就。又三年告終養歸，服闋補柳城令，遷歸順州知州，從辦西隆軍務，勞勩以歿，恩賜祭葬，頒與知府誥命，廕一子入國學。府君賦性高明，讀書外一無所好，每蒞一邑，必選其秀良教以詩文，士風大變，如岑溪高秉文、歸順童毓靈、柳城葉時晳等其冣也。詩馬平貢生龍某叔姪搆訟，府君即公案朱書詩七章示之，相持而泣，誓不復訟，其為人感服多如此。詩學韓孟賈喻，書法黄米，後専致力於邢子愿，享年五十四。（《高密李氏家譜》，民國癸酉重修，第九册）

附録三　前人著作載録及評騭

復初齋詩集

五字論中晚，誰將杜法衾。宗支從渭北，甲乙到樊南。是有君形者，寧徒正味含。罪言如不朽，綺語又何慙。唐五言律詩，繼少陵者樊川、玉溪耳

十子錢郎後，誰升李杜堂。寓言原楚些，古賦自班香。『濃薰班馬香』謂《上林》、《兩都》諸賦，非遷、固史也力挽千鈞上，神周萬象旁。弦歌韶武接，豈止律三唐。

律句趨平弱，人心學術關。聲雖嚴黍尺，氣可敵江山。五字推敲處，千秋祖述間。如何憑窘步，騷雅欲追攀。

撚斷吟髭者，牙弦叩軫徽。沁心非僻苦，放手乃精微。長律申之袐，中圓彀者機。借他評畫説，打破作家圍。五七律同彀率也，而謂唐人撚髭句不屬七言可乎？近日惲南田謂打不破畫家一字圍曰窘也，此仿《主客圖》者正坐一窘字（翁方綱《近人有仿張爲主客圖取張司業賈長江以下五律成集者賦此正之四首》，《復初齋詩集》卷六十三，道光乙巳葉志詵重刻本）

清史列傳

李懷民，名憲噩，以字行，山東高密人。諸生。早孤，與兩弟憲暠、憲喬相師友，以詩鳴，時稱『三李』。懷民嘗與憲喬依《主客圖》例，蒐集元和以後諸家五律，辨其體格，奉張籍、賈島爲主，朱慶餘、李洞以下，客焉，名曰《重訂中晚唐詩主客圖》。其言曰：『張籍天然明麗，不事雕鏤而氣味近道，學之可以除躁妄，祛矯飾；賈島力求嶮奥，不吝心思而氣骨淩霄，學之可以屏浮靡、卻熟俗。貞元以後，近體詩略分兩派。』又謂中晚人得盛唐之精髓，無宋人之流弊，嘗舉梅宛陵『發難顯之情於當前，留不盡之意於言外』二語以爲道盡古今詩法。後復以己及憲喬所作爲《二客吟》。密之旁邑數百里間，言詩者咸宗焉。張維屏謂懷民生王士禎、趙執信後，而能獨標宗旨，岸然自異，其五言樸而腴，淡而永，苦思而不見痕迹，用力而歸於自然，實非易易云。著有《十桐草堂集》。

憲暠，字叔白，諸生，有《定性齋集》。

憲喬，字子喬，懷民弟。乾隆三十年，拔貢生。四十一年，召試舉人，官廣西歸順州知州。少受詩於懷民，而規模較闊，文亦簡勁有法度。袁枚見其詩文，歎曰：『今之蘇子瞻也。』性狷介，不能隨俗俯仰，與臨川李秉禮以風節相砥礪，秉禮從受詩法。憲喬卒於官，秉禮以千金送其喪。著有《少鶴詩文集》。（王鍾翰點校《清史列傳》卷七十二，中華書局一九八七年版）

晚晴簃詩話

李憲噩，字懷民，以字行。號十桐，高密人。諸生。有《十桐草堂詩集》。

詩話：　十桐，愚村侍御子，早孤，與弟蓮塘、少鶴致力於詩十餘年，依張爲《主客圖》例，蒐集元和以後諸家五言詩，推張籍、賈島爲主，朱慶餘、李洞以下爲客，名曰《重訂中晚唐詩人主客圖》，一時青齊間稱詩者翕然從之。其詩體格謹嚴，詞旨清朗，時時有獨到語，不墮當時風氣，遂謂與漁洋、秋谷鼎立，則推崇過當矣。

李憲暠，字叔白，號蓮塘，高密人。諸生。有《定性齋集》。

李憲喬，字少鶴，高密人。乾隆丙申召試舉人，官歸順知州。有《少鶴詩鈔》、《鶴再南飛集》、《龍城集》、《賓山續集》。

詩話：　少鶴詩名在群從中最高，袁簡齋游粵西，見少鶴詩文，目爲今之東坡。詩出入唐宋諸大家，而能空所依傍，蓋有真意以運之也。（徐世昌編，傅卜棠編校《晚晴簃詩話》卷九十八，華東師範大學出版社二〇〇九年版）

國朝詩人徵略

李懷民，名憲噩，以字行，號十桐，又號石桐。山東高密人。諸生。有《十桐草堂集》。

先生早孤，與兩弟蓮塘、少鶴相師友，嘗與少鶴依張爲《主客圖》例，蒐集元和以後諸家五律詩，

辨其體格，奉張籍、賈島爲主，朱慶餘、李洞以下客焉，名曰《重訂中晚唐詩人主客圖》。《國朝山左詩續鈔》

單廉夫鋁曰：『先生當虞山、漁洋之後，獨能刮磨湔洗，一舉而空之。』同上

李石桐曰：『余讀貞元以後近體詩，稱量其體格，得兩派焉。一派張水部，天然明麗，不事雕鏤，而氣味近道，學之可以除躁妄袪矯飾；一派賈長江，力求險奥，不吝心思，而氣骨凌霄，學之可以屏浮靡却熟俗。予每欲聚集諸家，分承兩派，訂成一書，嫌於創始，或驚俗目，喜得張爲《主客圖》本鍾氏孔門用詩之意而推廣之，謹依其制，尊水部、長江爲主，而入室、升堂、及門以次及焉。《重訂主客圖》

前輩謂學《選》體者讀初唐，學盛唐者看中晚。中晚人得盛唐之精髓，無宋人之流弊。同上

天地間文章祇在當前，搜得出便成至文。梅宛陵曰：『發難顯之情於當前，留不盡之意於言外。』二語實盡古今詩法。同上

石桐先生生於漁洋、秋谷之後，而能自闢町畦，獨標宗旨，可謂岸然自異，不肯隨人步趨者。其五言樸而腴，淡而永，苦思而不見痕跡，用力而歸於自然，五字中含不盡之意，五字外有不盡之音。粗人觀之，乃曰易易，蓋未知此中甘苦也。《聽松廬詩話》

李憲喬，字子喬，號少鶴。山東高密人。乾隆四十一年，召試賜舉人。官歸順州知州。有《少鶴詩鈔》。

單鋁《序》：少鶴受詩於其兄石桐先生，規模較闊，出入唐宋諸大家，能運以己意，雖巉削不傷真氣。文亦簡勁有法度。官粵西時，袁子才見其詩文，嘆曰：『今之蘇子瞻也！』性狷介，不能隨俗

俯仰，與江西李松圃秉禮友，松圃從受詩法，以風節相砥礪。殁後，妻子不能歸葬，松圃以千金送其喪。《國朝山左詩續鈔》

李秉禮《序》：　子喬爲人氣象岏嵂，應對多若率爾，而胸次磊落。余詩必以相質，凡心有所得，或意有所未安者，輒能指之。其壯歲之作，已臻於古，末年造詣尤深，幽憂惕厲，有《騷》《雅》之遺。同上

（張維屏編撰，陳永正點校、蘇展鴻審定《國朝詩人徵略》，中山大學出版社二〇〇四年版）

清詩紀事

李懷民，名憲噩，以字行。號十桐，又號石桐，山東高密人。諸生。有《十桐草堂詩集》。

李懷民《重訂主客圖》：『余讀貞元以後近體詩，稱量其體格，得兩派焉。一派張水部，天然明麗，不事雕鏤，而氣味近道，學之可以除躁妄、祛矯飾；一派賈長江，力求嶮奥，不吝心思，而氣骨凌霄，學之可以屏浮靡、却熟俗。予每欲聚集諸家，分承兩家，訂成一書，嫌於創始，或驚俗目。喜得張爲《主客圖》，本鍾氏孔門用詩之意而推廣之，謹依其制尊水部、長江爲主，而入室、升堂、及門以次及焉。』

又：『天地間文章祇在當前，搜得出便成至文。梅宛陵曰：　發難顯之情於當前，留不盡之意於言外，二語實盡古今詩法。』

又：『前輩謂學《選》體者讀初唐，學盛唐者看中、晚。中、晚人得盛唐之精髓，無宋人之流弊。』

法式善《梧門詩話》：『山左近日有專工五言者，王考功寧焯劉大令大觀爲最，二人又盛推其鄉人

李石桐、子喬昆季爲最，……石桐學右丞，其旨微；子喬學閬仙，其體潔；各臻妙境，宜考功明府低首也。』

袁潔《蠡莊詩話》：『山左李石桐輯《中晚唐詩主客圖》，分張水部、賈浪仙爲兩派，登萊一帶言詩者多宗之，謂之高密派。』

張鵬展《國朝山左詩續鈔》引王熙甫《墓志》：『先生早孤，與兩弟蓮塘、少鶴相師友，每得一家詩，與兩弟效之，輒似，然自以爲非是。乃取前人所爲詩盡覽之。又十餘年，其詩遂工。嘗與少鶴依張爲《主客圖》例，蒐集元和以後諸家五律詩，辨其體格，奉張籍、賈島爲主，朱慶餘、李洞以下客焉，名曰《重訂中晚唐詩人主客圖》。』

又引單詔《序》：『詩自聲氣門户之説紛然淆亂，先生當虞山、漁洋之後，獨能刮磨湔洗，一舉而空之。雖其説未大行於天下，而十數年間，清才之士，有聞而信之者，先生廓清之功也。』

符葆森《國朝正雅集·寄心盦詩話》：『石桐先生爲少鶴先生之兄。詩本陶韋，無語不歸高淡。余最愛其「春雲亂遠空」五字，神韻幽遠。余有「一雨空江濕」句，自以爲似之。』

張維屏《國朝詩人徵略·聽松廬詩話》：『石桐先生生於漁洋、秋谷之後，而能自闢町畦，獨標宗旨，可謂岸然自異，不肯隨人步趨者。其五言樸而腴，淡而永，苦思而不見痕迹，用力而歸於自然，五字中含不盡之意，五字外有不盡之音。粗人觀之，乃曰易易，蓋未知此中甘苦也。』

徐世昌《晚晴簃詩匯·詩話》：『其詩體格謹嚴，詞旨清朗，時時有獨到語，不墮當時風氣，遂謂與漁洋、秋谷鼎立，則推崇過當矣。』

李憲喬，字少鶴，一字義堂，山東高密人。乾隆四十一年丙申舉人，官歸順知州、岑谿令。有《少鶴内集》十卷，《鶴再南飛集》一卷、《龍城集》一卷、《賓山續集》一卷。

袁枚《隨園詩話》：『余在粤，自東而西，常告人曰：「吾此行，得山西一人，山東一人。」山西者，普寧令折君遇蘭，字霽山；山東者，岑溪令李君憲喬，字義堂。二人詩有風格，學有根柢，皆風塵中之麟鳳也。……李君于余起行時，道送不及，到泉州後寄詩云：「岸邊雙樹林，來對兀沉沉。挂席去已遠，别醪空自斟。烟寒過客少，江色暮樓深。誰識此時際，寥寥千載心。」《湘上》云：「孤月無人處，扁舟先雁來。」皆高淡可喜。』

又：『李懷民與弟憲喬選《唐人主客圖》，以張水部、賈長江兩派爲主，餘人爲客；遂號所咏爲《二客吟》。……憲喬《咏鶴》云：「縱教就平立，總有欲高心。」「不辭臨水久，祇覺近人難。」《歷下廳》云：「馬餐侵皂雪，吏掃過堦風。」《送流人》云：「再逢歸夢是，數語此生分。」果有賈、張風味。』

張鵬展《國朝山左詩續鈔》引單紹《序》：『少鶴受詩於其兄石桐先生，規模較濶，出入唐宋諸大家，能運以己意，雖巉削不傷真氣。他文亦簡勁有法度。官粤西時，袁子才太史見其詩文歎曰：今之蘇子瞻也。然性狷介，不能隨俗俯仰，有所感觸，一寓之詩。文不苟爲，炳炳烺烺者。與江西李松圃秉禮友，松圃從受詩法，以風節相砥礪。殁後妻子不能歸葬，松圃以千金送其喪。』

符葆森《國朝正雅集》引《寄庵文集》：『三李詩受學於單先生宗元，卓然自成一家。石桐嘗選訂《唐詩主客圖》，分張水部、賈長江兩派爲主，自朱可久、李才江以下皆客之。因名己與少鶴之詩爲

《二客吟》。密之旁邑數百里間言詩者咸宗焉。』

又《寄心盦詩話》：『少鶴先生詩出晚唐諸家之上，而刻削幽澹，百摹不到。如「孤月無人處，扁舟先雁來」「旅寒生静晝，鄉思入閒春」「更理别時語，多成醉後悲」「得天閒盡與，到老病相隨」，約略舉之，皆躁心人不能下一字者。』

潘清撝《翠樓詩話》：『高密李少鶴刺史憲喬，著有《少鶴詩集》，詩宗張水部、賈長江。……刻削處正非易到。』

徐世昌《晚晴簃詩匯·詩話》：『少鶴詩名在羣從中最高，袁簡齋游粤西，見少鶴詩文，目爲今之東坡。詩出入唐、宋諸大家，而能空所依傍，蓋有真意以運之也。』

楊鍾羲《雪橋詩話》引單廉夫《序岑江集》：『其詩措辭恬雅，不事藻績。其蕭然閒放之趣，有非他人才力所能彷佛者。當虞山、漁洋主盟之後，獨能奮袂其間，聲氣門户之説，一舉而空之。雖其説未能大行於天下，而十數年間，清才之士亦有聞而信之者。』

又《雪橋詩話三集》：『當乾隆甲辰、乙巳間，少鶴官岑溪令，偕兄石桐與（李）松圃定交時，袁存齋亦來桂林，四方名宿，如楊石墟、李桐岡、許密齋、王若農、浦柳愚、朱心池、劉松嵐，觴詠贈答，極一時縞紵之盛。存齋至比之趙文子垂隴之會。少鶴嘗於補陀山寺招同松圃、石虚、密齋、柳愚、若農及朱小岑同游，用范石湖「七人姓字在棲霞」句分韻賦詩，山水友朋之樂，亦足紀也。』

又：『李少鶴詩彙冶諸家，獨師懷抱，才雄而氣峭。』（錢仲聯主編《清詩紀事》，鳳凰出版社二〇〇四年版）

論高密詩派

語其開派，則石桐實爲首倡。故其詩，守律嚴，措意深，卓然中晚張賈矩矱。少鶴五言，近賈爲多，正與石桐駿靳，故有張賈門下二客之稱。惟五七言古體，則嘗出入韓蘇，氣體稍大，與石桐專事峭刻者不同，要皆不失爲高密派重鎮也。若叔白，則自負其經世之學，詩似爲其餘事。故體格孤峭，上不及乃兄；骨格開張，下不及阿弟。且涉獵較廣，獨不喜規撫形似，無以定其專主，然意興固自超也。以故二百年中，言高密詩派者，必首二李，而鮮及叔白焉。（汪辟疆《論高密詩派》，《中華文史論叢》第二輯，中華書局一九六二年版）

後記

我自二〇一〇年讀研以來，便開始關注高密詩派，并於二〇一一年二月、二〇一二年二月、二〇一三年八月三次赴高密實地考察、搜羅文獻，都受到了李丹平老師的盛情款待和熱心幫助。李丹平老師作爲高密李氏族人，對於其先人文獻的保存、研究、推廣可謂居功甚偉。在李老師的積極推動下，二〇一三年九月底在三李故鄉高密舉辦了高密詩派研討會，我亦很榮幸地應邀參加，并作主題發言。

在搜羅文獻的過程中，我亦不止一次拜訪過山東大學杜澤遜教授，當我提出複印《山東文獻集成》中所收三李的幾種著作時，杜教授欣然應允，并指派其高足李寒光兄助我一臂之力。杜教授學問高深，待人亦寬和謙遜，卓然長者之風也。

感謝麗水學院民族學院以及民族學院中文系各位領導和同事的支持和幫助，感謝張思敏爲我題寫書名。感謝厲運偉、劉迎秋、錢禮翔等諸學友幫我搜羅、匯寄相關文獻。感謝齊魯書社張超編輯爲此書付出的辛勞和心血。

點校古籍如掃落葉，加之我學力淺陋，故而書中訛誤之處在所難免，若有四方博雅君子，多所指教，則深所企冀也。

瑯邪趙寶靖謹識於處州

二〇一九年四月十九日

圖書在版編目（CIP）數據

三李詩鈔　三李詩話 ／（清）李懷民，（清）李憲暠，（清）李憲喬著. -- 濟南 ：齊魯書社，2020.5
ISBN 978-7-5333-4338-5

Ⅰ. ①三…　Ⅱ. ①李…　②李…　③李…　Ⅲ. ①古典詩歌－詩集－中國－清代②詩話－中國－清代　Ⅳ. ①I222.749②I207.22

中國版本圖書館CIP數據核字(2020)第065795號

三李詩鈔　三李詩話

SANLI SHICHAO SANLI SHIHUA

〔清〕李懷民　李憲暠　李憲喬 著　趙寶靖 點校

主管單位	山東出版傳媒股份有限公司
出版發行	齊魯書社
社　　址	濟南市英雄山路189號
郵　　編	250002
網　　址	www.qlss.com.cn
電子郵箱	qilupress@126.com
營銷中心	（0531）82098521　82098519
印　　刷	山東臨沂新華印刷物流集團有限責任公司
開　　本	880mm×1230mm　1/32
印　　張	17.5
插　　頁	9
字　　數	440千
版　　次	2020年5月第1版
印　　次	2020年5月第1次印刷
標準書號	ISBN 978-7-5333-4338-5
定　　價	75.00圓